夜芙蓉

FU
RONG

却却 著

重庆出版集团 重庆出版社

图书在版编目(CIP)数据

夜芙蓉 / 却却著. —重庆:重庆出版社, 2020.8
ISBN 978-7-229-15087-7

Ⅰ.①夜… Ⅱ.①却… Ⅲ.①长篇小说—中国—当代 Ⅳ.①I247.5

中国版本图书馆CIP数据核字(2020)第103649号

夜芙蓉
YE FURONG
却却 著

责任编辑:袁 宁
责任校对:杨 婧
装帧设计:刘 倩

重庆出版集团
　　重庆出版社 出版

重庆市南岸区南滨路162号1幢 邮编:400061 http://www.cqph.com
重庆出版社艺术设计有限公司制版
重庆市国丰印务有限责任公司印刷
重庆出版集团图书发行有限公司发行
E-MAIL:fxchu@cqph.com 邮购电话:023-61520646
全国新华书店经销

开本:720mm×1000mm 1/16 印张:19.25 字数:290千
2020年8月第1版 2020年8月第1次印刷
ISBN 978-7-229-15087-7
定价:46.00元

如有印装质量问题,请向本集团图书发行有限公司调换:023-61520678

版权所有　侵权必究

谨以此文纪念抗日战争胜利七十五周年!
献给在抗日战争中牺牲的英雄!

序

  幸福在那里是一种奢望。叶芙蓉只是个渴望幸福的小女人，只是千千万万受苦受难的中国人的代表。世道黑暗，人心难测，正常人还不如一个傻子，可是就算是这点希望也不能长久，幸而她遇到了程行云，虽然曾被他伤害，到底也有短暂的幸福。

  程行云是军人，军人的天职是保家卫国，所以，在日本侵略中国的时候，他把孤零零的妻子托付给上海的朋友。在那里，叶芙蓉直接看到日本特务的残忍，体会到战争的残酷，认识了中国百姓的刻骨的仇恨和对侵略的誓死反抗，从而真正成长。

  程行云在七七事变中牺牲，叶芙蓉在那一晚产下一女，名叫七七。上海青龙帮少主罗方生深深爱上叶芙蓉，在国破家亡之际，一次又一次保护她们母女。罗方生与叶芙蓉在经过南京大屠杀、特务爆炸等血与火的残酷考验后，终于互相扶持，成为一家，并肩作战。

  这是叶芙蓉的半生，风雨飘摇中的半生，通过她的眼睛我们看到了那个硝烟弥漫、看不到光明的时代。叶芙蓉，夜芙蓉，是在苍茫暗夜中绚丽开放的芙蓉。

  我在文中刻画了很多顶天立地的真英雄。他们朴实无华，却比金子还

要宝贵,是中国的真正脊梁。像程行云,赵黑熊,刘副官,戴成城,许复,罗方生,包括甘蓝小镇上的唢呐老人,让我感动,让我流泪,也让我羞愧!为了我们活得更安全,更自由,更有自尊,更幸福,这些人慷慨赴死,奋不顾身。

历史总是匆匆而过。时间也许可以冲淡很多事,却无法冲淡中国革命战争的历史印迹。我们有必要回想这场战争给中国带来的一切,祭奠在战争中逝去的无数无辜生灵,缅怀在战争中奉献了热血和生命的英烈。

岁月带走了战争硝烟,埋没了侵略者的屠刀,这一串英雄的名字和事迹却不会随着岁月流逝,而永远会嵌印于你我的心中。

雪花狂舞兮沙尘弥漫,战士忠魂兮碧血荒滩。
矫鹰折翅兮心归故里,落英缤纷兮蓄芳待年。
修短百数兮无嗟无悲,长歌一曲兮壮士不还。

当战争已成往事的今天,对于日本,我们抱着一颗宽恕的心,是为了避免冤冤相报,战争不息。然而我们可以宽恕,但绝不可以忘记。

就算那是我们没有经历过的年代,但是它是我们必须铭记在心底,永世不能忘却的年代,那是屈辱与光辉并存的年代。

目录
CONTENTS

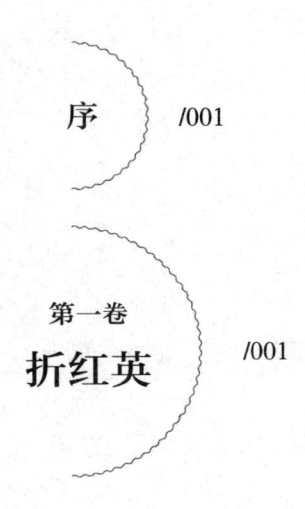

序 /001

**第一卷
折红英** /001

第一章	婚 礼	/003
第二章	傻丈夫	/020
第三章	自 封	/031
第四章	伤 逝	/045
第五章	抗 争	/059
第六章	折红英	/082

第二卷
破阵子

/097

第一章	无字碑	/099
第二章	铁　面	/110
第三章	红尘迷烟	/119
第四章	宁为战死鬼，不做亡国奴	/132
第五章	英　雄	/150
第六章	屠　杀	/163

第三卷
满江红   /179

第一章　　一家人　　　　/181

第二章　　特务英子　　　/193

第三章　　猎杀行动　　　/206

第四章　　后羿楼　　　　/222

第五章　　计中计　　　　/256

第六章　　甘蓝魂　　　　/280

第一卷
折红英

第一章

婚 礼

1931年　北方小镇甘蓝

天刚蒙蒙亮，袅袅水汽从甘蓝河上缓缓升起，水流缓慢，把河边的水草洗得犹如翠玉，玉上还泛着油油的光。明暗的光影中，两岸高高的芦苇张扬着朝天的戟，又缠绕了层层叠叠的纱，随着清冷的风舞动。

鸡鸣狗吠中，甘蓝河边的甘蓝城苏醒过来，太阳渐渐爬上金家大院的护院碉楼，在那乌黑的顶上懒洋洋地挂着，把赤的金的丝线撒了满院，满院的朦胧雾气顿时热闹起来，一丝丝一缕缕绕上这些炫目的色彩，越过青瓦灰墙往天空散去。

甘蓝城宽阔的青石板路上，漫天的杨花舞起，光亮可鉴的路上顿时缀上星星点点的花朵，好似青底的碎花洋布，路旁高高的飞檐张牙舞爪地伸向这方，青灰色的墙沉默地站立着，看着苍生营营碌碌，恍然间，似乎怀着深深的悲悯。一阵风过，拂动屋檐下的铃铛，一声声悠长散去，如哀伤叹息。

这沉闷的颜色，正要压得人几乎窒息，却又在绝望处，一家家一户户挂起红红的灯笼。

红是鲜艳无比的红，稍有褪色便要拿下来换纸或者涂色，而且即使再

穷的人家，灯笼也从不见一分一毫的破损，因为灯笼如同各家的脸面，家中可以什么都没有，但是灯笼却绝不能少。

再怎样苦的日子，也要一天天挨下去，来生太渺茫，只有活着，才有希望，才能在这茫然的灰色中，看到一线光明。

太阳爬上甘蓝河边的情人崖，崖下的松树林中闪着耀眼的光，从甘蓝城看去，那方金的碧的一片绚烂。情人崖是片赭色的石壁，石壁上寸草不生，连绵不断地在山顶高高耸立，好似甘蓝的巨大屏障，远远看去，像一个眼神冰冷的丈夫在守卫着自己娇娆的妻子，如有谁敢冒犯，他会立刻把人丢进这滔滔的甘蓝河中。

情人崖得名于一个凄美的爱情故事。不知道多少年前，一个长工和雇主美丽的小女儿双双坠入爱河，雇主发现了，把他痛打一顿赶了出来。小女儿被逼出嫁的那天，长工爬上这座石崖，吼起凄厉的甘蓝调，姑娘远远听到了，从花轿跑出来，投入奔腾的甘蓝河，他看到姑娘的红嫁衣随着流水远去，大吼一声，也纵身跳下这座石崖。

从此，相恋的男女都会爬上情人崖订下终身，让那对情人保佑天下有情人终成眷属。

随着金家大院中传来的一阵鞭炮声，家家户户都开了门，人们纷纷搬出鞭炮，在门口的拴马柱上挂着。女人三三两两聚在一起，七嘴八舌地交换着各自的消息。孩子们是最喜欢热闹的，他们在路上奔跑追逐，拿着棍子、竹竿玩骑马打仗游戏。大家都伸长了脑袋往路的尽头张望，耳朵支棱着捕捉金家大院的动静，整个甘蓝城顿时热闹非凡。

金家大院的鞭炮声一阵比一阵紧，鞭炮声中，锣鼓唢呐喧腾，把迎新的甘蓝喜调一遍遍奏响。甘蓝调为甘蓝城独有，甘蓝人会说话就会唱，以宽音大嗓门吼唱为主，歌词就是平时说的话，都是想到什么唱什么，不管男女老少，凑到一块都喜欢吼上两嗓子。甘蓝调还有固定的几出戏，都是三国、杨家将或者说岳飞的英雄故事，即使戏非常少，甘蓝人也是百听不厌，几乎每个人都会哼上几出。他们大多不识字，可是唱起甘蓝调来字斟句酌，从无荒腔走板。唱得多了，甘蓝人说起话来变得粗声粗气，连女人都是声音粗犷，吵起架来更是天翻地覆，到了最后，方圆百里的人骂人粗鲁就骂成"甘蓝婆娘"。

红尘滚滚中，两辆吉普车从省城的方向飞驶而来。前面车上是三个着笔挺军装的男子，坐在后座的这个男子身着的呢子料军装颜色稍深，戴着白手套，好似满腹心事，手指在车窗边无意识地敲着。他目不转睛地看着窗外，刀斧削刻般的轮廓显得越发凝重，剑眉纠结成一线，目光冰冷。

听到远远传来的甘蓝喜调，前面的人回过头来："司令，咱们快到了吧？"

他点点头："过了这座桥就是甘蓝城，书远，你们一直向前开，先到山包那边的乱坟坡去。"

那人答应一声，专心看起窗外的风景，甘蓝喜调越来越近，后面这人满脸怅然，眼中渐渐泛起水光，遥遥望向远方的情人崖，拳头悄然握紧。

车刚过完桥，迎亲的队伍迎面而来，前面的唢呐吹得震天响，那几个唢呐手吹得两个腮帮子鼓鼓的，你停我奏间，把甘蓝喜调吹得热闹无比。

路很窄，吉普车和庞大的队伍势必有一方要让，管家点头哈腰地跑上前来，一见车里的人满脸的肉笑得直抖："程司令，您这是来喝喜酒的吧？我们老爷正在等您呢，您这是要去哪儿啊？"

程司令一言不发，慢慢地从车里下来，前面的男子一见，也跟着下来了，皱眉道："司令，您这是？"

他摆摆手，径直走到花轿前面，在众人惊呼声中，掀起绣着大红双喜字的轿帘，里面的人听到动静，猛地把盖头掀开。那一瞬，他心头似乎被人用重锤敲过，从里到外发散着丝丝疼痛。

女子竟是满面泪容，一双黑白分明的大眼睛透着惊恐，她双手绞着红盖头，那蔻丹如血，映得手更加苍白，那身暗缀着富贵牡丹的大红旗袍长至脚面，缎面绣花鞋上，也是一边一朵盛放的牡丹。

她直直盯着他的眼睛，看他稍一皱眉，泪落得更急，把身体往回缩了

缩，把绣花鞋藏到旗袍下。

发觉这种距离太让人惊惶，她低头避开他的目光，把手中的盖头绞得更加用力。这时，一只戴着白手套的手伸进来，把她的下巴轻轻托起，当她的目光又一次与他交缠，她耳边传来一声轻笑："那老家伙果然有眼光，甘蓝竟有这等女人！"看着她眼中的水光又盛，他缓缓放下手，大步流星地走回去。管家惊出一身冷汗，匆忙追上他的脚步，赔笑道："程司令，我们家新娘子还漂亮吧，等下快些到金家来喝酒啊！"

他没有理会，飞快地走进车里，又瞥了一眼那大红花轿，冷笑着说："书远，事情变得更有趣了！"

当迎亲队伍缓缓走进甘蓝城，花轿所到之处，两边的鞭炮齐鸣，孩子们把木棍、竹竿全扔了，跟着花轿边跑边喊："看新娘子啰，吃喜糖啰！"人们跟着队伍涌到金家大门，大门外摆着一个火盆，两个喜婆子早候在门口，把身着藏青缎面长袍，胸前戴着大红花的新郎往前推去，嬉笑道："快，挑轿帘，把新娘子扶下来！"

新郎是标准的甘蓝人模样，宽额大脸，眼睛黑黑亮亮，而且身形十分高大壮硕，看上去颇有几分英武。美中不足，他的神情竟稚气十足，好似几岁的孩子。

他不乐意被人推搡，一甩手，竟把两个喜婆子掀翻在地，一跺脚，一屁股坐到地上撒泼："我要去玩，我才不要接什么新娘子！"

管家急得又是一头汗，连忙好言相劝："少爷，接了新娘子就可以去玩了，今天老爷高兴，肯定不会管你的。"

新郎高兴得直拍手，冲到花轿前，一脚把轿帘踢开，随着一声女子的惊呼，把里面的人一把拉了出来，径直朝门口拖去。喜娘慌忙拦住，说道："少爷，新娘子要跨火盆！"

话音未落，她又被推倒在地，只见新郎一脚把火盆踢飞，拖着后面的人横冲直撞地进了门。新娘被他拖得哀哀呼痛，又不敢斥责他，只得跟跟跄跄地跟住他的脚步。

穿过一道横廊就是宽敞的院子，院子里用大缸蓄水养着鱼，上面还漂着两枝粉粉的荷。院子里早就挤满了人，大家目瞪口呆地看着新郎气势汹汹地把新娘拖进客厅，把她往坐在正中的老者跟前一掼，满脸不耐烦地道："爹，我把新娘接回来了，我去玩儿了！"

新娘被推倒在老者面前，坐在地上捂着脸嘤嘤哭泣，老者怒目圆睁，大喝道："浑蛋，你给我站住，等下还要拜堂，你今天哪里都不能去！"

新郎把嘴一撇，竟躺在地上大哭大闹，"我不要娶媳妇，我不要拜堂……"

大家纷纷转过脸去掩嘴窃笑，老者一挥手，厉声喝道："来人，给我把这个混账东西拉起来，先锁到后院去！"他瞥了眼地上的新娘，叹道，"把新娘先送到绣楼，拜堂的时候再接下来。"

总算平息了这场风波，老者颓然坐到椅子上，旁边一个白发老者连忙劝道："继祖，等家宝成完亲你的心事也算了了，儿孙自有儿孙福，你还是想开些吧！"

金继祖长叹一声，说："表叔，这你就错了，他成完亲我还得想着怎么抱上孙子呢，要是到我这里断了香火，金家的祖宗真要从地下气得跳出来。家门不幸，怎么我会摊上个傻儿子！"

表叔还想再劝，听见门口一阵鞭炮响，接客人的长工牛耳以甘蓝调拉长了一声："程司令到！"

金继祖连忙起身，急奔到院子里迎接。程司令从横廊穿过，抬头看着客厅上的四个黑底金色大字"忠孝仁义"，嘴角不觉拉出一个嘲讽的微笑。正沉思间，金继祖已经到了面前，笑容满面地道："程司令大驾光临，我们金家今天真是蓬荜生辉，等下还请司令多喝几杯！"

程司令笑吟吟地把手套交到副官手里："你把我的几个侍卫官招待好就行了，听说金家大院在全省都是有名的，我想四处瞧瞧。"

金继祖呵呵直笑："哪里哪里，寒舍鄙陋之至，还请程司令不要见笑！我早已为您在正院准备了房间，要不我先带您去休息……"

程司令打断他的话："不用，你今天要忙的事情还多，刘副官陪我逛逛就行。你要是对我们不放心，找个丫头来看着也行！"

金继祖赔笑道："怎么会不放心，我只是怕程司令找不到路，误了开席时间。"

刘副官指着四个角落的护院碉楼，说道："正午开席是吧，我们记着这个一定能准时回来！"

金继祖眼睁睁地看着两人往后面的正院走去，口好像被塞住了，半天说不出话来，只得怏怏回到客厅。表叔问道："这个程司令是何方神圣？以前怎么没听说过，值得你花这么多心思？"

金继祖斜了他一眼："表叔，您在家闭门玩花已经这么久了，当然不知道外面的事情。这个程行云是刚到任的甘蓝驻军司令，省里给我来的通知。这不，我前脚接到通知，他后脚就到了省城，我赶紧给他送信邀他参加我儿子的婚礼，希望能笼络住他。这些年时局动荡，金家的生意亏了不少，已经禁不起风浪了。"

表叔叹了口气："既然这样，你就先把生意收回一点再说，我们先保住本，等时局稳定了再去做。"

金继祖哈哈大笑："表叔，这你就错了，我看时局至少10年都没办法稳定下来。现在各地军阀都在积蓄力量，日本人又在东北虎视眈眈，只怕这仗是打不完了。我得趁打仗前好好做一阵子生意，等风声不对再赶紧收山，我们金家大院要维持也不容易，可不能在家里等着坐吃山空。"

正说着话，管家满头大汗地跑过来："老爷，吉时已到，新郎新娘要拜堂了！"

喜婆子飞快地跑上绣楼，踩得木楼梯咚咚直响，一会儿就把新娘扶了下来。两个护院飞奔到后面，正要去拉新郎，新郎往地上一躺，嘟囔着不肯走，一个护院急中生智，嬉笑道："少爷，你不是喜欢吃奶吗，娶了媳妇就每天都有奶吃了，还不快跟我们去！"

新郎连忙站起来，眉开眼笑地道："真的？快走快走，我要吃奶！"

成功地把他拐到客厅，两个护院挤眉弄眼地走了。红纸装裱的瓶镜之旁，金继祖正襟危坐，喜滋滋地看着面前的新人。管家凑到新郎面前："少爷，快拜堂吧，拜了堂她就是你媳妇儿了。"

　　在司仪的高唱声中，新郎和新娘规规矩矩地拜了堂，大家开始鼓掌起哄，要新郎当众揭盖头。新郎最爱热闹，见大家围着自己笑，顿时高兴得手舞足蹈，笑嘻嘻地把新娘的盖头一掀，连她的脸都没看清楚，抱着她大叫："我要吃奶，我要吃奶……"一边把嘴巴朝她胸口亲去。

　　新娘大惊失色，拼命撑着他的下巴，新郎急了，抓起她的领口一撕。众人的惊呼声中，新娘子白花花的胸口露了一大片，又羞又怒，顿时又是满眼水汪汪的。金继祖拍案而起："把这个混账东西给我关到洞房里去，没我的吩咐不准放出来！"

　　他转头盯着新娘子的胸前，那白色如针，扎得他眼睛生疼，不由得叹了口气："把新娘子给我送到绣楼休息，天黑再送进洞房！"

　　闻言，新娘脸色惨白，软软地坐到地上，墨般的眸子中全是绝望。

　　大家原本的兴致顿时没了，看着新娘子捂着胸口满脸惶恐的样子，纷纷低声叹息，多漂亮的姑娘，这辈子就这样毁了，进了金家这个大院只怕永不见天日了。

　　有人偷偷说起金家逼娶的经过，这个姑娘叫叶芙蓉，是她父亲做生意的时候从江南带回的一个美丽女子所生，父母前两年先后过世，父亲的正妻积压多年的怨愤终于找到发泄对象。她父母的尸骨未寒，大娘的脸就拉了下来，把她赶到丫头房里，每天都分配做不完的事情给她还不算，对她动辄打骂，吃的穿的更是连丫头还不如。后来她不知怎么被金家老爷看中，金家提亲时，那大娘竟不顾金家老爷的儿子是个傻子，一百个大洋把她卖到金家，叶芙蓉知道了，几次逃跑都被捉了回去，那大娘竟威胁道，如果不嫁就卖进窑子，让她从此千人枕万人骑，这个女子才乖乖答应下来。

　　听了女子的遭遇，大家纷纷扼腕叹息，吃起酒也没多大意思了，这哪

里是喜酒，明摆着就是人家姑娘的断魂酒，甘蓝人性子直，喝着喝着就有人吼开了：

姑娘哎十八呀一朵花，心上的哥哥找不到，嫁到别人家。
姑娘哎十八呀一朵花，没有爹娘来照顾，两眼泪花花。

程行云和刘副官沿着围墙慢慢向后面走去。围墙很高，呈冷冷的青灰色，好似永远没有尽头般延伸向天边，和这边的房屋形成一个狭窄逼仄的甬道。一抬头，只见一片细长的灰白天空。甬道的路面由切割整齐的青石铺成，两人沉默地走在上面，鞋底的钉子在路面敲出沉闷的声音，咚咚地引出声声回响，好似甘蓝锣鼓，缓慢的节奏总敲出悲切来。

正走得无趣，一扇朱漆大门出现，门口高悬着两个大红灯笼。走进门，照壁上雕刻着巨幅的龙凤呈祥，照壁后面是一个大院子，里面摆放着许多紫檀花几，花几上的翠绿兰草开得正好。两人绕了一圈出来，沿着甬道往前走，前面还有一个大院，也是大红的灯笼，一个大红的双喜贴在门上，两人推门进去，几个丫头正忙得不可开交，旁边一个中年妇人拿着鸡毛掸子叉着腰在指挥，见两人进来，大家都愣住了。妇人赔笑道："两位长官，我们这里是新房，不便参观，两位要看我引你们去后面花园瞧瞧……"

刘副官把眼一瞪："我们想去哪儿就去哪儿，连金继祖都不敢拦，你啰唆什么！"

妇人悻悻闭嘴，抽出鸡毛掸子指着那几个丫头："都愣着干吗，一会儿不教训你们就给我蹬鼻子上脸了是不是，都给我做事去！"

听说是新房，程行云来了兴致，在院中看了一遍紫檀花几上开得鲜艳的玫瑰和月季，绕到正中的一间贴满聪明伶俐窗花的房间，聪明伶俐是甘蓝特有的风俗贴画，是一个果盘上堆着葱、菱、荔和藕，象征着早生贵子，聪慧可爱。程行云和刘副官提起这个意思，刘副官大笑："金继祖还指望着他家的傻儿子生个聪明娃娃出来呢，真是用心良苦！"

闻言，程行云但笑不语，撕了一张下来在手中揉成一团。走进房间，房间正对门处贴着蟾宫折桂的巨幅图画，是一个身着肚兜的小儿在攀折桂树枝，小儿的眼睛又大又圆，很是可爱。刘副官笑了笑，走到一张红木粉彩瓷面的八仙桌前，往那同样质地的靠背椅上一坐，抓起桌上的枣子就往嘴里扔："司令，那金继祖想孙子想疯了，到处都是这玩意儿！"

程行云走到雕花大床前，摆弄着帐顶垂下的红色璎珞。床是红木制成，两角镂空，用玻璃填满，玻璃漆成白底，上面都画着缠头交颈的鸳鸯，而床边是交错的藤蔓枝条纹路，嵌着颗颗宝石，象征着果实累累。他坐到床边，抚弄着大红的丝缎被面，那凉意几乎让他不忍释手。

这时，从前面传来阵阵甘蓝调，两人走出房间，凝神细听下，刘副官叹息道："听说金继祖的儿子傻得厉害，那姑娘真是可惜了。"

程行云冷笑一声："每个人都有自己的命，她的命就是这样，这是谁都没办法的。"

刘副官点点头，眉头一挑，戏谑道："刚才你有没有瞧着那姑娘，到底漂不漂亮？"

程行云心里出现一张带泪的脸，一股烦闷从心底油然而生："漂亮有什么用，还不是别人的媳妇儿，难道你还想打什么主意不成？"

刘副官嘿嘿直笑："这倒没有，爱美之心人皆有之嘛，我过过眼瘾也行嘛！"

两人嬉笑着走出门，继续沿着甬道向后走，刘副官啧啧称叹："这金家也真有钱，把家修得这么大，他住得过来吗？"

程行云指着旁边："那边是偏院，是他的女人住的，长工们都住在后院。有这四个护堡碉楼在，这大院是插翅也难飞进来，也更加难出去。甘蓝城说的金家大院不见天日就是这个意思。"

刘副官点点头，刚想走进一个偏院，发现门被锁住了，从里面传来一阵女人凄厉的叫喊："我的儿啊……"

011

　　这时,一只乌鸦嘎嘎叫着从围墙上方掠过,刘副官心中一凉,脚步顿时踌躇起来,程行云脸上早已乌云密布,他凝神听着那叫喊,眼中血色顿现,好似要喷出火来。

　　刘副官见他神色不对,试探道:"司令……快正午了,我们先回去吃饭吧!"

　　程行云瞥了一眼那院子,扭头便走,刘副官连忙跟上:"司令,你说的就是她?"

　　程行云冷哼一声:"金继祖,我一定要把你欠我的讨回来!"

　　入夜,客人们瞧着新郎的样子,根本没有闹洞房的兴致,一个个早早告辞。金继祖喝得满面通红,不时发出一两声大笑。

　　当着程行云的面,他亲自吩咐丫头把侍卫官安排好,满脸堆笑着凑到他面前,"程司令,我已经为您安排好了,您随我来瞧瞧,看满不满意。"

　　程行云一声不吭地跟他来到第一个主院,金继祖颇为自得地指着挨着砖砌花墙的房间道:"程司令,这房间后面有个小花园,你推开窗就可以看到,你要不要进去看看?"

　　程行云皱起眉头,不慌不忙地走到客厅那珐琅面八角桌前站定,看着墙上的岁寒三友图。金继祖心里敲起了鼓,赔笑道:"程司令,您要是不满意,我们金家这么多房子随便你挑……"

　　刘副官不知他葫芦里卖的什么药,远远站在花墙前看着他们。

　　程行云突然转身:"你说随便我挑是不是?"

　　金继祖不知正在想什么心事,被他吓了一跳,慌忙道:"正是,正是,最重要的是让程司令满意……"

　　程行云打断他的话:"我要那间新房!"

　　此言一出,刘副官和金继祖都吓了一跳。刘副官纳闷地盯紧他,想从他紧锁的眉头探出什么究竟。金继祖惊出一身冷汗,仍不敢让脸色有变,笑道:"程司令既然喜欢,我断没有不答应的道理,我马上叫人另外布置一间给小儿和媳妇儿住。程司令要是住得舒服,那间以后就当是您的别院了。"

程行云摆摆手，冷冷地盯着他的眼睛："我的意思是，你把你儿子另外安排就好！"

刘副官总算明白了他的意思，悚然一惊，疾走两步到他的身边。程行云眼角都不瞟他一下，继续盯着面前有些发抖的金继祖："金老板，你还是不明白吗？"

金继祖好似斗败的公鸡，连脖子都缩回去了，只听他垂头丧气地回答："明白，程司令，我马上就去安排，您先去新房休息吧！"

叶芙蓉回到绣楼，两个喜婆叹着气拿了套宽袍大袖的衣裙来换，衣是瓷青薄绸，盘扣上缀着金线，裙也是同质同色，在这种天气穿最是凉快。她刚想叫她们拿自己的衣服，话到口边才突然想起来，大娘竟没给她准备一件替换的衣服。

她缓缓放下手，拿起那衣裙，把薄薄软软的绸在手中摩挲着，手捂在胸口已经举得麻木，好似早已痛得麻木的心一般。久远的一幕幕在她眼前渐渐浮现，父母过世才只两三年工夫，她就感觉已过完了半生，再往前一步，就是黄泉。

她甚至渴望那忘川的水，喝下后能忘记一切，懵懂地再世为人。这个世间的人情冷暖，其实不过就是冷，自从父母死后，以前的亲戚朋友除了讨债的再也没人登门，自己不是没有求助过，可是众人纷纷退避三舍，眼见着自己被打骂虐待，甚至被卖进金家，竟然从来没有人出言劝阻或者相助，都怕揽了这事后引火上身。

她一次次逃跑，一次次被大娘派人抓回来，当大娘正在计划把她卖出去时，金家的一百大洋送到了她的手里。大娘先是笑脸相劝，见劝不动，她的表情立刻变得狰狞起来。

她说的那句话现在还在耳边："给你两条路，一是嫁到金家做媳妇，从此衣食无忧；一是到平山的窑子里，你自己选择！"

平山的窑子！她一想起这个名字就不禁瑟瑟发抖，谁都知道平山的窑

子是个有进没出的地方。前面都是地狱，没有不同，她只好认命地点了头，即使知道金家的儿子是个傻子。

坐在高高的绣楼上，楼下人们高声行着酒令，还有人唱起甘蓝调，当那歌声传到她耳中，她的手不觉一松，怔怔落下泪来。

喜婆连忙把衣裙捡起，赔笑道："姑娘，你就把这身衣服换下来吧，这衣服破成这样，穿出去实在不体面，你今天是新娘子呀！"

她擦去泪水，苦笑着站起来。是的，她今天是新娘子，可能也是最可笑的新娘子，家里没有人送亲，没有任何陪嫁，连身上这件嫁衣也是早些年母亲在世的时候缝的，现在这件嫁衣也被撕破了，自己连这唯一的东西都失去了。她下意识去摸摸发髻上的银钗，那朵芙蓉在手下有种温暖的触感，她突然想起，那是母亲的遗物，她藏在墙缝里才躲过大娘的搜查，她的过去，就只有这个作念想了。

换好衣服，青的绸衣和缎面红鞋搭配起来有种诡异的感觉，她看着鞋面的金丝线绣的大红芙蓉，大家都以为这个是牡丹，其实这花朵怎么会有牡丹那种富贵气，芙蓉只是高高的树和高高的花，总是要经受多些风雨。

饿了一天，傍晚时分在喜婆规劝下胡乱吃了点东西，看着太阳渐渐西沉，她的恐惧渐渐逼到胸口，几乎要把胸膛生生戳出个血淋淋的洞来。客人告辞的声音传到她耳中，那欢笑声如在天外，与她隔着茫茫一个尘世。当最后一个客人告辞，大门"吱呀"一声被关上，又重重落了门闩，她才发觉，不知不觉间，她已经把自己的手心掐出几个深深的血痕。

看着对面碉楼上的红色灯火，她迟疑着站起来倚着绣楼的栏杆，问自己，这一辈子，就这样过下去了吗？

可是，人生，从来都是身不由己。

当金继祖亲自来接她下去的时候，她脚步踉跄着，几乎跌在楼梯上，金继祖回头瞧了她一眼，看着她眼中的泪光，眼前又出现白天她胸前的那片刺眼的白，踌躇着，他伸出手托在她腰上，手下柔软的线条灼得他心里一阵抽痛，他轻轻把她扶起来，提着灯笼把她送到一个大门口，匆忙叮嘱一声："今晚好好招待程司令！"便转身离去。

她被这句没头没脑的话弄糊涂了，一进门，一个穿军装的高大男子恭恭敬敬地把她引到灯火通明的新房，开了门一边把她让了进去，一边说："你先坐着等等！"

屋子里没有开灯，两支巨大的红烛正缓缓流着泪，烛底的鎏金铜座铺了满盘的红，而整个房间照得连暗黑的影子都无从躲藏。记得喜婆说过要坐到床上等新郎，今天一团混乱，她竟不知道要怎么面对接下来的漫长夜晚。她轻轻叹了口气，走到那粉彩瓷面的八仙桌边，靠着椅背坐了下来，才发觉自己疲惫到了极点，紧紧闭上眼睛。

该来的总会来，命运要这么安排，躲是躲不过去，既然自己嫁的是个傻子，以后好好对他，他应该也不会坏到哪里去。

知道了人心的险恶，傻子反倒能让人安心，至少，他不会存心陷害他人。

正在胡思乱想，门突然推开了，一个人慢条斯理地走了进来。看着面前惊恐的眼睛，他嘴角有一抹笑意："这么快就不认识我了吗？"

她霍地站起来："你到底是谁，你怎么会在这里？"

他大笑着，轻佻地把她的下巴托起来："难道你真想等那个傻子来跟你圆房，还是……你喜欢他吃你的奶……"

今天听到婚礼上的事情，他才发现自己好久没开心地笑过了。想起那楚楚可怜的新娘，他心里那股烦闷之气越来越盛，到了最后，他终于做了个重要的决定，今天晚上，要了她。

随着她的一声惊呼，他一手绕到她脑后，把那芙蓉钗拔了下来。她的一头黑发如瀑般垂下，有几缕散在胸前，那黑白分明的大眼睛圆睁着，眼底一片惶然，如失怙的幼兽，使本来就瘦削的小脸显得更加凄凉。

他只觉得胸口越来越窒闷，那股莫名的烦躁几乎堵得他透不过气来，甚至想就此停手，放过这个可怜的女人。一时间，他的脑中转过无数个念头，心上多年的重担一点点卸落，当他几乎放弃的那个瞬间，她连连退

后，踢到床榻直往床上跌去。

她的泪水好似重重敲击在他心上，他叹息一声，说道："不要哭，我怎么老是看见你哭。笨女人，算了，我不强迫你，你来跟我说说话吧！"

她惊呼一声，被他一把拉起来，红抹胸全部敞到外面。他只觉得眼前红的白的什么东西一晃，一眨眼，她已经把衣服裹紧，紧张地看着他的眼睛。

他微微一笑："看来我刚才做了个错误的决定，我们还是继续好了。"他刚想把她的上衣褪去，她终于从纷乱中醒悟过来，尖叫一声，夺路而逃，他有些恼怒，一伸手就拦住她的去路，在她软绵绵的拳头下把她打横抱起，扔到床上⋯⋯

灰蒙蒙的光线刚把前院填满，金继祖就已经和程行云坐到了摆着瓶镜的方桌旁，一人捧着一杯茶各怀心事地喝着。刘副官不知该说什么，默默坐在一旁，目光不停地在两人脸上搜寻。

程行云忽然微笑着说："金老板，瞧我这记性，我还有事要说呢！"他从衣兜里拿出一条白色帕子，看到那上面一团暗红，刘副官和金继祖目瞪口呆。程行云把帕子扔到金继祖身上，"金老板，昨晚我试过了，你儿媳妇还真是个黄花闺女，你以后可以放心了！"

那白色的帕子从金继祖的黑色压花丝缎长袍上滑落，一直落到那摊开的前摆。金继祖的脸上一阵红一阵白，连一个字都说不出来，抖抖索索把那条帕子紧紧抓到手中。不知道过了多久，才挤出一丝笑容："那就谢谢程司令了，以后还请程司令多多关照！"

他一抬头，眼中一片死灰："来人，叫少奶奶出来奉茶！"

高高的芙蓉树下，粉的花朵朝天绽放，在茂密的树叶间如华盖般炫目迷人。叶芙蓉定定地站着，眯缝眼睛迎向从树间透下的光线，光线有着金丝般的质地，缠绕在她纤秾合度的红色缎面旗袍上，使她整个人流光溢彩，似有万种风情。

突然间，狂风乍起，天地顿时黯淡下来，飞沙走石间，一个人扑向她，大呼着："我要吃奶！"她悚然一惊，从床上猛地坐起来。榻边跪着一个十四五岁的丫头，头低低的，几乎磕到床榻上："少奶奶，老爷吩咐小的叫您去敬茶！"

抹了一把冷汗，她才发觉自己全身酸痛，丫头又说："少奶奶，我叫小蓝，是老爷派来伺候您的，您有什么吩咐尽管说。"

正呆愣着，小蓝抬头看了看她，把长辫子一甩，起身绞了毛巾递过来，她总算回过神来："小蓝，你先去外面等我，我马上就好！"

小蓝高兴地应了声，转身走到门外。她挣扎着起来，走到支着洋铁脸盆的红木雕花架子边，就着温热的水把全身细细擦了遍，穿好抹胸和裤衩，发现床边放着一个铜制鎏金衣箱，箱体上一圈龙形浮雕，龙眼并非常见的怒目圆睁，有着三分喜气，使整个造型显得婉转柔和。她轻轻打开衣箱，金家果然待她不错，里面的衣服都是新做的，缎的绸的丝绒的都有。她随手翻了翻，竟从里面翻出一件藕荷色暗花和一件素底蓝花的薄绸旗袍，不禁心头一动。母亲从江南而来，最爱这摇曳生姿的旗袍，平日里也为她做了许多，谁知大娘对这妖娆的姿态恨到极点，母亲一死，便把所有的旗袍都剪个粉碎，只剩下一件红嫁衣，因为怕嫁她时还得贴件嫁衣。

她踌躇了一会儿，把那件藕荷色的旗袍拿出来，衣服烫得很平整，那软软的质地握在手中有些惆怅的感觉。她飞快地换上，把头发在脑后梳了个髻，才娉娉婷婷地走出来。

小蓝眼前一亮："少奶奶，您可真漂亮，我还从来没见过像你这样好看的人呢！"

她苦笑连连，跟着小蓝走到前面的正厅。金继祖和程行云靠着张花梨木方桌正在喝茶，桌子上仍是贴满红色的花瓶和镜子，刘副官坐到旁边的客座上，也在端着杯子拨动茶叶。

看着她从院子里走来，大家手中的茶杯都停在半空，管家大声道："新媳妇给公公敬茶！"

当她的目光和程行云的遇上，她猛然想起昨晚的经历，心跳得完全没

了章法。小蓝端了个盘子，上面有两个茶杯，她正不知如何是好，金继祖喝道："还愣着干吗，先给程司令敬茶！"

她浑身一震，朝他盈盈跪倒，再也不敢看他的眼睛，把茶杯高高举过头顶："司令请喝茶！"

看着她远远走来，那不堪盈手一握的腰肢在窄小的旗袍中更显楚楚动人，程行云心中翻腾如浪，及至她到了近前，瞥见她脸颊的一抹绯红，浑身竟不由得又烧灼起来。她的蔻丹仍红得如血，把纤细的手指更衬得青葱如玉，手腕皓如霜雪，她全身除了头上的芙蓉钗，竟连一件首饰都没有，因了素面朝天，她一张脸更显苍白，长长的睫毛在眼下的阴影里扑闪着，低眉顺眼地等待他的回应。

能低头的女子，才更显得温柔，更让人怜惜。

直到她举得手开始微微颤抖时，他才接过茶，从军装上衣口袋里掏出一个红包放进托盘，她收起托盘，看见里面的红包，鼻子一酸，一颗眼泪掉在上面，把那红色润开一团。听到金继祖的一声咳嗽，她猛地醒悟过来，低声道："谢司令！"

当她把托盘高举到金继祖面前，金继祖倒没耽搁，取了茶放了个红包进去，说了声，"等下跟管家去偏院见你婆婆和姨娘！"

她连忙谢过，把托盘交到小蓝手中，站在一旁静静垂手立着，金继祖瞥了她一眼："以后好好照看家宝，我们金家不会亏待你！"

她低头应了声。刘副官一直盯着面前的女子，见她的脸色愈加惨白，真如刚制成的白纸般，有着触目惊心的凄然，不禁心有不忍，瞥见程行云嘴角的残酷笑容，不禁打了个寒噤，小声道："程司令，我们该去驻军总部办交接了！"

程行云应了一声，大步走到她的面前，用力捏住她的下巴，转头对金继祖道："你好生照看这个女人，我以后有空再过来瞧瞧！"

金继祖连连称是，忙起身送客，当他们的身影在大门口消失后，金继祖冷冷喝了声："关门，落闩！"

018

看门的长工连忙把门关上，金继祖袖子一拂，把茶杯、花瓶和镜子全部扫到地上，口中不停地咒骂着："王八羔子，真是欺人太甚……"

他劈头把几乎揉进掌心的白色帕子砸到她头上，那红色如刺入她心里的一把锥子，疼得她落下泪来，他一巴掌打去："贱货，你还有脸哭！"她被打得连退两步，摔倒在地，靠着椅子脚掩面哭泣。他怒火冲天，一脚朝她踹去，"你给我起来敬茶去，你以为有了程司令撑腰就了不起了吗，我可告诉你，你嫁到金家就是我们金家的人，我要你生才能生，要你死你就没有活路！"

她被踢得连声哀叫，蜷着身子又生生受了他几脚，管家见势不对，连忙打圆场："老爷，少奶奶该去敬茶了，姨娘她们都等急了！"

他悻悻收了脚，把她从地上提了起来，推到早呆在一旁的小蓝面前："管家，小蓝，你们先把她带到偏院敬茶，以后给我看紧点，不准她踏出那个院子半步！"

当他们三人急匆匆往后面走，金继祖加了一句："把家宝也给我锁到院子里，让他早点给我弄个孙子出来！"

第二章
傻丈夫

  青灰色的墙连起了青灰色的天，沉甸甸地压在人的头顶，狭窄的甬道延伸着，好似永远没有尽头。小蓝搀着叶芙蓉，亦步亦趋地跟着管家。管家开始一直闷头走着，察觉出叶芙蓉的脚步有些不稳，渐渐慢了下来，仍是不发一言地在前面带路。

  不知道走了多久，他们走到一个外面锁住的院子，管家掏出一串钥匙把门开了。两个老妈子早就在门口候着，引着他们从长廊走进客厅里。

  客厅冷冷清清地摆着张朴素的红木八仙桌，旁边是两把高靠背椅。这么大的客厅，竟连一点摆设都没有，叶芙蓉正在纳闷，管家对两个老妈子一扬手："快去请太太出来，新媳妇来敬茶了！"

  见两人快步走进厢房，他转身对叶芙蓉说："这个是大太太。"

  叶芙蓉应了声，不敢多问。一会儿工夫，两个老妈子搀着一个白发老妇人走了进来。那妇人双目无神，嘴里还喃喃地念着什么，管家连忙拜倒："六福见过太太，太太现在可好？"

  那妇人没有搭理他，仍自顾自地念叨着，管家兀自起身，老妈子已经端了茶过来，把茶盘交到叶芙蓉手里。她把茶盘高高举起："媳妇给婆婆请安！"

见妇人仍没有答应，管家凑到妇人面前："太太，这就是家宝的媳妇儿，您瞧瞧中不中意！"

妇人如被雷击，浑身抖如筛糠，哀哀地低号："家宝，我的宝儿，你在哪里……"她突然从椅子上蹦起来，把面前的茶盘掀翻在地，扑上来狠狠掐住叶芙蓉的脖子，"你想害我儿子，我知道，我什么都知道，你这个心肠狠毒的狗东西……"

两个老妈子连忙上来拽住她的双臂，在叶芙蓉晕厥之前把她救下来。小蓝从没见过这等阵仗，在旁边吓得瑟瑟发抖，管家瞪了她一眼："快把人扶起来！"

叶芙蓉只觉得全身的力气一丝丝被抽离，倚在小蓝身上，连站起来都有心无力。小蓝连拖带拽地把她扶起来。管家摇头叹道："小蓝，把少奶奶送到姨娘那边去，她们早等得不耐烦了。"

小蓝架着她出了门，小声道："少奶奶，您撑着点儿，敬完茶我回去给您擦药！"

叶芙蓉感激地朝她笑笑，过了那阵晕眩，她的身体渐渐恢复了些力气。三人循着甬道走进又一个偏院。这个院子倒满是鲜花装点，长廊上的砖砌花窗上吊着翠绿的兰草，光线从窗外透进来，把片片叶子映得光洁如碧。

几人来到客厅，一个胖胖的妇人正在拿着一根鸡毛掸子抽一个丫头，丫头不敢躲闪，缩头缩脑地站着，轻声哭泣。管家行了个礼："二太太好，我带新媳妇来给您敬茶来了！"

妇人一抬头，叶芙蓉不觉一愣，她的五官颇为细致，眉目间仍有美人的样子，只是被满脸的肉挤成一团。妇人悻悻罢手，把鸡毛掸子一扔："下次还敢动我的东西看我不打死你，你给我下去！"

那丫头捂着脸跑了出去，旁边的老妈子连忙送上茶盘，叶芙蓉在小蓝的搀扶下接过来，妇人皱眉道："你怎么现在才来，我都等了一个早上了。你是不是没把我放在眼里？"

管家赔笑道:"二太太,新媳妇刚从大太太那来,还差点儿被大太太掐死,您看她仍然惊魂未定呢,就饶了她这次吧!"

二太太笑起来,脸上的肉不停地抖动着:"活该!那个疯婆娘有什么好敬的,她现在连人都认不出来了,见谁都说别人要害她儿子。她那个傻儿子有谁想害?"她端过茶,把红包丢到茶盘里,站起来围着她转了转,往她腰上掐了一把,笑道:"你这个样子怎么生娃娃,屁股小腰肢又细。听说你娘家虐待你是吧,到我们家来断不会少你吃喝。你还得吃胖点,老爷想孙子快想疯了!"

叶芙蓉规规矩矩地磕了头,小蓝又把她搀起来,三人跟二太太告辞,管家松了口气:"快,前面就是三太太的院子,给三太太敬完茶就可以回去了。"

三人加快脚步,三太太的院子门口早有丫头候着,把三人领到客厅。三太太的院子格局有点类似主院,进门便是一个四方的小院,里面摆满了紫檀木花架。各色花朵正争奇斗艳,最为珍贵的要属开得正盛的兰草,花朵翠绿淡雅,有着翩翩风度。直到看到这些,叶芙蓉才明白为何兰草被称之为花中君子。

三太太三四十岁,看上去仍显得很年轻,眼神冷冰冰的,嘴唇很薄,时刻抿得紧紧的。她一身绿色薄绸衣裙,衣裙上还点缀着点点素色小花,更显出一身清冷。

她端坐在一幅翠竹图前,当叶芙蓉跪到她面前奉茶,冷笑一声:"我可当不起你这大礼,你要跪跪你公公婆婆去,别在我面前假惺惺!"

管家赔笑道:"刚刚新媳妇在大太太那里吃了点亏,这才慢了些,您瞧她还刚缓过神来,就饶了她吧!"

三太太扶着桌子站起来,声音高了许多:"我饶她?我哪里有这个本事饶了她,反正这个家以后都是她的,不要把我这老东西赶出去我就谢天谢地了。六福,你以后拍马屁拍准点儿,这个新媳妇模样不错,说不定被那没天良的糟老头子看上,把他傻儿子踢到一边自己上……"

"哐当……"叶芙蓉手中的茶盘应声落地,三太太破口大骂:"你看不起我也不用当我的面摔东西,我好歹也比你长一辈,你背后戳我的脊梁骨骂我我不管你,当我的面你好歹给我摆个笑脸出来!"

管家一使眼色,小蓝连忙搀起叶芙蓉,见她脸上两道泪痕清晰可辨,不由得有些心酸,正想把她扶到一边,三太太一个巴掌甩到她脸上:"你装什么可怜,我骂你两句你就受不了了,这么娇气就别上金家来,金家可养不活你这种娇小姐……"

管家再也看不下去了,挡在她面前:"三太太,老爷还等着少奶奶回去训话呢,您要是把少奶奶打坏了,老爷问起来,我们可不好交差。"

三太太好似被踩到尾巴的猫,大声吼叫起来:"你不好交差?你不会叫那个没天良的糟老头子过来找我问罪?对啊,我就打了她怎么着?她现在成了他的宝贝心肝,把我们这些老家伙都晾到一边去了。这个没天良的东西,坏事做尽了,报应到小的身上来是不是?我呸,我倒要看看金家还能撑到几时!"

三人正不知如何是好,只听晴空一声霹雳:"你闹够没有?"

三太太安静下来,金继祖慢慢从门口踱进来,朝管家一挥手:"你们先把少奶奶送回去,我等下再过去看看。"

三人连忙退出去,叶芙蓉憋了一口气,脚下生风,恨不得立刻就回到自己的小院。管家把她们送到新房,赶忙回头找金继祖。只见金继祖气得直喘粗气从偏院出来,理都不理他就朝新房走。

两人进了院子,金继祖突然停住脚步,对管家道:"你去找少爷过来,我有话要交代他们两个。"

管家应声而去,金继祖慢慢踱到新房门口,听小蓝在说:"少奶奶,您还疼不疼,您先别哭,先把脸上这块消了再说……"

他猛地推开门,里面两人都吓了一跳,他朝小蓝一皱眉:"你先出去,我有话跟芙蓉说。"小蓝连忙把手里的东西放下,低头走开了。叶芙蓉想起刚才的那一幕,惊恐地看着渐渐移到面前的双脚,当他逼到面前时,她

吓得扑通一声跪倒在地，泪水一颗颗落到地上，闭上眼睛准备承受又一轮惩罚。

经过刚才的事情，她的发髻已有些零乱，几缕发丝挣脱了钗的束缚，柔柔地贴上她的脖颈，把那段白玉般的肌肤衬得更是诱人，她瘦削的脸埋在阴影里，只有窗户那方的光线勾勒出淡淡的轮廓。他的眼光不错，她穿这身真是漂亮，从胸部丰满的曲线而下，便是纤细的腰身，她这些天又瘦了些，他本来以为会紧紧贴在腹部的旗袍竟然有些松动，可是越发显得柔软娇娆。

金继祖仍然记得那一天，他一早去省城做事，经过一个村子时，看见有个女子正在甘蓝河边洗衣服。那洗衣棒对她来说实在太大，每举一次都似乎要费很大力气。他远远看着她，天色尚早，她的脸隐藏在暗影里，只有一个模糊的轮廓。等他稍微走近，她抬手擦擦汗，他才发现，这个女子生得极美，不是甘蓝人的阔脸大唇，而是好似从月历画里走下来的江南美人。等他绕到她身后，惊叹不已，她的腰肢如他在南方遇到的娇娆甜美的女子一般纤细。那一刻，他有拾到宝般的欣喜，马上打听出她的姓名和住址。本来他准备为自己聘娶，后来想到儿子已经过了结婚的年纪，如果还不为他娶亲实在有些于理不合，何况自己多年来也无其他子嗣，只能指望傻儿子能为他延续香火。傻儿子是个不懂事的东西，以后所有的事情还不是他说了算，他要这个女人她难道还能跑得掉吗？

谁知道，本来计划得好好的，半路上杀出个程行云，把他苦心布置的一局全部破坏。他昨晚一宿没睡，恨不得拿把刀把那个浑蛋砍了。今天一早程行云像个没事人一样走出来，他还以为事情过去了，没想到那个浑蛋竟然拿出那落红摔到他脸上。这不是直接甩他耳刮子吗？

他暗暗思量，金家大院的事情没他点头是没人敢往外说半个字的，这个女人只要仍在金家，他就有把握控制她。

想到这里，他稍稍放心了些，俯身下去手搭在她的肩膀上。她的肩膀好单薄，好似一捏就会碎掉。感觉手下的身子有些颤抖，他心里有种满足感，女人，还不是男人豢养的一只狗，只要你摸摸她的毛，她一定就会对你俯首帖耳。

他轻轻在她肩膀摩挲，那薄绸下的温度传到他手心，让他如被一只温柔的手捶打般舒服。他眯起眼睛，细细打量面前的女人，好似赏玩一只笼里的鸟儿。他有足够的信心驯服她，让她乖乖成为他的女人，并且为他金家传宗接代。

当他的手落到肩膀上，叶芙蓉大气都不敢喘，连泪水都生生逼了回去。他认真地摸着，她只觉得毛骨悚然，从肩膀那传来的触感太不真实。那刻，她好似被一条巨蟒缠住，巨蟒认真地绞缠，一圈又一圈，慢慢地，把她的呼吸夺去。

"爹，找我做什么？"门被人一脚踹开，打破了房间里诡异的气氛，金家宝笑哈哈地跑了进来，脸上全是点心屑，手里也满是点心。

金继祖朝他一招手，指着地上的女子道："你过来见见你的媳妇儿，以后你们两个要好好相处！"

金家宝冲到她面前："媳妇儿，跟我玩去吧，我们去吃好吃的。"

金继祖喝道："别净挂着吃。家宝，以后你要跟你媳妇一起睡，懂不懂？"

金家宝把点心扔了满地，猛地把她抱起来，哈哈大笑："爹，别人告诉我了，我娶了媳妇就有奶吃！"说着，他又把沾满碎屑的嘴巴往她胸口凑。金继祖一拍桌子："你给我把她放下。你说的事情只有晚上才能做，懂不懂！"

金家宝悻悻然："晚上做就晚上做，有什么了不起，那白天做什么？"

金继祖瞥了眼叶芙蓉："你白天陪家宝玩，不准跑远，只能在这个院子里。记住，你以后不能踏出这个院子半步！"

叶芙蓉低头应下，金家宝不乐意："这里有什么好玩的，我要去外面，我要去……"

金继祖不理会他，冷冷地看着叶芙蓉："家宝不懂事，你应该明白，

晚上的事就不用我亲自教你了吧!"

叶芙蓉羞得满脸通红,低头道:"公公,我明白的,您放心。"

金继祖大步流星地走出门,回头喝道:"你抓紧点,我过两个月就请大夫来瞧瞧,到时候你不要告诉我什么都没弄出来!"

见他出去,金家宝连忙要跟上去,金继祖对管家道:"把门给我锁上,谁也不准出来!"随后,大门重重落了锁,金家宝躺在地上大哭大闹,小蓝飞快地跑进新房,发现叶芙蓉正盯着窗户上的聪明伶俐,竟看得痴了。

金家宝闹得累了,哼哼唧唧地躺在院子的花几上,把花盆全都扫了下来,摘了几朵花在嘴里嚼着。小蓝嬉笑着指着他要叶芙蓉看,叶芙蓉没有任何表情,找了针线端坐到檐下缝补那件撕破的嫁衣。小蓝有些无趣,趴在一张花梨木如意纹样的躺椅上,眯缝着眼睛看她缝补,不一会儿就睡着了。

当红灯笼点亮的时候,管家亲自送了饭菜来,小蓝揉着眼睛爬起来,张罗着把饭菜布置到新房里。一见有吃的,金家宝立刻蹦了起来,笑呵呵地拍了拍黑色薄绸短褂上的尘土,直接扑到桌边。他正要拿脏兮兮的手去抓菜,叶芙蓉一把拦住,把他拉到洋铁盆边,就着水洗了洗手,再用毛巾一个个手指抹干,金家宝突然变得安静了,他呆呆地看着她做完这一切,乖乖地被她拉到桌边坐下。

小蓝布好筷子,看着他嘿嘿直笑:"少爷,你刚才不是挺饿的吗,现在怎么不吃了?"

金家宝接过筷子,皱着眉头想了许久,突然认真地说:"媳妇儿,你对我好,我一定对你好!"

叶芙蓉心头一酸,夹了菜放到他碗里:"别说这么多了,快吃吧,你今天累坏了吧,等下早点歇着。"

金家宝总算开动了,飞快地把碗里的饭菜扒拉完,抹着嘴道:"真香,媳妇儿,我还要!"

小蓝连忙为他又盛了一碗,他把碗往叶芙蓉面前一递,她笑着又夹了堆得满满的菜给他。他三下五除二又吃完，又嚷开了："媳妇儿，我还要！"

一直在旁边候着的管家笑开了："家宝，你瞧你媳妇儿还没吃呢，你别光顾自己啊！"

金家宝凑到她面前，瞧她碗里的饭一粒没动，皱着眉头道："咦，真的呢，你不饿吗？"

叶芙蓉被他严肃的表情逗乐了："我马上就吃，你先吃吧！"

金家宝嘴里嘟哝了句什么，好似做了个重大的决定，把她的碗抢了过来，七七八八夹了许多菜，端端正正坐到她面前，嘴巴张得大大地说："我喂你，啊……"

管家和小蓝笑得打跌，叶芙蓉正要拦阻，他的筷子已经伸到面前，她连忙张大嘴巴接住，鼓鼓囊囊地被塞了一嘴，金家宝认真地看着她咀嚼着，突然冒出一句："媳妇儿，原来你这么漂亮！"

叶芙蓉被塞了满嘴东西，笑又笑不出声，刚想开口又被呛到，喷得他满脸都是。管家和小蓝早已笑得蹲在地上，金家宝抹了抹，苦着脸说："媳妇儿，你干吗喷我？"

叶芙蓉笑得没了力气，扶着桌子绞了毛巾来把他的脸擦干净。这个始作俑者还是没弄清楚状况，捧着碗呆呆地看着她："媳妇儿，我说你漂亮你干吗喷我，难道我说错了吗？我没骗你，你是我见过最漂亮的人，真的！"

看着他一脸严肃，她笑得几乎喘不过气来。见他开始皱眉撇嘴，她连忙把碗接过来，拍着胸口顺气："家宝，咱们先把饭吃了，我等下陪你玩好不好？"

他马上忘了刚才的问题，高高兴兴地捧起碗，大口大口地往嘴里送，吃完了把碗递到她面前，像个等着大人夸奖的孩子："喏，我吃完了！"笑过一阵，叶芙蓉也有了胃口，把满满一碗饭吃完了。小蓝笑眯眯地收拾了桌子，管家则叫人提来热水，要老妈子把大木桶抬了进来，见把水灌得满满的才招呼大家掩门出去。

金家宝喜欢玩水，迅速把自己剥了个精光跳起桶里，一泡进水里就不想出来。虽然昨天有过经历，叶芙蓉实际上还是第一次见着成年男人的身体，羞得躲到一边装作缝衣，不敢抬头看他。金家宝一个人玩得无趣，从水中跳出来，三两步就跑到她身边。叶芙蓉刚看到面前一个大光腚，还来不及呼叫，就被拦腰抱起，随即被丢到水中。她被呛得直咳，紧紧攀住桶沿不松手。金家宝看着有趣，兜头给她泼了一瓢，她无可奈何，赶紧抓住他的手："家宝，别闹了，我给你擦背！"

金家宝总算放过她，笑嘻嘻转身过去。她拿起毛巾用力擦起来，他连呼舒服。好不容易擦完，他回头看着她穿着湿漉漉的衣服站在桶里，哈哈大笑道："轮到你了！"说着，就要来解她的衣服。

她怕他又动粗，赶紧解开盘扣，他天真的笑声让她的心慢慢平静下来，即使祖裎相对都恍如孩童时在甘蓝河边玩水般自然。

她很快脱完，他也不多话，把她按到边上，让她攀扶着桶沿，吭哧吭哧地擦起来。她被他擦得连连呼痛，他把亮晶晶的眼睛凑到她面前，一副很为难的样子："这可怎么办，我都没用什么力气……"

她笑着拿过毛巾："我自己来就好，你先去睡觉吧，我等下就来！"

金家宝如释重负，扑通跳了出去，浑身湿淋淋的就往床上跑。她连忙叫住他，拿了块干毛巾为他擦干，推了推他胸膛："快去睡！"家宝的笑声停了，她一抬头，他的眼里闪着异样的光芒，她才记得自己仍未着寸缕，下意识往后退了一步，他一手揽过她的腰："爹说晚上可以吃奶……"

叶芙蓉又好气又好笑，戳了戳他额头："你也得等我洗完收拾好啊！"

金家宝欢呼一声，一下子蹦到床上，趴在床边眼睛直勾勾地盯着她，不时把那大红璎珞扯来扯去。叶芙蓉笑眯眯地洗完，披了一件黑绸长褂，叫小蓝和两个老妈子把桶抬了出去。刚把门闩上，金家宝噘着嘴喊开了："快点啊，我好困啊，眼睛都睁不开了！"

叶芙蓉笑了笑，过去把蜡烛吹熄，摸索着挨到床边，她的手刚碰到床沿，一双大手把她猛地拉了过去，金家宝拱进她怀里，把头深深埋进她胸前，不一会儿工夫就鼾声如雷，把床板都震得直摇晃。叶芙蓉被吵得一点睡意都没有，轻轻摸着他的头发，睁着眼睛到了半夜，最后终于撑不住，在他滚烫的怀抱里迷迷糊糊地睡着了。

"原来跟媳妇儿睡觉这么舒服！"这是金家宝醒来的第一句话。

被他压着哪能动弹，叶芙蓉晚上做了个噩梦，梦见发了洪水，水已经淹到了胸口，结果早上一摸，胸口黏糊糊的，全是他的口水。在床上赖了半天，他才磨磨蹭蹭地起来，在小蓝伺候下穿了衣服鞋袜，兴冲冲地往外走，边回头对她说："你等我一会儿，我去找好吃的！"

过了一会儿，叶芙蓉听到门被摇得震天响，很快他便回来，脑袋耷拉着，似霜打的茄子。门从外面锁了，还有两个护院在看着。看来金继祖真发了狠，一定要他们两个在里面弄出个孙子来。

知道媳妇儿的好处，金家宝倒是没闹，回来缠着她玩，见她捂着胸口十分难受的样子，凑到她跟前来问，叶芙蓉又好气又好笑："这还不是你昨晚压的，还流得我满身口水！"

他有些赧然，挠着脑袋嘿嘿直笑，叶芙蓉还没反应过来，他抱着她的腿把她放回床上。他本来就很高大，害得她的脑袋磕到床顶，疼得哎哟叫个不停。他一见又惹祸了，顿时慌了手脚，又是吹又是揉地忙个不停，不停地问："还疼吗，还疼吗？"

小蓝在一旁被逗得直乐，叶芙蓉有些不好意思，忙推开他作乱的手："不疼了，你一揉就不疼了。"

金家宝乐不可支："玩亲亲，我喜欢！"他一把抱住她，在她脸上亲了一阵，把她涂了满脸口水。眼看再折腾下去真的没法起床，叶芙蓉朝在旁边笑眯眯看戏的小蓝使个眼色。小蓝会意，大叫一声："少爷，吃饭了！"

金家宝这才罢手，欢天喜地地出去了。老妈子原来早就做好早饭，见两个主子还没起来，知道年轻人贪睡，也没叫他们。金家宝狠狠吃了一顿，等摸着肚子的时候才想起自己媳妇儿，赶忙跑回来瞧她，见她换了身素色旗袍，小蓝正帮她梳头。他瞧得兴起，抢过梳子便往她头上刮，小蓝惊呼："少爷你轻点！"他手下顿时慢了，边梳边问："疼不疼？"他盘弄半天，还是没把髻梳起来，只好悻悻地把头发交到小蓝手里，自己叉着腰在一旁一边看，一边凑上来嗅嗅她的发香。

没法出去，金家宝又开始折腾院子里的花，把花一瓣瓣摘下往天空中撒。叶芙蓉见状，吩咐小蓝取了杵臼来，要金家宝把花瓣拿来，自己把花瓣捣成汁，和了水去洗衣服手帕，把每件衣服洗得都是香气扑鼻。金家宝玩得高兴，不一会儿就把花园里的花朵摘个精光，他没了东西玩，又开始缠着她闹腾。

叶芙蓉被缠得没法，要小蓝把躺椅搬到檐下，让金家宝躺了上去，自己靠坐在一边给他讲岳飞的故事。小蓝和两个老妈子也搬了凳子来听。大家正兴致勃勃地听着，金家宝趴在躺椅上竟打起呼噜来。叶芙蓉不禁莞尔，进去拿了被子给他盖上，又拿了针线出来在手帕上缝些花花草草。小蓝瞧着漂亮，也跟着来学。两个老妈子没听过瘾，怏怏地去收拾花园。四周一片安静，只有金家宝均匀的鼾声响着，有一种奇怪的平静。

缝得累了，叶芙蓉眯着眼睛看向院子上空那一小块蓝天，一朵白云悠然飘过，把长长的发丝散在天空里。

她悄悄牵起嘴角，恍然间，以为这样就可以过一生。

第三章

自 封

过了两天,见驻军总部没什么动静,金继祖才算松了口气。而且去省城打听的人也回来了,说程行云其实只是个孤儿,曾在总司令身边当侍卫官,总司令遇刺时以身相挡,救了他一命。总司令十分感激,从此悉心照顾,倾力栽培,又给了他甘蓝这个地盘。

那人拍着胸脯保证,程行云从小就在省城流浪,应该跟金家没有任何关系,更别提什么深仇大恨了。

金继祖心里总算放下块大石,暗忖,金家在甘蓝是数一数二的大户,甘蓝城几乎一半的人家都跟金家有千丝万缕的关系,他上次闹的那出不过是一个下马威,他初来乍到,怕地方不服管制。

他不禁苦笑,现在这个时日谁还敢跟军阀作对,不是嫌命长嘛!

第三天,金继祖正在书房里算账,一个护院急匆匆地跑来:"老爷,少奶奶要我来拿些书过去看。"

他心里一动,回头看向那乌木大书柜,沉吟半晌后,从里面拿了《喻世明言》《警世恒言》和《醒世通言》三本,把书交到护院手里,护院正要出去,金继祖叫回他:"你去把门开了,放少爷出去玩玩,顺便把少奶奶叫到这里来。"

门一开，金家宝如蒙大赦，飞也似的跑了出去。叶芙蓉见着三本书十分欢喜。母亲从小就教她读书识字，可父亲总不太喜欢，说什么女子无才便是德，除了《论语》《孟子》《女则》《列女传》之类从来不准她看杂书。她在家接触的书很少，《说岳》《杨家将》《封神演义》私底下还是看过，这次听小蓝说老爷的书柜里堆得满满的，心痒难耐，便要护院去拿几本过来。

听到金继祖的召唤，她一颗心立刻提了上来，她总觉得他有些奇怪，不管是看她的眼神还是对她的态度，好似在旁边窥伺的猛兽看着自己的猎物。她害怕面对他时那种毛骨悚然的感觉，更害怕他那双遍布老年斑的手的碰触。

金继祖见到她时，嘴角不禁露出一个微笑。女人果然还是要养尊处优才好看，两天不见，她的气色好多了，脸上还有了些红润，更衬得肤如凝脂，吹弹可破。她身上仍是那件藕荷色旗袍，暗缀着大朵芙蓉，亭亭站在那里，真如同刚从水中钻出来一般。那旗袍的腰身紧贴着，勾勒出诱人的线条。看来她极喜欢旗袍，当初应该多做几件才对。

见金继祖一个劲地打量着自己，她越发慌张，扑通一声跪在他脚下："公公，您有什么吩咐？"

金继祖满足地盯着她。跪着的女人无疑是美丽的，因为她们的低头顺从更能体现出男人的强势，体现出男人对女人的征服和占有。可是，让一个女人顺从，让她跪着还是远远不够的。

他眉头一皱："我问你，我交代的事情怎样了，你有没有跟家宝同房？"

没想到他会问出这样的话，叶芙蓉有些措手不及，顿时满脸涨得通红："公公，家宝……不会，我们没有……"

金继祖一拍书案："他不会，你还不会吗？你难道还要我亲自教你？"

叶芙蓉吓得泪珠在眼眶中直滚："公公，我晚上就教他。"

金继祖见自己的威慑有了效果，心里有些得意，双手扶住她手臂：

"起来吧！我也是性急了些，可你也不能再这样拖下去，我还指望你快些让我抱孙子呢！"

他终于明白什么叫作冰肌玉骨，她的肌肤如此冰凉柔软，因他触摸才稍有些温度。那刻，他有些恍惚，好似自己握住的是两块圆玉，玉上是粉的、白的光泽，那丝丝凉意渗进他手心，让他通体舒泰，想从每个毛孔都欢呼出声。

叶芙蓉见他不松手，垂下眼帘唤道："公公，您还有什么吩咐？"

他回过神来，掩饰地咳了一声，恋恋不舍地把手松了："听说你识字，你平时看些什么书？"

叶芙蓉怕他责骂，嗫嚅应道："只看过《论语》《孟子》《女则》什么的。"

他笑了笑："我这边的书都没人看，你想看就来拿吧。"

她欣喜若狂，猛然把头抬起来，眼中闪烁着晶莹的光："真的吗？谢谢公公！"

仿佛看到眼前闪过一道彩虹，他有些愣神，点了点头："你会写字算账吗？"

"写字会，"她顿了顿，"可是不会算账。"

他拉着她走到书案边，指着算盘对她说："没关系，我来教你吧，我们金家以后可能要靠你了。"说着，他把算盘放到她面前，示意她去拨弄。

那种毛骨悚然的感觉又出现了，叶芙蓉不知如何是好，低头拨弄着泛着油光的算珠，闻到他呼吸里的烟草味道越来越浓。她莫名紧张起来，手下完全没了章法。金继祖嘿嘿一笑，从她身后绕过来捉住她的手指，一个个缓慢地拨动："来，这个是一，这是二……这是十……"说话间，叶芙蓉腰上一震，他的另一只手已经紧紧贴住那曲线，并且顺着那线条认真地抚摸着。

叶芙蓉几乎哭了出来："公公……"她想说的是"不要这样"，可话到嘴边竟成了低低的呜咽。

他的手越来越重，把她紧贴在自己怀中，她浑身颤抖着，咬着嘴唇，不敢让哭泣声冲出喉咙，他好似未发现她的恐惧，一手圈着她，一手仍认真地手把手教着："三下五除二……一去九进一……"

　　原来如此，原来如此，她在心里一遍遍地念着，原来这个道貌岸然的老家伙打的是这个主意，给儿子娶亲是假，趁机霸占自己是真，原来他从头到尾都没想放过自己。真是好算计，既给儿子娶了亲，堵了悠悠众口，又催着赶着让自己生孩子，为金家传宗接代，再让自己成为他的女人，从而更好控制自己。

　　所谓的衣食无忧，原来是这种不可告人的勾当。

　　这是什么吃人的世道！

　　心里那阵阵酸痛，是绝望的感觉吗？叶芙蓉的泪水落到书案上，他视若无睹，轻轻吻上她后颈，她缩了缩，哀哀低唤："公公，我是您的儿媳妇……"

　　他嘿嘿一笑，把她抱得更紧："金家的女人都是我的，你也不例外！"接着，他干脆放弃教她，一把摸到她胸口，隔着薄薄的绸揉捏着，叶芙蓉惊得魂飞魄散，用力去推开他，却丝毫无法拨动，只得死死抓住他的手臂，不让他有更多的动作。

　　"放开！"他的声音如炸雷响在她耳边，她浑身一震，仍是不肯放手，反而把他的手抓得更紧，"你不要敬酒不吃吃罚酒！"他的语气像是冬日的冰雪，把她冻得开始哆嗦起来。

　　这时，管家在外面喊道："老爷，刘副官求见！"

　　金继祖悻悻地放开她，嘟囔道："又来做什么，肯定没什么好事！"顿了顿，又道，"管家，你把少奶奶先送回去，我去看看他又搞什么名堂！"

　　管家应了声，金继祖揽住她的腰，一本正经地说："记得，晚上教家宝办事，早点给金家添丁！"叶芙蓉不敢看他，低头应下，转身跟着管家走了。

　　管家见她一脸泪容，心里明白几分，沉默着把她送回院子。她走进大门的那刻,他叹息一声:"少奶奶,您就认命吧!"

听到门在自己身后落了锁,叶芙蓉茫然地抬头。天空灰白,那飞檐如刀剑,把平静的天空劈成几块,没有云也没有风,世间万物仿佛都停滞不动,青色屋顶上狰狞的兽冷冷地看着人间,沉默无言。

金继祖走到客厅,见刘副官皱着眉来来回回地踱着,心里有些不好的预感,强笑道:"刘副官,您有什么吩咐派人来说一声就好,哪里用得着您巴巴地跑这一趟。您请坐,我叫人准备饭菜……"

刘副官抬手打断他的话:"我公务繁忙,马上就要走,要你儿媳妇准备一下,我们司令想见她!"

金继祖在心里骂过他祖宗十八代,赔笑道:"刘副官,现在这么早,满街都是人,我看有些不妥吧,要不我叫儿媳妇收拾收拾,晚上再过去。"

刘副官摇摇头:"不,我们司令马上就要见!"

金继祖好似被人狠狠揍了一顿,顿时蔫了半截,连笑容都装不出来了,哀求道:"刘副官,我在甘蓝城也是有头有脸的人物,您好歹给我留点颜面。别人看到了会说我什么,会说我不知廉耻,把自己儿媳妇送去犒军!我求求您,您就跟司令说一下,等晚上我一定要她好好伺候……"

刘副官喝道:"这是司令的命令,你到底听不听?你要不听我就回去了,让司令亲自来跟你说。我可先告诉你,司令的脾气可没我好!"

金继祖慌了神:"是是是,我马上送她过去!"

刘副官笑了笑:"不用你送,司令派了车来接,等他玩高兴了就会送她回来。"

金继祖张口结舌,已把指甲掐进手心。

吉普车缓缓在甘蓝城的青石街上开过,现在正是热闹的时候,人们三三两两地聚在一起闲嗑牙,孩子们大喊大叫地追着车子跑,有人发现了吉普车中的女子,惊呼出声:"金家的新媳妇!"

于是,人们开始议论纷纷,金继祖为了巴结驻军,竟然连自己的儿媳妇都能送出去,只可怜了那姑娘嫁的是个傻子,还要被他这样利用,真的是红颜薄命。

　　为姑娘叹了一阵，有个女人突然指着车里："你没瞧见她脸瘦成这样，明明就是苦命像，是自己命不好，也怪不得别人。""那倒也是……"众人纷纷表示赞同，开始评论她的眼睛、嘴巴，甚至身体。

　　从知道程司令要来接她起，叶芙蓉自始至终没开口说过一句话，默默地跟着刘副官上了车，默默地坐在后面看窗外的人们，又默默地随他进了官邸，走进一个铺满了猩红地毯的房间，默默地坐到沙发上，等待着。

　　房间里摆着一个金色落地大钟，钟座是由红木制成，金色指针的分分秒秒互相追赶着，走得非常急迫。不时会有沉闷的敲击声传来，提醒她，那难堪的一刻，正逐渐来临。

　　天色渐渐暗了，窗外的树影摇晃着，如催魂的鬼魅。被子的缎面在夜色中发出冰冷的光，一点点挤到她心里，把她冻得想要呼喊、嘶吼。这长长的人生，无奈而荒凉，哪里会有温暖的光亮。

　　听到外面的人声，她僵坐到麻木的身子有了些知觉，她有种逃遁的冲动，可这小小的房间，哪里才是她的藏身之所。门被人推开，"啪"的一声，整个房间亮堂起来，她猛地站起来，惊恐不安地看着进来的男子。

　　"怎么不开灯，黑乎乎地想吓唬谁？"程行云心情很好的样子，径直走到她面前，托起她下巴凝视着她的眼睛，咻咻笑道，"咦，金家的生活果然不错，你变漂亮了！"

　　叶芙蓉想起那天的一幕，心底生起浓浓的悲伤，道貌岸然的男人何其多，怎么自己这么倒霉，一下子碰上两个。她别过头去，不愿再与他有任何接触。

　　程行云笑了笑，走到床边躺下，冲她招招手："过来！"

　　叶芙蓉羞愤交加，绞着双手迟迟没有挪动脚步。程行云在身边腾了个地方，朝那里拍了拍："快点过来！"

　　叶芙蓉走近两步，跪到床边，低着头说："程司令，您放过我吧，我已经有丈夫了！"

他"扑哧"一笑:"你说那个傻子?原来你喜欢给男人喂奶!"话音未落,他一把把她拽到床上,扣着她脖颈铺天盖地地吻下来。

当她瘫软在他怀里,突然,他想起什么,从衣柜里拿出一个藤制衣箱,打开放到她面前:"你瞧瞧喜不喜欢?"

她几乎惊叫出来,衣箱里有十来件旗袍,各种质地、各种颜色都有。有一件是翠绿的薄绸,上面是暗缀的竹叶,显得特别清新素雅。见她表情松动,程行云满脸欢喜:"这些都是我刚叫人从省城买回来的,我想你穿起来肯定好看!"

她感慨莫名,母亲的笑脸突然浮现眼前,母亲生在水美荷香的苏州河畔,纤细美丽,无比温柔。上海是个时尚之都,女子皆爱极了旗袍,款式花色年年不同。母亲也不例外,每年都会添置一两身新的,兴起时还经常自己动手做,她小时候穿的小旗袍大多是母亲亲手做的。

父亲也喜欢看母女俩穿旗袍,总是托人大老远从上海带回来,还一直戏谑说他家有两个花朵般的女人,他瞧着欢喜,可捧得实在辛苦。

父母总说,她是他们的掌上明珠。

她慢慢抬头,他正笑容满面地看着她,似乎是在等待夸奖的孩子。

她这才发现,他实在是个很好看的男人,他的剑眉斜飞入鬓,眸中墨色深沉,因着欢喜,闪烁着点点耀眼的光芒。

她心中的冰冷渐渐融化,某个念头冒了出来,看来这个男人很在乎自己,跟着他总比到金家那个虎穴龙潭要强吧。她咬了咬下唇,把衣服放下,轻轻抚摸着他的胸膛:"司令,你要是喜欢我,干脆把我接出金家算了,我以后每天都可以跟你在一起……"

在她温柔的抚摸下,程行云几乎缴械投降,他眼前浮现出两人言笑晏晏的场面,胸口涌起一阵温暖,那一刻,他心中百转千折,往事齐齐涌到眼前。他突然抱紧她,哈哈大笑:"女人真是贱,刚刚还在跟我说是有夫之妇,下一刻就要投入别人的怀抱,看来你的那个傻子丈夫并不能满足你啊!"

叶芙蓉浑身一震，沉默地离开他的怀抱，他一把揽过她的身体，冷笑着说："我怎么会把你接到我身边来呢，你本来就是我钉到金继祖心里的一颗钉子，我要让他被所有人耻笑，让金家永世不得翻身！"

他的话语如利刀刺到她心上："你想想看，金家的儿媳妇成了我的女人，召之即来挥之即去，连窑姐儿都不如，那金继祖的老脸往哪里搁！"

叶芙蓉早已浑身冰冷，这哪里还是人间，所有的人都面目狰狞，所有的事都荒谬绝伦。刚刚那一缕微末的希望顿时灰飞烟灭，她只觉得整个身体空荡荡的，是一种苍凉无比的空，好似生命还未绽放，一刹那，已经到了尽头。

她惨然一笑，默默地爬起来，默默地从衣箱里拿了件旗袍穿上，什么颜色到她眼中全成了绝望的黑与白。程行云眉头紧蹙，看着她，见她真的要走，狠狠地把她拽倒在地："你今天晚上哪里都不能去，我明天会亲自送你回去！"

她冷笑着看向那寒潭般的眸子："让所有人都知道我在你这里过夜吗？"

她突然泪如雨下："你这个卑鄙无耻的小人，要报复为什么不正大光明地动手？我又跟你们没有任何关系……"

他捏住她下巴："怪只怪你没嫁对人家，怪只怪老天不长眼，让那种混账东西活这么久！"

她别开脸，把唇闭得紧紧的，好似要永远地沉默下去。他好像有些累了，把她往怀里一揽，很快就睡着了。

窗外星光稀微，在窗台边洒了一地，他的鼻息喷到她脸上，让她更觉凄凉。大家都活着，大家却都是别人的地狱，这个世间，为何会变成这样？

夜正长，苦痛也正长。

阳光从繁密的树叶间透进，在猩红的地毯上散落一地金色的屑。程行云睁开眼，发现窗边有一抹寂寞的身影，她的黑发如瀑，长长地垂到腰间，把身上白底细花的旗袍遮了大半，那窄窄的腰身上正好有两朵蓝花，好似一双热情的手，把那令人怜惜的曲线紧紧拥抱着。

他闭上眼睛，自己盼望了多年的平静生活不就是这样？醒来时，有个喜欢的女人在旁边，没有算计，没有争夺，没有枪林弹雨，她只是静静地站在他的身边，等待他的爱抚和保护。

他一摸眼角，不知不觉间，那里竟有些湿润了。他猛地坐起来，她被他的声音惊动，刚想回头，自己已经落入一个温暖的怀抱。他双手环在她腰间，轻轻含住她耳垂，囫囵不清地说：“怎么这么早就起来了，不多睡会儿吗？”

那一瞬，叶芙蓉有些恍惚，自己仿佛是个幸福的妻子，在丈夫温暖的怀抱里享受关爱。她苦笑着，早晨的阳光真暖，可惜照不到自己心上。程行云见她没什么反应，脑中渐渐恢复清明，刚刚的一腔热情也冷了下来，他沉默着松了手，把衣服穿好，临走时说了句：“我叫人送点吃的来，迟一点我再送你回去！”

叶芙蓉没有回头，直到他的脚步声消失在门外，她才捂着脸无声地哭泣起来。

正午时分，程行云回来了，他瞥了瞥桌上原封不动的饭菜，眉头皱了起来：“你想把自己饿死吗？怎么什么都不吃！”

叶芙蓉径直走到门口：“程司令，我要回去！”

程行云冷笑着："原来是嫌我这里的饭菜不合胃口。金继祖果然厉害，这么快就驯了条忠实的狗！"

叶芙蓉挺了挺胸膛，不愿让他看见自己的软弱，又说了一句："送我回去！"

程行云指着门外："车就在外面等着，我本来就是要送你回去的。"他指指地上的衣箱，"把这个带上！"

叶芙蓉凄然一笑："谢谢，我想以后都穿不上了！"说着，她径直朝门外走去。程行云只觉得心头一阵烦闷，好似有什么东西噬咬着全身，咒骂一声，拿起衣箱朝她所在的方向砸去。衣箱正好砸到门上，箱子开了，里面的旗袍纷纷扬扬落下。叶芙蓉刚走到林荫道上，听到一声巨响，吓得猛然回头，各色的旗袍在空中画着优美的线条往下坠，阳光为它们镶上闪闪的金丝线，让红色更艳，白色更纯洁，绿色更青翠，仿佛是一片张扬的旗帜，在绝望地宣泄最后的激情。

这一幕，永远定格在她的脑海中。

透过这片七彩的旗帜，程行云捕捉到树荫下的那纤细的身影，斑驳的光影里，她的神情迷惘而哀伤。

一夜之间，她的脸色已恢复到他初见时的苍白，眼下是一片浓浓的黑，她认真地看着这个方向，墨黑的眸子里闪着点点光亮。当旗袍纷纷落地，她仍痴然伫立，好似在等待遥不可及的希望，可是眸中的光亮渐渐黯淡下去，渐渐蒙上重重阴翳，在眼下的黑影包围中，她的眸子渐渐成为永难枯竭的幽幽暗泉。

这一瞬，他在以后的日子里总会不由自主地想起，即使她仍在怀中。

中午一般是甘蓝最热闹的时候。今天的天气好，人们吃了饭便在外面晒太阳，孩子们在街上大呼小叫，跑得满头是汗。

一辆吉普车从驻军官邸缓缓开出，刘副官开车，后面是程行云和叶芙蓉。大家都沉默着，直到走到甘蓝街上，程行云才一把搂过她，让所有人都看到两人的亲密无间。

叶芙蓉冷冷地扫了他一眼，又把视线落到窗外，人们都在朝他们指指戳戳，还一边交头接耳地说着话，快到金家大院时，程行云把车一停，把她拉了下来，在众目睽睽下亲她的唇，笑着说："你先回去，乖乖等我，我下次再找你！"

叶芙蓉无地自容，头几乎已垂到胸口，程行云在她臀上又摸了一把，得意地笑了笑："抬起头，让大家瞧清楚金家的新媳妇儿。"他的话音刚落，脸上突然挨了一记，不敢置信地瞪着她，却见她脸上现出一抹凄凉的笑容。他被那笑容里的绝望和悲伤震撼了，竟不知该如何反应，眼睁睁地看着她一步步走进金家，那纤细却笔直的身影如一支破空而来的箭，他只觉得心中的某处坚固的地方轰然崩塌，一种不知名的柔软东西慢慢涌入，直到填满心房。

他怔怔地看着她的背影，不知什么时候，刘副官来到他的身边，轻声道："司令，我们该走了。"他慢慢踱回到车上，朝那深深的院落望了一眼，绝尘而去。

走入金家大门的那刻，阳光把所有东西都变成了白色，她有些晕眩，脚步都不稳了，她深吸了一口气，坚定地迈进那高高的门槛。管家早已在门口转来转去地候着，一见她又是高兴又是伤心，急忙把她往后面引，低声道："少奶奶，你可回来了，少爷要找他的媳妇儿，已经从昨天晚上闹到现在。"

她加快了脚步，远远听到院子里传来家宝有气无力的哭叫声，"我要媳妇儿，我要媳妇儿……"

一进院子，管家大叫一声："少爷，你媳妇儿回来了！"家宝从地上爬起来，衣服都顾不上拍，跑上来紧紧抱住她："媳妇儿，我想死你了，呜呜……他们说你跟别人走了，不要我了，呜呜……"

她突然觉得心安，连他的鼻涕和眼泪抹了她一身都没在意。世间还有一个人是真的需要自己，这一生伴着他过也许才不会被伤害，才不会痛苦。她有些后悔，那个男人稍微假以辞色自己就想离开他，结果反倒自取其辱，原来人同命运真是没办法抗争。

她一抬头，小蓝正眼泪汪汪地看着她，不禁心头一酸，也哽咽起来："小蓝，你去张罗些热水给少爷洗澡。"她看向管家："等下是不是仍要落锁？"

管家尴尬地点点头："少奶奶，这是老爷吩咐的……"

她凄然一笑："我没有怪你，我是想请你告诉老爷，我们院里也上闩，以后谁都不会出去！"

管家呆若木鸡，却顿时明白过来："少奶奶，您放心，我一定告诉老爷！"

很快，小蓝把水准备好了，家宝死死抱着叶芙蓉，生怕她又消失不见。叶芙蓉抚着家宝的头发："家宝，你瞧你弄得这么脏，我去给你洗澡，洗完我弄好吃的给你吃好不好？"

他仍在抽泣，却还是乖乖地走回房间。叶芙蓉给他脱完衣服，他玩心又起，把她抓起来丢到桶里。两人洗完澡，叶芙蓉找出件白色长褂套上，到小厨房炒了两个菜。家宝一直跟前跟后，还没等菜上桌，手已经伸了出去，烫得直伸舌头，还连声说好吃。

两人吃完饭，家宝打了个大大的呵欠，把她拖到床上，一闭眼就鼾声如雷。叶芙蓉已疲累至极，脑子里一团混乱，她轻叹一声，靠在他胸膛上迷迷糊糊地睡着了。

金继祖一脸阴郁地从省城回来，听管家说少奶奶把院子封了，气得把书案上的东西扫了一地，后来转念一想，吩咐管家道："你以后照看好那个院子，一切吃穿用度都不能有差，对外面放出话去，就说少奶奶把自己封了，让那个姓程的死了这条心。这个混账东西真是欺人太甚，找女人找到我家来了，让我在甘蓝抬不起头来，以后他千万不要栽到我手里，我一定不会放过他！"

管家唯唯应下，很快甘蓝城里便传开了，金家少奶奶不甘受辱，把自己封在院子里，并且发誓永世不踏出院子半步。

听到刘副官的报告，程行云抄起一个烟灰缸朝墙壁砸去，大吼道："这明明就是那个老东西在搞鬼，什么不甘受辱，什么自封，明明就是他把人给我关了起来！我就不信这个邪了，我身为甘蓝的驻军司令还斗不过一个小小的商人！"

刘副官低头道："司令，我说句不该说的话，你要是喜欢那姑娘，为什么不当时就带回来呢，现在弄得满城风雨，我们再去要人也麻烦。不知道你记不记得，我们来的时候总司令交代过，要我们维护甘蓝的社会秩序，他才安心在前方跟日本人斗。你也知道，'九一八事变'和'一·二八事变'以后，日本人野心昭昭，觊觎着整个中国，总司令早已准备狠狠跟他们打一场，把他们赶出去。你现在才接手不久，很多高级将领见你年轻，都不太甘愿服从命令，如果你现在就挑起和地方的矛盾，恐怕军队内部会四分五裂，你以后要制约他们极其困难。我们这时千万不能自乱阵脚，辜负总司令的期望！"

程行云沉思半响："天下女人这么多，我又不是非她不可。算了，我们现在先把军队管好吧，那个老东西跑不掉的，我迟早有一天会收拾他！"

刘副官刚想收拾碎片，从外面冲进来一个黑脸的彪悍汉子，那身材如铁塔般高大壮硕。他气呼呼地跑到书桌边，隔着桌子指着程行云的鼻子，吼得屋子都在摇晃："姓程的，你不要以为救过总司令的命就可以为所欲为，你以为自己是个什么东西，我们甘蓝人可不是好欺负的！奶奶的，竟然连人家傻子的老婆都要抢，你到底有没有见过女人？"

程行云瞪着鼻尖上的指头，二话不说，就势捉住他的手腕，那人"哼"了一声，一拳砸向他的面门，程行云握住他的拳头，怒喝道："赵黑熊，你疯了不成，连我都敢打？"

赵黑熊冷笑一声："我打的就是你这个没廉耻的东西！"说着，他以拳变掌，反过来要去扣程行云的手腕，程行云卸下他的攻势，一拳击到他胸口。赵黑熊眉头都不皱一下，硬生生受了他这拳，边奋力从他手中挣出来，掏出枪指到程行云的脑门。

程行云一拍桌子，双目尽赤："好啊，你有种就打死我，我要是歪歪头我就是你孙子！"

一转眼就变成这阵势，刘副官傻眼了，连忙挡在那人面前，赔笑道："赵军长，你千万别冲动，你先把枪放下。我们司令心情不好，还是我来跟你解释吧。我们司令这些年来一直谨慎，我几乎没见他碰过女人。他也是见到那姑娘才动了心，他很喜欢那姑娘，那姑娘也喜欢他，甚至想留在他身边，可是司令想到她已经是别人的老婆，才忍痛把她送了回去，不想金继祖把她给关了起来，还对外面放风说是那姑娘自己封的。赵军长，你

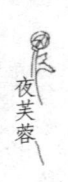

想想看，有哪个姑娘会愿意跟一个傻子，而不愿意跟我们司令呢?"

赵黑熊点点头，缓缓把枪装进套里，刘副官叹气道："赵军长，我们司令刚听说金继祖放风说姑娘自封起来，气得差点杀到金家去把姑娘救出来，我劝了老半天，还没让他打消主意，你就冲进来兴师问罪了。赵军长，你帮我个忙，千万把他给拉住，总司令派我们来是维持秩序的，我们不能在这时候坏了总司令的事情！"

赵黑熊沉思片刻，朝程行云一抱拳，然后拍着胸膛道："司令，刚才是我太莽撞了，你要是生气就揍我几拳吧，我绝不还手。不过现在大敌当前，那些日本人已经逼近长城了，司令还是把儿女私情暂时搁到一边吧。等我们把日本人赶出去，我一定亲自从金老鬼的家里把你的女人找出来送给你。我知道那老家伙不是什么好东西，但司令还是以大局为重，暂时把兄弟们带好，我们还等着跟总司令上阵杀敌呢！"

程行云苦笑一声，伸手拍拍他的肩膀："赵黑熊，你下次如果还敢拿枪指着我，我不把你推出去崩了，我就是孬种！我今天先不跟你计较，我给你个任务，你这些天一定要把手下的士兵操练好，我怕时局有变，总司令随时会召我们！"

赵黑熊"嘿嘿"笑着："不敢了！"然后"啪"一声立正，行了个军礼，"程司令，赵黑熊随时听候调遣！"

第四章

伤 逝

夜深了，白天有太阳照着没什么感觉，到了晚上，风渐渐有些凛冽的气息，吹到人身上，竟让人从毛孔里透出寒意来。

天上没有星斗，月色昏昏然，如睡意已浓的眼睛，拼命从云层后挣扎出一丝清明，看看人间的千古悲欢到底有何不同。秋虫的呢喃声扰了人的好梦，这个夜晚，多的是不眠人。

幽深的金家大院，红灯笼如散落深潭中的寒星，因为水的冰冷，那红色润上一圈圈迷离的白，原本的热烈颜色竟变幻成了迷惘和绝望，风摇动满院的紫槐，瑟瑟地，忽而又是漫长的一天。

摇曳的烛光中，金继祖坐在书案前冥思苦想，管家恭恭敬敬地垂手立着，不住看着他纠结的眉头，当窗边的座钟敲响十二下，管家忍住一个呵欠，轻声道："老爷，该歇着了，今天要去哪个院子？"

金继祖终于抬头，长叹一声："六福，你跟了我这么多年，来帮我出个主意。现在日本人已经逼近长城，省城岌岌可危，你说我该不该把生意撤回来？"

管家吓了一跳，连连摆手道："老爷，我知道您心中自有主意，还是不要来为难我了，您交代我做生意还行，我哪里懂这些事情！"

金继祖摇摇头："你说得没错，我心中确实有数。我跟日本人打了多年交道，从他们的话里也听出了他们的野心。我们生意人讲的是利益，即使他们打过来，我们的生意还是要做的，前几年军阀混战的时候，我两相逢迎，不照样没动到根本，我想这次日本人来了也是一样，我只要好好交际，他们也会留条活路给我的。"

管家大惊："老爷，您忘了，日本人侵入东北，已经激起全国上下的怒火，现在到处都是反日抗战的声音，您如果跟他们合作，岂不是……"他吞了吞口水，把"卖国贼"三个字憋了回去。

金继祖淡然一笑："我担心的不就是这个事嘛。刚才我合计了一下，这些军阀如果拧成一股绳，一定会很快就把日本人赶出去，可是要这些人合作实在是不可能的。前几年的混战你又不是没经历过，每个人都想当皇帝，互相都不服，而且蒋介石一贯坚持不抵抗，张学良和其他人是有心无力，处处被人掣肘，再有一腔热血也白费。我看日本人很快就能过长城，我一直跟他们有联系，希望关键时刻能起作用。"

管家的脸色变得一片灰白，低下头去："一切听从老爷吩咐！"

了了一桩心事，金继祖神情顿时轻松起来，笑道："该歇了，今天去老三那里吧。还有，这些天我忙着这件事情，没顾上家宝他们，他们现在好吗？"

管家叹气道："少爷安静了几天，又开始闹着要出来玩，不过闹得不是很厉害，少奶奶一哄就好了。"

金继祖颔首道："那少奶奶每天做些什么？"

管家嘴角有一丝微笑："她给他们讲故事，还做了毽子、花球什么的小玩意儿给大家玩……"

金继祖只觉得一股郁闷之气涌到心上，狠狠地看着面前管家那讨厌的笑容，冷笑道："也就是说，他们还是让你进去的？"

管家有些狠狈，他低头躲过那探询的目光："老爷，我有时候会送东西去……"

金继祖大喝一声："来人！给我把少爷的院子门砸开，我要去看看他们在里面搞什么名堂！"

红灯笼鱼贯而出，那红色拖着长长的尾，扫过青色的石板，扫过黑压压的院墙，在金家的一个主院门口停住，这红色聚集在一起，好似要把糅红的大门燃起。金继祖一扬手，两个护院一声不吭就上前擂门，沉闷的声音响在一片静寂中，似乎催魂的鼓声阵阵，逼得人透不过气来。

叶芙蓉被家宝搂在胸前，早已睡熟了，听小蓝在外面拼命敲门，她把家宝推了推，他揉着眼睛起来，嘟哝着："怎么这么吵！"叶芙蓉起来刚把门拉开，小蓝一个趔趄跌进来，大叫道："少奶奶，不好了，老爷在外面！"

家宝腾地跳下来："我要去找爹，我要上街去！"说着，他推开两人就往外面跑，叶芙蓉大喝道："站住！你把门开了我就再也不理你了！"

家宝见她动怒，嘟着嘴乖乖地挪到她身边，叶芙蓉拉住他的手："给我上床睡觉。小蓝，你不用管他们，他们见没人理会自然就走了。"说着，她把小蓝推出去，把门关好，对外面的动静充耳不闻，拉着家宝回到床上。家宝把头搁在她胸口，嬉笑着说："媳妇儿，你明天让我去玩吧，我真的闷死了。我到街市上买好吃的回来行吗？"

叶芙蓉有些不忍，她封的是自己，是想让那虎视眈眈的恶狼打消念头，可从来没想过要把家宝绑住，如果不是害怕他会引来麻烦，她也不会让他委屈这么久。这些天两边似乎都没动静，应该可以让他出去透透气了。她只要坚持落闩，他们就是再想打主意也要斟酌一番。

她轻抚着他的头："家宝，你不要怪我，我这也是为咱们以后的日子着想。你明天如果想出去玩就去吧，不过记得早点回来，回来的时候在外面叫一声，我就叫她们放你进来。"

家宝大喜过望，抱着她亲了一口："我的媳妇儿最好了。我才不要理爹，他就会骂我打我，我以后都跟你好！"

金继祖砸了一会儿门，里面竟完全置之不理，他气得七窍生烟，咬牙切齿地道:"你们不用敲了,直接给我把门撞开,我要让他们知道金家谁说了算!"

几个护院面面相觑,出来两人上去撞门。听到外面的动静,小蓝和两个老妈子在窗口急得团团转,小蓝几乎哭出来:"少奶奶,咱们还是把门开了吧,老爷进来肯定要责罚我们的!"

叶芙蓉眉间已成川字,她看着家宝的眼睛:"家宝,你告诉我,你怕不怕你爹?"

家宝有些瑟缩:"爹好凶……"叶芙蓉把他的头揽在怀中,温柔地说道:"你不要怕,我以后会保护你,不过你一定要听我的话,行吗?"见他连连点头,叶芙蓉亲了他一口,微笑道:"等下你爹进来你就把我抱住,千万不要松手,你爹生气也不松,不管他说什么你都说要睡觉了,知道了吗?"

门被撞开了,院子里呼啦啦地进来一堆人。小蓝在外面大叫一声:"老爷,你不要进去,少爷他们已经休息了!"

随着小蓝的声音,房门被人一脚踢开,金继祖气势汹汹地站在门口,喝道:"你们两个浑蛋给我起来!"

月亮终于挣出云的束缚,从天顶露出半张明亮的脸,清冷的月光从窗户挤进来,撒了满室的银色丝线,红色的灯火中,叶芙蓉躺在家宝的怀中,示意家宝不要出声,反身揉了揉眼睛,从家宝的臂弯中露出小小的一张脸:"公公,您这么晚了来做什么?"

月光下,她衣裳半褪,胸前露出一片娇媚春光。金继祖心中好似被人挠了一下,痒得想把手探进去抓,他镇定一下,威严地道:"你们这样成何体统,还不快给我起来回话!"

家宝把她揽得严实,看向金继祖:"不起来,我要搂媳妇儿睡觉!"说着,他紧了紧双臂。

叶芙蓉赧然道:"公公,家宝不懂事,您担待些,媳妇以后再给您请安……"她的声音被家宝弄得有些模糊,干脆把心一横,任由家宝去胡闹,暗想金继祖不会不顾身份,在这样尴尬的境地下发难。

谁知道她错估了金继祖的怒气,他脸色已青,指着他们对护院大喝:"给我把他们拖下来……"

"你这个糟老头子要不要脸,半夜三更跑到自己儿子媳妇的房间里来做什么?你难道想代替你儿子上你媳妇的床不成!"随着一阵尖细的声音,三太太披着衣服站在门口,指着金继祖的鼻子骂,"我告诉你,你那些花花肠子瞒别人可以,要瞒我黄玉容还差了点儿。你直接把你儿子赶下来不就行了?说不定你板着脸喝一声,你儿子还会跟你推让呢,干什么要闹这么大阵仗,你是害怕别人不知道你打的什么主意啊……"

"住口!"金继祖的脸一阵红一阵白,"你这个疯婆子,不要一天到晚满口疯话!谁告诉你我在这里的?"

三太太哈哈大笑:"你弄错了,我可不是那个疯婆子!谁告诉我?我的耳朵又不聋,而且又不是老二那个软趴趴的烂货,你也不想想你在这里弄出多大的动静,我看连驻军总部都听到了,何况我就在旁边!"她停顿了一下,开始捶胸顿足地大哭道,"金继祖,你这个没廉耻的老东西,你当年骗我哥哥赌钱,害得他把家当全部输光,把我抵给你,我一个如花似玉的大姑娘就这样被你糟践了。现在我老了,你竟然又开始打别的女人的主意,你活该断子绝孙!"

金继祖好似被踩到痛脚的猫,大叫一声蹿起来:"来人,把这个疯婆娘给我拖回去,把她给我锁起来!"

等三太太的哭闹声远了,从大太太院里又传来凄厉的叫喊。管家急匆匆跑进来:"老爷,大太太又犯病了。她打了几个老妈子,在门口那里闹得正凶,一定要出去找她的宝儿。老爷,您先出去看看吧!"

见众人目光炯炯地盯着自己,金继祖颓然摆手道:"走,跟我去看看!"

看着金继祖带人匆匆而去,管家瞥了床上的两个人影一眼,叹了口气,低声吩咐老妈子:"你们赶快叫人把门修好,这几天仔细着点!"

一场风波终于归于平息,家宝拍拍胸膛:"媳妇儿,刚才吓死我了,爹真的想跟你睡觉吗?我一定不会让的,你是我的!"他在她脸上"啵啵"亲了两口,叶芙蓉抹了抹口水,躺在他臂弯微笑:"家宝,你对我真好!"

家宝把亮晶晶的眼睛凑到她面前:"因为你也对我好,我弄脏了他们只会笑话我,还会骂我,只有你不会!"家宝把她揽得更紧了,"媳妇儿,我会一辈子对你好!"

叶芙蓉微笑着闭上眼睛,在心里悄悄告诉他:"我也会对你好,一辈子!"

月有些斜了,懒洋洋地挂在树梢,从枝叶间羞涩地把脸探向这边,在树影的舞蹈里,原本冷冷的月光有了些热烈的气息,仿佛在告诉这一对沉浸在甜蜜中的人儿,人间的快乐,原本就不需要复杂的情感。

幸福,却只在电光石火的瞬间。

第二天一早,叶芙蓉被家宝的亲吻弄醒。

叶芙蓉挣扎着起来给他穿好衣服,又让小蓝提了热水来洗澡,家宝又要来闹,她把他连忙推出去:"你不是要出去玩吗,记得快去快回!"家宝欢呼一声,蹦蹦跳跳地出去了。

叶芙蓉在热水里泡了会儿,便起来胡乱吃了些东西,把卧榻搬到院里,就着温暖的阳光看书。昨天晚上实在太累,她才翻了两页,竟不知不觉就睡着了。

当金继祖面目狰狞地出现在她面前,她连忙把家宝拉到身前,有他宽厚的胸膛做后盾,她觉得说话时胆气十足,她挺直了腰板,坦然地迎上他凌厉的目光,微笑道:"公公,我是家宝的媳妇儿,我们马上会有宝宝了!"

没等他回答,从她的身后传来一阵冷笑,程行云把戴着的白色手套正了正,漫不经心地说:"一个傻子你也当宝,还是跟我去吧!"

她骄傲地笑笑:"我不会跟你们去的,我是家宝的媳妇儿,我认定的人只有家宝一个！"她拉着家宝的手，"来，我们不要理他们，我们玩儿去！"

金继祖火冒三丈，化身为一只猛虎，嘶吼一声扑向她，家宝把她护在身后，猛虎一扑不中，竟一口咬在家宝的脖子上，家宝顿时鲜血喷溅，程行云冷笑地看着她，把她拉到身边："走，金继祖作恶多端，活该有这样的报应。我们别看他们的父子相残，脏了自己的眼睛，咱们还是逍遥快活去！"家宝满身是血，朝她的方向伸出手，哀哀地呼叫："媳妇儿，不要离开我……"

她大哭着挣开程行云的手跑到家宝身边，他已经奄奄一息，用最后的力气拼命抱住她，一遍遍叫着"媳妇儿"。她心如刀绞，不住地哭喊着："家宝，你不要死，我不会离开你……"

"砰"的一声，家宝软软地倒在她怀里，她回头一看，程行云的枪口正冒着烟，他冷笑着把手伸向她："来，你的傻丈夫已经死了，还是跟我走吧！"

前面的猛虎也变回了金继祖，也把手伸到她面前："来，我的傻儿子已经死了，你跟我算了吧！"

叶芙蓉尖叫一声从睡梦中惊醒，太阳已经爬上头顶，透过洋槐的叶洒了一地金色铜钱，连她身上也零星嵌上几朵，把奶白丝缎长褂点缀得更是一派亮丽。她一抹头，不知道是什么原因，额头涔涔冒着汗珠，后背的衣服也湿答答地黏在身上，好似刚用汗水洗了个澡。她忙招呼道："小蓝，你去问问少爷回来没有。"

小蓝从厨房跑出来，擦着手上的面粉："少奶奶，刚才牛耳在外面报告消息，我见你睡着了就没叫你。他说少爷今天跑到街上到处打听女人用的东西，胭脂水粉的买了许多，当宝贝一样用布袋子装了揣在怀里，他现在在找酥糖，应该很快就回来了。"

叶芙蓉总算放心了，含笑摇摇头，这个家伙其实不傻嘛，还知道疼自己媳妇儿，看来自己还算嫁对了人，日子并没想象的那么难过。看见她在树影中明暗的笑脸，小蓝心头一热："少奶奶，少爷其实挺可怜，听说他小时候很聪明，五六岁的时候不知道得了场什么病，病得脑子坏了，大太太也是那时候疯了。老爷连娶了两房姨太太都没为他生下一男半女来，大家私底下都说是金家遭了诅咒。"

刚出了些汗，叶芙蓉觉得浑身惨惨的，她斜靠在卧榻上，朝小蓝挑挑眉头："小蓝，以后这种话不要在别人面前说，老爷知道了又要责怪。我们多一事不如少一事，躲在这个院里就当天下太平好了！"

小蓝笑了笑："这个我当然知道，我才不会给你惹麻烦呢。老爷好像总喜欢跟你过不去，昨晚我都吓傻了！"

叶芙蓉冷笑一声："不用管他，我们仍是把门闩落了，除了自己人谁都不准进来，我就不相信我躲都躲不过去！"

看小蓝一手面粉，她有些跃跃欲试："小蓝，今天包饺子吗？等下我也来包几个！"

小蓝扬扬手："你不要把手弄脏了，我先包一点儿放着，等少爷回来再煮。"正说着，门外响起家宝惊天动地的声音："媳妇儿，我回来了，我给你买了许多好东西，快开门啊！"

一旁的老妈子连忙下了闩。家宝老远就摇晃着一个黑色布袋，一口气跑到卧榻边，他席地一坐，拉着叶芙蓉的手把布袋里的东西倒出来，一件件显摆给她看："他们说这个叫胭脂，可以让女人看起来水灵灵的，还有这个，擦上去香喷喷的，来，我给你擦点试试。"说着，他拿起那怪模怪样的瓶子就要往她身上擦。

小蓝和两个老妈子都跑来看他的稀罕物件。叶芙蓉连忙拦住他，含笑斥责道："你出去玩就玩，干吗买些乱七八糟的东西回来。你哪来的钱，不怕爹骂你吗？"

家宝委屈地嘟着嘴："管家让人一直跟着我付钱，爹不知道。你都不准我试，难道不喜欢吗？"

小蓝大笑道："少爷，少奶奶是担心你啊！她今天急坏了，刚才还在问你为什么还不回来。"

家宝欢呼一声，撇下东西，扑到卧榻上，一口亲到叶芙蓉的唇上。

见大家都含笑看着，叶芙蓉的脸羞得通红，在他胸前捶了一下，悄声道："这么多人在，不要这样毛手毛脚！"

家宝似懂非懂，乖乖地从卧榻下来，跑到门外拿了个纸包进来："媳妇儿，我给你买的酥糖，你尝尝看。"

叶芙蓉就着他的手咬了一口，连连点头："真好吃！"家宝的眼睛更亮了，满脸都是笑容。家宝笑嘻嘻地把她拥在怀中，突然，他好似发现新大陆般："媳妇儿，你有耳洞怎么没见你戴耳环呢，我见别人都有啊？"

她无奈地笑了，大娘搜刮走了她全部的首饰，到了金家，金继祖不知道是怕什么，除了衣服和食物，连一件首饰和一块银元都没有给过她。她轻轻拍拍他的脸："没有就没有嘛，不戴那玩意儿也行，省得麻烦！"

家宝恋恋不舍地在她的唇上亲了一口，呵呵笑道："没关系，媳妇儿，我马上去帮你买，我要买最漂亮的给你戴。你等我一会儿，我马上就回来，你等我一起吃饺子！"他兴冲冲地跑了出去，在门口回头朝大家露出一个灿烂的笑脸："我去给媳妇买东西，你们等我回来吃饺子啊！"

叶芙蓉卷起袖子走进厨房，见面已经和好，连忙把擀面杖和面板拿出来擀饺子皮。两个老妈子也来帮手，一个继续和面，一个把擀面杖接了过去，擀得飞快。叶芙蓉和小蓝干脆停手包饺子，笑笑闹闹间，饺子很快就包完了。日头已经从树梢下来，开始缓缓地移向西边，叶芙蓉连忙要小蓝去问护院少爷的行踪，大家却都一直摇头。

想起上午的那个梦，叶芙蓉慌了神，连忙要护院们出去打听，小蓝见她神色有异，劝道："少奶奶，你放心吧，少爷不会有事的。少爷以前就经常在外面玩一天才回来，有时候甚至到了晚上还不想回来。要不我先煮碗饺子给你吃？"

叶芙蓉摇摇头，颓然坐到卧榻上，轻声道："你们先吃吧，我要等他！"

小蓝觉得她有些杞人忧天，也没有多理会，和两个老妈子一起煮了三碗饺子吃了，见她仍呆坐在卧榻上看着门口，不禁有些黯然。少爷根本就是个缺心肝的，哪里懂得人间情爱呢，这个美丽灵秀的女子到底还是嫁错了人。

在一片让人恐慌的静谧中，太阳从中午时分的金色渐渐变成橙色，渐渐又变成朱灰，渐渐变成赤黄，最后，竟完全成了鲜红。那是真正刚从脉管中溢出的鲜血的颜色，西方全染成这种凄厉的色彩，整个大地笼罩在一种诡异的氛围里。一个老妈子呆呆地望着天空，喃喃道："少奶奶，我活这么大岁数从来没见过这么漂亮的天，漂亮到让人觉得害怕！"

叶芙蓉仍呆坐在卧榻上，心底有个声音在呼喊："老天，你不要对我这么残忍！我求求你！"

一辆吉普车缓缓地从甘蓝桥上驶过，程行云远眺着情人崖，眉头纠结："赵军长，日本人想以东北为据点，向长城内推进，热河首当其冲。情报说日本人已经蠢蠢欲动，我怀疑下半年总司令就会要我们集结，可是我们现在的装备太落后，我真的很担心啊！"

赵黑熊重重地拍着他的肩膀："司令，你放心。他们日本人有飞机、大炮、装甲车，我们的手榴弹和大刀也不是吃素的，大不了跟他们拼了。我们杀一个不赔，杀两个还赚一个。弟兄们都说了，他们要是敢来，不给他们点颜色看看他们还以为咱们中国人好欺负！"他一拍大腿，"他们千万不要撞到我赵黑熊手里，我要是不把他们一锅炖了，就把我脑袋摘下来当球踢！"

坐在前面的刘副官"呵呵"直笑："赵军长，话别说这么早。总司令都说了，他们的装备太先进，我们得讲点策略，可千万不能白白当了炮灰！"

谈笑间，车顺着甘蓝河开向下游的驻军总部，司机小王突然出声："咦，前面那些人在跑什么？"

大家把头伸出窗外，果然有三个人顺着甘蓝河往下跑，一边大喊大叫着什么，赵黑熊一指河面："不好，河里有人！"

程行云定睛一看，河中有个黑影向下游漂去。河水有些急，大家哪里有办法跳下水去救人。程行云连忙对小王说："快开到前面的坝口，那里有人正在操练，多叫些人下水，两边拉起绳子拦住那人，一定要把人救上来！"

吉普车像离弦的箭一般向前驶去，很快就到了坝口。坝口其实只是一座小小的木桥，是驻军总部所建，专门供军队来往操练，因为两岸都是巨大的操场。

大家下了车，程行云叫人火速找来绳子，让大家从桥上一个个跳下，扶着绳子组成一堵人墙，随着呼叫声越来越近，落水那人飞快地漂下来，大家连忙把人挡住，扶着绳子把人送上岸去。

追赶的人也到了，一个长工打扮的粗壮汉子径直跑到程行云面前，扑通一声跪倒："程司令，谢谢您的帮忙！"另外两人气喘吁吁地跑到落水那人身边，刘副官正在救治，让他把喝的水吐出来。

程行云皱皱眉头："你是谁，那落水的又是谁？"

汉子抬头看着他："您不认识我了？我是牛耳，您到金家还是我通报的呢。落水的是我家少爷。他今天不知怎么啦，非要去买一对最漂亮的耳环，我们在街上挑了许多他都摇头。我打听到甘蓝河边有个银匠的手艺不错，就带他去找，谁知道少爷路上买的丝帕被他掉进河里了，没等我们反应过来，他已经跑下去捞，脚没踩稳被水冲下来了，我们只好一路追过来。我们少爷可千万不能有事，要不然我们可就惨了！"

程行云心里一动，转头走到刘副官身后，金少爷面色惨白，肚子胀鼓鼓的，水正从他的嘴角流下来。

那两人远远跪下来："程司令，求求您把少爷救活，我们来世做牛做马报答您！"

赵黑熊见金少爷没有动静，嚷嚷道："刘副官，这傻子不是真的死了吧？你再想想办法，这大活人哪里会喝两口水就死了！"

等金少爷的肚子平了些，刘副官一边捏着他的鼻子给他做人工呼吸，一边按压他的胸膛。随着他的动作，金少爷口中又流出水来，大家都紧张地看着，程行云脑海中闪过许多念头，不知不觉间脑门上已经冒出晶莹的汗珠。

过了一两个小时，金少爷的肚子平了下去，却仍然没有任何反应，刘副官汗水淋淋地抬起头："没办法，我已经尽力了，你们还是回去安排后事吧！"牛耳三人惊得魂飞魄散，扑到金少爷身上号啕大哭起来。程行云呆立良久，见刘副官和赵黑熊正定定地看着自己，叹息道："派人通知金继祖吧！"

他转身走向吉普车，刘副官和小王要跟上去，他朝他们摆了摆手，直接坐进驾驶室，把车飞一般开向乱坟坡。光秃秃的乱坟坡上夕阳正好，红得好似淋漓的鲜血，让灰褐色的土地顿时亮丽无比，偶有从石缝中钻出来一棵枯瘦的草，躲在石头后在风中颤抖，好似恨不得就此倒下，成土成泥。

程行云下了车，三步并作两步跑上乱坟坡，对着西边缓缓跪倒，从喉咙里发出野兽般的吼叫，这声音回响在苍茫大地，惊得灰色的野兔到处乱窜。良久，风中响起他低低的呜咽："大哥，我对不起你！"

当金继祖跟跟跄跄地带人来到河边，金家宝全身已经被人蒙上一块白布。金继祖抖抖索索地把白布揭开，立刻发出一声凄厉的叫喊，他痛哭片刻，抹着脸直起身来，满脸颓丧地把手一挥："给我抬回去，顺便通知少奶奶！"

没有人愿意去通知叶芙蓉，人们走过那间正院时，都别过头去看青灰的墙，宁可让那青灰模糊自己的视线。前院突然响起惊天动地的甘蓝送别调，锣鼓缓慢而沉重，一声声好似要割裂人的心脏，小蓝和两个老妈子软到地上，都已经泣不成声："少奶奶，您出去看看吧，事情好像不大妙……"

当夕阳挣扎着露出最后一点光芒，那凄厉的送别调也飘进叶芙蓉的耳中，她一直纷乱的思绪突然平静下来，在送别调响起那一瞬间，她从茫然中惊醒，终于找到了归宿。

她转头看了小蓝她们一眼，把衣服整了整，走到门口，然后轻轻下了闩，低头瞥了眼脚上的黑色缎面绣花鞋，挺直胸膛，走出门外。她穿过长长的甬道，目不斜视，一直走到前院，在进前院的门槛时，不小心绊了一下，差点跌倒在地，又扶着墙壁站稳，深吸一口气，径直走了进去。

前院里，一个被白布盖得严严实实的人正静静躺在花丛中。门口一个人面前摆着个锣鼓，正拿着鼓槌一下下敲着。管家满脸灰败，正在交代长工做事情。他们身后的金继祖靠坐在高背椅上，眼睛紧紧闭着，好似跟这一团热闹隔绝开来。

不知谁眼尖先看到叶芙蓉，叫了声少奶奶，人们顿时安静下来，纷纷把视线落到她身上，连金继祖也直直地看着她。只见她一身银白色丝缎长褂，下面是一条黑色绸裙，阳光撒在她身上，那白色上仿佛有鲜红的光芒流动，更显得一张脸苍白憔悴，楚楚可怜。

叶芙蓉浑若未觉，目光直直地看向那沉睡的人，她迟疑着走向他，用颤抖的手揭开脸上的白布，伸手抚摸着这熟悉又陌生的眼睛、鼻子和嘴唇，她的手指踌躇着停在他唇上，仿佛那里仍有温度，或者那里的温度仍留在她心中。

她的泪无声地落下，那一刻，她恨不得指着天空咒骂："老天，你何其不公！我实在没做错什么事情，你为什么要如此对我？我刚刚才知道幸福的滋味，你为什么下一秒就要把他夺走？"

小蓝不知道何时跟了出来，扶住叶芙蓉摇摇欲坠的身子，哽咽道："少奶奶，你不要太伤心了，回去休息一下吧！"

金继祖长叹一声，踱到她们身边："小蓝，你把少奶奶送回去，我等下有话问她！"

他呼吸间浓浓的烟味喷到她们的脸上，叶芙蓉悚然一惊，死死抓住小蓝的手，小蓝连忙把她搀住，小声道："老爷，我们先回去了！"说完，半拖半拽地把她拉了回去。

感觉到她的恐惧，小蓝几乎痛哭出声："少奶奶，你还年轻，以后的日子还长，你可千万要想开些啊！"

当最后一抹鲜艳没入无尽的深渊，叶芙蓉茫然地看着天边，突然笑得满脸泪水："是啊，我还年轻，竟然不知道要如何过下去……"

黑夜终于来临，甘蓝城里的送别调一声比一声凄凉，甘蓝城沉默着，任由哗哗的流水冲洗自己的胸膛，把深深的苦痛，一个鼓点一个鼓点敲击着，仿佛在告诉人间漫长的不只是黑夜。

第五章

抗 争

在甘蓝送别调凄凉的鼓点中，金继祖沿着甬道慢慢走向后面，今天的一片混乱在心里沉淀着，终于理出头绪来。他提着灯笼默默想着自己等下要说的话，在那院门外顿了顿，等成竹在胸后，才抬脚跨进院内。

洋槐树下的卧榻上，叶芙蓉正呆呆地坐着，小蓝拿了碗东西正在劝她吃。他朝小蓝摆摆手："你先下去，我问少奶奶一点事！"

小蓝担心地瞧了瞧她，见她没什么反应，叹息着低头退下了。金继祖背着双手走到她面前，轻轻搭上她肩膀，叶芙蓉猛然惊醒，起身卸下他的手，柳眉倒竖道："公公，家宝还停在外面！"

金继祖"嘿嘿"一笑："你有没有跟少爷同过房？"

叶芙蓉为了避免麻烦，只能骗他。她低头把泪擦去，轻声道："有！"

"那就好！"金继祖温言劝道，"我知道你很难过，可是现在人已经死了，你要想开些。虽然你们成亲不久，可也是我金家大红花轿抬进来的媳妇儿，我们金家不会亏待你。你在这里先住着，我会放话出去你已经有了金家的后代。过一个月我会找大夫来看，如果真有了就好，如果没有的话我去找人借种。你一定要为我生下孙子，我们这么大的家业不能后继无人！"

叶芙蓉几乎不敢相信自己的耳朵："公公，您这是说的什么话！"

金继祖笑起来，低声说道："我知道有些委屈你，可你想想，我这还不是为你好？你难道想到外面去过三餐不继的日子？我告诉你，不要对那姓程的有什么幻想，现在局势这么紧，他马上就要上前线，有没有命回来还不知道呢！你还是乖乖听我安排，等你生了孩子，这偌大的家业都交到你手里，还有什么不满足的！"

"哼，谁不知道你安的什么心！"叶芙蓉再也忍不住了，怒骂一声，转身走向房间。金继祖连忙跟上，没等她关门，把门一脚踹开，叶芙蓉收势不及，被摇晃的门板打了个趔趄。金继祖一手托起她的腰，冷笑道："你既然知道我安的什么心，就乖乖地听我的话。我是没有办法，要不是早知道自己没办法生育，怎么会让那些臭苦力占了便宜去！"

说着，他满是烟味的嘴就要落下来，叶芙蓉死死撑住他的下巴。他连进两步，把她抵到八仙桌边，把她的头按到桌上。叶芙蓉摸到一个茶杯往他头上砸去，他一把抓住她的手，俯身亲了下去。

这时，小蓝的声音在叶芙蓉听来显得特别凄厉："老爷，不好了，大太太跑出来了，她正在灵堂哭闹呢！"

金继祖呆了呆，这才不舍地把她放开："你听话一点，我不会亏待你，跟我到底还是比跟那个傻子强！"

叶芙蓉冷冷地看着他离开，听到院门被大声关上，又听他吆喝着叫人从外面锁住。小蓝泪流满面地走进来，扑上来抱住她："少奶奶，原来老爷……"叶芙蓉捂住她的嘴，冷笑着说："别提这事，我怕脏了你的嘴！你放心，我不会让他如愿的！"

"少奶奶，你有好办法么，要不要我帮你？"小蓝瞪大了眼睛，像个邀功的孩子，"还有六福叔，你记得吗？上次就是他把三太太请来，还引得大太太发作，才把老爷弄走的。这次又是他把大太太的院子门打开的，还好来得及！"

叶芙蓉惨然一笑："谢谢你们，我自己能应付来！"

夜深了，小蓝被那锣鼓声吵得睡不着，便轻手轻脚地爬起来看月亮。白天的卧榻没收，她躺上去舒服地伸了个懒腰。迷糊间，她听到主人房传出什么倒下的声音，她顿时惊醒过来，一跃而起，跑去推房间的门，谁知房间门被闩得死死的，又或者被什么东西抵住，怎么推都没办法推开。她心中一凛，大哭起来："来人，来人啊……"

两个老妈子披着衣服跑出来：小蓝指着房门，大叫道："快，少奶奶在里面把门堵了！"

两人连忙去推，见门纹丝不动，吓得慌了手脚，开始拼命撞门，小蓝跑到门口大喊："来人，少奶奶出事了！"

管家带着人飞一般赶来，一会儿金继祖也来了。大家把门撞开，顿时吓得魂飞魄散。只见叶芙蓉直挺挺地吊在房梁上，脚下一个方凳斜斜倒着。大家连忙把人解下来，发现她的胸口仍在隐隐跳动。两个老妈子又掐又捏，叶芙蓉终于悠悠醒转过来，她微微睁开眼睛，看到小蓝关心的目光，泪水夺眶而出，扭头过去，什么也不愿说。

在红色的灯火里，金继祖的面孔有些狰狞，他看着满院的人，大声道："金家少奶奶真是百年难遇的贞烈女子，竟想殉夫而死，这真是我们金家千年修得的福分。从今天起，大家要敬少奶奶如同当家主母，她现在已经怀有我金家的血脉，大家要细心照顾，不能让今天的事再发生了。六福，你多调几个丫头来少奶奶这里。小蓝，你发现及时，到账房去支五个大洋做奖励。大家现在先回去休息，明天还有很多事要做！"

等大家纷纷散去，叶芙蓉被抬到床上睡下，仍是不愿睁眼，躺着默默地流泪。金继祖把人都支使出去，沉默着走到床边，重重踏上床榻，在她身边坐下来。

她感觉到危险的气息，不由自主地颤抖着，他"嘿嘿"冷笑起来，捏住她尖尖的下巴，声音几乎从牙缝里迸出来："想死！我会这么容易就让你死吗！我费了这么多心思把你弄到身边，自己都还没过到瘾，就让两个王八蛋占了便宜去。你还是认命吧，不要跟我闹，你是没尝过生不如死的滋味。你看看那大太太，敢违抗我的女人从没有好下场！"

他冰冷的手慢慢解开她的盘扣，又毒蛇般滑过她的身体，随着他的移动，叶芙蓉只觉得全身毛骨悚然，连呼吸都不能自已。

他终于满意，轻笑一声，恋恋不舍地起身："这样才对，不要老是反抗我，男人是没多少耐性的。我今天没什么精力了，暂时让你休息两天。记住，这两天有许多客人要来，你不要失礼！"

走出房间，金继祖交代几个丫头："你们几个给我好好看着，少奶奶身边随时要有两个人以上。还有，金家大院的事情不准往外面说，我只要听到一点风声就会打断你们的腿。听懂了吗？"

当金家大院一团混乱时，驻军总部的会议厅灯火通明，身着笔挺墨绿军装的将领们围坐在长长的会议桌边，都蹙紧眉头，直直盯着前面的地图。程行云用铅笔在东北三省大大的疆域上画了个圈，痛心疾首地说："大家都知道，日本人已经建立了满洲国，我们的情报称，他们的军队正在向关内集结。"他在热河的边境上画了条线，激动地说，"他们的下一个目标就是我们热河！我们如果不截住他们，再让他们长驱直入下去，不用多久，我中华的大好河山就将尽入敌手。总司令已经下了死命令，一定要把日本人挡在热河之外！"

大家沉默着，纷纷握紧了拳头，赵黑熊早就怒火熊熊，一拍桌子："他娘的，你别说这么多废话，你要咱们怎么干吧！"

程行云抬抬手示意他坐下，走到桌边撑着桌子道："总司令命令我们先原地待命，把真本事操练出来，他估计明年就会有大仗打，要我们千万不能懈怠！"

等大家纷纷散去，赵黑熊见他仍盯着全国地图不动，狠狠拍在他肩膀上："程司令，那傻子死了，要不要我给你把那个女人弄回来？"

刘副官也含笑道："是啊，我看你这些天都不怎么开心，有个女人在身边说说话到底要好些！"

程行云看着笑容满面的两个人，心里五味杂陈，他瞥了眼地图，沉思良久才叹道:"还是算了,军队马上要开拔了,不要害了人家。"

刘副官和赵黑熊面面相觑,赵黑熊哈哈笑道:"找个女人还婆婆妈妈的,我算服你了。不找就算了,我可回去睡觉了。对了,明天咱们一起去金家吊唁,金老儿跟咱驻军关系还算不错,这点面子还是要给他的。"

看着赵黑熊的背影离开,刘副官突然低声道:"程司令,那女子这么年轻就守寡,只怕以后在金家的日子不好过。"

程行云沉吟半晌:"要不明天把她带回来吧……还是算了,局势有变,眼看着明年就要上战场,弄个女人回来实在不是个事。"他恨恨地看着墙上的地图,"要不是现在国难当头,我真想一枪崩了那老东西,宁可受军法处置,也不想让他再逍遥快活下去!"

刘副官看着他的神情,欲言又止,最后叹道:"程司令,你先去休息吧!"

程行云摇头道:"你不用管我,我再看看各方面的消息,今天发生的事情太多,我还没来得及理出个头绪来。"

清晨,甘蓝河上一片雾气袅袅,缠绕着金色红色的光线,悠悠然飘荡在空中,最后化成一束束淡淡的烟散去。程行云默默走在河边,后边有几个侍卫官远远跟着,当他把手浸入那冰凉的水中,久远的记忆排山倒海而来,让他几乎痛哭出声,他捧了水浇到脸上,水珠惆怅地滑落,有的沾在长长的睫毛上,仿如晶莹的泪珠。

这里是他的家乡,每一草每一木都有他童年时的记忆,最熟悉的,莫过于这不停流淌的甘蓝河。每个晨昏,他总会在哥哥的带领下来这里挑水、洗东西、玩水。他们从小父母双亡,是哥哥把他一手带大的。当他七岁时,已经有能力自理,哥哥为了赚钱给两人娶媳妇,便签了契约到金继祖的大院里做长工。逢初一、十五是他最开心的时候,因为哥哥会带许多好吃的回来。后来他才知道,那是哥哥舍不得吃,偷偷塞在怀里带回来的。

他本来以为日子可以这样快乐地过下去,像很多甘蓝人一样,哥哥赚了钱娶媳妇，然后自己长大了，也去打长工赚钱，自己也娶上媳妇，再生许多娃娃，每天被媳妇的唠叨磨得耳朵生茧，被娃娃吵得哇哇乱叫。可是事情总不能尽如人意。一个深夜，有人气势汹汹跑到他家砸门，他慌了心神，从窗户跳出来，前面的人很快追了出来。他逃到甘蓝河边，听到后面的声音："别让他跑了，老爷说要斩草除根！"他憋了口气，跳入甘蓝河中，随着流水漂走。因为经常在河里玩，他深谙水性，漂了很远才抓住一座桥的桥墩停下来。等他偷偷潜回来，才知道哥哥已经死了，被金家挖了个坑埋进乱坟坡，他连哥哥的尸首都找不着了。

他突然想起来，哥哥有次回来，笑嘻嘻地问他想不想要个小侄子玩，说如果以后要离开这个地方愿不愿意跟他走。看着他连连点头，哥哥才告诉他，他喜欢上了金家的大太太，并且和她有了孩子，她要他带她走。

哥哥那时候信心满满："我有的是力气，到哪里找不到活干，到哪里找不到饭吃！"

他总坚信哥哥可以解决一切事情：他一天能劈最多的柴，能挑最多的水，能割最多的麦子、高粱，能唱最好听的甘蓝调。

他从来没想到，那么英明神武的哥哥会成为乱坟坡上的一座土堆。

他只好孤身流浪，在省城乞讨了许久，练出了一身挨打的本领，后来长大了些便去当兵。因为他的沉默和坚忍，他很快被上司赏识，教他读书识字，极力栽培，并把他调派到总司令身边当侍卫官。总司令有一次遇刺，他想都没想便用自己的身体挡了上去救人，总司令感激之下，问他想要什么职务，他径直指着南方的甘蓝，等甘蓝驻军司令空缺，总司令便把他调了过来。

他回来了，可是再也没有亲人。

不知什么时候，刘副官默默站在他身后，刘副官叫刘书远，是他入伍后的第一个朋友。刘书远是个读书人，得罪了当地的恶霸逃了出来，万般无奈下当了兵，开始他受不了军队里每日每夜的操练，甚至害怕看到人流血，程行云一直帮助他、鼓励他，终于让他撑过那段最痛苦的日子。那时，两人总把微薄的军饷凑到一起喝酒，分享过去的经历，喝醉了便抱头痛哭，醒来时便生生多出几分力气，撑过那地狱般的操练。

因为军队里读书人少，刘副官很快提拔上去当了文书，程行云也调派去了总司令部，两人又共处了一段时间，当知道程行云要赴任时，刘副官二话不说，丢下在总部的大好前程，跟着他来到甘蓝。

当脸上的水慢慢干了，程行云转头大步走向驻军总部，刘副官沉默地跟在他身后。程行云突然停住脚步，刘副官没有料到，差点撞了上去。程行云目光深邃地看着甘蓝河："刘兄，我拜托你一件事，如果我没办法回来，你一定要找机会把那姓金的办了！"

刘副官还没来得及答腔，程行云已经头也不回走了。

甘蓝城里还是一片静寂，金家大院早就忙成一团，管家张罗人手赶制了一晚孝服，总算天亮前赶出了三百多套。管家来不及喘口气，连忙要丫头们把孝服发下去给大家穿。

金家大院光护院就有一百来人，这些还不算在省城和外埠的保镖、长工、丫头和老妈子，在省城和外埠的工人更是多到无法计算。甘蓝的许多人都是靠金家吃饭，在甘蓝没有派驻军队前，金继祖实际上就是甘蓝的土皇帝，他跺跺脚甘蓝城都要摇三摇。后来总司令把军队驻扎在这里，他的气焰才收敛了些，历届甘蓝驻军将领对他都要礼让三分，在军阀混战时，他的生意受了很大影响，便更加低调，开始缩在家中韬光养晦，以期躲过一阵再复出。

沉闷的锣鼓声响了一夜，在人们的睡梦中萦绕不去。太阳刚挂上金家大院的屋顶，一阵唢呐声把人们从苦水、泪水浸泡的梦中惊醒，唢呐声里有颤抖、有哭泣、有哀鸣、有悲叹。当一阵拉长的如哭泣般的唢呐奏过，锣鼓随之响起，先是轻轻击打，好似温柔的手在抚慰人们的心灵。当唢呐声变得凄厉，锣鼓也跟着激越起来，重重地敲打在每个人心里，让人觉出了阵阵疼痛。当唢呐声缓下来，成了长长的悲叹，锣鼓一声声敲打在边上，似乎是疼痛后的隐隐怅然。

突然，铙钹声顿起，把怅然统统抹去，鼓点跳跃起来，与唢呐声交织缠绕，顺着铿锵的声音而上，汇成一曲悲壮的送别，汇成一曲撕心裂肺的恸哭，笼罩整个天地。

甘蓝的风俗就是如此，谁家要是有人过世，那甘蓝送别调里的锣鼓一定要响三天三夜才能停。一般演奏者分两班，一班累了另外一班就赶紧接上，除锣鼓外，吹鼓手班里还有唢呐和笙梆铙钹。北方人听不惯缠绵悱恻的调子，连最凄凉的送别调也是由如泣如诉的唢呐吹出来，配合着锣鼓的悲壮和铙钹铿锵的气势，把人热闹地送入黄土中埋葬。

一曲送别调奏完，甘蓝城里热闹起来，人们陆续赶到金家吊唁。一个晚上的工夫，灵堂已经设好，家宝的大幅遗像挂在客厅中间，黑色杉木灵柩停在客厅正中，供桌上摆了满满的肉和果品，两支巨大的白蜡烛正缓缓流泪。

丫头们把叶芙蓉扶了起来，为她擦干净身子，穿上麻布孝衣，在髻上插上白花，小蓝又端了碗粥，哀声道："少奶奶，求你了，你就吃点吧。你从昨天到现在什么都没吃，这样下去顶不住的啊！"

叶芙蓉脸上没有一点生的气息，呆呆地看着前方，眼神茫然，目光不知道落到什么地方。小蓝又说了一遍，见她仍是没有反应，便小心翼翼地舀了一勺，把粥往她嘴边送。

叶芙蓉总算有了反应，迅速扭头，把面前的东西当成毒药，小蓝始料未及，手一抖，粥全撒到地上，丫头连忙拿了抹布来擦，小蓝泪水涟涟地道："少奶奶，你不要这样，你就吃点吧！"

叶芙蓉看都没看她一眼，沉默着走到院里，靠在廊柱上呆望着天空，小蓝连忙跟了出来，见她竟然慢慢坐在卧榻上，旁若无人地看起书来。小蓝和几个丫头跪了满满一地，苦劝她吃东西，她却丝毫不理会，好似已跟人世隔开。早有老妈子跑去叫了金继祖来，他气呼呼地走进院内，冲小蓝她们怒骂道："一群没有用的东西，这点事都办不好，来人，给我把她的手脚按住，就是灌都要让她吃进去！"

四个丫头连忙把她按到卧榻上。小蓝憋了满眶泪水，颤巍巍地端着碗来喂，叶芙蓉却把眼紧闭上，头偏到一边。金继祖上来捏住她下巴，喝道："快点，给我灌！"

小蓝手一抖，差点把碗掉在地上，见金继祖对自己怒目而视，赶快把粥塞进她嘴里。谁知粥刚进去，就被叶芙蓉一点不漏吐出来，还吐了金继祖满手，金继祖勃然大怒，掐住她的脖子："你这么想死是不是，我成全你！"

"哐当！"小蓝手中的碗掉在地上发出清脆的声音，她扑通一声跪倒："老爷，您放过少奶奶吧，我一定劝她回心转意！"

金继祖见大家抖抖索索地看着自己，也觉得刚才有些失态，他拿着老妈子递来的帕子擦擦手，又整了整衣服，咳了一声道："你们今天如果不能让她吃东西，你们自己也不用吃了，反正养着你们这群东西也是糟蹋粮食！"

自始至终，叶芙蓉都在直直地看着洋槐树上一只跳跃的灰色麻雀，当麻雀高高兴兴地找到什么东西飞走，她的目光才怅然地越过树梢，投向天空中的一朵白云。白云的形状像一只巨大的白蝴蝶，穿着灰蓝的外衣翩然欲飞，它的脚下踩着亮丽的红霞，那翅膀更显出非凡的美丽。

那一刻，金继祖的咒骂，小蓝和丫头们的哭泣，竟仿佛都成了前世。

正午的阳光十分温暖，一遍又一遍送别调后，唢呐声突然拖出更长的调子，好似有人在凄厉喊叫。叶芙蓉的心突然揪紧，她以为自己已经心如枯木，没想到还是会这样疼痛。母亲死后那晚吹鼓手奏了一夜的《黄泉冷》，那一夜，似乎总有一个尖厉的声音响在她耳畔，告诉她一个事实，从此，再没有人为她挡去风霜。

小蓝她们已经放弃了劝说，也没有人再哭泣，大家围着她沉默地跪着，都深深低着头，任阳光在额前逼出颗颗汗珠。

"哟……你们这是闹的哪出啊？都在罚跪吗？你们还真倒霉，伺候这样一个死性子的主子！"随着尖厉的一个声音，三太太和二太太手牵手进来了，三太太先把手松了，回头笑道："姐姐，你小心着点，这少奶奶的门槛可高着呢，你别摔着了！"

二太太脸上涔涔冒着汗，她一边用丝帕擦着，一边笑道："妹妹，你就别挖苦人家了，先把老爷吩咐的事情办好再说！"

三太太哼了一声："这个不正经的老东西，没想到他也有搞不定的女人。要我帮他劝，真是做梦！"

二太太叹了口气，走到卧榻边坐下，朝小蓝她们笑道："你们先下去歇着，我跟少奶奶说说话。"等她们起来退下，她捉住叶芙蓉的手，轻笑道："新媳妇儿，没想到会出了这样的事情。你的命苦，不过命是天定的，咱们要争也争不过。老爷也是为你好，现在兵荒马乱的，你一个女人在外面怎么有活路，还是给金家添个孙子，保你一世吃穿不愁。我是自己的肚子不争气，要不然老爷也不会这样冷落我。新媳妇儿，你饿着不要紧，可千万别饿着你肚子里的孩子，那你的罪过可就大了！"

三太太站在光影里，脸上竟有些鬼魅的味道，她冷笑一声："饿死算了，让那个老东西白想一场，最好是马上把他气死，以后咱们几个女人自己当家，省得他骑在我们头上作威作福。我算是看透了，天下没有什么公平可言，这个老东西坏事做尽，竟然还活得这么滋润，也没见老天把他收了去！"

二太太摆摆手："妹妹，你就少说两句吧，你没看新媳妇儿都成这样了！"

三太太俯身在她脸上打量一会儿，见她紧闭双眼，脸色竟如白纸一般，便"呵呵"笑道："真快成死人了呢。你难道真要下去陪那傻子？我就不相信你跟他有什么感情。还是那老东西一直在打你主意，你不愿意从他？我告诉你，女人的身子给男人碰过就成了残花败柳，不值钱了。当年我嫁过来也闹腾过，闹一闹还是委委屈屈过到现在。好死不如赖活着，我就不相信那老东西没有伸腿的一天，你现在死了，只赚了副厚棺材，要是你再撑几年，在老东西那里撒个娇什么的，说不定金家都成你的了！"

二太太啐了她一口:"妹妹,你说的什么话嘛,她是老爷的儿媳妇,老爷怎么会……"

"怎么不会!"三太太笑得泪都流了出来,"那个老东西什么事儿做不出来,你以为那几个漂亮丫头是怎么不见的?"她凑近叶芙蓉,在她脸上狠狠捏了一把:"你自己瞧瞧,新媳妇儿这么漂亮,还是他自己看中的,他怎么会舍得这口鲜嫩的不吃,把她供在家里当菩萨!姐姐,你别傻了!"

良久,她把泪水擦去,冷冷地看着叶芙蓉:"我们话已经带到了,要死要活随便你,反正跟我们半点关系都没有!"她突然恶狠狠地说,"说不定你死了我们的日子更好过,我就不信老东西会死在我后面!"

说完,她把二太太一拉,转身就走。老妈子连忙为她们把门开了。三太太突然回头,眼神复杂地看着仍如雕塑般的叶芙蓉,在旁边的水缸舀起一瓢水,在众人的惊呼声中,兜头朝她泼去。叶芙蓉被淋得浑身是水,顿时从卧榻上惊起。三太太"嘿嘿"一笑:"还没死嘛,没死就起来吃东西,你要再装死我等下再来浇!"

看着两人远去,小蓝和丫头们才回过神来,赶紧为她擦脸换衣服。叶芙蓉却仍然一脸木然,眼中如死水一潭,再狂暴的风都激不起任何波澜。她听任她们换好衣服,朝天空看了一眼,转身回到房间躺下。

随着一阵又一阵疲倦袭来,叶芙蓉不顾众人的呼喊,昏昏然进入梦乡。

魑魅魍魉横行的黑夜一点点吞没了光明,月也成了若有若无的一点存在,在凛凛风中把自己重重包裹起来,希望凄清的长夜里,能得到温暖,反射出曾经的光明。

也许是吹鼓手都疲累不堪,送别调已然一声声衰落,一入夜,唢呐和铙钹都停了,只剩长长的锣鼓声在甘蓝城上空飘荡,如魂魄恋着自己的身体,一圈又一圈地来回检视,久久地,不忍离开。

两辆吉普车停到金家大院门口,在门口的牛耳立刻拉长了声音喊道:"程司令、赵军长到!"屋内的人一听,立刻来了精神,吹鼓手鼓足了气,把唢呐吹得震天响，当锣鼓接上他的节奏，铙钹也响了起来，刚刚沉默下去的金家大院顿时又热闹起来。

金继祖老远迎出来，拱手道："这要我怎么过意得去，我还没登门拜谢程司令的援手之恩呢。程司令，赵军长，您先请屋里坐！"

程行云满脸凝重，根本没有答腔，径直走到灵堂前烧香，把香高举着拜了三拜。赵军长和刘副官也上前拜过，旁边披麻戴孝的长工连忙答礼。赵军长嚷开了："怎么没见他媳妇出来答礼，是看不起咱们吗？"

金继祖脸色骤变，管家连忙赔笑道："你们是金家的贵客，怎么敢看不起呢。我们少奶奶伤心过度，昨晚竟要上吊殉夫，幸亏我们发现及时，好歹把条命捡回来了。她已经两天没吃东西了，现在正昏睡着……"

没等他说完，赵黑熊把腿一拍："他娘的，她有什么想不开的，好好的寻什么死，一个傻子也值得她赔上条命？"他看着程行云，眼中有些疑惑："司令，事情有些不对啊！"

程行云没有回答，转向金继祖，脸沉了下来："金老板，不是你逼的吧？"金继祖慌忙分辩道："程司令，您说哪里话，她是司令要的人，我保她还来不及，怎么会逼她呢。您放心，经过昨晚的事，我已经派人严密看守，不让她有机会再寻死！"

赵黑熊插在他们中间："你别那么多废话，先带我们去瞧瞧那女人！"

金继祖有些为难，皱眉道："刚才丫头来说过，她仍睡着没醒。"

程行云二话不说，直接绕过他走向后面，刘副官和赵黑熊连忙跟上。金继祖见势不妙，给管家递了个眼色，两人也紧紧跟在后面。一行人走在长长的甬道，两边高高的白灯笼把他们的影子拖得细细长长，仿佛催魂的鬼魅。

一曲送别调后，从前院传来凄厉的《黄泉冷》，程行云脚步一顿，胸膛疼痛欲裂，全身好似有如冰凉的丝线一条条绞进血肉里，他几乎号啕出声，脚步再也提不起来，他连忙伸手扶住墙壁，让自己的情绪平稳下来。刘副官连忙凑到他身边，低声呼唤："司令……"他摆摆手示意自己没事，深吸了一口气，继续朝前面走去。

赵黑熊也瞧出了异样，拍拍他的肩膀，嘿嘿笑道："兄弟，她没事的，你不要自乱阵脚！"程行云苦笑一声："等下你别乱说话，咱们瞧瞧就走！"

赵黑熊愣住了，赌气道："不说就不说，我倒要看看你这个慢郎中有啥法子！"

一行人刚进院子，一个老妈子凑到金继祖面前："二太太和三太太也在，正在把少奶奶浇醒吃东西呢！"金继祖朝管家一努嘴："快把她们弄走，成事不足败事有余。劝不动就算了，竟然给我用水浇，真想给我把人弄死吗？"

三人正在门口嘀咕，房间里传出三太太惊天动地的叫声："你不要装死了，给我起来吃东西……"程行云三步并作两步冲了进去，正好看到一个瘦瘦的女人拿着瓢水朝床上泼去，而旁边一个胖胖的女人正要拉她。床上的女子浑身一个激灵，迷迷糊糊地睁开眼睛。程行云心肝俱裂，才多少天不见，她怎么就变成这副人不人鬼不鬼的样子，脸上一片惨白，眸中无比茫然，竟没有一点光亮。

跟着进来的刘副官和赵黑熊也呆住了，赵黑熊喃喃道："我的老娘，这女人怎么跟鬼一样！"

见三个人气势汹汹地冲进来，三太太手里的瓢吓得掉在地上，二太太见苗头不对，连忙拉住她，赔笑道："你们是来看我家新媳妇儿的吧，老爷要我们把她弄醒吃东西，她两天没吃东西了，再这样睡真要睡死过去！"

程行云怒火直蹿，瞪圆了眼睛走到三太太跟前："是你这样叫的吗？用冷水泼，你还真歹毒！"

三太太瑟缩了一下，突然挺直了胸膛，声音尖厉地叫起来："我泼她怎么了，我好歹也算她的长辈，你还没权力来质问我！这个蠢女人不想活了，昨晚去上吊，上吊死不成就绝食，你怎么不去问她脑子里短了哪根筋！这种破事我还不愿意揽呢，不就是自己公公要上嘛，闭着眼睛当被鬼压不就过去了，还真要去寻死，还以为那条贱命谁稀罕来着……"

"住嘴！"房间里突然响起一个凌厉的声音，赵黑熊回头看了眼金继祖，一脚把旁边的方凳踢开，噔噔两步走到她面前："你说的是真的？"

三太太突然噤声，看着后面横眉冷对的金继祖，金继祖喝道："你这个疯婆子，给我滚出去！"一边冷冷地朝管家瞥了一眼，管家会意道："赵军长，您可千万别听她的。你不知道，她平时说话就是这样疯疯癫癫的，从来不管什么场合。我们二太太倒是个明白人，二太太，您和三太太先回去吧！"

当冷水引起的战栗过去，叶芙蓉的意识渐渐模糊起来，房间里的喧闹，外面的《黄泉冷》仿佛飘忽在遥远的地方，她把眼睛一闭，歪歪斜斜倒在床上。

程行云把她瘦弱的身体紧紧抱在怀中，那心里的丝丝剧痛又开始发作，怀里冰凉的感觉令人有些恐惧。他鼻子一酸，几乎落下泪来。这时，赵黑熊挡在三太太面前："把刚才的话说清楚，到底怎么回事！"

金继祖满脸无奈："赵军长，这事也不怕让你知道，这个老三就是喜欢争风吃醋，我要是多看哪个丫头一眼她都要跳起脚来骂半天。这么多年我真是忍无可忍，还请三位不要见笑才是！"

赵黑熊看着程行云怀中的脸色苍白的女子，叹息道："程司令，你这个媒我是做定了，我看再这样下去，等不到你出发这个女人就没命了，你不要再优柔寡断了，把她带回去吧！"

程行云眉头一拧，抱起她就走，金继祖恼羞成怒，挡在他们面前，冷笑道："你们不要欺人太甚，我儿子的头七未过，你们竟然想带走我的儿媳妇，要我的老脸往哪儿搁！你们不要把我逼急了，我到上面去告你们强占民女，总司令的纪律严明，只怕你们吃不了要兜着走！"

赵黑熊一拍胸膛："我怕什么，大不了撤了我这个军长，我正好上前线好好跟鬼子拼一场，比在后面躲来躲去的痛快！"他转向程行云，"你把人带走，一切有我来扛！"

"来人，给我把大门关起来，看谁敢从金家带人出去！"金继祖大喝一声,一群拿着枪的护院冲了进来,把他们团团围住。

"你们谁敢动手,我派人把金家给铲平!"赵黑熊气得哇哇乱叫,拔出枪对准面前那护院的胸膛,那护院吓得直抖,把求救的目光转向金继祖。

见势不妙,刘副官吓得冷汗直流,连忙挡在他面前:"司令,赵军长,你们还要带兵,千万别现在捅娄子!"

僵持中,程行云看了怀中的女子,忽然很想生生世世这样温暖她。

思考良久,他还是把她放下,起身瞪住赵黑熊:"赵黑熊,我命令你,收起你的枪,现在向后转,回驻军总部!"

赵黑熊大怒:"你到了这时候才想起来要当缩头乌龟,老子今天跟他们杠上了,看看他们这几条破枪能把我怎么样!"

"听我命令!"程行云怒吼,"你的枪是用来打鬼子的!"

赵黑熊嘴巴张了张,半天没说出一句话,悻悻地把枪收起。刘副官叹息一声,催促道:"赵军长,我们走吧!"说着,跟着程行云大步跨出房间。

赵黑熊回头看了看那女子,骂了声:"金老板,你给我看好点,要是人没了我可饶不了你!"他把拳头在金继祖眼前晃了晃,拔腿就追。

看着三人的背影,金继祖得意扬扬地哼了一声:"别以为我一直退让就是怕你们,你们要跟我斗还生晚了几年!"他瞪了三太太一眼:"以后还敢乱说话看我不把你嘴巴撕了!来人,给我送太太们回院子。把三太太的院子锁起来,以后没我的吩咐谁都不准进这个院子!"

他踱到床边,看着那小小的脸,一天下来,她竟又好似小了一圈,连颧骨都突了出来。他沉默良久,转头对管家道:"你去给我找大夫来,看看她到底有没有事,我看她脸色不对!"管家嘟嚷了一句:"老爷,丫头们都饿得没力气了,您还是让她们吃点东西吧,这样下去没人能伺候少奶奶了!"

他怒吼道:"一群废物,把她们叫进来,等少奶奶吃了东西她们才能吃,我就不相信我整治不了一个女人!"

大夫慌忙赶来，诊完脉长吁口气，开了些补益气血的药便走了。管家叫人煲了参汤，命两个老妈子把叶芙蓉扶起来，一人撬开她的嘴巴把参汤灌进去，她人还昏迷着，倒有一大半流到外面。这样灌了一阵，总算有些喝了下去。

不知过了多久，她睁开迷蒙的眼睛，见面前跪了一地的丫头，有两个已然歪倒在地。管家见她醒转，跪倒在床榻上，哽咽道："少奶奶，求你。吃点东西吧，老爷吩咐过，你不吃别人也不准吃。你难道真的忍心让这些小丫头陪你去死，她们还这么年轻啊！"

叶芙蓉一点点找回自己的意识，她把手遥遥伸向小蓝，小蓝连忙扑上来握住，几乎泣不成声："少奶奶，你可怜可怜我们吧……"

叶芙蓉张了张嘴，感觉喉咙好似被火烧灼过，她用力吐出几个字："对不起，我以为……"管家连忙叫人端了燕窝过来，小蓝连忙接过，轻声道："少奶奶，你别说话，先吃下去。"看着她把东西吞了进去，大家才舒了口气。管家一挥手："快叫人把这两个晕倒的抬回去，你们先去吃点东西！"

当大家乱哄哄地出去，管家把门关上，飞快地走到叶芙蓉面前："少奶奶，你记不记得，今天程司令来过。"

叶芙蓉眼睛一亮，猛地抬头："原来是真的！"随后，她眼中的火光一点点熄灭，"他又是来做什么，难道嫌我被羞辱得不够吗？"

管家摇摇头："少奶奶，我感觉得出来，他对你是动了真情。今天他抱着你的时候连我都忍不住想落泪，那时他眼里好像只剩下你一个人，要不是老爷拦着，他就已经把你救出金家了。少奶奶，你如果想跟他，我和小蓝会找机会帮你！"

小蓝急切地点头："是的，少奶奶，你这样下去不是个办法，还是早点离开金家。"

叶芙蓉惨然一笑："算了，你们不用劝我，我知道这些人的心思，已经对他们不抱任何希望了。"接着，她拉着小蓝的手，轻声道："你还没吃东西吧，你去弄点吃的来，我们一起吃点吧，今天连累你们了，我真是过意不去！"

小蓝急急忙忙跑出去，管家还想再劝，她挤出一个灿烂的笑容，说："六福叔，你的恩情我记下了，等来世一定找机会报答！"

管家脸色骤变："少奶奶，你难道还想寻死？现在兵荒马乱的，活着就已经很不容易了，你何苦一次次这样想不开！少奶奶，你就听我一句劝，不管发生什么事，先把自己命保下来再说，这条命你自己都不顾惜，又有谁会为你着想呢！"

叶芙蓉怔怔地看着他的眼睛，那里面的担忧让她泪落如雨，良久，她把脸擦了擦，轻叹道："六福叔，不管怎样，我都会永远感激你！"

灯光有些昏黄，在她脸上抹上一道道暗影，她眯着眼睛看着这唯一的温暖，心中一片寂然，好似万顷波澜一瞬间平息，只剩下鸟儿的啾啾哀鸣，在寻找风浪中失去的伴侣。

以后，要如何面对狂潮再起？

太累了，还是算了吧！

夜深了，驻军总部司令官邸的客厅仍亮着灯。程行云燃起一支烟，把自己圈在沙发柔软的怀抱里，一缕缕烟往他头上飘去，最后散为无形。他的头顶，那原本热烈的水晶吊灯沉默了，那是欧洲宫廷式样，层层叠叠垂着诸多饰物，每一个灯碗都是精雕细刻，烛形灯泡通体透明，也许它看过太多繁华，在这样凄清的气氛中竟无所适从。

她的脸一次又一次在心头浮现，默默流泪的、惊恐的、绝望的、迷惘的，竟从来没有一次面带笑容。她是个苦命人，自己却还要雪上加霜，在她的心上再捅一刀。这样一来，自己和那心狠手辣的金继祖有什么区别？

他试图硬起心肠，把她从脑海中赶出去。这个人间本来就是弱肉强食，他如果不打跑抢他饭吃的乞丐怎么能活到今天？如果不是一次次从毒打中逃脱，怎么会有命撑到如今？如果没有忍住操练的辛苦，怎么可能提拔上去，得到总司令赏识？

这么多年，有许多次他都以为自己必死无疑，天老爷嫌他的命贱，终于还是放过他。一次又一次，他对自己说，活着，活着才有希望，不要去管别人的死活！

所以，他在战场上一枪枪撂倒敌人，每次都直射他们的胸膛和脑门，那时候，他面前的敌人早已是死人，即使他们仍会惊恐，仍会愤怒，即使，他直面的是他们眼底求生的渴望。

他要活，所以别人必须死。

也正因如此，他想要她，便直接跟金继祖开口，哪怕知道她是自己侄子的媳妇儿，因为她嫁的是金家，不是程家。他从未想过，自己会在看到她落寞的背影时心生恻隐，会被她眼中的绝望震撼，她离开的那刻，他甚至……会后悔。

他幽幽叹息着，事情怎么会变成现在这样，当他决心赴死，带领众人以身躯阻挡日本人前进的脚步的时候，他竟会心有不舍。

舍不得她苍白的脸，舍不得她纤细的腰肢，舍不得她的馨香，舍不得她唇的温润。更舍不得，心里那平凡安定生活的梦想。

他咬了咬牙，把烟蒂掐熄，听到门响了，他定了定神，大声道："进来！"

刘副官端着壶酒进来："行云，咱们很久没喝酒了，你要是不嫌我酒量浅，就让我陪你喝上两杯吧！"说着，他坐到他对面，找来两个杯子斟满，自己先一饮而尽。程行云没有说话，也一口干了，放下杯才叹道："刘兄，谢谢！"

刘副官笑道："咱们这么多年的交情，哪还用得着这么客气！行云，我知道你心里的苦楚，你别想这么多，船到桥头自然直，那金继祖总有一天会被咱们收拾的！"

程行云苦笑着："咱们以后不要提这档子事了，书远，咱们今天光喝酒，不谈其他事情好不好？这些天我都快烦死了！"

两人默默喝了一阵，刘副官顶不住，摇摇晃晃地回去了，程行云喝得也有些晕，回到房间，连灯都没开，摸索到床头打开一个藤制箱子，把里面的东西翻倒在床上，然后扑到上面，搂住一堆冰凉的布料，不知不觉眼已经湿了。

《黄泉冷》惊天动地地响起来，吹鼓手都养足了精神，等着这最后一次精彩表演，唢呐凄厉地冲向云霄，把树上休憩的鸟儿惊得扑腾着飞起，甘蓝城里又热闹起来，家家户户都把鞭炮挂了出来，等着热闹地送死去的人一程。

停柩三天后，金继祖命人送儿子上山，他选的坟地是情人崖下的松树林，不知是从他祖父还是父亲那辈，那里变成了金家的产业，祖父、祖母、父亲、母亲都葬在那里，其他偏房是没有资格葬到那块坟地上的。如今白发人送黑发人，他的儿子竟然先他入了土，个中滋味就只有他自己知道了。

当庞大的送葬队伍缓缓从金家大院出来，甘蓝城的鞭炮声和铳声响彻天际。吹鼓手在前面开始奏起送别调，唢呐手抬高了手里系着白绸的家什，呜咽着朝云端送去悲切的嘶吼。大小锣鼓齐鸣，在阵阵乐声里，铙钹声突然跳跃起来，把大家低沉的情绪一扫而光。铿锵的鼓点中，好似连痛哭都无法宣泄自己心中的情感，只有汇成一曲甘蓝送别调，用全身的力气吼出来。

可是没有人吼唱，大家沉默地把鞭炮放完，沉默地看着吹鼓手后面那个披麻戴孝的女子。她走路都不太稳，要身边两个丫头紧紧搀着，本来就瘦小的一张脸更脱了形，连一点活人的颜色都没有。

大家叹息着，半月前的那一幕仍在脑中清晰可见：她坐着大红花轿而来，被家宝拉进金家大院；她招摇着坐着吉普车从甘蓝城穿过，接着传来她自封的消息；再然后，大家看到了家宝蹦跳着来给媳妇买东西，心中都有几分欣慰，那傻子总算还会疼人，而一转眼，她竟然又成了这样孤零零的一个。

天意弄人，再怎么争都没有用，当听到她自杀的消息，大家几乎松了口气,这样活着,真不如死了痛快呢。

叶芙蓉一步步朝前挪着,这两天吃了点东西,身上才有了力气。当金继祖要她今天送灵柩上山时,她想都没想就答应了。她跟家宝毕竟夫妻一场,虽然缘分太浅,情分总还是有的。如果家宝不出事,跟她相伴一生的就是他,她也不会像今天这样痛苦不堪。

队伍一点点向前移动,按照线路要巡甘蓝城一周,让家宝再仔细看看曾经住过玩过的地方。日头越来越大,抬棺的人已经累得满面通红,唢呐声也没有刚才那样响亮,成了伴着隐隐啜泣的哀鸣。青石板铺就的街道一直延伸着,仿佛永远没有尽头,街上的人们失去了跟随的兴致,三三两两聚在一起说着闲话,只有孩子们精力充沛,笑闹着追赶队伍,捡地上没放完的炮仗。

队伍渐渐慢下来,甘蓝城说大不大,说小也不小,这样绕上一圈也要半天工夫,据《甘蓝城志》记载这里清末民初已有十万人众,还没有包括四邻八乡的散居村民。当长长的队伍终于绕完甘蓝城,看热闹的人和孩子们早已挤在甘蓝桥边,等着队伍从这里通过,去松树林。

甘蓝河水今天缓了些,仍是以滔滔之势往前急奔,水面金光灿烂,涌起的水花一朵朵绽放在一条如银丝玉绶般的带子上,靠近河岸的水底圆圆的鹅卵石呈现诸多颜色,上面还有幅幅山水画,描绘着大好河山。及至河中,河水卷着浅浅的漩涡和水花游戏,隐约还能看到河中的巨石,一个个张牙舞爪地埋伏着,等待鲜活的生命为祭。

下游远远地停着两辆吉普车,程行云、赵军长和刘副官三人远眺着情人崖。赵军长跟刘副官讲了那情人崖的传说,见他一脸感动,哈哈大笑道:"你不要一副哭丧的表情好不好,殉情有什么好感动的。那两个人都是没胆子的,要真的喜欢就干脆一点,拼命逃出去,在什么地方不能活?"他一边说一边瞥着程行云,"我就是瞧不上那些没胆子的,想要就直接动手,天塌下来也有高个子顶着,怕他个啥!"

程行云恍若未闻,当送别调传来,他跟着轻轻哼起来,赵黑熊愣住了,低声问刘副官:"程司令也懂甘蓝调?"

刘副官轻叹道:"他本来就是甘蓝人,我以前就听他唱过甘蓝调。"

赵黑熊"哦"了一声,若有所思地看着他,程行云仍在哼着,转头看向那长长的队伍。吹鼓手已经上了桥,后面是叶芙蓉和几个丫头。程行云停了下来,怔怔地看着那抹纤细的身影,心中一酸,既不忍再看又舍不得挪开视线,当那撕噬人的疼痛传来,他低下头,闷闷地说了句:"走吧,等下还要开会!"

三人刚想离开,从桥那边传来一阵撕心裂肺的呼喊:"少奶奶跳河了!"桥上顿时乱成一团,许多人从桥上跑下来,追着水流往下跑。

程行云脑一回头便看到一个白色的身影落到河面上,并立刻被流水冲了下来。他来不及思考,飞快地边脱衣服边跑到河边,刘副官醒悟过来:"程司令,危险!"赵黑熊暗骂一声,也跟着跑了过来,想阻止他疯狂的举动。

程行云对他们大吼一声:"快去坝口接应!"说着,他已经走到水中,边稳着自己身体边往中间走。

刘副官把牙一咬:"赵军长,我们快去坝口,司令水性好!"

赵黑熊没有停下来,喊了声:"我的水性也不错!"脱了衣服径直跑进水里,跟着他走向河中央。

刘副官没了主意,对开车的小王大喝:"还愣着干吗,快去坝口挡人!"

河水已经漫到他们的胸口,程行云尝试着又往中间挪了挪,那抹白色影子载浮载沉,渐渐逼近。他眼睛瞪圆了,眨都不敢眨一下。赵黑熊看见他的神色,也暗暗紧张起来,在心里骂过他不知多少遍之后,那白色影子终于漂到眼前。她似乎已经没了知觉,静静地随着流水离开。程行云闷哼一声,一个猛子扎进水里,他刚碰到她的衣角,流水已经把她带走了,他有几分慌乱,连忙拼命划水去追,站在下面一点的赵黑熊把她抓到手里正在叫喊:"程司令,我已经把人救着了,现在立不住脚,咱们快点到坝口去!"

程行云随着流水迅速划动,很快就赶上赵黑熊。两人一人一边把她的头撑出水里。程行云见她一脸惨白,暗道不好,边用脚踩水稳着自己身体边把她的头拨弄过来,使劲给她过了几口气。不知道过了多久,他和赵黑熊两人都游得筋疲力尽,三人被水冲到下游。士兵们早早在那里等着,见到他们的身影,不由得发出惊天动地的欢呼。负责挡人的士兵已经下了水,密密麻麻地站了一排,眼睛都直愣愣地盯着河面。

逼近坝口,两人随着水流之势,一点点斜斜地往岸边划,程行云眼明手快,一把抓住一个士兵伸得长长的胳臂,一手抱着她在水中稳住身体,在士兵们的帮助下把人抱上岸。

脚一着地,他才觉得无比踏实,他摸摸她的鼻息和心口,发现她仍然活着,终于松了口气,一下子软倒在她身边。

刘副官连忙接手,仔细察看她的情况,程行云歪着头,有气无力地说:"拜托你了!"

刘副官叹了口气,带着人把她抬到山上官邸,一边叫军医过来诊治。

赵黑熊最后一个爬上岸,他躺在地上缓了半天,突然发出一声怒吼:"程行云,你这个王八羔子,做你的媒人还真辛苦!"

听到赵黑熊的怒吼,程行云嘴角露出一丝微笑,挪到他身边拍拍他肩膀:"兄弟,今天多亏有你!"

赵黑熊"嘿嘿"一笑:"这喜酒我吃定了!"

程行云仰头看着天空:"我是想让你喝喜酒,就是怕她不肯嫁。"

赵黑熊愣住了:"难不成以前你说的都是假的,是你硬逼人家小媳妇?"见程行云没有回答,他龇牙咧嘴地从地上跳起来,指着他的鼻子骂,"你这个龟孙子,我看错你了,骗完人家小媳妇还敢来骗我!"

程行云瞪了他一眼:"你说话客气点!我喜欢她不行吗?"

赵黑熊把衣服一脱:"你这个龟孙子,自己做的事还不敢承认,强迫了就是强迫了,还谈什么喜欢不喜欢,你当我是傻子吗?老子今天得好好教训教训你!"

程行云一拳揍向他鼻子："你骂够了没有，一口一个龟孙子，你才是龟孙子！"赵黑熊没料到他会真动手，躲避不及，被打得眼冒金星。他火冒三丈，挥起拳头就朝程行云胸膛打去，程行云吃了他一拳，疼得满脸纠结的表情，他怒吼一声，扑到赵黑熊身上。两人竟在地上扭打起来。

等侍卫官把两人扯开，赵黑熊哈哈大笑："你瞧你那熊样，眼睛都被我捶肿了！"程行云狠狠瞪了他一眼："你以为自己会好到哪里去，脸上都成染缸了！"两人又互相瞪了两眼，突然爆发出一阵惊天动地的笑声。士兵们摸着脑袋，被两人弄糊涂了。赵黑熊拉起程行云："真他娘的痛快，我已经好久没这样打过架了，每天都要听军规军纪什么的，真是闷死了！"

程行云哼了一声："原来你是故意找我打架，要不是刚才在水里消耗体力太多，我早就把你揍扁了！"

赵黑熊突然安静下来，凑到他耳边道："喜欢就留下来，她跟那姓金的还不如跟你！"

程行云沉思半晌："过两天再说，我还不知道她的意思，说实话，我……以前对不住她！"

赵黑熊横眉竖目："我就知道你小子心里有鬼，以后对她好一点就成，女人哄哄就听话了！"

第六章

折红英

　　金继祖慢慢从书房走出来，顺着长长的甬道走向正院，白灯笼上的"奠"字如燃在空中的冥火，让他从心里冒出一丝丝凉意来。晚风在他耳边轻轻呜咽，引出从未有过的惆怅。这真是一种奇怪的感情，好似生已无可恋，死并不让人恐惧。

　　他拖着沉重的步子，布鞋踩在光滑的石板上悄然无声，除了风的肆虐，万物好像都沉入死一般的寂静中。

　　自从知道自己不能生育以来，他第二次有了无能为力的感觉。这个女人，竟然宁死也不肯从他，先是上吊，再是绝食，在他以为她终于顺从的时候，她竟然趁机从甘蓝桥上跳了下去，让他的一番心机统统白费，让他成了金家大院、成了甘蓝城的笑柄。

　　没人敢当面笑他，他知道。当年他也曾真心喜欢过那个女人，他明媒正娶的美丽妻子，大太太月儿。他们成亲五年她的肚子竟毫无动静。他盼子心切，以为是月儿的问题，偷偷找了两个年轻漂亮的丫头睡觉，不知不觉疏远了她。

　　那个耐不住寂寞的下贱女人，竟背地里和金家长工程大海勾搭上，怀上程大海的孩子不算，还约好了要一起私奔！

他早就收到风声，在他们私奔那晚布下天罗地网，程大海自然没有活路，月儿从此被他锁进院里，再也不准出门。

准备动手收拾她肚子里的孩子时，他终于满腹疑虑地去了省城看病，医生告诉他，他没有生育能力。

他把孩子留了下来，不过只是留下他一条小命而已。

他仰望着天边那颗孤星，仿佛看到大家目光中的鄙视："你金继祖不是很厉害吗？怎么连个女人都收服不了？"

是的，他笃定她会顺从，她是这样娇弱，连看人都是怯怯的，那睫毛如两只受惊的黑翼蝴蝶，扑闪着诱人的光芒，她的腰肢如此柔软，让他心旌神摇，几乎就控制不了自己的欲望。如果还是十五年前，他会像驯服三太太一样驯服她，一点儿也不怕她寻死觅活。

走进挂着白灯笼的正院，院里空空荡荡，一连死了两个人，这里的气氛有些阴森，连看院子的老妈子都不见了。他一步步走进正房，扯亮了灯，径直走到床边坐下。他轻轻抚过缎面薄被，那冰冷渗入他的指尖，又从指尖发散到他的全身。他仍记得她的身体有种特别的幽香，让他眷恋不已，甚至不舍得放手。

一切都过去了，这么美好的女人竟也被滔滔甘蓝河带走，连尸首都没有留下，真是可惜。

管家急匆匆地走进房间："老爷，您请节哀，您明天还要去省城，还是先休息吧，您今天要去哪个太太院里？"

金继祖呆愣了半晌，不耐烦地说："哪里都不去，我还是回自己院子睡。六福，这几天辛苦你了，你也去休息吧，我不在的时候还劳你多费心！"

管家笑道："老爷说的哪里话，为老爷分忧是我分内事，老爷您尽管去，家里就交给我了，您这次去是……"

金继祖叹道："现在局势越来越紧，我得先把账结一结，能维持下去的就先撑着，维持不下去的干脆撤了。我这次要去好些日子，你可得给我把家看紧，别让下面的人乱来！"

等把金继祖送回主院，管家又到前院客厅，两个护院跑得满头是汗回来，报告道："六福叔，我们已经打听到了，今天程司令和赵军长是救回一个女子，应该就是我们少奶奶！"

管家叹道："你们知道了就好，千万不要把消息散播出去，你们就当是积点阴德吧，少奶奶在金家活不了！"

两个护院齐声道："六福叔，我们明白，我们听你的！"有个护院嘿嘿笑道："六福叔，原来你把所有追的人喊回来就是这么回事啊！"

管家瞪了他们一眼："什么这么回事？你们不知道不要乱说，小心我拿刀子割了你们的舌头！"

那护院嬉笑道："我知道，六福叔从来都是刀子嘴豆腐心的，让我不说就不说。说真的，少奶奶也太可怜了……"

管家朝他的头敲了一记："不许嚼舌根！"两人吐吐舌头，笑嘻嘻地走了。管家遥遥看着甘蓝河下游的方向，喃喃道："少奶奶，你可要保重！"

此时，在甘蓝驻军司令官邸，程行云的吼声震得连屋顶的水晶吊灯都在颤抖："你不是说她没事吗？怎么到现在还没醒！"

赵黑熊好整以暇地坐在沙发上，和刘副官两人把杯子碰了碰，笑嘻嘻地对旁边正发抖的军医说："怕他个鬼，你直接告诉他那女人还在呼呼大睡不就得了！你抖什么抖，有我给你撑腰，大不了再去跟他打一架！"军医看了程行云一眼，连忙进房间检查病人。

刘副官哈哈大笑，把杯中的酒一饮而尽："赵军长，你们今天可让弟兄们开眼界了，两个高级将领在地上练习摔跤。幸亏是闹着玩的，要不上头可又要整肃军纪了！"

程行云气呼呼地站到他们面前："你们这么晚了在我这里喝什么酒？这儿又不是酒馆，你们要喝到别的地方去，我今天没心情陪你们喝！"

这时，军医满脸喜色地跑了出来："司令，她醒了，你快去看看！"程行云三步并作两步走进房间，又把头伸出来叫道："你们给我回去，别耽误我休息！"

赵黑熊和刘副官不约而同地笑起来：赵黑熊嘟哝一声："真是，用得着紧张成这样么，都已经是板上钉钉的事了！"

程行云没心情管外面那三人，心情忐忑地走到床边，把她的手攥在手心，只觉得手中好似一团冰，连半点热气都无。他鼻子一酸，哽咽着："谢天谢地，你总算醒了！"

叶芙蓉吐出一个混浊的声音，程行云附耳去听，她偏头过去，竟不想与他做任何交流。程行云慢慢跪在床边，把她的手贴在脸上，想为她除去那里的冰寒，良久，才慢慢说道："你不要再寻死了，要死容易，可活着更是艰难。你知道吗？今天如果不是管家送信来，说你们中午会经过甘蓝桥，我也没办法救下你，如果不是赵军长帮我一把，你现在也早被水冲走了。你看这么多人都不希望你死，你何苦要这样浪费自己的生命呢？"

叶芙蓉仍是没有理他，她突然发觉自己原来的衣服已被褪去，换上了一件长长的衬衣，心头一慌，下意识把身体蜷曲起来，转身背对着他："我现在落在你手里，你想怎样都可以，不要再说这些假惺惺的话，反正活着艰难，死还不容易么！"

程行云伸到她后背的手停了下来，他踌躇着站了起来，长叹一声："你安心在这里养身体，不要再寻死了，说到底是我对不起你，以后我会为你安排好一切的！"说完，他强忍住把她抱在怀里的冲动，拖着沉重的脚步。

赵黑熊和刘副官正准备相携离开，两人见他垂头丧气地出来，面面相觑，半天说不出话来。

程行云走到沙发坐下，仰面靠在沙发背上，紧紧闭上眼睛陷入沉思，竟当他们空气一般。

赵黑熊走到他身后，猛地一拍他的肩膀："程司令，到底怎么了？"

"算了，你们还是送她走吧。"程行云叹了口气，"她恨我，根本不想活下去，我也不能给她安定的生活，留着她反倒害了她！"

"我就没见过像你们这样婆婆妈妈的人！"赵黑熊火冒三丈，噔噔两步冲到房间里。叶芙蓉捂着脸，正在嘤嘤哭泣，赵黑熊把她从床上提起来，指着她的鼻子骂："你脑子进水了，我们拼了命把你救上来，你谢谢都不会说一声，还跟我寻死觅活，早知道我干脆让你被水冲走算了！"

叶芙蓉看着面前铁塔般的男子，强自镇定心神，凄然道："我又没要你们救我！"

"啪！"赵黑熊一巴掌打在她脸上，顿时打得她满口血腥味。程行云和刘副官冲了上来，程行云把她抱在怀里，冲赵黑熊喝道："你为什么打她？有本事跟我打，打女人算什么英雄？"

刘副官挡在赵黑熊面前，赔笑道："赵军长，咱们还是走吧！"

"我打的就是你那没出息的女人。"赵黑熊横起眉，瞪着程行云怀里瑟瑟发抖的女子，"这么多人为了活命做生做死，你什么都不用干，只受点小委屈就寻死觅活。你以为天下只有你那身子金贵，别人都生来命贱吗？日本人在东北糟蹋了多少女人，她们还不是抹把泪继续过活。连命都没有了，怎么去报仇？"

"报仇？"叶芙蓉缓缓抬头，眼底一片凄凉，"你让我找谁报仇，找程司令，还是金继祖？我没有那个能力，但至少可以不让他们如愿！"

程行云捂住她的嘴，低声道："别说了，我知道是我的错，我明天就让他们送你去省城……"

赵黑熊大怒："不行，她哪儿都不能去，你明明喜欢她，拼了命也要救她上来，为什么还要一直把她往外推。你不要我要，我把她留在官邸，回来屋里有个女人的味道也好！"

刘副官叹道："司令，我明白你的心思。可谁家没有妻儿老小，我们上战场打鬼子又不一定回不来，你既然这么喜欢她，就干脆留下她吧！"

"都别说了，"程行云有些狼狈，大喝道，"我主意已定，你们都给我回去休息，明早开会！"

叶芙蓉怔怔地看着程行云的眼睛，他躲避着她探询的目光，把他们轰了出去。当门被重重关上的声音传来，他一狠心，把她轻轻放下，从床边拿出一个藤制箱子："你孑然一身从金家出来，这些你明天带上，我再拿些银元给你。"说完，他径直走向门口，"你好好休息，我明天还有事，就不远送了！"

"回来！"她喃喃道，"你不跟我说说你跟金继祖的过节吗？"

程行云脚步一顿，眼睛突然红了："告诉你也无妨。我大哥和金家大太太有了私情，大太太有了身孕，要我大哥带她走，结果金继祖这老东西把我大哥杀了，还派人到我家，要把我斩草除根，我那时才八岁，被他们追着跳到甘蓝河里，游到没有力气，差点儿就被水淹死。我后来流浪到了省城，到处乞讨为生……"他低下头，哽咽得说不下去了。

脑中的片段一一浮现，叶芙蓉终于得到一个事实，金继祖没有生育能力，那大太太的孩子就是程行云大哥的孩子，那么金家宝就是……她想起那个疯疯癫癫的大太太，浑身打了个寒战，喃喃道："原来家宝是被金继祖害成这样的！"她看着那僵直的背影，心中一恸，轻声道，"你早知道家宝是你侄子对不对？"

程行云愣住了，他缓缓抬起头，正与她凄凉的目光相遇，那目光中的冰冷让他心里一阵发冷，他点点头，辩道："我那时是真的对你动了心，他一个傻子懂什么……"

一阵凄厉的笑声响起，叶芙蓉擦着泪水："真好笑，他一个傻子，竟是对我最好的人！"

程行云被她的声音震得几乎落下泪来，他低下头，沉默地走了出去。

许是太累了，叶芙蓉这一觉睡得死沉。第二天中午，她悠悠醒转，眼前有些模糊，当头顶那水晶吊灯变得清晰，一张大大的笑脸突然遮住她的视线。

"谢天谢地，你终于醒了，那家伙已经成了火龙，逮人就骂，赵军长看不下去，正在堵着他吵呢！"刘副官笑眯眯地用红布包了一些银元送到枕边，又拖出藤箱，"哇"的大叫一声"真漂亮"，从里面挑了件墨绿色的旗袍出来。拍了拍脑袋，从衣柜里找出一件白色披肩，又从抽屉里翻出一个玉镯，大声嘟哝着，"程司令也真是，东西一件一件地买，就是不敢送给你。钱都花在这些没用的东西上，连喝口酒都要找我蹭，真是笑死人！"

他把东西尽数摊在床边，把藤箱扣好，笑道："你也别寻死觅活的，程司令要我们立刻把你送走。车在外面，已经从早上等到现在。老实说，程司令对你的心意大家都看得出来，虽然我们都希望你留下来，不过，我们马上要去打日本鬼子，程司令军务繁忙，你老这样拧着会影响他的情绪，你既然要走，大家也不拦你！"

叶芙蓉张了张嘴，用力挤出一个微弱的声音："他……呢？"

"你说程司令啊？"刘副官哧哧笑着，"他舍不得你，又怕去打仗回不来耽误你，正在闹别扭着生自己气，要我们赶快把你送走，来个眼不见为净。"他突然正色道，"他让我转告你，他在省城没亲戚，实在不知道怎么安排你，只好把你托付给总司令夫人，让她帮你找个好男人。""他还定好标准了，不赌不嫖、不抽大烟、不打人、知书识礼、斯文俊秀，你说这种男人到哪里去找，这不是明摆着让你找不到嘛！"

叶芙蓉心中百转千折，仿佛所有泪水都堵在胸口，连呼吸都难以顺畅。刘副官看在眼里，突然大笑，摆手道："你先收拾收拾，我在外面等你，你速度快一些，我怕那家伙忍不住改变主意，到时候你想走就走不成了！"

她突然醒悟过来，自己孑然一身能去哪里呢？去省城能做什么？不就是在那总司令夫人帮助下找个不认识的男人嫁了，再一次赌他不吃喝嫖赌，赌他会对自己好，为他操持家务，生一堆孩子。

她还会喜欢上男人吗？她一遍遍地问自己。

她难道真的想死吗？

谁不想活呢，她不信世上有鬼神，不相信经过轮回会有更好的命运，母亲说过，人只有短短的一生，有些东西，错过就不可能找回。

说这话的时候，母亲和父亲正含情脉脉地相望。当年父亲去上海做绸缎生意，傍晚应过同乡的酒局，喝得微醺回来时信步走进一家书店，跟抱着一堆书走出来的母亲撞到一起。

父亲对她一见钟情，趁着酒劲一直跟了她几条街才引得母亲回眸一顾，两人因此相识。仪表堂堂、气质儒雅的父亲很快得到母亲的好感，两人很快坠入爱河。父亲虽然把她视若珍宝，却苦苦压抑自己的情感，向她坦言在家已由父亲做主娶妻，不敢休妻，更不愿委屈她做小。

当父亲离开时，母亲不顾家人的反对，只带着满满一藤箱旗袍和书，毅然追随父亲而来。

她赌赢了，父亲对她呵护备至，从未跟她红过脸。两人缱绻情深，母亲死后才一年，父亲悲伤过度，抑郁成疾，竟拒绝就医用药，最后抛下她孤零零一个，追随母亲而去。

当被大娘虐待时，她无数次地恨过他们，恨过后便是庆幸，庆幸父母生死相依的幸福。

自己也有母亲那样的幸运吗？

她不由得打了个寒战，对未来的生活产生了巨大的恐惧。自从嫁到金家，自从被程行云伤害，她再没奢望过像母亲那样被呵护的幸福。哀莫大于心死，当金继祖用褐斑满布的手抚上她身体时，她唯一想到的便是跟随父母而去。

前方的路太渺茫，到底要怎么办？

茫然间，她抓住手边的旗袍。旗袍入手有些凉意，面料是昂贵的织锦缎，做工极其精致，盘扣竟还镶着小小的珍珠。她有些爱不释手，慢慢抚摸着那大朵大朵的墨绿芙蓉，脑中渐渐清明。

她心里有个念头在蠢蠢欲动，要不要赌这一把，抓住眼前的幸福？

虽然她没有稳赢的把握，但她深深知道，这一次，她绝对不会输得太惨，因为她本就没有任何本钱。

要不要赌？

客厅里突然响起赵黑熊雷鸣般的声音："你喜欢就把人留下，别一脸阴阳怪气，到处找茬儿！"

房门被敲得震天响，赵黑熊的喊声一声比一声急："小媳妇儿，那缩头乌龟不要你，你干脆跟了我吧！我以后一定把你养得胖胖的，给我生几个大胖小子……"

叶芙蓉手忙脚乱地换上衣服，听赵黑熊惨叫一声，打开门一看，客厅里乱成一团，程行云正和赵黑熊在地上扭打着。程行云得占先机，把他按到地上，抡起拳头没命地往他身上招呼。赵黑熊哀哀呼痛，大手大脚乱舞着，竟完全不知如何反击。

听到门响，程行云猛地回头，和她的视线碰个正着，叶芙蓉慌忙避开他那火辣辣的目光。

"车就在外面，你的东西都收拾好了吗？"叶芙蓉的话还没出口，程行云已经噼里啪啦地说起来，"以后要自己照顾好自己，不要太相信男人的话，也别动不动就寻死觅活，世道太乱，活着都不容易。你看我也没爹没娘，被人家逼得走投无路，靠讨饭把这条小命留住才撑到这出头之日。以后你的好日子还长，总司令夫人心肠好，不会给你胡乱介绍男人……"

"蠢蛋！"赵黑熊啐了他一口，斜眼看着他笑。

不知不觉，她的泪已成雨，她勉强压住胸口的翻滚，哑着嗓子道："我……很……饿，能不能……"

话没说完，程行云已经冲了出去。赵黑熊愣了愣，突然摸着下巴嘿嘿直笑，把话匣子掀开："小媳妇儿，你嫁谁不是嫁，干脆嫁给他算了。这家伙是条汉子，你以后可难得碰上这种人，我正好也讨杯酒喝……"

叶芙蓉听得直翻白眼，原来男人啰唆起来也和女人一样，这个赵黑熊把程行云从头到脚夸了一遍，夸得是天上有地下无，仿佛除了他天下就没男人了。不知不觉间，她的满腹抑郁渐渐被他的笑声冲散，嘴角悄然弯起。

程行云端着碗面飞快地冲进来，小心翼翼地放在她面前，赵黑熊大笑："我也饿了！"他朝赵黑熊瞪了一眼，抓着他手臂就拖了出去。

一次又一次讨论过敌情简报，程行云心情烦闷，撇开侍卫官和那今天变得特别聒噪的赵黑熊，慢慢走回官邸。司令官邸就在半山腰上，面对着滔滔的甘蓝河和情人崖，山顶上是一圈铁丝网，耸立着三个岗哨，山上其他的树木杂草被砍伐殆尽，只留着许多高大的松柏，星罗棋布地点缀在路网中，条条路径如玉带般的甘蓝河，在山间蜿蜒着，延伸到其他将领的官邸和底下的军营。

远远看去，客厅和房间的灯漆黑一片，想必她已经走了。他连连叹息，下午真该多看她一眼，把她的样子记得再清楚一些，以后长夜里可以慢慢回想。

交代过刘副官后，他再也不敢问关于她的事情，下午要不是被赵黑熊拖着，他根本没有勇气见她那一面。他知道自己舍不得，知道自己肯定会忍不住把她留下来，不管用什么手段。

世间仿佛一下子寂静下来，连风声都被阻隔在屋外，落地钟滴答滴答地走着，一步步好像踩在人的心上。程行云走进客厅，往沙发上一躺，睁着眼睛看着顶上的水晶吊灯，耳边捕捉着细微的响动。

他不知道心头那隐隐的希望是什么，只深深地后悔，如果再给他一次机会，他一定会留下她，甚至把她囚禁在这里。

不知过了多久，房间门突然开了，叶芙蓉穿着一件墨绿旗袍出来，她犹豫着走向他，眼里闪着奇怪的亮光。看着她款款而来，程行云呼吸一窒，几乎想跳起来把她揽进怀里，随着她渐渐靠近，程行云猛地站起来，终于找到自己的声音："你穿这个真好看！"

叶芙蓉低头看着脚尖，轻声道："你就要去打仗了吗？"

他愣住了，眼神坚定起来："对，日本人一直在往中国增派兵力，马上就要打过来了，他们的目标是整个中国，正在抓紧时间步步逼近，我们已经丢了东北三省，这次就是拼了命也一定要把他们挡在热河以外，不能再让他们的铁蹄进入了！"

她的脸在灯光下多了些柔和的东西，是她两颊慢慢渗出的艳丽颜色，也是她眼底跳跃的羞色，她的声音近乎呢喃："能不能……你能不能让我待到你出征……"她后面的话被一个温暖的胸膛堵住，程行云几乎不敢相信自己的耳朵，扑上去把她紧紧揉进怀里，恨不得让她嵌入这炽热的地方。她冰凉的身体渐渐被焐热，终于，她放心地让自己软倒在他怀中。

明亮的灯光下，所有阴影都无所遁形，远远看去，客厅里的两人好似合为一个，他们久久地伫立，空气中飘着絮絮的话语，温柔得不似在风雨欲来的人间。

下过一阵暴雨后，天气渐渐变凉了，松树林仍一片苍翠，因了山脚日渐枯黄的长草，平静中又多了些深沉。也许是看了太多的悲欢离合，情人崖越发沉默了，只有调皮的阳光围着他嬉笑时，才能让他从沉重的思绪中挤出一点温暖的表情。天高高在上，永远没办法理解人间的苦难，只逍遥地催动白云，去找寻美丽的地方。

甘蓝河水猛涨，把两岸的芦苇淹得只剩半截，芦苇也黄了，从顶上抽出白茸茸的花，远远看去，和甘蓝的水连成一片，好似漂在水中的云朵。河边堆着许多石阶，那是程行云为了方便甘蓝人民，派士兵搬石伐木搭建而成的，有的石阶边上用圆木搭起一个个扶手，即使天雨石滑，大家也不怕会掉进水中。

程行云从总部回来已是傍晚，近来大家都在密切注意东北的动静，日军的飞机越来越频繁地出现在热河上空。总司令早已在积极筹备力量，发出迎战的号令，大家都在摩拳擦掌，积极筹备力量，要与他们誓死一搏。

他满腹心事，没有要人送，默默地沿着驻军总部后面的砂石路往后面走。太阳从情人崖上挣扎出最后一道夹杂着乌色的金，沉沉地坠落到阒黑的那方世界。天空渐渐阴沉下来，云朵间暗藏杀机，乌黑的幕一点点占领了整个天际，从松树林隐隐传来阵阵呜咽，它们即使抵挡住夜风的凛冽侵袭，也会在心底最深的角落，流着血和泪，哀哀哭泣。

程行云一抬头，不知不觉中自己已走到官邸门口，看着客厅里温暖的灯光，有股热流从他心口喷薄而出，就在一瞬间，传到他身体的每个部分，他加快了脚步，门口的侍卫官跟他敬了个礼，压低了声音道："司令，夫人在厨房。"

程行云朝他点点头，转身向厨房走去。以前他不想一个人吃饭，都是在总部随便对付一下，自从她来了，他就专门在司令官邸设了个小厨房，找了两个老妈子专门伺候。有时候没有家室的年轻将领也会跑到他这里来蹭吃蹭喝，特别是那个赵黑熊和刘副官，这段日子简直把他家当食堂了。他们嘴里说喜欢吃夫人包的饺子，其实还不就是喜欢逗她笑，看他有苦说不出的样子。自从她留下来，他感觉每天都会被他们弄得满肚子气没处撒，想想看，有个女子娇笑连连，眉目间如流光溢彩，你怎么忍心把脸拉下来。

走到门口，一个老妈子走出来，乍见他仍有些畏缩，满脸堆笑道："夫人在包饺子，司令还是去外面等等吧，马上就好了！"

程行云朝她摆摆手，径直走了进去。厨房的光线有些暗，叶芙蓉背向门口，在灯下把饺子捏成形一个个放在砧板上。她一身暗红的呢绒旗袍，旗袍紧贴在身上，勾勒出一个引人遐思的曲线。她的头发上仍是那支芙蓉钗，高领上的一段肌肤如珍珠般粉白，好似还有幽幽的光亮，旗袍长至脚踝，脚下穿着一双朴素的黑绒绣花鞋，她没有穿袜子，那脚面的白色在黑色的衬托下更显得触目惊心。

叶芙蓉只觉得腰上一紧，有人从后面把她环进怀中，他温柔地在那脖颈上落下一个热吻。

"别闹了，你饿了吧，我马上就弄好了。累了一天，先去洗个热水澡，我等下就把饭菜端去。"叶芙蓉回头和他交换一个吻，微笑道。

"不要，我喜欢看你做事！"见她转头过去，程行云有些怅然若失，急着去亲她的脸颊。

"真拿你没办法，那你在这里看着，不准影响我！"叶芙蓉加快了速度。

程行云搂紧了怀中娇小的身体，见她两截手臂嫩白滑腻，如新藕笋尖，心里痒得难受，一根手指试探着在上面滑动，另一只手探到她腰上。叶芙蓉轻笑一声，飞快地忙完手中的活计，把手上的面粉涂了他满脸，他哈哈大笑，把她固定在怀里，把面粉全蹭到她脸上。"胡子……"叶芙蓉连连求饶，为躲避他的攻击，转头把脸埋进他的怀中。

两人的嬉闹声传到外面，本来要进厨房帮忙的两个老妈子全停下脚步，笑呵呵地回客厅张罗去了。两个侍卫官互相挤挤眼睛，一人道："今天不知道赵军长会不会来，他来了就更热闹了。"

"他哪敢来，你没见昨天司令那脸色，"另外那人笑嘻嘻地说，"奇怪，要是平时司令气成这样，早就翻脸和赵军长干上了，怎么现在都是只见乌云不见阵雨。"

"真笨，这还用说，司令是怕吓着娇滴滴的夫人。上次司令发了一顿脾气，把夫人吓得直抖，那泪珠子掉得谁看了谁心疼啊，何况咱司令把夫人当宝一样！"

"要是我有一个这样的好女人陪着就好了，我肯定比司令还宝贝她。她每天只要冲我笑笑我就满足了。"

"猪，你没看见没人的时候司令愁成啥样。我们马上就要上战场打鬼子，到时候女人要往哪里送？她一个人无亲无故，孤孤单单，这以后的日子要怎么过啊！"

两人叹息着，遥遥看着远处朦胧的山的轮廓，情人崖和松树林都只剩下一个暗黑的影子，甘蓝河也静默下来，白色的水光中有隐隐的青乌，如铺天盖地而来的风云的颜色，在它们之后，暴风骤雨已经在酝酿，渐渐朝这方逼来。

屋里的两人缠绵了一阵，程行云为她拉上被子，又低头在她唇上轻啄一口。看她眼睛渐渐闭上，他轻轻坐起来，点了支烟，在黑暗里久久沉思着。

床突然有些颤动，他从遥远的思绪中回来，伸手在她脸上一抹，竟摸到满手冰凉的液体，他把她一把捞到怀中，温柔道："别哭，我会心疼！"

她一直咬着自己下唇，不让哭泣声爆发出来，听到他的话，她只觉得胸口那里有什么锋利的东西扎了进去，一时疼得浑身冰冷。

"我知道你在担心什么，你后悔了吗？"程行云把她紧了紧。

"不，"她眼中的潮水纷纷退去，"我不后悔！"她微笑起来，把脸贴上他的胸膛，"我恨不得在这里挖个洞钻进去，一辈子跟你在一起。"

程行云感动莫名，怅然道："我何尝不这样想，可是现在时局越来越紧，我们随时都要出征。日本刚刚正式承认满洲国，《日满协议书》一签订，那个傀儡皇帝把东北三省拱手送到日本人手中。抗日义勇军虽然一直坚持战斗，可毕竟力量悬殊，加上蒋介石'攘外必先安内'的方针，整个热河已经岌岌可危。我以前跟你说过十九路军在上海抗战的事迹，我们想做的就是这样的人，即使拼掉性命，也要让他们知道我们中国人不是好惹的！"

叶芙蓉只觉得心里发紧，看着他的眼睛，一字一顿地道："你放心去，我总是支持你的！你不用管我，我有手有脚，有能力照顾自己！"

她突然微笑："我跟老天打了个赌，我赢了，这一生再也无憾！"

程行云满心苦涩，低头看着她的眼睛。她坚定地迎上他的目光，她眼中仿佛有两团火燃烧着，这火越燃越旺，融化了他心中最后一点冰寒。

天边一颗孤星正闪烁着微末的光芒，在漫长的夜里，无数的有情人紧紧相拥，用无怨无悔的爱，点燃希望的火种，直刺苍穹。

第二卷
破阵子

第一章

无字碑

1932年10月，总司令通电全国，号召全国动员，抗击侵略者，收复失地。

同月，程行云接受编制，率部驻守长城。赵黑熊原地驻守，保卫甘蓝。

1933年1月1日，日军在山海关制造事端，炮击临榆县城。中国守军立刻还击，揭开了长城抗战的序幕。1月3日，山海关沦陷。日军开始把军事侵略的矛头指向华北，并加紧部署进攻热河。

1933年2月，日本关东军司令武藤信义召集四个师团主力和伪军共十多万人，分三路进犯热河。

程行云艰苦抵抗，因为腹背受敌，退守长城线上的军事要塞喜峰口。

1933年3月，热河省主席弃地逃走，日军乘虚而入，进占省会。

甘蓝保卫战拉开序幕。

甘蓝桥是从省会到甘蓝的必经之路，赵黑熊早已命人在甘蓝河畔埋伏，日军一路如入无人之境，气焰嚣张，想一举拿下甘蓝。大家早已摩拳擦掌，日军的突击部队刚到，赵黑熊一声令下，枪林弹雨铺天盖地而去，迅速全歼了突击队的日军。日军指挥官佐藤少佐气得哇哇大叫，调派几门大炮对准河对岸狂轰，在炮火掩护下再次派人强行突击，甘蓝河畔顿时烟尘滚滚，赵黑熊正在壕沟里指挥战斗，一发炮弹在他身边炸响，他躲避不及，被弹片击中，大腿顿时鲜血淋淋。

他眼睛赤红一片，大吼道："弟兄们，咱们今天就是死在这里，也不能让鬼子这么容易过桥！"

"好啊！"战场上响起了惊天动地的声音，大家斗志昂扬，誓死不退，以损失一半兵力的代价，在隆隆炮声中再一次阻击敌人。

两军对峙一阵，日军增援部队很快赶来，佐藤振奋精神，又一次发动进攻。赵黑熊部后援迟迟未到，已经弹药耗尽，大家纷纷拿出大刀片，等日军突击部队过桥，发出愤怒的嘶吼，以惊人的气势冲出掩体扑了上去。赵黑熊拖着伤腿，把满腔怒火凝聚在手臂，每一刀下去都是血光漫天，随着他那惊天动地的吼声，与他遭遇上的鬼子纷纷倒地。

鬼子见他满脸杀气，一时竟不敢近前，大刀片不一会儿就卷了刃，他干脆扔开大刀，大喝一声，扑向面前的鬼子，和他展开肉搏，两个鬼子觑到机会，端着刺刀猛冲两步，捅在他背上。

"他娘的！"他大骂一声，狠狠一拳把面前的鬼子打得鲜血直喷，软倒在地。他迅速回头，眼前白光一闪，两把刺刀正从胸口刺入。他目光已狂，拽住两把刺刀朝前猛推，把两人吓得连连后退。他目眦欲裂，走了六步后，扶着刺刀屹立如山，眼睛仍怒视前方，却再也无法前进。

甘蓝这惊天动地的一役，甘蓝守军全军覆没，日军也损失惨重，他们迅速推进的计划第一次遭到重重一击。

1933年3月，日军攻占热河北部赤峰等地，热河全省沦陷。

甘蓝失守那夜，全城一片死般的静寂，整个天地，只剩下哗哗流淌的甘蓝河和鬼子"哇啦啦"的叫喊。

当叫喊声停歇，好似事先约好般，每家每户的门都开了。大人孩子沉默着走出来，在门口挂起白灯笼。白灯笼上没有任何字，长长的灯火摇曳着,好似在书写沉甸甸的坚强,如人们脸上不屈的表情。连平时最爱闹腾的孩子此时都是泪流满面,他们紧紧抓着大人的衣襟,仰望着灯火,眼中倒映着星星般的亮光。

没有人说话,在挂好灯笼后,大人们扛起锄头铁锹便出门了。

月被云层无情地遮蔽,只剩下几颗倔强的星星,明灭中闪烁着,这时,一声凄厉的唢呐拉着长长的调子,好似有一支利箭从天而来,穿过甘蓝城的胸膛。在唢呐声的最后,锣鼓惊天动地响起,每一个音符都显得无限苍凉,唢呐声好似忍受不了胸膛的疼痛,突然拔得更高,从苍凉中生生挣出一线激昂。铙钹声顿起,呼应着这激越的声音,锣鼓幡然醒悟,用自己跳跃的鼓点追随而上,天地间如愤怒的海,把惊涛骇浪催起,好似有吞没一切的力量。

在甘蓝巡逻的日本兵循着声音的方向跑去,留下空寂的甘蓝城,他们"哇啦啦"叫着来到乱坟坡,这里聚集着许多吹鼓手,大家就着天上星星的微光,脸上都是刀斧刻出般的悲壮。

"不许吹!"领头的军官一边叫嚷着,一边拔出长长的军刀。

没有人理会他,甘蓝送别调是每个甘蓝人都应该享受的,这是作为甘蓝人最后的热闹,也是人们最后的祝福。

祝福他们,黄泉很冷,多加珍重。

军官的军刀逼近唢呐手的脖子,刀在星光下反射着冷冷的光,把他的一边脸耀得惨白。唢呐手是一个黑脸老人,他脸上沟壑纵横,眼中一片淡然,他根本没有看这刀,把眼睛淹没在皱纹中,鼓足了力气,把送别调的每一个声音拉得更高更长。

"八嘎!"军官的仁丹胡子缩成一条可笑的虫,他把刀从唢呐手脖子上挪开,缓缓地举过头顶,然后,狠狠地劈了下去。

唢呐声停了,锣鼓声催出一阵惊心动魄的哀鸣,铙钹更急更快,追随着每个鼓点,好似在用生命演奏这最后一曲送别,为自己,为他们。

黄泉很冷，大家珍重。

黄泉很冷，大家相携同行。

黄泉很冷，大家总有一天会等到凶神恶煞的这些人。

第二天早晨，在悲伤的情人崖下，在呜咽的松树林中，一个高高的坟冢拔地而起，无字无碑，只是累累的黄土，只有层层的铁骨铮铮。

金继祖从省城回来，连家都没回，就连忙赶去原来的驻军总部求见佐藤少佐，少佐在司令部开会，守卫让他在客厅等，他在客厅中间的茶几边上站了两个小时，佐藤少佐才慢腾腾地从会议室出来，他留着一抹仁丹胡子，眼睛细细长长，永远好似在眯眼看人。

金继祖见着他，远远就把腰弯成九十度，也不管他看不看得到，脸上堆满了笑容。当佐藤的黑皮靴在他眼前出现，他才缓缓抬起头来，谄媚地笑道："您辛苦了，我迎接来迟，还请您多多原谅！"

佐藤眼角一弯："我们也算老交情了，你这么客气做什么，我就是冲着你的面子至今没在甘蓝动武。对了，你也交代一声，让大家都老实点，昨天晚上竟然有人在北边山坡上奏曲子，当我们皇军不存在吗？"

"我这就去交代！"金继祖额头冷汗涔涔，腰又弯下来，赔笑道，"今晚我在家设宴款待少佐，还请少佐到时出席！"

"好，我其实也想与你们搞好关系，便于我们维持甘蓝秩序，你把当地一些头面人物都请来吧，我有话要说！"

"是，我这就去安排！"金继祖好似领到天大的任务，诚惶诚恐地告辞了。

满城的白灯笼中，金继祖的脚步好似被什么拖住，每迈一步都是无比艰难。他刚去了表叔家，表叔一听是要去陪日本人，把茶杯往地上一砸，气得胡子直抖。表叔的儿子用扫帚把他赶了出来。当门在他身后重重关上，他一颗心顿时凉了半截。

而后，他又去了县长家。县长平时跟他关系还不错，有什么事只要他说一声立刻就办得妥妥当当。县长在床上哼哼唧唧地躺着,县长夫人一听要他去当陪客,用眼角冷冷地甩来一点寒光:"你没瞧见我家老头子快死了?要陪你拉别人陪去,他就剩一口气了,我的棺材可还没准备好!"

他怏怏地出来,在街上徘徊了一会儿,心里恨恨地想:我这不也是为了甘蓝城着想吗,如果不是我早做准备,甘蓝城能像今天这么平静吗?

他越想越委屈,一群孩子从他身边跑过,齐声吼着激昂的甘蓝调:

太阳出来呀金灿灿
甘蓝河水呀滔滔不断
黑熊你杀鬼子杀得真痛快
到了那边去骂那阎王
把门关好,把路守住
莫要让小鬼满地乱窜

金继祖这一惊真是非同小可,他捉住一个孩子,厉声喝道:"这是谁教你们唱的?以后再也不准唱了!你们的小命不想要了吗?"

孩子狠狠地瞪了他一眼,把头昂得高高的:"没人教!我就要唱,每个甘蓝人都会唱。难道你想去报信?"

他满心怒火腾地升起来,猛地甩了孩子一个巴掌:"我打死你这个没人教的小浑蛋!"孩子们见小伙伴挨打,纷纷朝这边聚集过来,他指着这些仇视的眼睛,大吼道:"你们给我滚,去告诉你们的爹妈,要是再唱这个我可保不住你们的命!"说完,他气呼呼地一边往金家大院走去,一边把这些孩子的祖宗骂了个遍。

管家六福正在门口的长廊徘徊,听守门人叫老爷,连忙笑呵呵地跑出来,见金继祖一脸愤然,小心翼翼地问道:"老爷,您这是怎么啦?难道刚回来就有人给您气受?"

金继祖怒吼道:"满城都是不懂事的东西!我这么辛苦为了谁?还不

是想让大家过上安宁日子,日本人也是人,把他们哄好了不就没事了?难道他们来了我们的日子就没法过了?一群蠢蛋!"

管家赔笑道:"老爷,我知道您的苦心,可是赵军长和许多甘蓝子弟兵都在战斗中被打死了,大家心里正痛得紧。您先让他们缓缓,过两天他们就明白了。"

"活该!"金继祖喝道,"一群蠢东西,用手榴弹和大刀去跟人家的飞机大炮拼,死了也活该!"

管家脸上的笑再也挂不住了,他悻悻地跟在他后面进了门,又招呼小蓝泡了茶上来,金继祖盯着小蓝瞧了一会儿,皱眉道:"六福,你去交代他们办一桌酒菜,晚上佐藤少佐要来。还有,小蓝,你去通知二太太和三太太打扮漂亮点,晚上陪少佐喝酒。你自己也穿漂亮点来伺候。我们金家可不能失礼!"

小蓝答应一声,急匆匆地往后面走,金继祖看着她窄小的腰身,心里一动,喝道:"小蓝,你去少奶奶的院子找件衣服穿,衣服丢在那里可惜了!"

管家心里"咯噔"一下,忧心忡忡地看着她的背影,金继祖瞥了他一眼:"还愣着干吗,快下去准备。今天我跑了一天,要先去歇会儿,你让他们不要吵我!"

太阳刚下了情人崖,佐藤就带着一队人马兴冲冲地来了。金继祖老早就在长廊等着,见到他们,忙走出门外迎接,点头哈腰地把佐藤引入客厅,赶紧让小蓝出来伺候。

小蓝端着茶水出来了,辫子梳得油光发亮,身着一套白色织锦缎衣裙,盘扣在胸前朵朵如花,袖子宽宽大大,她身形瘦小,垂着头站着,真如唐三彩花瓶中一朵婷婷的百合花。

金继祖见佐藤盯着她不住颔首,放心大半,忙把他让到桌边。佐藤刚问了句为何其他人没来,视线就又被小蓝吸引过去。金继祖胡乱应付过去,惊得是一身冷汗。二太太向来少言寡语,在金继祖目光的暗示下敬了佐藤几杯，就推托身体不舒服回去了。三太太也百无聊赖地喝了几杯，见佐藤的目光好似黏在小蓝身上一般，心里顿时了悟，开始大张旗鼓地敬酒。谁知这个佐藤酒量不错，三太太喝得吐了他都仍然清醒着。

"把三太太扶回去！"金继祖见喝得差不多了，心里暗暗高兴，等三太太离开，他凑近佐藤道："少佐，天黑路不好走，您要是不嫌弃寒舍鄙陋，就留在我家休息吧。我已经为您在主院腾出房间，等下刚才那姑娘会去伺候您。"

此举正中佐藤下怀，佐藤笑眯眯地在金继祖引领下去休息，几个卫兵连忙跟上去，金继祖笑道："大家都安排好了，还请各位尽兴！"佐藤哈哈大笑，拍着他的肩膀道："金老板果然照顾周到，我真没看错人！"

三太太走出客厅，兜头被冷风一吹，酒立刻醒了三分。她跟跟跄跄地回到院子，老妈子端了醒酒汤来，她把碗朝地上一扫，跺着脚咒骂："你这个没廉耻的老东西，你活该断子绝孙……"

夜已深沉，金家大院突然响起一声女子凄厉的叫喊，像刀子刮在人骨头上，又如锥子戳进心里。很快，这叫喊声停了，金家又是一片静寂。

金继祖一直注意着那院中的动静，见那边平静下来，这才松了口气，想起好久没和三太太温存，便抬脚向后面走去。刚出门，管家急匆匆地跑来："老爷，您去看看吧，大太太快不行了！"

他沉默半晌，久远的往事一幕幕在脑海中浮现，摆手道："我不去看了，你自己处理吧！"

见管家匆忙跑开，金继祖心中有些感伤，喃喃道："你为什么要背叛我呢？我对你还不够好吗？我也算对得起你，虽然我毒傻了你儿子，可也把他养到了这么大。你们在地下团聚时可不要怪我……"

他满腹心事，慢慢踱到三太太院中，老妈子连忙把他迎了进去。三太太酒已经醒了，正气哼哼地躺在贵妃榻上抽烟，他要老妈子也装了一袋来，爬上去和她对躺着。三太太从云雾中睁开眼睛，冷冷地道："你把小蓝丢给那鬼子了？"

金继祖眉头一皱："男人的事你们女人不要问，你安心过你的好日子！"

三太太拍案而起："难怪少奶奶宁愿跟程司令也不愿过这种好日子，他才是真正的男人，他才配得到女人喜欢！"

"你说什么，她跟了程行云？"金继祖愣住了，"她不是跳河了吗？"

三太太笑得眼泪都出来了："你的人缘还真是差，全甘蓝城都知道少奶奶成了司令夫人，就是没人愿意告诉你……"

话音未落，金继祖坐起身来："她现在在哪里？程行云不是打仗去了吗？"

"别打你的歪主意！"三太太哼了一声，不屑地看着他，"你难道又想把她送给日本人邀宠，还是说你想自己霸占她？"她脸上突然有些凄然，"她早被程司令派人送走了，她那天还来跟我们告别，她说……程司令他立志为国捐躯，一定要把鬼子挡在长城外！"

她脸色一板，冷笑着："赵黑熊、程司令，他们才是真正的男人，你是一条狗，专舔日本人的狗！"

"啪！"金继祖狠狠地甩了她一巴掌，横眉怒目道："如果没有我你还能在这里指着我的鼻子骂？早就被拉出去被他们糟蹋，糟蹋完被刺刀捅死！日本人的手段你没见过，他们根本就没把中国人当人，一个村一个村地绑出去当靶子练刺刀，活活把孕妇肚子剖开，把孩子当稻草用刺刀往空中挑……"他身体颤抖着，眼睛越瞪越大，终于说不出话来。

三太太早已吓得目瞪口呆，金继祖深吸一口气："你给我说实话，少奶奶到底去哪里了？我去把她接回来，现在兵荒马乱的，她一个女人家哪里会有活路！"

三太太回过神来，满脸颓然，叹息道："我也不十分清楚，她只说程司令要把她送去上海一带，听说是去投奔程司令的一个什么同僚之类。程司令出征前就把她送走了。"

金继祖仿佛又看见那窈窕纤细的身影，仿佛又感觉到手底的柔软和幽香，他长叹一声，轻轻地，把那个影子抹去。

1933年3月，日军占领热河后，立刻南下向长城各口推进，全国掀起抗日热潮，张学良引咎辞去本兼各职，军政部长何应钦兼代北平军分会委员长。

国民党政府坚持两面政策，一面抵抗，一面交涉，先后调集14个军20余万人沿长城一线布防，企图阻止日军进攻。中国军队立刻进行调整，程行云负责喜峰口防务，中国军队还未调整完毕，日军已经发动了对长城各口的全面进攻。

听到日军炮声的时候，程行云正在指挥部和将领研究地图，在日军强大的火力攻势下，喜峰口大门很快就落入敌手，程行云抄起手枪就冲了出去，亲自上阵督战，带领战士们开始反击，大家都勇气倍增，不顾一切地冲锋陷阵，日军伤亡一百余人后，灰溜溜地缩了回去。

日军反扑而至，一次次增加兵力，程行云部伤亡了五百余人，敌众我寡，力量悬殊，被迫撤退到关里，喜峰口被日军占领。接下来两天，日军继续前进，对第二道关门和两侧的高地发动多次进攻。程行云号令下去，寸土必争，不能让日军再向前推进！率领大家和日军展开多次激战，双方伤亡惨重。

晚上，下起鹅毛大雪，地面也早已积了厚厚的雪，踩上去松松软软，几乎站不稳脚步。两侧高地在日军强攻下失守，程行云一声令下，士兵们带着大刀和手榴弹在敌人的炮火中冲上高地，怒吼着杀入敌军中，敌人哪里见过这等阵势，连刺刀都来不及装，就被杀得落花流水，凌晨时分，我军终于成功收回了高地。

接着，敌人开始反扑，把阵地轰得一片狼藉后，呼喊着冲了上来。躲避过敌人炮火的战士纷纷站起来，把手里的大刀朝他们头上砍去。有的战士被炸断了腿，就用手紧紧抱住敌人，拉响了最后一颗手榴弹。有的战士刚把大刀砍到敌人头顶，后面的刺刀就穿胸而过。

战士们都怒吼着，白色的天地里，只见英雄的血，没有懦夫的泪。

日军连遭重创，疲惫不堪，把主力撤到长城北侧，等待时机再次进攻。程行云和将领们立刻商议，抓住这个有利时机，给他们一记重拳。

第二天夜里，程行云命令两个旅绕到日军后方，摸到他们的驻地，打他们个措手不及。两个旅迂回绕过去时，日军正在休整，根本没料到会有天兵降临，被打得抱头鼠窜，他们的火炮被摧毁十多门，实力大损。

程行云一举得手，在正面作战之外，连续几夜派人骚扰敌人，日军伤亡惨重，终于停止进攻，两军进入对峙。

日军不甘失败，转而绕去别的关口进攻，遭到同样顽强的抗击，而且只要他们进攻一停，我军立刻组织反击，迂回和他们作战，连续激战三昼夜后，日军终于明白面前是块啃不动的硬骨头，转而寻找其他时机。

日军眼看难以进关，便调动飞机重炮支援，轮番在各个阵地轰炸，各个阵地每天都笼罩在浓浓的硝烟中，程行云从不松懈，每天都盯着各个阵地的守军，大家和敌人浴血奋战，以巨大的损失抵挡住一次次的进攻。

在狂轰滥炸下，日军终于打开了一个缺口，在喜峰口左侧的热口突入，程行云部腹背受敌，而且伤亡无数，再难和敌人持久作战，便奉命撤离了喜峰口，继续担任关内的守备任务。

两天后，程行云率部迎战企图堵撒河西进的日军，又和日军在撒河连续激战七日，以惨重的代价击退了敌人。

哥哥、爸爸呀真伟大
名誉照我家
为国去打仗
当兵笑哈哈
哥哥、爸爸呀不要怕
家里不用你牵挂
只要我长大
只要我长大

吹鼓手虽然死了，唢呐锣鼓铙钹虽然不能再响起来，甘蓝调，这长在甘蓝人血液中的声音，这和甘蓝人同生共死的声音，永远不会消亡。

甘蓝调突然在暗中流传，听到程行云得胜的消息，甘蓝人突然振奋了精神。青壮年趁着黑夜偷偷逃跑，逃到邻近的察哈尔参加军队，女人们把鞋垫缝得厚厚的，把棉衣里面塞得满满的，孩子们开始偷偷玩起打鬼子的游戏，都希望自己快快长大。

1933年4月，程行云趁着日军援军未到，联合撒河守军全线反攻，一举收复撒河边云天等县，给了敌人重重一击。

三天后，日军援军赶到，两军短兵相接，在云天展开激战。程行云天天在指挥部督战，困了趴在桌子上眯一下，饿了随便啃两个馒头。双方战斗了五天五夜，伤亡数目难以估计，对方的兵力越增越多，众寡难敌，这时，北平军分会命令迅速率军后撤，保存实力。

日军迅速过河，气势汹汹地大举西犯。国民党各部又与他们发生多次激战，终于因为力量悬殊，被日军长驱直入。国民党政府行政院设立驻北平政务整理委员会，与日方谈判停战。

1933年5月，中共中央发表《为反对国民党出卖华北平津告民众书》，全国上下一片哗然，总司令力举抗战，在张家口建立察哈尔民众抗日同盟军，召集各旧部，誓与侵略者战斗到底。程行云立刻赶赴张家口与总司令会合，重新树起抗战大旗。

同月，国民党竟派代表与日本关东军副参谋长冈村宁次在塘沽签订了卖国的《塘沽协定》，实际上承认了日本对中国东北及热河的占领，把整个华北门户为侵略者打开，让他们可以随时进占冀察和平津。

日军高歌欢庆，中国军民哀声痛哭。

第二章

铁 面

"芙蓉，你不要急，安心在这里住着，去年的'一·二八事变'，我们老戴在闸北待了一个多月才回来。他们男人在前线杀敌，我们只求他们不要分心，多杀些鬼子。你知道吗？为了表决心，许多将领走的时候连遗书都写好了。说句实话，我那时已经做好思想准备，不奢望老戴能平安归来！"

一个宽敞明亮的客厅里，两个女子在沙发上促膝而坐。说话的这个女子一身黑色呢绒旗袍，脸上脂粉未施，别有一种素净恬淡的韵致，发髻上是一支花球形金簪。她虽然盈盈笑着，眼中却是掩不住的忧色。

另外那个着藕色旗袍的女子就是叶芙蓉，她去年被刘副官送到上海，住进了淞沪警备司令部戴永年的家。戴永年与程行云当年一起摸爬滚打，交情还算不错，这次听说程行云要去前线，夫人没地方安排，便主动提出让叶芙蓉到上海来陪自己的太太史素莲，史素莲人极温柔贤淑，叶芙蓉初到时还有些局促，很快就被她的温柔感动，两人成了无话不谈的朋友。他们的儿子戴成城更是她一来就黏上她了，每天跟前跟后，就是安安静静地坐在她身边也乐意。

"妈妈，什么叫白头到老啊？"一个三四岁的男孩从沙发后探出头来，小家伙方头大耳，眼睛圆溜溜的，看起来十分聪明伶俐。

两个女子都笑起来，男孩从沙发背爬上来，扑到叶芙蓉的怀中，满脸疑惑："阿姨，你们笑什么？"

"你们说什么这么高兴？"随着一个洪钟般的声音，一个身着军装的彪形大汉走进来，他一张国字脸，浓眉大眼，显得特别精神。

他满脸喜气，远远就大笑道："我家兄弟真是厉害，在喜峰口打得敌人落花流水，真值得痛饮他三大杯！素莲，你待会儿准备些好酒好菜，咱们今天都为我家兄弟喝上一杯！"

戴成城蹦跳着跑向父亲，戴永年弯腰把小家伙抱起，在那胖嘟嘟的脸上狠狠亲了一口，呵呵笑道："乖儿子，咱们晚上干一杯，别管你妈妈，是我特许的！"

史素莲笑吟吟地站起来："瞧你，这么早就想把儿子带坏，我可坚决不准。孩子还这么小，等下喝坏了怎么办？"

"不会不会，喝酒从小就要培养嘛，要不长大怎么跟你老爹一样，儿子你说是不是？"戴成城一脸顽皮笑容。

吃完饭，见戴永年喝得有些飘飘然，史素莲拧了毛巾来给他敷额头，又泡了几杯龙井。看着绿色的茶叶在杯中沉浮，叶芙蓉有些怅然，陷入自己的思绪中，竟看得痴了。

史素莲见状，悄悄捅了捅戴成城，小家伙会意，连忙扑到父亲身上来，奶声奶气地道："爸爸，你再给我讲讲你们打日本鬼子的故事吧，我还想听！"

戴永年摸摸他的脑袋，肃然道："弟妹，你暂且放宽心，我们军人保卫国家，抵御外敌是天职，何况日本人已经欺负到我们面前，我们如果退一步，那我们身后的同胞岂不是任人鱼肉？我兄弟没有给咱们丢脸，没有给我们中国人丢脸！"

叶芙蓉轻笑道："戴大哥，你不用劝我，我都明白，从我跟他那天起我就明白！"

111

戴永年轻叹一声,对成城道:"爸爸再跟你讲一遍,你一定要记得,那天晚上,在铁甲车掩护下,日本鬼子分三路突然进袭闸北,大举向我们进攻……"

听他讲到得意处,拳头挥舞,大家都笑起来,戴永年得意地扫了大家一眼,又道:"鬼子又派兵增援,并且第二次换了主帅,又一次发动总攻。

"我们学了经验,当敌人倾巢来犯、战火猛烈时,就隐伏在战壕里以逸待劳,待敌人接近时再以手榴弹还击,敌人的攻势每次都被击破。

"他们像是疯了一般,拼命往咱们阵地丢炸弹,十几分钟就丢了数百发,我们拼死坚持,反复冲杀,甚至展开肉搏,终于把他们的总攻计划破坏。这时,我们派出敢死队潜水出击,把鬼子旗舰'出云号'炸伤。"

成城拍手大笑:"好厉害!"

戴永年神情有些颓然,愤愤道:"这个还是打不过我们,鬼子接着第三次换主帅,又发动了对上海的总攻。他们增派了两百多架飞机,而我们武器已经消耗过半,无从补给,处境非常艰难。

"这一次的战斗,只能用惨烈两字来形容,我们武器不够,只有和鬼子短兵相接,等他们打到面前,派敢死队跃出战壕和他们肉搏,他们用重炮、钢炮、野炮和飞机连续猛轰,我们的士兵死伤过半,仍不管不顾地奋勇杀敌,有的拼到最后一颗子弹,拿着刀就冲了上去,连长营长一个个身先士卒,牺牲无数。

"可惜,我们兵力单薄,腹背受敌,而且发出的待援电阿蒋又置之不理,我们被迫退守第二道防线。我们一共苦战33天,战斗一百多次,这么多天来官兵日夜没有休息,后援也跟不上,但士气始终旺盛,当退守时,官兵无不义愤填膺,声泪俱下,决心要雪此深仇巨恨!《淞沪停战协定》一签订,我们十九路军的战士更是捶胸顿足,阿蒋真不是东西,把我们活生生的生命换来的成果就这样抹杀了,我百年之后哪里有脸去见他们!"

听着他声情并茂的讲述，不知不觉间，所有人都已满面泪痕，史素莲轻轻握住他的手，温柔地道："永年，你已经无愧于心，不要这样自责。"

他长叹一声，把儿子抱紧了，戴成城拍拍他的背，一脸严肃地说："爸爸，我要快快长大，跟那些叔叔打鬼子！"

叶芙蓉突然想起什么，说道："戴大哥，我前两天和姐姐出门的时候，老是觉得有人跟着我们，你出去要小心呀！"

史素莲含笑道："我们老戴是警备司令部的，应该没人敢动吧。妹妹不用这么紧张，那也许是行人也不一定。"

戴永年笑着点头说："那是自然，我可是专门对付那些特务汉奸的，谁不要命了，敢在太岁头上动土。弟妹你放心，我平时注意点就是，我也想留着这条小命好好到战场上跟鬼子干。你们以后出门多找两个人跟着，我比较不放心你们。你要是有个三长两短，到时候我兄弟来跟我要人怎么办？"

叶芙蓉浑身一震，再也笑不出来了。

我们离开了爹
我们离开了娘
我们失去了土地
我们失去了老家
我们的敌人是日本的豺狼
我们要打倒他
打倒他才能见爹
打倒他才能见娘
打倒他才能回老家

街头，一群衣衫褴褛的孩子围坐在一起唱歌，成城蹦跳着走过去，把妈妈刚给的铜板放到他们面前。史素莲远远看着，对叶芙蓉叹道："真可

113

怜，这些孩子都是从东北逃过来的，他们的爸爸妈妈我看是凶多吉少，现在上海的各个救助站都住满了，孙夫人一直在到处奔走，希望能建更多的救助站收容这些孩子。"

叶芙蓉抬头一看，成城也蹲在他们中间唱起了歌。史素莲微笑着："这个小猴子，没一分钟肯安宁，就只有你能治得了他了。"

两人笑着，把成城唤了回来。虽然已经五月份了，天气渐渐暖了，风吹着还是有些寒意，两人穿着缎面长袖旗袍，领子竖到耳下，围着披肩，都是素面朝天，玉指纤纤，连蔻丹都不染。她们一人抓着成城一只小手往前走，成城哼着刚才跟那些孩子学的歌谣，三人在高大的法国梧桐下穿过，成了一道亮丽的风景。

那种被人窥视的感觉又出现了，叶芙蓉心里一紧，停下来回头装作和成城说笑，瞥见后面有两个黑衣男子。两人也同时停住脚步，装作在抽烟谈天。叶芙蓉把成城的手抓紧了，"哎哟"一声，说自己的脚扭到了，素莲连忙招来人力车，成城很快爬上去，两人刚想上车，后面的两个男子冲上来，一人抓住一个，叶芙蓉一脚朝那人踹去，朝人力车夫喝道："快送他去警备司令部！"

男人被踹得哇哇直叫，见人力车夫要跑，拔腿就要追，叶芙蓉情急之下，猛地抱住他的腰，任他如何抽打都不松手，另外那个男人已经把素莲制住，抓着她的双手朝他们走来，沉声道："算了，别追了，有这两个就够了！"

男人这才罢手，将她抓起来，这时，一辆黑色汽车停在他们身边，两人把她们推了进去，男人恶狠狠道："你们别乱来，我们不是想要你们的命，戴永年抓走我们几个人，我们只想用你们换他们出来！"

叶芙蓉和素莲顿时了悟，两人交换一个眼色，素莲嘴角一抿，不屑地轻笑道："你们还是不要做梦了，老戴从来都是铁面无私，何况你们做的还是卖国求荣的勾当！"

"啪！"素莲被那男人重重打了一巴掌："贱女人，你给我老实点，惹恼了我一枪把你崩了！"

"什么？你妈妈和阿姨被抓走了！"戴永年拍案而起，一旁的许副官急了，"戴处长，咱们快派人去找吧！"

"不，咱们先等等，他们应该是想从这里得到什么东西，把成城先送回去，我在这等着！"

电话铃催命般响起，戴永年按在上面，深吸一口气，拿起了电话。

"戴永年，你夫人现在在我们手里，我跟你交换两个人，你刚抓进去的是我兄弟，希望你给我这个面子，我让你夫人跟你说说！"

一个带着隐隐哭腔的声音从电话那端传来："永年，对不起，我没有要人跟着，是我拖累你了。不管你做什么决定，我都会支持你！"

戴永年心里一阵抽痛，那端咒骂一声，把电话抢了过去，阴森森道："戴永年，你能等我可不能等，我给你一天时间，明天在法租界的教堂交换，你亲自带人来，你不来就等着给她们收尸吧！"

放下电话，戴永年朝一脸紧张的许副官挤出一个笑脸："咱们不能白白便宜这些浑蛋。你赶快去查他们的底细，我去向上面汇报。"

他拨了一个号码，沉声道："司令，我夫人和程行云的夫人被绑架，请求支援……"把电话放下，他沉思片刻，又拨了一个电话。一会儿，他换上一套青色长衫，戴上文明帽出门了。

他的车在南京路上停了一会儿，上来一个穿灰色长衫的年轻男子，那人满脸不羁，眼睛狭长，眼角稍稍往上翘起，嘴边还有一抹若有若无的微笑。

"罗方生，你帮里今天有没有动静，我夫人和我跟你提过的那位程夫人被绑了！"

"有这种事？这些兔崽子真不要命了，敢绑到你戴铁面头上！"罗方生笑嘻嘻地说。

"到底是不是你的人干的？别老跟我笑，我恨不得抽你两巴掌！"戴永年狠狠地瞪了他一眼。

"我本来还记得的，被你一吓什么都忘了。"罗方生还是笑着。

"滚蛋！我不求你办事！"戴永年吼起来。

"好啦，我不跟你闹了，还从没见你急成这样。下面的事情我都交代阿虎、阿扬他们在做，具体怎样也不清楚。你那边有没有人见过绑架的人，我要阿虎、阿扬过来认一下。"罗方生眼睛眯了起来，看起来满脸阴鸷，"看来我们帮里要好好清理了，竟然敢投靠日本人！那两个浑蛋你不抓我也会动手的！"

戴永年一夜没睡，把事情布置好，带着绑匪要的两个人赶到法租界。教堂里空空如也，他正到处察看，一个报童交给他一封信，要他把人带到日侨青年同志会。看到这个名字，他心里"咯噔"一声，想起上次的"一·二八事变"就是这些人挑起的。他们到现在还是气焰嚣张，到处为非作歹，自己这一去岂不是自投罗网？他沉思片刻，立刻要换成便衣的许副官他们撤去包围，迅速赶去那里，自己则和两个犯人坐车慢慢前去。

罗方生早已派人打听到了绑匪的底细，他们是帮里的小三和阿起，和被抓进去的阿肃和阿明都是从苏北一个穷山沟来的。他们都入帮不久，因为替日本人砸了同他竞争的中国洋行，阿肃和阿明被戴铁面抓了起来。而小三和阿起想把他们救出来，便想出来绑架这主意。

罗方生听到是他们两个，顿时松了口气，这些小瘪三闹不出什么名堂来，戴铁面一定对付得了。找了一宿，这几个家伙仍不见踪影，到了早晨，他打着哈欠，带了阿虎和阿东几个身手不错的兄弟，优哉游哉地往法租界赶。

还没到法租界，远远就瞧见许副官穿着便衣迅速朝玉兰路跑去，他暗道不好，连忙截住他，许副官一脸铁青："不好了，绑匪要处长带人去日侨青年同志会！"

罗方生只觉得一个炸雷在耳边响起，朝阿虎他们一挥手，喝道："快，叫上所有兄弟去日侨青年同志会！"

他把阿东和两个兄弟一拉，在路上截了辆车子就朝玉兰路奔去。他暗暗后悔，自己还是太大意，明知道他们和日本人有勾结，还放手让戴铁面去，要知道他抓了这么多日本特务和汉奸，他们对他早已恨之入骨，只想除之而后快，这件事情本来就是一个阴谋。如果他警醒一点，事情就不会弄到今天这样的地步。他心里念着菩萨保佑，恨不得插上翅膀飞到那里。

玉兰路两边并排栽种着高大的玉兰树，使整条路都香气扑鼻，那硕大的花朵骄傲地盛开着，在绿叶中显得高雅莹洁。树荫下，穿着和服木屐的浪人和满面敷白的女子正在调笑，戴永年瞥见许副官他们已经找好有利位置，罗方生则坐在一棵树下，平时的嬉皮笑脸全不见了，一脸紧张地频频朝这边张望，心中一宽，感激地冲罗方生笑了笑，要人把车停到日侨青年同志会的招牌下，把两人带了下来。

那浪人踢蹬着过来，用不太标准的中国话说："戴桑，我在这里等你好久了，你随我来吧！"

戴永年挡在他面前："不，你把人带到这里来交换，这里是你们的地盘，我相信你们不会在这里滋事，落人口实！"

"那是那是，"浪人哈哈大笑，指着那个女子道："要他们把人带出来！"

女子向他飞了个媚眼，飞快地跑进里面，门开了一条缝，小三和阿起急匆匆拉着两个女子走了出来："三哥！"阿肃和阿明大叫着，边朝他们跑去，戴永年把两人衣领一提，喝道："让她们先过来！"

小三朝旁边的浪人瞟了一眼，见他点了头，小三才把两人往前一推，叫道："放了我兄弟！"

两个女子迅速朝戴永年跑去，戴永年把手里的两人一松，一边一个揽住两个女子，迅速往车边退去，刚想召唤许副官动手，门开了，一排黑洞洞的枪口对准他，齐声扫射。

门一开，罗方生顿感不妙，大叫起来，边拔枪边朝他跑去。戴永年连忙把叶芙蓉和素莲推倒在地。

可是，已经来不及了！他身体一震，背上已中了几枪，咬紧了牙，撑着摇摇欲坠的身子拔枪还击，素莲惨叫一声，爬起来挡在他面前，用自己的身体为他挡住子弹。许副官和罗方生的人早已拔枪还击，在他们的掩护中，罗方生爬到叶芙蓉身边，把她一把拽到车里，门里的人见已然得手，竟哈哈大笑着缩了回去，把门关了起来。

罗方生刚想命人冲进去，戴永年吼道："回来，不要再给他们借口！"罗方生恨恨地叫人撤回来，连忙发动汽车。

戴永年和素莲被抬上车，他满身是血，紧紧抱着妻子，哽咽道："你怎么这么傻，我们的孩子怎么办……"

叶芙蓉早已泣不成声，素莲拉着她的手，断断续续地说道："妹妹，成城……就交给你了，你……答应我，好好把他带大……"

素莲的手一松，歪倒在丈夫的怀中。

"戴处长，你坚持住，医院就快到了！"许副官焦急地大喊。

罗方生把油门一踩到底，汽车呼啸而去，惊得过路行人纷纷闪避，戴永年脑中仍有一丝清明，沉声道："小罗，你把程夫人送到她丈夫身边去，拜托！"

罗方生双目赤红，死死盯着前面的路，好似在看一个仇人。

戴永年的眼睛渐渐合上，发出几不可闻的一声叹息："只恨自己没死在战场上……"

罗方生哽咽着，大喝道："你给我精神点，平时吼我的气势哪儿去了……"

"你醒醒……"叶芙蓉的惊叫声打断了他的话，罗方生嘶吼起来，"戴铁面，你给我醒来！"

在如脱缰野马般疾驰的汽车上，一对浑身是血的男女紧紧拥抱，静静进入梦乡。

第三章

红尘迷烟

"浑蛋！"一个茶杯在罗方生脚下应声而碎，一片片不规则的白色散落在他周围，他垂头丧气地站着，听面前那个身着青衫的白发白须老人怒吼："你是怎么做事的？你都已经带人去了，戴铁面怎么还会被人杀死？你这个没用的东西，怎么不会自己去挡子弹？戴铁面是什么人，他可是日本人心里的一颗钉子，他可是十个你这种废物都换不来的英雄！"

"爹，我错了……"

"现在说这个有什么用！我早就交代你做事要沉稳，不要每天嬉皮笑脸。你整天游手好闲，不早些清理帮内这些汉奸，还让他们成了气候，你这个浑蛋，到现在还连累了戴铁面，你……你想气死我！"

"老爷，你就让方生歇口气，他已经站了几个小时了。"旁边一个体态丰腴的白发妇人温柔地说道。

"歇什么歇，让他站死好了。都是你宠出来的，什么事情都做不好，到现在还要害死戴铁面。你知不知道，戴铁面一死，只怕没人治得了那些王八蛋了！"

"爹，还有我！"罗方生抬起头，一脸泪容，"我不会放过他们，我一定要为戴铁面报仇！"

老人犹疑地抬头，迎上他坚定的视线，眼中的火花一点点黯淡下去，"你……你去吧，你也看到了，去年的'一·二八事变'，咱们一起上前线去送药品衣物，那些将士……才是真正的男人！你记住，一切都是暗中进行，不能让日本人再次借机挑起事端打破老百姓现在的安宁，是……他们用鲜血换来的……"老人哽咽着，把头深深低了下去，朝他挥挥手，"你快去，有什么事情一定要来找我商量！"

罗方生朝他们深深鞠了一躬，老妇人的声音颤抖着，把手绢抓得紧紧的："你自己要小心！"

"回来！"刚走到门口，罗方生听到父亲的召唤，"戴铁面的孩子呢？"

"他交给程行云的夫人了！"

"程行云，长城抗战守喜峰口那个程行云？"

"对，听戴铁面说，程行云也是抱着必死的决心上的战场，他的夫人是新娶的，他打仗前就把夫人送到上海，还交代戴铁面，一听到他的死讯就寻个好人家，让夫人再嫁。"罗方生眼睛红了，"戴铁面临死前要我把程夫人送到他身边，程夫人不肯，说不能让丈夫分心。我在租界为他们寻了个寓所，警备司令部的人和许副官都经常去看他们。"

"要不然，把他们带到家里来住，我们有个小孩子也热闹。"他母亲突然说。

看着两位老人探询的眼神，罗方生笑道："也好，我去问问程夫人。"

罗方生把车停在路边，抬头看着高大的法国梧桐，路边走过两个穿西装、挂着文明棍的男子，他自嘲地笑笑，看了看自己的一身长衫，慨叹道："真是落伍了！"

他掏出怀表看了看，这个时候他们应该在吃晚饭了。他仿佛听到雷鸣般的声音从自己腹中传来，踌躇了一会儿，抬脚迈入路边好似长在花丛中的红顶小楼。

艳丽的波斯地毯从门口一直延伸到客厅，原来戴家的吴妈擦着手迎上来，笑道："罗先生，小成正等你吃饭呢！"

成城从楼上冒出头来，飞快地扑到他怀里，紧紧搂住他的脖子，嘴巴一撇，泪就掉了下来："罗叔叔，我要去打鬼子，给我爸爸妈妈报仇！"

　　"成城，你先下来，叔叔累了一天了，你让叔叔先吃点东西。"一个嘶哑的声音从楼上传来，罗方生抬头一看，叶芙蓉又瘦了，原本贴身的旗袍现在空了许多，脸颊尖了下来，一双眼睛显得更加幽深。

　　"原来罗先生也来了。"门口传来一个洪亮的声音，许副官大步流星地走进来，"正好我也饿了，罗先生，吃完饭我有事想跟你谈！"

　　四人围坐在饭桌边，叶芙蓉见成城不想吃东西，便把他哄着，拉到身边一勺勺喂，成城有气无力地嚼着，罗方生皱眉道："你不吃东西就没有力气，没有力气怎么去打鬼子？"

　　成城看了看叶芙蓉，她微微点头："罗叔叔说得没错！"成城端过碗，使劲朝嘴里扒拉。叶芙蓉拍拍他的背，柔声道："慢点，别噎着！"

　　罗方生三两口吃完，见叶芙蓉仍端着碗在发呆，嘴里无意识地嚼着饭粒，心头火起，把她的碗一把抢过来，在桌上扫了满满一碗菜，喝道："你教孩子会教，到你自己就没主意了，你瞧你瘦成这样，把这碗吃完，快点！"

　　叶芙蓉看他一脸凶相，乖乖地把碗接过，迅速扒拉起来。

　　许副官和成城目瞪口呆，"呵呵"笑起来，成城偷偷竖起大拇指，罗方生瞪了他一眼，成城把头一缩，把碗里剩下的东西吃完，邀功般举到他面前："罗叔叔，我吃完了！"

　　大家都笑起来，叶芙蓉鼻子一酸，把泪和在饭菜中扒拉进去。

　　吃完饭，许副官和罗方生进了楼下书房，叶芙蓉把成城哄睡，端了两杯茶走进书房，看着两人疑惑的眼神，她微笑道："小家伙前几天哭闹得太厉害，刚才我一哄就睡着了，你们有事先聊，有什么需要叫我一声，我就在外面。"

　　"你别急着走，"罗方生拦住她，"我父母想要你带孩子去我家住，你看怎么样？"

121

"我无所谓，只是一直这样麻烦你们，真是不好意思！"

许副官含笑道："你不用不好意思，小罗当年上了一个女特务的当，还是我们戴处长把他从美人计里救出来的！"

"你不说话没人当你哑巴！"罗方生脸有些发烧。

三人谈笑一阵，许副官和罗方生交换一个眼神，两人突然把脸上笑容收敛，齐齐看着叶芙蓉，许副官正色道："我们的事情其实也不用瞒你，自从戴铁面死后，特务和汉奸活动特别嚣张，我们上面想组织一个除奸队，打击他们的气焰！"

罗方生点头道："许副官是共产党员，他已经安排人去探听日侨青年同志会那边的动静。许副官，我也想加入你们除奸队，你看行不行？"

许副官笑了笑："你没加入都已经帮了我们大忙了。你派出去的兄弟把那四个家伙吓坏了，他们现在躲在里面不敢出来。日本人对他们意见很大，他们的头儿田中经常把他们骂得狗血淋头！"

"而且，"许副官定定看着他的眼睛，"你用帮派领袖的身份，更能开展除奸活动。我这次就是想跟你商量，我们在暗，你在明，我们互通消息，互相配合，把这些家伙好好整治一下！"

罗方生朝他伸出手："好，我听你的，我们要给戴铁面报仇！"

许副官握住他的手，笑道："告诉你一个好消息，我们司令这次气得不行，一直在想办法对付他们。我探了探他的口风，他说如果我能除掉这些人，有什么需要他一定帮忙！"

叶芙蓉有些着急："我能做什么，我没办法上前线打战，平时送信递消息的事情还是能做的，你们给我些任务吧，我可不想老待在家里等你们的消息！"

两人哈哈大笑，罗方生朝许副官挤挤眼睛："你那里要不要人？"

许副官直摇头："我们除奸队都是大老爷们儿。"

"要不这样，"罗方生微笑道："你先搬去我家住着，那边安全些。我父母亲喜欢孩子，成城可以让他们有一顿好忙。至于你，你先做好思想准备，这些天跟我出去锻炼一下，等我们把计划订好，要用人的时候再找你，到时候可千万别慌啊！"

好似凭空生出一股力量，叶芙蓉坚定地点点头："你们放心，我不会让你们失望的！"她脸上升起绚丽霞光，在一身压花黑缎旗袍的衬托下直直逼入两人眼中，两人笑吟吟地对视一眼，都在对方眼中看到了惊艳。

一个身躯倒下去，千百个青年站起来。一寸山河，一寸血肉，百万的热血青年，百万的不屈灵魂。

从北方传来振奋人心的好消息，察哈尔民众抗日同盟军召开会议，决定以外抗暴日，内除国贼为宗旨，并且颁布了许多有利于团结抗战的措施，青年踊跃参军，很快就聚集了七八万人。

6月，在吉鸿昌率领下，接连收复了三个县城，将士们一鼓作气，又在7月打下被日军5月占领的多伦。

捷报频传，举国上下一片欢腾，罗方生家里也是笑语喧然，小成城听说打败了鬼子，拿着把木头手枪到处乱跑，不时叫着："打死日本鬼子，打死日本鬼子！"

罗方生的父亲罗怀苏本是青龙帮帮主，见儿子长大，便慢慢把权力移到他手里，自己和夫人金陵过起不问世事的安逸生活，他们原本是南京人，在家乡购了一栋大宅子，平时都窝在那里赏花弄鸟，这次听说戴铁面出事了才匆匆赶回来。

罗怀苏膝下只有一个儿子，一直盼着能含饴弄孙，谁知罗方生前两年被一个日本女特务迷惑，还被利用做了不少蠢事，气得他吹胡子瞪眼，后来戴铁面戳穿她的阴谋，才让罗方生幡然醒悟，不过从此罗方生对女人是敬谢不敏。

和成城玩过一阵，他和夫人坐在沙发上直喘气。这个小家伙，精力还真旺盛，可把他们两个老人家折腾坏了。"突突突……"成城端起手枪一通扫射，然后扑到金陵身上："爷爷奶奶，罗叔叔和叶姨怎么还不回来，我肚子都饿了！"

金陵回头看着含笑的吴妈："你去看看他们的车子回来没有，再把菜准备好。"

吴妈刚出门，门口响起汽车喇叭声，成城跳下床来，朝门口飞奔而去，金陵急忙嚷道："成城，你慢点，别摔着！"

罗方生老远朝成城伸出手臂，成城跳到他身上，又把手伸向旁边笑吟吟的叶芙蓉。罗方生不让他如愿，把他高高举过头顶："小家伙，重了许多呢，你叶姨哪里抱得起！"成城兴奋得哇哇大叫。

当三人走进客厅，罗怀苏起身道："方生，我有话问你！"

两人走进书房，门刚刚掩上，罗方生急急道："爸爸，我已经安排好了，这次要把田中和那几个家伙一起办了！"

罗怀苏面有忧色："我担心的不是你，你身手不错，枪法也好，自保完全没有问题，我担心的是芙蓉。她是程行云的夫人，你让她抛头露面在外面跑，要是出了事怎么办？"

"爸爸，"罗方生神情严肃，"你放心，我们已经考虑到了，我和许副官一定会保证她的安全！"

"那就好，我们出去吧。"罗方生刚回头，听到后面一个冷冷的声音："她很漂亮，对不对？"

罗方生肩膀一抖，手紧紧握成拳头，嬉笑道："那当然，程夫人可真是个美人，可惜已经名花有主了！"

罗方生听到身后的人长长舒了口气，露出一个苦涩的微笑，大步走出门外。

晚上，叶芙蓉换了一身阴丹士林格子布旗袍，旗袍是罗方生带她去定做的，是现在最流行的样式，下摆缩短到了小腿，下端衩高到大腿，因为这些天有一大家子盯着要她多吃东西，她身上丰满了些，把整件旗袍撑得凹凸毕现，曲线玲珑。她不知不觉把手伸向下巴，突然嫣然一笑，半路缩了回来，原来尖尖的下巴撑出了饱满的弧度，让她总忍不住去摸摸。她把长发梳成两个长辫子，现在上海流行烫发，她实在舍不得这满头乌丝，也害怕那个丑陋奇怪的电烫机，所以仍是梳着髻。

她拿出一双素面黑布鞋，蹲着套到脚上，想起第一次穿高跟鞋的情景，不禁笑出声来。那次罗方生带她去买鞋，她看得目瞪口呆，那是一双鞋跟足有三寸的皮鞋，鞋面上缀着一只小小的蝴蝶结，蝴蝶结周围有许多小孔，看上去像圆点图案。她穿上刚走一步，脚一扭，一头向前栽去，罗方生正在边上瞧着，连忙把她接住，她几乎跌进他怀里，把两人都闹了个大红脸。

收拾妥当，她对着镜子做了个鬼脸，娉娉婷婷地走出门外。

罗方生眼前一亮，笑眯眯地道："你这样还真像个学生，田中这回逃不掉了！"

原来，他们打听出来，田中最喜欢女学生，经常在各个学校书店搜寻，一见到漂亮的就上去勾搭，勾搭不到就暗中派人抢回去，不玩得尽兴绝不放人，有的性格刚烈的干脆玩过就弄死了。

"你怕不怕？"在去玉兰路书店的路上，罗方生问道。

叶芙蓉含笑道："不怕，我相信你们！"

玉兰路书店，两个日本浪人正盘腿坐着窃窃私语，一见有人进来，朝她瞥了一眼，目光顿时有些呆滞。其中一人连忙站起来，用生硬的中国话说："欢迎光临，请问小姐找什么书？"

叶芙蓉朝他嫣然一笑："我随便看看！"说完，便朝书架那边走去。一个浪人走了出去，一会儿，另外一人踢踏着进来，那人穿着藏青色西装，头发剪得极短，眼睛小而锐利。听到木屐声渐渐朝自己而来，叶芙蓉只觉得浑身的鸡皮疙瘩都冒了出来，她装作拿本书在看，手指几乎一根根陷进书页里。

听到木屐声停到自己身边，她猛地抬头，眼睛瞪得圆溜溜的。那人笑起来，用一口流利的中文道："小姐，我叫田中俊一，希望有这个荣幸为您效劳！"

叶芙蓉把心一横，朝他微笑道："不用了，谢谢，我马上就要回家了，而且……我今天没带钱。"

田中看了看她的打扮，心头暗喜，这个女人看起来也不像是有钱人，那就好办了。他一脸诚恳："我开书店纯粹是为了交朋友，你喜欢这本书就算我送给你的！"

叶芙蓉把书紧紧抓在手里，故意推托着："这怎么好意思，我们初次见面……"

"没有什么不好意思的，你喜欢就拿去吧！对了，你要不要到寒舍坐坐，我们来个煮茶论英雄？"他看到对面女子眼中的亮光，那亮光如烟花般美丽，让他心痒难耐。然而，那亮光突然黯淡下去，"先生，我是很想去，可是天色已晚，如果我现在还不回去我爸爸会责怪的。要不我明天中午再来行吗？"她楚楚可怜地看着他。

他几乎想狂笑出声，原来这个女人这么好骗，一本书就能让她俯首帖耳，看来很快就能把她弄到手了。他哈哈大笑："没关系没关系。你家住哪里？这么晚了，我送你回去吧。"

叶芙蓉松了口气，轻声道："德福路。"德福路是上海的贫民窟，她说出来当然会不好意思。

对她的认识又深了一层，田中更加笃定，这个是能用钱换来的女人。他笑眯眯地叫来一辆墨绿的雪佛兰，把她拉了上去。

见叶芙蓉一脸笑容，田中暗暗得意，试探地把手覆住她的手，叶芙蓉顿时满脸通红，奋力挣了挣："田中先生，你不要这样，让人看见不好！"

田中的胆子更大了，把那手捏得更紧，凑到鼻子下去闻了闻，嬉笑道："这里只有我和你，哪会有人看见，这么香的手要好好疼惜才行。"

眼看着他越靠越近，叶芙蓉真有些后悔，他们只要她把他骗到德福路，可没说还得这么做，她一脸慌张："田中先生，求求你别这样，让我爸爸看见会打死我的。"田中把她逼到角落里，她缩成一团，瑟瑟发抖。

看着面前惊恐的眼睛，田中心里好像有只猫在挠，他把她一把搂在怀中，对司机道："不去德福路了，我们现在回玉兰路！"

眼看着司机要调头，叶芙蓉差点哭出来，她停止挣扎，靠在他怀中呜呜哭着说道："我还以为你是好人，刚才还想着带你去见见我父母，你怎么可以这样，我们才第一次见面……"说着，她抡起小拳头捶打着他胸膛，看起来倒好似在他怀里撒娇了。

田中被捶得十分享受，哈哈大笑道："别害怕，我跟你开玩笑的。别哭了，我送你回去就是。明天到我那里喝茶好不好？"说着，他在她脸颊上轻吻了一下。

叶芙蓉含羞点头："去就去，你可不能乱来！"

田中暗暗后悔，驯服女人的过程才最美妙，自己刚才差点搞砸了，他连忙叫司机掉头去德福路，一边计划以后如何让这个女人服服帖帖。

德福路到了，车子停在一栋破旧的房子面前，叶芙蓉嫣然一笑："田中先生，这里就是我的家，要不要进去坐坐？"

田中在她下巴摸了一把，笑道："还是你明天去我那里坐吧，这么晚了去打扰不方便。"

叶芙蓉只好下车，见他要走，她踢到一块石头，灵机一动，整个身体朝地上栽去。田中果然中计，把车叫停下来察看她的情况。这时，从房子里冲出几个蒙面人。田中听到动静，立刻明白事情不妙，飞快地扑到她身边，把她拉起来，一手勒住她脖子，一手用枪顶着她的太阳穴，恶狠狠道："你们给我站住，再往前走一步我就开枪了！"

大家面面相觑，果真都不敢往前，田中一步步退向汽车，狞笑着："原来想用美人计引我上钩，你们还没练到家，我这次要让你们赔了夫人又折兵！"

叶芙蓉眼看着众人竟都被他吓住，听到他的话，知道他即使能逃脱自己也不一定能保住性命。她横下心，把他枪口一推，只听"砰"的一声枪响，叶芙蓉和田中同时倒在地上。

罗方生提着仍在冒烟的枪，飞快地扑到她的身边，阿虎把额头一个血洞的田中推开，笑道："罗哥，你枪法好准！"看着她满身鲜血，罗方生的手不由自主地颤抖起来。这时，一身黑色短褂的许副官出现在他身后，拍着他的肩膀喝道："快，照计划行事！"

早有人去告诉那战战兢兢的雪佛兰司机："我们是除奸队，这里没你的事，快走！"那人心里一动，踩着油门绝尘而去。

罗方生把牙一咬，抱着她就往房子那边走，这时，他听到她轻微的呼吸，把她往胸膛一贴，她的心跳得正紧。他几乎欢呼出声，原来她只是吓晕过去了。

他们刚把田中的尸体弄走，又一辆雪佛兰也开到了德福路。原来罗方生假传命令，派人通知小三和阿明他们来接田中。他们四人刚下车，一群蒙面人就把他们包围了，解决得干净利索。罗方生在他们尸体上各踢了两脚，确定他们真的没气了才带人离开。

罗方生一路疾驶，很快就回了家，父母和成城都已经歇下，他把她抱下来，悄悄走进她的房间。他找来水把她脸上的血迹擦干，坐在床边一动不动地凝视着她的脸，那唇上诱人的颜色如盛开的罂粟，让他渐渐迷醉。见她仍未醒来，他心里有只魔慢慢成长，他再也按捺不住，俯下身，吻上那诱人的红。

当那柔软而芬芳的感觉击中他的心脏，好似漂泊多年的游子终于找到回家的路，他有种号啕痛哭的冲动，他在那红色上流连着，惆怅着。

"咳……"他听到身后一个声音，悚然一惊，猛地抬起头来，罗怀苏正冷冷地看着他，回头就走。

他默默跟着他来到书房，罗怀苏把门一关，狠狠甩了他一巴掌，怒目圆睁地指着他："你这个浑蛋，你把她弄去搞这种名堂，亏你想得出来！美人计？你竟然用她去设美人计，我看你是吃了傻药，存心想气死我！"

罗方生嗫嚅半天，愣是没说出一句话来，罗怀苏劈头又给他一巴掌："这是要教训你刚才做的混账事。天下女子这么多，你竟敢把主意打到她身上去，要是让人家知道你让我的老脸往哪儿搁？她的丈夫在前线为我们拼命，你帮不上忙就是了，还要去扯他们的后腿，你到底还是不是人！"

罗方生几乎把头垂到胸前，喃喃道："我错了，我下次再也不会了！"

罗怀苏长叹一声："我回去要你妈给你找几个好姑娘，你相中的话就赶快把事办了。这样下去也不是办法，总得让我们罗家有后吧！"

"爸爸，您看着办吧，我没有意见！"

"你今天做得漂亮，"罗怀苏脸上突然阴转晴，"那一枪打得真准！"

罗方生摸摸脑袋，嬉笑着骂道："是哪个兔崽子，这么快就通风报信。"

罗怀苏拍拍他的肩膀，父子俩相视而笑。

因为没有受伤，叶芙蓉稍微休息一下就好了，她第二天一早起来，摸着自己的唇，发现有些红肿，她闷闷想了会儿，到底没想出个所以然来，回想到昨晚的事情，惊出一身冷汗，才觉得可能是田中那个坏蛋留下的痕迹。

吃饭的时候，成城吃吃笑着："咦，你嘴巴好像被人咬过！"叶芙蓉偷偷戳了他一下，"别乱说话！"

见父亲正瞪着自己，罗方生顿时如坐针毡，把碗一推："我还有事，我先走了！"

叶芙蓉慌忙站起来："别走，我有事情要问你！"

看着两人的背影，罗怀苏眉头深锁起来。

一夜之间，除奸队的名字传遍上海的大街小巷，人们欢欣鼓舞，把他们说得神乎其神。有的说他们有三只眼睛，夜里能看见很远外的东西，有的说他们能飞檐走壁。有的说他们枪法奇准无比，能一枪就中人眉心。据说当年组织谋杀戴铁面的田中就是被一枪打中眉心取的性命。

随着除奸队的名声大噪，汉奸们原来的嚣张气势都不见了，他们纷纷躲起来，不到万不得已决不出来，即使出来也是战战兢兢，生怕有天兵来取他们性命。

129

罗公馆也热闹开了，金陵迫不及待地把合适的女子找了出来，甚至专门回到南京去找。一听说是罗家公子要结婚，大家眼睛都红了，纷纷把自己认识的或者自己家里的姑娘推荐过来，罗公馆日日都宾客盈门，留洋学生、大家闺秀、小家碧玉，温柔的、端庄的、美丽的、气质高雅的、活泼大方的。客人来的时候罗方生也会出现，可是从未曾点头，看着他一脸淡然，两位老人和叶芙蓉急坏了，三人加上一个小成城每天为他出谋划策，大有不达目的誓不罢休之势。罗方生哭笑不得，干脆躲到法租界原本叶芙蓉住的那个房子里。

因为位置隐秘，环境幽静，这栋房子现在当作除奸队的会议室，许副官和罗方生经常会出现在这里。一有任务这里就紧张起来，大家尽量避免集体出现。叶芙蓉就化装成各种样子给他们送信，她一会儿是贵妇人，一会儿是卖烟卷的，一会儿又成了乡下来的嫂子，一会儿又成了女学生。

这天，叶芙蓉早早来到这里，把上上下下都打扫了一遍。她正收拾着资料，许副官一脸沮丧地走进来，叶芙蓉被他脸上的愤然吓了一跳，忙把东西撂下来问他。

"蒋介石要冯玉祥取消抗日同盟军名义，即日离开部队，何应钦竟然下令分三路进攻抗日同盟军！"许副官喃喃地说着，满脸痛苦，"抗日同盟军总部撤消了，我们连上战场杀敌的梦想都被人扼杀！"

"那程行云呢，"叶芙蓉的声音低了下来，"他现在在哪里？"

"我忘了告诉你，"许副官擦擦湿润的眼睛，"程行云跟着冯玉祥去了泰山，他已经派人来接你！"

"你说什么？"罗方生火急火燎地从外面走进来。

许副官声音突然低沉："小罗，程行云派人来接他的夫人走，他的人很快就会到上海，到府上感谢你的收容之恩！"

良久，罗方生才微笑着回答："芙蓉，真是恭喜你，总算可以和他团聚了。到了那边给我们报个平安，以后有空记得回来看看我们……"

许副官拍拍他肩膀："她现在又没走，你交代这么多话做什么。我今天心情不好，想找人陪我喝酒，你要不要牺牲一下？"

罗方生一拳捶在他胸膛："是兄弟的就不要啰唆，去就去，没喝倒不准离开！"

两人哈哈大笑，回头看着犹自处于迷茫状态的女子，罗方生道："芙蓉，不要发愣了，要不要跟我们去？那家的红烧狮子头不错，你可以去尝尝。"

酒足饭饱，两人喝得摇摇晃晃走出了饭馆。一阵隐隐的雷声刚过，天突然下起雨来，好似天打翻了盆子，水铺天盖地往下浇。

两人哈哈大笑，飞快地跑起来，边仰头让雨浇到脸上。叶芙蓉穿着高跟鞋，连走路都小心翼翼的，哪里跟得上，许副官很快跑进车里，朝他们挥手告别。

罗方生拿张报纸就跑了回去，把报纸顶在她头上，叶芙蓉见他回来，先是一怔，随即明白了他的意图，笑道："谢谢你！"罗方生朝自己的手臂努努嘴："来，扶着我就不会摔倒了！"

叶芙蓉扶着他手臂，顿时好似卸下千斤重担，长舒了一口气，笑道："不知道是谁发明的高跟鞋，摆明了就是来折磨女人的！"

看着她明媚的笑容和若隐若现的曲线，罗方生一口浊气堵到胸口，脱口而出道："你真美！"

叶芙蓉浑身一震，脸上飞起一片红色，赧然道："你真是喝醉了！"她的手慢慢落下来，她默默抬头，透过这片冰凉的雨，看到他眼中的繁华似锦，红尘迷烟，滚滚而来。

第四章

宁为战死鬼，不做亡国奴

当那日夜思念的面孔真实地出现在眼前，叶芙蓉仍不敢相信自己的眼睛，她痴痴地凝望着，生怕一眨眼他就会消失不见。程行云站在吉普车边，心中翻腾如狂风过后的海，惊涛骇浪直逼到他用酸楚筑成的岸。

仿佛前世的某个片段，繁花落尽，他们遭遇了一场惊心动魄的相逢，流连在香风树影里，忘了时间，忘了离开，忘了痛楚，直直逼入眼中的，是两个人的地老天荒。

这短短的几步是一条不想渡过的河，他在彼岸，她在彼岸，他看到她的泪水，她看到他的微笑，恍然间，这，便是一生。

他遥遥向她伸出双臂，像摆渡人的桨，渡她到彼岸，彼岸有芬芳的花朵，有葱绿的草木，更有一个温柔的港口，让痛楚止步。

她迟疑着，把几乎失去知觉的脚挪动一步，又向前挪动一步，她突然狂奔起来，朝着那朝思暮想的臂弯，扑过去。

她没有办法说话，只好放声大哭，把所有的担忧和思念全部发泄在这滔天的洪流里。他把她紧紧拥在怀中，他这样用力，手上的青筋都一根根暴跳出来。他在她耳边轻言细语："不哭，我在这里！"

在这里，等你。

刘副官提着衣箱远远站着，他的眼中早已泛起粼粼波光，他仍然记得初见这个女子时的震动。都说甘蓝女人粗犷，她从阳光中走来，那藕色的纤细身形有掩不住的风情，她低头的侧影，流转着妩媚和淡淡的哀伤，而当她惊诧地抬头，那一脸苍白的震撼，连他这个硬汉子都从心里生生抽出几丝疼痛来。

他不相信程行云不喜欢她，正如他不相信程行云会放弃仇恨一样，于是，他看着他煎熬，看着她绝望，两个人，两条没办法交叉的路，他为他们深深叹惋。

事情终于有了转机，她终于来到他身边，但是，这样的乱世，欢愉总是太短，他接到总司令的命令，立刻派他把她送到上海。

他仍记得她那天故作坚强的笑脸，那笑容好似雕刻在刀鞘上的花朵，一拔刀，便照见鲜血淋淋。当她终于转身，她的泪潸然而下，而他，竟在门口站成墨绿的树，守望一个苍凉的背影。

回不去了，战争一开始就回不去了，从上海离开的那晚，他强忍心里的痛苦，镇定地告诉戴铁面，程行云临走时要他转告，拜托他，一听到他死的消息马上为她找人再嫁。

那一刻，大家都沉默了。

他到上海的时候，马上在许副官的带领下去了罗家公馆，那天，她正和成城在玩耍，她穿着一身白色洋装，衣领花朵般簇拥着她的笑脸，两人在花园里追逐着，成城非要把朵粉红芙蓉插在她髻上，她闪躲着，边大笑着朝他挑衅，他们旁边站着一个身着长衫的男子，他没有忽略那个儒雅男子的温柔笑容。

他有种错觉，自己的闯入打扰了一个小家庭的甜蜜生活。

当许副官出声招呼他们，那个叫小罗的男子回过头来，先是愣住了，见到她满脸的惊喜，他眼中的火光一点点黯淡，最后终于熄灭，成了一潭凄怆冰冷的水。

她想带成城走，罗家两老舍不得，成城既不想离开她，又不想离开罗家，哭得一塌糊涂，后来罗家两老先把他带回南京，她才能走得成。

他们很快离开，只是罗方生再也没见过他。

恍惚间，刘副官听到程行云在叫他，原来叶芙蓉已停止了哭泣，沉默地窝在程行云怀里，程行云揽着她上车，挥手叫他一起回去。

他坐到前面，听到程行云用从未有过的温柔声音絮絮地跟她说话，问她这些天发生的事情，叶芙蓉一一回答，说到戴铁面夫妇的死时，两人又是一阵唏嘘。

沿着崎岖的山路而上，叶芙蓉有些庆幸，还好自己没带那些折腾人的皮鞋，要是遇上这种路，她可真是叫天不应叫地不灵了。程行云见她一脸汗水，要为她雇顶山轿，她玩兴正酣，哪里肯坐轿，程行云只好边走边照顾她，时不时在她腰上轻托一把。

他们回到泰山，总司令已经在等着他们，他的夫人和孩子也来了，总司令住在普照寺，并在三阳观、红门关帝庙等处设立办事机构，还带了一些其他随员和手枪团。

叶芙蓉乍见总司令，也被他和蔼可亲的笑容吓了一跳，他在她心中一直是个传奇色彩很浓的英雄人物，总觉得他会威风凛凛，说起话来有着惊人的气势，晚上她说给程行云听，程行云哈哈大笑："你是没见过他生气时的样子，就你这种胆子，十个得吓破十一个！"

总司令夫人也是一个极温柔可亲的人，她见到叶芙蓉甚是欢喜，趁着男人们谈事情，把她拉到一旁絮絮私语。听说她会读书认字，她更高兴了，因为总司令想在泰山附近修建几所小学，让这些穷苦孩子都有机会受教育。叶芙蓉听到可以帮忙，兴奋不已，一口应下，两人越说越兴奋，商量着马上就着手准备。

热热闹闹地吃完饭，见总司令还在跟程行云说话，夫人凑到他耳边："人家小夫妻多久没团聚了，你老缠着他做什么？咱们现在闲下来了，有事情明天再说也成嘛！"

总司令恍然大悟，摸着脑袋哈哈大笑，催促着程行云带夫人回去休息。

他们的房间在普照寺后面一个小院，非常幽静，是总司令夫人特别拨给他们的。两人相携回来，十指交缠，不时互相看着，会心一笑。越走到后面叶芙蓉的心跳得越厉害，脚也越来越软，好似每一步都踩在云中。到了院子里，刘副官已经把她的东西放好，正迎面而来，笑嘻嘻地道："有什么需要再找我，我就在你们隔壁。我先出去遛遛，你们慢慢忙！"

走进房间，两人的目光又交织到一起，再也不愿分开，程行云的呼吸粗重起来，一把捧住她的头，把簪子一拔，让她的长发披散成瀑，接着，他近乎噬咬般，狠狠吻上她的红唇。

一阵阵波涛在她心底激荡，从最初的寂寞，到最后的幸福，好似经过了一世，又好似只在电光石火间，她紧紧闭上眼睛，害怕那真实的触感会如烟花般，刹那，即永恒。

此时，他也解除了她所有的束缚，当两颗心贴到一起，他感到了她的震动，她感到他的欢腾，而后，两颗心踩着同样欢快的鼓点跳动，仿佛合而为一。

月光洒在庭院中的巨柏上，又透过窗牖，洒在纠缠着的两个人身上，一床一桌一椅一箱的小小房间，充满着别样的旖旎风情。

总司令一声令下，官兵们都忙碌起来。有的派去给附近的穷苦人家送衣送粮，有的去修桥铺路，有的跟夫人办小学。泰山的人民把他当活菩萨一样拜，猎户们没有东西送，就把猎到的狍子、獐子丢给官兵，女人们密密缝了鞋垫送来，让官兵们走路舒坦些。

叶芙蓉跟着夫人到处奔走，在刘副官帮助下，很快建起了第一所小学。他们买来书本，挨家挨户发送，把那些穷苦孩子全部收到学校来学习。开始找不到老师，他们只好自己当老师，从最简单的注音符号教起，手把手地教孩子们写字，课余的时候她还会教他们唱几首甘蓝调，她的声音清脆动听，唱起甘蓝调来全是柔婉风情，倒不见了原来的雄浑气势。

135

孩子们最爱听她唱歌，他们仰起头，看这个落入凡间的仙子明媚的笑脸，没有人说话，怕打断她迷离的思绪。她的眼睛微微地眯起，目光依次落到每个人身上，似乎在看着他们，又似乎在想着某个人。

直到那个高大英俊的男子有一天来接她回去，孩子们才恍然大悟，她眼中的迷离，分明和他凝视着她时候的迷离，一模一样。

许副官从上海送信过来，信写得非常详细，洋洋洒洒地写了三页，原来，叶芙蓉走后，罗方生在父母的催促下，娶了南京一个温柔贤淑的小家碧玉为妻，罗方生的父母非常高兴，摆了许多桌请客，他也去了，那天和罗方生两个都喝醉了。

他在信中说，现在蒋介石对共产党的力量严厉打击，他们的除奸队只好暂时解散。罗方生现在越来越消沉，把帮里的事情全都扔给手下，每天喝酒打牌，夜不归宿，他的父母都管不了他，干脆带着孩子回南京去了。

他在信的末尾加了一句："我知道，他的心里很苦。"

叶芙蓉把信放下，心中一阵怅然，发觉身上一暖，程行云拿了件棉衣披到她肩上，把她捂在怀里，轻声道："山里晚上凉，别冻着了！"她回头和他交换一个吻，轻笑道："我再看看课本，你先睡吧！"

"不行，我抱着你，你做自己的活儿别管我。"在她的惊呼声中，他把她一把抱起放在腿上，一摸她的脚，眉头皱了起来，"你瞧你的脚都冻成这样了，还逞能！"说着，他找件衣服把她的脚包起来，嬉笑道，"喏，你做你的，我保证不吵你！"

叶芙蓉拿他没辙，两人在一起时，他真像个黏母亲黏得紧的孩子，连一分钟的空闲都不肯给她，让她真是又好气又好笑。

他突然闷声说："吉鸿昌被抓了！"

叶芙蓉大吃一惊："那总司令有没有办法救出来？对了，韩复榘是他的旧部，去蒋介石那里求情应该有用的！"

程行云长叹一声："他已经派人去了济南，可是韩复榘只管派人好酒好菜招待，对他置之不理，总司令都快急出病来了！"

"这可怎么办,蒋介石对吉鸿昌极为仇视,必欲除之而后快,我们得赶快想办法呀,晚了只怕来不及了!"叶芙蓉猛地坐直了身子。

"你别着急,总司令已经拜托孙夫人营救,她正在想办法把他引渡出法租界,有了她的帮助,他应该不会有事的!"程行云斩钉截铁地说。

恨不抗日死,
留作今日羞。
国破尚如此,
我何惜此头。

总司令写下这几个字,把笔朝桌上一掷,失声痛哭。夫人轻轻走来,把笔拾起放好,温柔道:"焕章,你好歹吃点东西,人死不能复生,你得为自己的身体考虑,你养好精神,咱们以后为他报仇就是!"

总司令摇摇头,把字挂在墙上,冷冷道:"你先出去,让我安静一下!"

夫人欲言又止,轻叹一声,低头走出书房。

第一次,叶芙蓉知道男儿的泪,是要伴随着怒吼流出。吉鸿昌被杀的消息传来,总司令号啕不止,数日没进食,而程行云竟撇下她一口气跑上泰山,据后面追赶的刘副官说,他在泰山上边吼边哭,吼得山林为之变色,天地为之动容。

许副官也来信了,上面只有五个泪水斑斑的字:"恨不抗日死。"

男人的痛她无法安慰,只好在他半夜梦中流泪时,为他轻轻擦去,她从他越来越沉重的表情里知道,他的痛,要用敌人的血来舒缓。

这个冬天,实在太让人揪心,连泰山的美景都变得毫无生气,人们从漫长的寒冬走来,脸上似乎都有了风霜的痕迹,每个人眼中都是沧桑,连总司令的孩子们都沉默了许多。

冬去春来,该是大地苏醒的时候了,万物积蓄了一季的力量,等待春风化去冰寒。泰山下的普照寺里，迎来了第一个客人，陈璧君。

说起这个陈璧君，那可是了不得的人物，她是汪精卫的夫人，少时是最年轻的同盟会员，她现在在国民政府任中央监察委员，是汪精卫的左膀右臂，在当时炙手可热。

来者不善，总司令交代下去，在自己住的草屋里招待，程行云会意，哈哈大笑，把汪夫人恭恭敬敬地请进草屋，汪夫人态度倨傲，进了草屋连皱眉头，程行云要卫士拿了煎饼白菜来，总司令满脸笑容："汪夫人请坐，寒舍鄙陋，还请汪夫人不要嫌弃！"

陈璧君有求而来，当然不敢嫌弃，只好小心翼翼地坐下来，听总司令长叹道："实在不好意思，人民生计日益艰苦，甚至终日劳动犹不得一饱，鄙人心有余而力不足，只好平日里勤俭些，所以只有这些招待，还请汪夫人见谅！"

程行云和几个卫士听了，笑得肠子打结。陈璧君哪里受过这种怠慢，吃也不是，不吃也不是，折了块煎饼在嘴里用力嚼着，心里却骂开了。她恨恨地把煎饼扔下，刚想说出此行的目的，总司令竟把她晾到一边，边吃煎饼边自顾自地看起东西来。

陈璧君勃然大怒，站起来拂袖而去。

晚上，程行云把这事说给叶芙蓉听，两人笑作一团。看着他久郁的脸色终于放晴，叶芙蓉满心感伤。程行云轻轻拍着她，沉声道："对不起，我没办法给你安定的生活。我是军人，如果不能抗日死，我躲在后方会被人耻笑！"

叶芙蓉微笑着："我当然知道，即使我们躲在后方，也不一定有安定的生活，日本人是贪心的豺狼，不会就此罢手的，你如果做了决定早些告诉我，你放心，我一定支持你的！"

程行云感动莫名，把她紧紧地抱住似乎想按下永不磨灭的印记。

1934年4月1日，日军在唐山沿线举行野战演习。

同年8月13日，驻山海关、秦皇岛日军举行大规模军事演习。

箭已在弦上。

离别渐渐到了眼前。

金鼓声声在耳边，催着漫漫长夜，风一阵紧过一阵，高高的柏树不堪其肆虐之势，沙沙地唱起战歌，无尽的沧桑，无尽的伤感，却掩不住浩然的气势。

如暴雨后的倚天长虹，在黯然中撑出一片明媚天空。

金戈铁马的背后，是铁汉们的绕指柔情。

程行云已经这样看了叶芙蓉许久，她埋头在为他打点行装，把每一件衣服都叠得整整齐齐，她一次次抚平衣上的折痕，每一个扣子都细细检查过，口袋也一个个捋正，柔和的灯光下，她的侧影有不真实的美感，仿佛幻出一层朦胧的雾，又从那雾气里，氤氲出淡淡的粉红来。

当她终于把衣箱关上，他默默走到她身后，把她环在怀中。

她的泪落在他手背上，从那里一直凉到他心里，她没有回头，哽咽着说："上一次是你看我走，这次我要看你走，这才公平！"

他无语，把她箍得更紧了，这个时候，所有的语言都变得苍白无力，他只想多从她身上吸取一些香气，多感觉一阵她的温暖，多看一眼她美丽的眼睛，多抚弄一次那柔软的长发，再多一次，再多一些……

当她回头时，脸上已然换上笑容："行云，打仗的时候记得吃东西，刘副官都说你一紧张起来经常饿上一两天。还有，在前线不要记挂我，我一定会好好的，等你回来。"

她细密的睫毛上挂着一颗泪珠，如被雨侵过的珠帘，看起来华丽而忧伤，程行云一阵心疼，轻轻吻上她的眼睛，久久地，在心中叹息。

1934年9月，蒋介石为了平息众怒，电请冯玉祥出山，经过几天的商议，总司令决定接受邀请。

程行云赴北平，加入驻守卢沟桥的第二十九军，二十九军负责华北防务，根据《何梅协定》，中央军不能驻守华北，二十九军事实上站在了国防的第一线。

"要去就要去第一线作战,给日寇迎头痛击!"程行云请命的时候这样对总司令说。他刚向总司令提出来,总司令随同的官兵纷纷响应,一时群情激昂,总司令当即拍板,马上准备酒宴,为大家饯行。

在饯行宴上,程行云三杯下肚,仰天长啸:"宁为战死鬼,不做亡国奴!"顿时,整座泰山响彻这种呼喊,巍巍高山,莽莽平川,宁可站着死,不愿卧着生,中华锦绣河山,何处不是热血男儿的坟墓。

11月,总司令带着众人下泰山赴南京。叶芙蓉也与之同行,罗怀苏听到这个消息,在南京设宴款待他们一行,成城一见叶芙蓉,立刻眼巴巴地赖在她身边,死活不肯她再离开了。叶芙蓉觉得有负素莲之托,对他心有歉疚,也不想再与他分开,便央求总司令夫人让自己搬到罗家,夫人虽有些不舍,看着成城可怜兮兮的眼睛,还是没忍心把拒绝的话说出口。

罗家又热闹起来,叶芙蓉住进来的三天后,罗方生和许副官也从上海赶来了。

罗方生下了车,听吴妈说他们在花园玩耍,便大步流星地往前走,吴妈连忙扶住后面大腹便便的娇弱女子,讪笑道:"太太,罗先生太高兴了!"看着他的背影,许副官叹了口气,走到那女子身边:"嫂子,你要不要休息一下?"

女子苦笑连连:"许副官,你不用管我,我能行!"连忙跟了上去。

沿着弯曲的路径绕到花园,罗方生不知如何压抑心里的忐忑和喜悦,一阵阵笑声从花园传来,夹杂着成城撒娇般的声音:"叶姨,你抱我去逗那鸟儿嘛,我想让它唱歌!"

一个女子的声音响起,拖着软软的北方腔调,甜丝丝地沁入他的心里:"小坏蛋,你刚才不是逗过了吗,我现在手酸得都抬不起来了!"

"叶姨,没关系,我帮你揉揉就好了!"

"你不要老是去磨你叶姨,她这几天都没睡好。成城,别闹了,到奶奶这里来!"他脚步迟疑了。

转过一座假山，他的面前出现一幅其乐融融的画面，他母亲笑吟吟坐在石凳上看着面前两人，她背对着他蹲在地上，一身暗红呢绒旗袍，仍盘着髻，头上是那根熟悉的芙蓉钗，成城一张灿烂的笑脸，正认真地为她揉着手臂。

那个让他朝思暮想的女子就在面前，他却没办法冲上去倾诉自己的想念。他怔怔站着，身边的一棵梅树抽出几朵小巧玲珑的花，那粉粉的白色让他的目光渐渐迷离。那一夜，她晶莹如玉的脸，她娇嫩的唇，一闭眼，仿佛已是前世光景。

空气中全是清甜的味道，他静静站着，冬日的暖阳把他心里的什么东西一点点融化，他突然有种落泪的感觉。

"罗叔叔，"成城一抬头，正好看到罗方生一脸奇怪的表情，"太好了，罗叔叔也来了，现在有人跟我玩了！"他蹦跳着扑向罗方生，罗方生浑身一个激灵，笑嘻嘻地把他抱起来举过头顶。

叶芙蓉缓缓地站起来，这个男子成熟了，脸上没有了以前那种无所谓的表情，他的眼神更加深幽，已经没办法从那里发现什么波动。

她由衷地为他高兴，那个雨天他大声表白后，她一连两天都躲着他，结果第二天夜里他把她堵到房间，嗫嚅地说自己真是喝醉了，请她原谅他的鲁莽，还说他真的不想失去她这个朋友。

她没办法不原谅他，从戴铁面夫妇死后，他的所作所为都让她十分敬佩，特别是他对自己和成城无微不至的照顾，更让她感激不尽。

这时，一个女子和许副官慢慢沿着小路走来，这时，罗方生已经抱着成城走到她身边，轻声道："那是我太太蓝兰！"

许副官老远就笑起来："芙蓉，你怎么看起来憔悴了许多，泰山没咱们这里好吧？"

金陵惊喜交加，上前拉住蓝兰的手，责怪道："方生也真是，你挺着这么大的肚子怎么也让你跟来了，要是你身子有个闪失怎么办？"

蓝兰飞快地扫了一眼和罗方生站在一起的女子，露出一个温柔的笑容,"婆婆,你别怪他,是我一定要跟着的,我们一家人难得团聚在一起,我没事的!"她转向叶芙蓉:"这位就是芙蓉妹妹吧,我早就听说了你的事情,听说你来了南京,更舍不得这个和你相聚的机会,妹妹,我的老家就在南京,你如果想到处走走,说不定我可以做个东道主。"

说话间,她额头突然冒出颗颗汗珠,金陵发觉有些不对劲,把她的手抓紧了,她紧紧回握住,一脸惨白,轻声道:"婆婆,可能孩子想出来了!"

罗方生两步就跨到她面前,把她揽在怀中,急得汗如雨下,连声道:"你觉得怎样?吴妈,快去叫司机,咱们去医院!"

晚上,从医院传来好消息,蓝兰生下一个男孩,罗家上下欢天喜地的,回来报信的罗方生脸上也乌云消散,露出久违的笑容。

罗怀苏和金陵终于盼到孙子,更是高兴得无以复加,两人张罗着要好好庆祝一番,每天除了看孙子就是乐呵呵地到处奔忙,忙得脚不沾地。叶芙蓉见帮不上忙,边跟着夫人到处宣传抗战,边到各个救助中心帮忙,因为蒋介石宣称:"和平未到完全绝望时期,绝不放弃和平,牺牲未到最后关头,亦不轻言牺牲。"明摆着还痴心妄想能通过和平手段对付已经欺到头上来的侵略者。

隆隆的雷声已暗藏在天际,等待一道闪电,劈开这沉闷的空气。

暴风雨,如影随形。

1936年夏　北平

绥靖公署军务处门口,卫兵挡住一个身着紫色缀白碎花绉绸旗袍的女子,大声喝道:"站住,你是做什么的!"

女子被吓了一跳,忙微笑道:"我是程行云的太太,请问他现在在不在?"

卫兵愣住了,打量了她两眼,喜出望外:"原来您就是程夫人,您等着,我去向司令汇报!"说完,他飞也似的跑了进去,另外一个卫兵笑嘻嘻地走上前来:"程夫人,我们可听刘副官说过许多次了,没想到还真能见到您……"

他的话没说完,一身戎装的军人从里面狂奔出来,程行云不敢置信地看着面前熟悉的笑脸,压抑着内心的波动,皱眉道:"你来做什么?"

仿佛被人兜头泼了一瓢冷水,叶芙蓉悄悄退了一步,双手交缠着,轻声道:"许副官要上北平,我没来过,顺便来看看。"

刘副官早已跟了出来,见气氛有点不对,呵呵笑道:"嫂子,你可别被他吓到了,他这些天没事的时候老念叨你呢。来,你们别傻站着,先带嫂子去休息吧!"

程行云瞪了他一眼,往前疾走,叶芙蓉提着衣箱连忙跟上去,程行云突然停住脚步,把她的衣箱接过去,脚步也慢了下来,和她并肩走在一起。刘副官松了一口气,在两个卫兵头上各敲一记,笑道:"回神!怎么样,我没说错吧,程夫人是不是很漂亮?"

一个卫兵笑嘻嘻地摸着脑袋:"奇怪,要是我媳妇儿来看我我宝贝还来不及,怎么我们程副主任这么凶!"

刘副官给他一个暴栗:"笨!这都看不出来啊,这是爱之深责之切!现在日本浪人在北平城里到处作乱,他是怕夫人有危险!"

一个卫兵恨恨地说:"刘副官,怎么还不下命令打啊?弟兄们都憋不住了!"

另外那卫兵咒骂起来:"那些龟孙子,实在太过分了,竟然光天化日之下在北平市警察局门口大便,到北平警备司令部门口的槐树上打鸟,我们还只能忍气吞声!"

两个卫兵齐齐看着刘副官,把拳头握紧了:"咱们要给他们点颜色看看,让他们老实一点!"

刘副官点点头,眉头紧紧纠结着:"你们放心,日军有飞机大炮,我们有大刀。我们又不是没有较量过,两军杀到一块去了,飞机大炮就没有大刀顶用。咱们把气憋足了,到时候给他们一点教训,让他们知道咱们中

143

国人不是好欺负的！"

程行云带着叶芙蓉走到住的地方，这是几栋白墙黑瓦的小楼，用高高的围墙围起来，院子里还有几棵枝繁叶茂的大槐树，门口设了一个岗哨，卫兵老远就"啪"的一声给他敬了个礼，程行云走到他跟前，指指叶芙蓉道："这是我太太！"

等他把衣箱放下，她鼓起勇气："行云，实在对不起，我没有先跟你说，我知道你忙，我过两天就回去……"

闻言，程行云身体一顿，突然回过头来把她紧紧抱在怀里，喃喃道："想死我了……"

好似心头千斤的石头落地，叶芙蓉心头一松，眼睛不知何时湿了，她搂住他的脖子，踮起脚尖去找寻他的唇。良久，他轻声斥道："现在北平这么乱，你一个人到处乱跑，想让我担心死吗？"

叶芙蓉拢了拢被他弄散的发，把头靠在他胸前，轻笑道："你放心，是许副官送我来的，他说不打搅我们夫妻团聚，把我送到门口就走了，他还说等事情忙完就来拜望你！"

"就是你说的那个许复？"

"对，听说他是共产党员！"

"没想到现在真正力主抗日的竟是他们，老蒋只知道打内战，要我们忍辱负重，委曲求全，东北抗日联军的杨靖宇、赵尚志他们打鬼子打得多痛快，我们装备比他们好，人数比他们多，反倒只能憋屈着，真让人窝火！"他把她的身子放正，"我还要感谢他照顾你们这么久。对了，成城现在怎么样了，你不是说他很黏你，怎么有办法出来？"

叶芙蓉笑起来："就是呀，我本来脱不开身的，小罗要他夫人把成城和明夜带出去玩，我才偷偷跟许复出来了。"

"明夜就是小罗的儿子？"

"对，我到罗家没几天她就生了，那几天罗家可热闹了，上上下下都忙得人仰马翻。你说好不好笑，孩子抱回来的时候把成城兴奋坏了，一会儿在他脸上摸摸，一会儿拽拽他的小腿。罗家两老生怕他下手没轻重，在旁边胆战心惊地看着，后来实在忍不住了，让我把他给弄走。他们喜欢孙子得紧，竟不让孩子回上海，罗夫人无法，只好也待在南京，最苦的是小罗，他现在要经常两头跑。"

不知想到什么，程行云长叹一声，轻轻抚摸着她的脸，她突然揽住他的脖子，在他耳边娇声道："我好想你……"

永定河上，横跨着一座卢沟桥。

拂晓，斜月低垂，幽幽地在河水中荡漾，把粼粼水波映得如洒满银光，晨霭中，西山苍苍茫茫，缕缕轻烟让人如见仙境，雾气袅娜而上，如舞着的神女，妩媚而迷人。

低低的砾石河岸中，两岸的树木排列成行，随风摇动。不知何时，东方已是彩霞满天，西边的天际，明月徘徊不去，留恋这人间的美景。红色霞光与银色月光在卢沟桥上交相辉映，桥上仿佛生出万道光芒，刺得人的眼睛涩涩地疼。

这，便是北平盛景之一的卢沟晓月，河的两畔还各有石碑一座：一座碑上记载清康熙二十七年（1688）重修卢沟桥的经过。另一座是乾隆所写，金章宗所题"卢沟晓月"。桥上的石狮子高高在上，只只嘴巴大张，如在怒吼般，让懂它们的人心里生出不屈的勇气和决心，让憎它们的人生生消了三分气焰，让怕它们的人不敢抬头与它们的目光相接。它们的头上、背上、爪下、腹部都藏着一只形态各异的石狮子，好似被大狮子卫护的孩子，从紧张的气氛中透出天真来。

凉风习习，程行云带着叶芙蓉和许复来到这里，叶芙蓉抚上一只石狮，久久地凝视着它圆睁的怒目，程行云和许复怔怔地走到她身边，两人交换一个坚定的眼神，露出意味深长的微笑。

"卢沟石桥天下雄，正当京师往来冲，"许复突然吟道，"这个地方，只怕就快硝烟弥漫了！"

程行云大笑一声："我们早等得不耐烦了，既然喜峰口我们能守住，卢沟桥我们也一样能守住！"

乱世，缱绻的浓情只是镜花水月，怒吼怎能抵挡践踏的铁蹄。

这个夏天，北平没有一刻平静，日军在北平城郊搞军事演习，他们的步、骑、炮、坦克、装甲车等兵种，从通县出发，要经过北平市向演习地点推进，他们穿城而过，耀武扬威，市民愤慨至极。

同时，日本浪人，这些日本的地痞流氓，在北平街头胡作非为，军民义愤填膺，恨不得马上动手，铲除这些妖魔鬼怪。

程行云还想让叶芙蓉跟着许复回上海，叶芙蓉第一次不愿听从他的安排，硬是留在北平陪他。

因为，有种恐惧日日夜夜撕噬着她的心，她害怕，一分手，就真成了永别。

这相处的一分一秒，都弥足珍贵。

1936年11月，日伪军进攻绥远。驻守绥远的是傅作义部，他奋起抵抗，绥远抗战爆发。

街头一个挑着黄底黑边大大的茶字的所在被围得水泄不通，连门口都站满了人，大家都伸长了脖子，听从绥远来的商人述说，他身穿青布棉衣，戴一顶瓜皮帽，满口白沫，正说得手舞足蹈。

"那汉奸总司令王英带着队伍向红格尔图发起进攻，傅作义可不是好惹的，他一次次打败敌人，干掉了一千多人，敌人马上派兵增援，傅作义真是厉害，他决定先发制人，发起了百灵庙战役，那战况真是惨烈，傅作义部队的弟兄都拼了命了，反反复复和敌人搏杀，最后冲到庙里，和敌人展开巷战，终于收复了百灵庙。接着他马上集中主力，追击残余的敌人……"

"好样的！"没等他说完，众人欢呼起来，"和咱们二十九路军真有得拼！"

"我们打起鬼子来绝对不会输他们！"两个额头上有一圈帽子痕迹的青

年涨红了脸,"当年打喜峰口,我们的大刀可把敌人吓傻了!"

"没错!"旁边一个学生模样的斯文青年也站起来,把拳头握紧了砸在桌子上,"这些侵略者,坏事做尽还想升天,就是要砍了他们的头,看他们怎么嚣张!"

"对!把他们赶出中国!"大家愤然叫喊着。

深夜,程行云拖着疲累的脚步回来,叶芙蓉正在缝着什么东西,听到声响,她连忙把东西往身后一塞,跑到他身边来接过他的外衣挂好,程行云一头栽到沙发里,她连忙端了一杯热茶来放进他手心,又端了盆热水,绞了毛巾给他擦脸,为他脱了鞋子,又端了热水来把他的脚放进去泡着,蹲下来细细为他洗脚。

程行云闭着双眼,笑着道:"还是有女人在身边好,一回来就有人伺候着!"

叶芙蓉啐了他一口,轻笑道:"你这些天累坏了吧?演习进行得顺利吗?我今天上街听说傅作义在绥远已经打起来了,而且打了很多胜仗,北平人现在都欢喜得很,都想着快些动手把鬼子赶出去呢。"

程行云恨恨地说:"这些龟孙子,竟然就在我们眼皮底下进行演习,明摆着是挑衅,我们怎么也不能让他们看扁,要不咱们二十九军的脸要往哪搁,会被所有人戳脊梁骨!傅作义真行,他这一打让敌人的如意算盘全盘皆输,还把全国人民的热情调动起来了,有了他在前面做榜样,我们一定不能让鬼子在北平得了便宜!"

这时,他从身边摸到一件东西,拿出来一看,皱眉道:"你没事缝这玩意儿做什么,这么小的衣服谁穿得上呀……"他突然醒悟过来,把她拉到怀里,他迟疑地摸上她的腹部,"你……有了?"

叶芙蓉微笑着点点头,他大叫一声,想把她抛起来,叶芙蓉连忙轻声斥道:"你倒是小心着点儿!"

他一缩脖子,赧然道:"哎呀,我怎么忘记了,快,不准忙来忙去了,现在换我伺候我太太!"说着,他把水去泼了,又倒了半盆热水来,就要

147

去拉她的脚,叶芙蓉连忙把脚缩了回去,扑进他怀里捶打着:"你都累了几天了,快去休息,我马上就来!"

"不,我今天太高兴了,"他恋恋不舍地亲了她一口,把她放下来,蹲下为她脱去布鞋,然后把她的脚按进盆里,等他用毛巾擦干,抬头一看,她脸上已是满面泪痕,他慌了手脚,把她揽入怀中,"怎么啦,我刚才弄疼你了吗?"

叶芙蓉微笑着把头埋进他怀中,娇声道:"你刚才就是弄疼我了,弄得我的心疼死了!"

程行云久久凝视着她的眼睛,一点点为她吻去残留的泪珠,突然轻声道:"孩子……我不想要了,我明天去抓点中药给你下胎,你听我的话,现在不是要孩子的时候……"

"啪"的一声,叶芙蓉狠狠地给了他一巴掌,泪水如断线的珠子滚落:"孩子也是我的,我们这么久才等到他,你没有权利这样做!"

程行云把她的手拉住,轻轻攥在手心,叹道:"芙蓉,你听我说,我也很想要孩子,可是现在真的不是时候,等我们把日本人赶出去,我们一定会有许多许多孩子……"

"不!"叶芙蓉几乎吼叫起来,"我不要听你的,你如果不要这个孩子,那我带着他走,走得远远的,我一个人来养活他,你自己慢慢去打鬼子!"

程行云看着她坚决的眼睛,不知道还要如何劝说,他长叹一声,把她牢牢箍进自己怀里。

"什么?"刘副官几乎吼起来,"你竟然想让嫂子把孩子打掉,你是不是疯了?"

程行云垂头丧气地回答:"我没疯,现在局势这么紧,我们说不定哪天就要打仗了,你嫂子一个人孤零零的没人照顾。要是我不在了,她拖个孩子要怎么生活?"

刘副官拍拍他的肩膀:"兄弟啊兄弟,你要我说你什么好,你这个性格真得改改了!要知道船到桥头自然直,到时候总有办法的,我看你是活该，竟然出了个打胎的馊主意，嫂子没把你打死算是给你面子了！"

他突然哈哈大笑："嫂子这招也真绝，竟跟你冷战，你现在知道被冷落的滋味不好受了吧，还不快去给嫂子道个歉，她这个气一两天就消了，毕竟你是她孩子的爹，她不疼你疼谁呀！"

程行云赧然道："话虽是这么说，可她不理我，我不知道要怎么开口道歉。要不你跟我去说说，今天晚上到我家去吃酒，你去逗你嫂子说话。"

刘副官笑得直不起腰来："那好，我正好蹭一顿，不过孩子生出来要叫我干爹！"

"叫啥都行。"程行云摸摸脑袋，也笑起来，"真没想到我要做爹了，你说得没错，船到桥头自然直，当年我还以为没活路了，结果不还是撑过来了。"他又皱起眉头，"可你嫂子是个弱女子，要是我死了，她带着孩子要怎么生活……"

刘副官迎头给他一拳："你怎么又扯到那上面去了，你死了还有我，我死了还有千千万万的中国人，这么多的孤儿寡妇，难道他们都只有死路一条？兄弟，别再想了，还是想想晚上怎么去哄嫂子吧！"

第五章

英 雄

国必自伐,而后人伐之。

蒋介石一门心思"围剿"红军,在东北、华北对日本人步步退让,与之签定《塘沽协定》《秦土协定》《何梅协定》一系列不平等条约,中国在华北的主权已丧失殆尽。

侵略者怎会这么容易满足,华北日军在不断增兵的同时,又把手伸向了华北各战略要点,1936年7月和9月,日军挑起两次丰台事件,达到了独占丰台的目的。

中国南京政府终于尝到了养虎为患的结果,1937年,北平的北、东、南三面已经被日军控制。北面,是部署于热河和察东的关东军一部;西北面,有关东军控制的伪蒙军8个师约4万人;东面,是伪"冀东防共自治政府"及其所统辖的约17000人的伪保安队;南面,日军已强占丰台,逼迫中国军队撤走。

卢沟桥,成为北平对外的唯一通道。

为了占领这一战略要地,截断北平与南方各地的来往,进而控制冀察当局,使华北完全脱离中国中央政府,日军不断在卢沟桥附近进行挑衅性军事演习。四月底，演习从最初的白天发展到黑夜，直至后来的彻夜不断。演习环境也由一般的室内发展到室外，直至直接以宛平城等为攻击目标进行演练，枪弹也由最初的虚弹发展到实弹。

丰台、宛平一带，一时枪声不绝、杀声不断。平、津其他地带，日军非法演习等军事活动也是日甚一日，平津、华北，像是被置于一只硕大的火药桶上，随时都有天崩地裂般爆炸的可能。

华北上空的乌云密蔽，隆隆的雷声夹杂着战火硝烟而来。

6月，日军在北平近郊的演习越来越多，二十九军官兵恨得牙痒痒的，程行云想出一个主意，无论日军在哪里，官兵就在他们两侧演习，美其名曰"夹肉包式"的演习，打击他们的嚣张气焰。

局势已是一触即发，绥靖公署办公楼开始涂迷彩，建防空洞，北平人民也纷纷屯粮备战，都充满了必胜的信心。

上面有了命令，随军家属要限期迁回原籍。

叶芙蓉已经是大腹便便，走路都有些吃力，本想在北平找个四合院住下待产，程行云极力阻止，便把她托付给许复。许复此时也忙着上海备战，哪里有时间来北平，他把事情跟罗方生一说，罗方生二话不说，坐上飞机就到了北平，在他们住的小楼接走了叶芙蓉。

程行云拜托刘副官来送他们一行，自己在演习阵地负责指挥，没来送别。

甚至，没来得及说一声再见。

这，成了叶芙蓉一生的痛悔。

1937年7月7日，华北平原的夜晚已经许久没有静寂过，从六月底，日军连日开展夜间军事演习，目标便是北平的咽喉之地卢沟桥。远近村庄偶尔传出几声犬吠，掠过重重夜幕遮掩着的墨黑苍穹，把渐渐沉睡的人们拉回这个群魔乱舞的世界。

同一天晚上，上海罗家公馆，叶芙蓉倚在沙发上，腿肿得一步都迈不动了，成城给她捶着肩膀，听她讲在北平的所见所闻。罗方生端着杯茶，斜斜地坐在他们对面看着他们微笑。

腹部传来一阵阵痛，叶芙蓉皱了皱眉，罗方生紧张起来，把茶杯放下，轻声道："你脸色怎么一下子变这么难看？"

又一阵阵痛让她揪紧了裙边，她额头的汗珠一颗颗冒出来，她挤出一丝笑容："小罗，去医院！"

成城被两个大人的紧张弄蒙了，没等他反应过来，罗方生把叶芙蓉抱起来，慌得手足无措："你坚持一下，我马上送你去医院！"

成城飞奔而出，为他们把门开了，又跟着他们到了教会医院，他只感觉自己手心一直在冒汗，不敢从他们身上挪开视线。

当她被推进产房，一大一小两人面面相觑，成城扑到他怀里，轻轻拍着他胸膛："罗叔叔，不怕不怕！你记得吗？上次蓝姨生夜夜的时候也是这样的，叶姨很快就会出来了！"

北平，晚上二十二时四十分，日军声称演习地带传来枪声，并有一士兵"失踪"，立即强行要求进入中国守军驻地宛平城搜查，遭到中国守军严词拒绝。日军一面部署战斗，一面借口"枪声"和士兵"失踪"，假意与中国方面交涉。二十四时左右日军要求立即入城搜查，守军予以拒绝。

上海教会医院里，从产房传来一阵阵撕心裂肺的叫喊，一个多小时后，这种叫喊成了断断续续的呻吟，最后，这种呻吟声已经几不可闻。成城的眼中全是恐惧，几乎把整个身体埋在罗方生怀中，罗方生紧紧搂住他，不住地喃喃道："你叶姨没事的，她没事的……"

护士小姐突然伸出头来，低声说道："罗先生，你太太可能不行了，你是要保大人还是孩子？"

罗方生浑身一震，腾地站起来，吼叫起来："你们怎么做事的？她刚才还好好的，怎么可能不行了……"说着，他抱着成城就冲了进去。

她一脸惨白，正静静地躺在产床上，原来神采飞扬的眼睛已然黯淡。

她茫然地对上他发红的眼睛，嘴张了张，发出一个简单的音，她似乎想告诉他什么，却没办法从身体凝聚一丝力气。最后，她颓然地放弃了这个举动，眼睛一眨不眨地看着他，泪流成河。

医生声音中透着焦急："罗太太，你千万不要休息，再用点力，我已经看到孩子的头了！"他转向罗方生，"罗先生，你和孩子给你太太鼓鼓劲，她现在放弃的话大人孩子都保不住啊！"

罗方生紧紧抓住她的手，想把自己的力量传递给她，他轻轻擦去她的泪珠，附到她耳边大声吼着："芙蓉，你给我醒醒，孩子快出来了，你再用点力！"

成城满脸泪痕，抱着她的手大叫："叶姨，你不要死，叶姨……妈妈……"他突然改口，在她耳边连声呼喊。

"孩子……行云……"她嘴里吐出这样几个字。她的眼中好似寒夜的火苗，在风的吹袭中越烧越旺。她睁大眼睛，仿佛听到从遥远的某个地方传来的呼唤，这呼唤让她渐渐感到温暖，渐渐不再茫然。她死死咬住下唇，凝集了所有力量，拼力把孩子往外挤。一声啼哭划破了空寂的夜晚，她握住两只温暖的手，脑中渐渐不复清明。

北平，7月8日凌晨五时左右，日军在宛平城之东面、东南面及东北面展开包围态势，突然发动炮击，同时向宛平县政府发出通牒，企图通过武力威胁胁迫中国军队放弃宛平，以便唾手而得宛平。

这时，上海教会医院，许复急匆匆地找到病房，他看了一眼沉睡的叶芙蓉和成城，把罗方生拉出去，沉声道："卢沟桥打起来了！"罗方生几乎惊叫出来，没等他说话，许复又道，"程行云在守桥！"

罗方生咒骂着，握紧拳头，砸向雪白的墙壁，在墙上留下一点点血痕。许复抓住他的手："你现在气也没用，上海应该很快会遭到日本人的进攻，我们正在安排工业迁移，拆卸机器从苏州河运到后方去，你调派些人手给我，这些宝贝不能落到他们手里！"

罗方生用力点头："好，我现在就跟你一起去安排！你要我做什么尽管说！"

"瞧我这记性！"许复突然一拍脑袋，轻手轻脚把门推开，进去在摇篮边瞧了瞧，笑嘻嘻地出来了，"原来是个女娃娃，我得赶紧跟程行云报喜去！"罗方生长叹一声："还好母女平安，要不然我真不知道怎么跟他交代，你不知道她们昨晚真是命悬一线，原来女人生孩子这么危险！"

"少不了给你邀功，"许复拍拍他肩膀，"咱们得好好照看芙蓉和成城他们几个，要不然对不住他们的亲人！"

北平，8日下午六时左右，日军开始以猛烈的炮火攻击宛平县城。由于战前日军已多方摸底，对宛平城内中国军、政首脑机关的位置已烂熟于心。炮轰开始后，第一炮便炸毁了专员公署，守军一营长负伤。二十九军司令部下令前线部队奋力反击，宛平驻军坚守阵地，驻守西苑的军队奉命从长辛店以北、八宝山以南向日军反攻，双方激战至深夜，守军夺回了被日军占领的卢沟桥附近的铁路桥及回龙庙等地。

中国军队一直以来的忍辱退让日军以为中国军人怯战，甚至不堪一击，他们的信心极度膨胀，宛平城内，日军炮轰过后，见守军迟迟未予还击，第一线冲击的日军胆子更大了，不少士兵甚至直着身子向前冲。当日军冲至城下300米左右时，宛平城墙上中国守军齐射的密集枪声响了，日军猝不及防，伤亡惨重。日军随后发动了几次强攻，照样被打得落花流水。

宛平城外的卢沟桥铁桥，中日两军为夺取该桥也发生了激战，八日激战一天，日军以数十人的伤亡代价夺占了铁桥南端，桥北端却仍在中国守军手中，两军都无力发动反攻，战况陷于胶着。

"七七事变"拉开了全国抗日战争的序幕，第二天，中国共产党中央委员会通电全国，呼吁："全中国的同胞们，平津危急！华北危急！中华民族危急！只有全民族实行抗战，才是我们的出路！"蒋介石发出命令："宛平城应固守勿退""卢沟桥、长辛店万不可失守"。

北平城内，救助队，慰问队到处奔走，居民们为部队送水送饭，搬运军用物资。绥靖公署里，十多个磨刀工人聚集在一起，为守军把大刀磨得锋利无比，大家干得热火朝天，恨不得把手中的大刀磨得吹发可断，因为，这些大刀是用来对付鬼子的！

上海此时全城哗然，大家已经感到了逼近的战争气氛，工厂早已停工，工人们不分昼夜地把机器拆下来，学生和市民纷纷组织抗战救亡团体，用各种形式号召大家行动起来，支持抗战。

8日夜晚，北平细雨绵绵，激战一日的日军终于松懈，此刻，由长辛店驰援卢沟桥的二十九军的一个营已逐渐接近宛平地区。九日清晨，卢沟桥铁桥北端中国守军和从长辛店到来的增援部队向桥南端日军发起了进攻。士兵们穿着灰色棉衣、打着绑腿、提着步枪，身后背着的系有红色绸带的大刀，以卢沟桥护栏、望柱为掩体，开始发起进攻，两军南北夹击，手榴弹、大刀片威风重现，他们打了一个漂亮仗，全歼守桥日军，日军怕死后不能升天，甚至不顾他们叫嚣的皇军尊严，跪地求饶，请求战士们用枪打死他们。

日军从来未想到会遇到这样坚决的抵抗，开始耍起手段，实行缓兵之计，一边和守军议和，一边调派大量军队，想扩大战争。

可惜的是，中国守军仍然存一丝侥幸，没有抓住有利时机。七月底，日军已在平津地区集结六万人以上，作战部署基本完成，只等着大规模发动战争。

上海罗公馆里一片欢笑，听说叶芙蓉生了孩子，罗家两老带着蓝兰和孩子来到上海。明夜已经两岁多，会很清楚地说话了，他最喜欢跟着成城到处跑，现在罗家两老开始担心嫩娃娃程七七了，因为明夜对她很好奇，经常揪得她哇哇大哭。

七七是个很爱笑的宝宝，大家都很喜欢她，她眼睛很像母亲，黑黑亮亮，有宝石般的质地和光泽，她还有些调皮，手没事就在空中乱舞乱抓。

罗方生和许复忙得昏天暗地，局势越来越紧张，日军又调派了二十万兵力到中国，一场恶战渐渐逼近。

7月28日，日军向北平发动总攻。在一百余门大炮和装甲车配合、数十架飞机掩护下，日军向驻守在北平四郊的南苑、北苑、西苑的中国守军发动全面攻击。

凌晨，当第一抹霞光从云层中透出，程行云走出南苑的营房，刘副官老远迎了上来："七七怎么样了，你有没有交代嫂子让她学叫干爹？"

"她才多大点的娃娃，要学也得先学叫爹或者爸爸！"他脸上笑容非常灿烂，"许复说小家伙像她妈妈，挺漂亮，以后得再生个小子，这回得像我。"

刘副官凑到他面前，啧啧道："瞧你美得，连嘴巴都合不拢了……"一阵尖厉刺耳的警报声打断了他的话，惊醒了这片宁静，转眼间，从东北方向飞来几个黑点，士兵们飞奔出营房，冲入阵地，程行云和刘副官连忙闪到掩体里躲避。

日机并未轰炸扫射，在上空盘旋两圈后，沿旧途飞了回去，原来这是日军的侦察机，程行云暗骂两声，听到副军长佟麟阁下令部队做迎战敌机轰炸的准备。士兵们丝毫不惧，有条不紊地组织疏散。

很快，第一拨次5架日军轰炸机在机枪声中飞临南苑上空。只在营区上空盘旋一周，便从东北角师部开始，沿排列整齐的营房开始了狂轰滥炸。一些人员还没来得及疏散，顿时被炸得人仰马翻，营房火光冲天，到处是硝烟和瓦砾，守军还未见敌人影子，就遭到重创。日机仍未罢休，一个盘旋后，开始轰炸营区外的简易阵地和障碍物，几乎把那片夷为平地，才得意扬扬地拖着灰色尾巴离开。

程行云在掩体中抖了抖土，刚想叫大家准备迎战，一发炮弹在他耳边炸开。刘副官连忙把他扑倒。日军野炮开始了铺天盖地的远程轰炸。中国守军被炸得抬不起头来。炮声刚停，大家还没来得及喘口气，日军一波波潮水般涌来，向他们发起冲击，打了几个漂亮仗后，士兵们士气高昂，他们抖落身上的灰土，钻出坍塌的工事，趴倒在阵地上，瞄准了前方的敌人。

当敌人进入200米火力范围内，守军阵地上响起密集的枪声，呐喊着的日军声音戛然而止，一排排地扭曲着倒下，后面的日军立刻趴到地上，日军一拨拨往上冲，又一群群地往回溃退。前面的开阔地带成了他们的坟场。守军将领们许多都到了第一线，这里已经没有官与兵之分，大家都杀红了眼睛，要对付这蚂蚁般的敌人。

两三个小时过后，敌人援军大批开到，守军的防线有几处被突破，佟麟阁下令防御部队沿撤入营区内，重新组织防御。这时，军部命令，南苑所有部队立即撤进城去。佟麟阁随即整肃部队，立刻向北退去。沿途日军飞机追逐着公路上溃退的二十九军官兵，疯狂地轰炸扫射。公路两侧的青纱帐成了中国军队的天然保护伞，守军虽有伤亡，但损失不大。

守军退到大红门，佟麟阁率领集结好的三四千人的队伍，开始向城区内作有秩序的撤退。程行云带着一个队伍走在最前面，未走多远，前方突然传出了密集的枪声，随后，几架日机又出现在撤退队伍的头顶上，猛烈地轰炸扫射，转眼间这扫射声顺着守军的队伍向后面蔓延，中国军队血肉横飞，死伤无数，惨叫声怒吼声此起彼伏，枪弹从他们两侧和头顶飞来，织成一个密密的网，把所有人笼罩其中。军队如在生命的最后一刻发出最后的悲鸣。

青烟弥漫中，程行云的先头部队首当其冲，战士们一个个倒在血泊中，程行云心如刀绞，大喝道："快趴下！隐蔽！"震耳欲聋的枪炮声和天空中日机的声浪淹没了他的喊叫。刘副官把程行云一把拉住，用身体掩护着他，喝道："快隐蔽！"这时，远处的一个小土丘后冒出一个黑洞洞的枪口，随着一阵机关枪扫射声，刘副官身体一抖，软倒在程行云身上，程行云目眦欲裂，刚想把他托住，从腿那传来一阵疼痛，他低头一看，自己的大腿不知什么时候被射穿了，正汩汩流着鲜血。他挣扎着站住，几名士兵围过来，他挥着枪大吼："你们快冲，别管我！"士兵们把枪紧紧握住，朝前方猛冲，想从这包围圈中杀出一个缺口。他们很快被敌人猛烈的炮火堵回来，随之而来的，是敌人小规模的冲击，程行云已经忘了疼痛，他一脸鲜血，连眼睛都红得似熊熊烈火，沉着地指挥士兵们杀退敌人的进攻。

这时，传令兵跌跌撞撞跑来，佟麟阁下令部队绕开公路，利用路两旁的庄稼做掩护，分散突围向城里撤退。这时，一批敌机飞临公路上空，扔下一簇簇密集的炸弹，整个公路被冲天的烟尘吞没，程行云倒下了，在最后那抹光明里，他似乎透过一片七彩的幡，看到一个纤细美丽的女子，她的神情迷惘而哀伤……

深夜，罗方生回到罗家公馆，罗怀苏坐在沙发上正端着茶杯发呆，罗方生走到他面前，两人久久地对视着，眼睛不知不觉都湿了。这时，叶芙蓉抱着正哑着嗓子哭闹的七七出来，愁眉苦脸道："今天不知道怎么回事，七七从早上闹到现在，怎么哄都不管用！"她见罗方生一脸凄然，心头咯噔一声，强笑道："小罗，你今天这是怎么啦，二十九军打了败仗吗？"

罗方生点点头："芙蓉，二十九军败退了，北平沦陷……"他已泣不成声。

从屋里出来的蓝兰扶住叶芙蓉的身子，把她手中的孩子接了过去，罗怀苏伸手把七七接了过来，哽咽道："七七，你爸爸是个顶天立地的英雄，他们的部队虽误入日军伏击圈，但没人屈服，没人投降，三千多人全部战死……"

成城扑到叶芙蓉的身边，紧紧抱住她大声哭喊。叶芙蓉好似突然失去了意识，她茫然地听着周围的呼喊，所有人的脸全部成了一片白色，突然，又变成鲜血般的红，她默默转身，今天的灯光太亮，刺得人的眼睛涩涩地疼。她向前迈了一步，发觉自己被一个小小的孩子拖住了，孩子还在叫她妈妈。奇怪，怎么会有人叫她妈妈，她不是仍在她丈夫的官邸里，等他回来吃饺子么？他缠起人来没完没了，她得趁他没回来之前包好，她微笑起来，她其实从没告诉他，她多喜欢他这样缠她闹她，她多喜欢他从她身后环住她的感觉，仿佛……可以天长地久。

怎么又有人来拖她，那人有一双有力的臂膀，他口里还说着奇怪的话，什么你不要这样，我会永远照顾你，什么人死不能复生，什么他是万人敬仰的英雄……

她要什么万人敬仰的英雄做什么，她只要一个疼她爱她的丈夫，如此而已。

她怎么会到了这种莫名其妙的地方，她原本只是甘蓝河边的一个幸福的小女人，有一个爱吃她包的饺子的丈夫，也许，还会有许多许多孩子……

北平城里，溃退的中国官兵全是灰头土脸，有的满身鲜血，有的被炸弹炸飞了手脚。北平人民一见到他们，立刻停下脚步，朝他们脱帽致意，并鼓掌欢迎，官兵们没有人敢抬起头来，他们对路旁犒军的食物视而不见，每个人都匆匆而过，眼中满是泪水。

北平人民对他们寄予了厚望，他们战败沙场，无颜见北平父老，无颜接受他们这深厚的爱与期待。日军占领北平后，来不及撤退的二十九路军再一次感受到北平人民的深情，他们把所有官兵都掩护起来，几千人没有一个人被告发。

这时，北平有两个甘蓝女人，她们一个叫金红妹，一个夫家姓杨，别人称为杨三嫂，杨三嫂跟随丈夫来北平卖大饼，结果杨三嫂的丈夫早先得了急病，一命呜呼，剩下杨三嫂独自支撑，她便把金红妹带了出来做伴。

她们早就听说程行云是甘蓝人，平时极是为他自豪。北平人听说守喜峰口的程行云是她老乡，对她的生意非常照顾，整条街几个卖大饼的就她的每天卖得一个不剩。杨三嫂和金红妹平日里最喜欢打听他们在前线抗战的事，一听人说起这些战士英勇杀敌的惨烈，她俩经常哭成泪人儿。

当程行云等守军遇伏，全部殉难的消息传来，两人哭了整整一天。等两人情绪稳定下来，杨三嫂一拍大腿："妹子，咱们沾了程司令天大的光，也得为他做点什么事。男人们杀敌报国，连尸首都没个像样的坑埋，咱们收摊回甘蓝，把程司令的尸首带回去，让他最后听听咱的甘蓝送别调！"

金红妹连声称好，两人连忙告诉街坊四邻，大家拍手称赞，纷纷帮忙，有的把自己百年后的棺材拿了出来，有的准备寿衣，有的找出程行云的照片，有的负责去抬尸首回来，有的去找马车。

事不宜迟，紧锣密鼓地准备了一天后，杨三嫂端了程行云的大幅遗像，雇了马车送程行云回去，走到城门口，一队日伪军正在盘查过往行人，几个军官模样的正在叽里呱啦。杨三嫂急了，对赶马车的老陈道："你有家有室，不要冒这个险，你的马车要多少钱，咱们跟你买了。"

老陈正色道："不行，他们的命就不值钱，咱们的命就金贵了？这趟活是我主动揽的，我出来就没打算活着回去！"

杨三嫂瞥了眼金红妹："妹子，你怕不怕？"

金红妹挺了挺胸膛，大声道："姐，我不怕！"

杨三嫂笑了笑，把程行云穿着军装的遗像高高捧在手里，坚定地走向城门口。

"什么的干活？"日伪军明晃晃的刺刀挡住了他们的去路，杨三嫂把遗像举起来，铿锵有力地回答："我们要送这位长官回家乡！"

可能是被她一脸正气震慑住了，日伪军居然让开了。

一步又一步，杨三嫂每一步都走得无比沉重，她开始只想让作为甘蓝人的程行云听最后一次甘蓝送别调，那是每个甘蓝人都应该得到的最后安慰，连她那个缠绵病榻多年的男人都得到了，更何况这个顶天立地的英雄。可是，到现在她才明白，事情并不是那么简单，她端的是所有人对英雄的敬仰，是对勇士们的重托。勇士们，你们放心去，你们的仇恨我们会一笔笔跟敌人讨回来，人民会记得你们，你们长眠的土地会记得你们！

走出城门，杨三嫂全身都湿透了，她爬上马车，端端正正地把遗像摆在胸前，对老陈大声道："咱们换着赶车，就是不吃不喝不睡也要把程司令早些送回去！"

老陈一扬鞭子："好嘞！"然后悄悄转身，抹去眼角的泪水。

北平到甘蓝说远不远，说近也不近，杨三嫂说到做到，没日没夜地赶路。

五天后，他们一行终于到了甘蓝。这时正是早晨，赶了几天的路，三人都尘土满面，憔悴不堪。快到甘蓝桥时，杨三嫂定睛一看，惊得说不出话来，只见甘蓝桥头密密麻麻站满了人。大家远远朝路的尽头眺望，看到马车卷着尘土而来，惊天动地的鞭炮声响起，人们自动分开，沿着甘蓝桥一直排到城里，孩子们早早地跪倒，马车一经过就规规矩矩地磕头，男人少了，女人们全然不惧鞭炮的威力，一个个蹙着眉头，满眼泪光，把鞭炮点好放在马车经过的路上。

金家大院里，金继祖正在冲长工丫头们发脾气："你们哪个敢出去，以后就别想进我金家的门！"

大家眼巴巴地看着管家六福，六福满头汗水，急得不知道怎么办才好，讪笑道："老爷，我们好歹跟程司令也有交情，你看人家千里迢迢回来了，我们作为乡亲也该尽尽心……"

金继祖怒视着他："以前你做的事我还没找你算账，你现在还敢说什么交情，你把所有人都给我带回去，把门落闩，谁也不准出去！"

这时，三太太从后面一步步走出来，她一脸素净，穿着黑衣，头上还戴着白花。众人的目光齐齐投到她身上。金继祖吼道："你这是做什么？来人，把她给我拉回去锁在院子！"

三太太大笑起来，笑得泪珠纷落："金继祖，你除了关女人当汉奸，难道只会把女人一个个送上鬼子的床？"她站直了身子，指着他的鼻子，"你这个没骨头的狗，真的把咱们甘蓝人的面子丢尽了，还好，我们甘蓝出了一个程行云！"

她优雅地走出门去，回头轻笑道："金继祖，我看不起你！"

金继祖怒火中烧，大吼道："都愣着做什么，给我把人拉回来！"

这时，二太太也是一身黑衣出来了，头上也戴了朵白花，她缩手缩脚地走到院中，不敢抬头看他的眼睛，迅速地绕过他离开了。

金继祖已经吼不出来了，他好似一瞬间变得老态龙钟。他抬起头，看着院落中的小块天空，久久地沉默，等他想找人做事的时候，才发现整个院内空空荡荡，所有的人竟悄无声息地消失了。

他长叹一声，回头坐到客厅那把花梨木椅子上。现在花梨木越来越少，大家于是都用红木做家具，总有一天红木也会成为珍品。像这套家具还是从他爷爷那辈传来的，椅子靠背是用珐琅面所做，摸上去凉沁沁的，椅子脚上雕满了吉祥如意花纹，爷爷一辈子最大的愿望就是多子多福，可惜只有父亲一个儿子，到了父亲这一辈，竟也只有他一个儿子，到了他这辈，金家连一个儿子都没有了。

金家绝后了，他真不知道要如何到地下跟祖宗交代。可能，真的是他这辈子坏事做得太多了，天要惩罚他。

算计了一辈子，真累！他把头搁到椅背上，珐琅靠背的凉意从背上一点点透进身体，他眯起眼睛看着空空的院落，原来没人的时候金家这么安静，原来安静的感觉这么享受，他微笑着合上眼睛，于是，再也没有睁开。

这时，从甘蓝城传来惊天动地的送别调，一个老者把唢呐朝天举起，用一个凄厉的高音向苍穹发出怒吼，不等锣鼓响起，所有人用同一种声音吼出：

　　司令哎，你大声吼，满地的妖魔会颤抖

　　司令哎，你大声吼，甘蓝的男人都跟你走

　　司令哎，你大声吼，青山白水他不敢愁

　　司令哎，你慢些走，黄泉路上伴儿够

　　司令哎，你慢些走，兄弟不会把眉皱

　　司令哎，你慢些走，咱们的血不白流

第六章

屠 杀

大刀向鬼子们的头上砍去
二十九军的弟兄们
抗战的一天来到了
抗战的一天来到了
前面有东北的义勇军
后面有全国的老百姓
咱们中国军队勇敢前进
看准那敌人，把他消灭！把他消灭！
冲啊！大刀向鬼子们的头上砍去！杀！

1937年8月8日，上海文庙，一个叫麦新的青年正指挥几十个青年学生唱《大刀进行曲》，这首歌是他听到二十九军大刀队的英勇事迹后谱写的，开始在上海的里弄传唱，在几天之内迅速传遍整个上海，今天是国民救亡歌咏协会在这里成立"音乐会"的日子，他们首先唱的就是这首歌。

音乐一起，麦新的眼睛就被什么迷住了，他奋力把眼睛睁大，把手中的指挥棒抓紧了，歌手们盯紧了他的手，开始用满腔热情低沉地歌唱。

听到歌声，群众纷纷赶来，文庙到处人头攒动，大家不约而同跟着唱起来，歌声凝聚了摧枯拉朽的力量，把越来越多的人吸引过来，听到这激昂的歌声，麦新手上一用力，竟把指挥棒挥断了，他面前的歌手和群众没有受到影响，因为麦新握紧了拳头，更加有力地挥舞起来。原来低沉的声音因为倾注了太多愤怒，变得更加勇猛，更加刚劲有力，所有的人都唱得热血沸腾，大家一唱再唱，把那个"杀"字喊得斩钉截铁，直指苍穹。

"大刀向鬼子们的头上砍去……"成城俯在叶芙蓉枕边，轻声道，"妈妈，我们今天去文庙了，好多好多人在唱歌，大家都在喊着杀，要杀鬼子，把他们赶出中国……"他絮絮说着，抱着她的手呜呜哭起来，"妈妈，你醒醒。七七每天哭，她一哭，明夜也跟着哭，然后大家都一起哭。可是罗叔叔不准我哭，他说男子汉只流血不流泪，我是男子汉，每天哭哭啼啼像个女人。妈妈，你醒醒，我是男子汉，我以后会保护你们……"

不知什么时候，罗方生站到了床边，他脸色苍白，眼下一圈浓浓的黑影。他呆呆地看着床上这了无生气的面容，过去的情景一幕幕在他脑海中回放。她的笑容，原本是世上最让人迷醉的花朵，曾经引得他一步步陷入，一点点沉沦，每到午夜梦回时总会痛彻心扉想起。

可是，这花朵凋谢了，她这样躺着已经好几天，她似乎已把自己隔绝在人群之外，她眼睛睁着，却不理会别人的呼喊和哭泣。

他心中燃起熊熊烈火。日军已经在向上海调派军队，进攻上海只是这几天的事情。所有人都在奔忙，他手下所有的弟兄都派了出去，到各个工厂帮忙拆机器。阿虎告诉他，现在根本不用催促着工人做事或者分派任务，所有的工人吃在工厂睡在工厂，把机器一点点拆下来打包装好，再用独轮车一车车推到码头，没有人聊天，没有人嬉笑，大家都用坚定的眼神来交流。

他记得，说这些话的时候，连阿虎这个在刀口舔血的汉子都有些唏嘘。

成城抬起头，赧然地把泪水擦干，默默地走到他身边，罗方生摸摸他的头，两人齐齐看着床上的人，成城噘起嘴巴："罗叔叔，妈妈老是这样该怎么办啊！"

罗方生暗骂一声，走上前盯住她无神的眼睛，她眼睛眨了一下，没有流露出任何情绪。他把她一把揪起来，大吼道："你给我醒来！这么多人战死，如果他们的女人都像你这样，咱们以后还怎么跟鬼子斗？"

他没有从她那里得到任何回应，咬了咬牙，在成城的惊呼声中，狠狠甩了她一巴掌。几秒之后，她才伸手捂住脸，目光仍不知落到什么地方。他把她从床上一把揪起，她的脚刚落地，他又是一巴掌甩过去，愤然吼道："你这个蠢女人！牺牲了这么多男人，他们的女人难道都要跟着去死？他们的孩子难道都没法活？你去看看七七，要是她有个三长两短，你还有没有脸去见程行云！"

她被打得摔倒在地，成城刚想去扶，被罗方生一眼瞪了回去。她挣扎着站起来，看着面前凶神恶煞的男人，有什么滚烫的东西从心底某个地方涌出，继而遍布全身。她突然捂住脸，泪水从指缝中汨汨而出，声音嘶哑着说道："行云……他竟真的撇下我们母女，他竟连七七的面都没见着……"她轻轻的哭泣慢慢成了呜呜的低号，最后成了波涛汹涌的海。

罗方生心里的抽疼一阵紧过一阵，一手把成城抱起来，一手把她揽进怀中，成城撇着嘴，紧紧抱着她，不住地说："妈妈，我是男子汉，我要杀鬼子报仇！"

蓝兰端着一个碗走过来，她从门缝中看到三个相拥的身影，手一抖，几乎把碗摔下地去，她急急地往后退了一步，又退了一步，静静地站到一旁，把自己站成一个流泪的暗影。

"七七，她在哪里？"叶芙蓉突然从他们怀里挣了出来。成城跳下地，飞快地跑了出去，一会儿，他笑嘻嘻地抱着孩子进来了："妈妈，七七老是吮我的手指。"叶芙蓉连忙接过来，七七高兴得手舞足蹈，她看着那亮晶晶的眼睛，羞愧不已，自己差点就把程行云唯一的血脉害了。她刚想解开衣服喂奶，猛然想起那男人正瞧着，她脸上一热，转过身去把乳头塞进

165

孩子的嘴里。吸了半天，竟一滴奶都没有，大人小孩都急得满头是汗，成城哧哧笑道："妈妈，罗叔叔请了奶妈，七七饱着呢！"

不知什么时候，罗方生来到她身后，他轻轻摸着七七的头，孩子虽小，却有着满头柔软的黑发，他轻声道："你本来的奶就不够，这次更退得厉害，以后孩子有奶妈喂，你先把身体养好吧！"

她不发一言，憋得脸都红了。罗方生叹了口气，想从她怀里接过孩子，她死死咬住下唇，就是不肯放手。两人拽着孩子的手僵持住了。罗方生柔声道："芙蓉，你松手，我叫奶妈去喂！"她红了眼睛，把衣服一掩，慢慢松手让他抱走，成城抱着孩子飞快地跑了，罗方生松了口气，"刚才没打疼你吧，真是对不起！"

叶芙蓉有些赧然："你别这样说，是我给你添麻烦了，我太不懂事……"

"不！"罗方生急忙打断她，"你对我从来就不是麻烦！"

叶芙蓉定定地看着他的眼睛，从他眼中读出了脉脉深情，她脑海中立刻浮现出一双温柔的眼睛，心头一恸，低头道："谢谢你，可是，我这辈子只有我丈夫一个，我想……我不方便再打搅你们，过两天我就带孩子回甘蓝。"

罗方生浑身一震："不行，我既然跟程行云拍了胸脯，就绝不会让你这样离开，更何况你现在又多了个孩子，只怕你没到甘蓝孩子在半路就饿死了！"他苦笑道，"你如果不想见我我以后不回来就是。对了，要不你们回南京吧，上海眼看就要打起来了，你们在那边会安全些！"

这时，蓝兰微笑着进来："妹妹，公公也说要带大家回南京，咱们家孩子这么多，千万不能有什么闪失。明天咱们就要动身了，你快准备一下吧！"她拉着她的手，"走，咱们去吃点东西，你得先把身体养好。"

从客厅传来七七的哭声，叶芙蓉慌忙冲了出去，蓝兰连忙跟住她，在罗方生面前顿了顿，轻声道："我知道你在想什么，你不用管我，她是个好女人，也是个可怜的女人。"说完，她怕自己忍不住会落泪，看都没看他一眼便匆匆离开。

看着她孤单的背影，罗方生心头如翻江倒海，他环视了房间一眼，黯然走到门外。

屠杀！屠杀！

淞沪会战后，日军兵分三路气势汹汹地向南京杀来。中国军队的血肉之躯没有挡住一路进犯的敌人，中国守军一路败退，几乎溃不成军，镇江、宜兴、溧阳、芜湖、无锡、苏州、常州相继失守，南京外围阵地全部丢失，日军已把南京城团团围住。

12月13日，南京沦陷。

当听到南京卫戍司令唐生智逃走的消息，罗怀苏拍案而起："他当初说的与南京共存亡的誓言成了屁话，老蒋跑了，所有的高级将领都跑了，这个仗还没打我们就输了！"

蓝兰抱着被炮声吓得直哭的明夜，满脸愁容："公公，要不我们也去避一避，你看许多人都跑了！"

罗怀苏瞪了她一眼："要走你们走，我可不想死在他乡，他们跑是他们的事，我们是老百姓，难道日本人连老百姓都不放过吗？我们把东西准备齐了，等日本人攻进城来我们不出门就是。我们老的老小的小，日本人总不可能打我们的主意！"

一批飞机扔下的炸弹好似在他们身边炸响，七七哭闹起来，叶芙蓉好不容易把她哄安静，两个下人跌跌撞撞跑进来："老爷，军队……全部撤退了！"

十万大军，一纸撤退命令，成了一盘散沙。滔滔长江上，成千上万的军民涌向下关码头，渡船极少，只要一艘靠岸，立刻就有无数人争先恐后而上，撤退的士兵纷纷拔出枪来示警，可是，人们的求生本能让他们罔顾一切，只要一个心思，就是跳上船，赶快逃走。

江边哭声喊声震天，加上炮火隆隆，整个南京，好似在痛苦呻吟。

让人恐惧的消息源源不断地从外面传来，日军从中华门及中山门进了城，在城门投降的守城军队被日军机枪扫射和烈火烧死。

满街都是穿黄军服黑皮鞋的日本兵，在这群野兽眼中，中国人跟猫狗已经没有什么两样。他们在街上追杀败兵，追杀中国人。

罗怀苏想错了，这些日本鬼子根本不是人，他们竟以杀人取乐，有的往中国人身上先淋汽油，后用枪扫射，枪弹一着人身，火光随之燃起，被弹击火烧的人，挣扎翻腾，痛苦之极，日寇则鼓掌狂笑。

去探听消息的下人一个个一去不复返，罗家上上下下一片慌乱，罗怀苏的头发一天比一天白，最后终于变成满头白发，他把自己关在书房里，谁也不理，连他最爱的孙子明夜去找他也没办法让他说一句话。

等他终于从书房出来，他跪倒在一家大小面前，对着小辈们重重磕头，老泪纵横："我对不起你们！"

叶芙蓉每天都胆战心惊，她没办法入睡，因为梦里全是恐怖的画面。可能是长大一些的缘故，七七安静了许多，喜欢在她怀里抓她的头发玩，还不时会露出一个甜甜的笑脸。

这时，也只有不懂事的孩子能笑出来。

灾难很快来临。罗家是大宅，贪婪的日本兵一来就打起主意，日军占领南京的第二天，一队日本兵就冲进了罗家，叶芙蓉和成城正在后花园玩，听到前面传来的惨叫，叶芙蓉心里暗道不好，连忙把成城一拉，躲进假山的山洞里。七七受到惊吓，把嘴巴一撇就准备哭，叶芙蓉连忙把发丝拂到她脸上，她一把抓住，没哭出声来。

罗府的假山是请能工巧匠所做，仅能容一身形瘦小的人低头通过，山洞很小，十分阴暗潮湿，能容两三人席地而坐，以前是成城玩捉迷藏的地方。

叶芙蓉一手抱着七七，一手把成城颤抖的身体紧紧抱住，轻声道："不要怕，不要出声，不管出什么事都不能出去！"

成城呆了呆，把头埋进她的胸膛，闷声道："妈妈，我不怕！"

这时，从前面传来一阵阵惨叫，接着是蓝兰凄厉的叫喊，金陵和一些女仆的哭喊，接着是男人的狂笑，一声声如钢针刺入他们的耳中。惨叫声突然停了，皮鞋在地上敲出的咚咚声响遍了整个罗家，接着，许多咚咚声朝后花园逼来，七七惊恐万状，竟"哇"的一声哭出来。叶芙蓉惊得魂飞魄散，想都没想，把手指塞进她嘴里，七七停下来吮了吮，没吸出什么东西，眼睛眨巴眨巴又要哭。叶芙蓉没有奶水，哪里有东西喂她，顿时急出一身冷汗，她把手指咬出一个大口，塞进七七的嘴里。

七七吃到热热的东西，可能觉得味道挺不错，竟使劲吸了起来，她很快吃饱了，眼睛眯着眯着就在她怀中睡得香香甜甜，连外面的叽里呱啦的吼叫声都听不见了。

叶芙蓉悬着的一颗心总算放下一半，她凝神细细听着外面的动静，咚咚的皮鞋声如魔怪的手，抓得她的心阵阵抽疼。成城脸白如纸，只牢牢地抓着她旗袍的襟，几个小小的手指几乎要把她的衣服抓破了。

她闻到一股烟味，成城惊慌地看着她，她朝他摇摇头，把脸贴上他的脸。烟越来越浓，透过假山的缝隙，她甚至可以看到外面全是烟雾缭绕。在男人狰狞的笑声中，咚咚声渐渐远去，直到再听不到任何响动，她把七七往成城怀里一塞，沉声道："我去外面探探，你留在这里哪都不能去！"

她从假山钻出来，才发现罗家已成了一片火海，她被浓烟呛得直咳，连忙朝前院跑去，穿过一片喷着火苗的房檐，客厅里的景象让她几乎尖叫起来，只见所有的女人，甚至连白发苍苍的金陵都没幸免，衣服都被撕得全不蔽体，蓝兰全身赤裸着躺在桌子上，浑身是血。她扑到蓝兰的身边，大声哭叫着她的名字，蓝兰睁开眼睛，从眼角流出一滴泪，嘴巴张了张："一群……畜生……"，她没有再说下去，眼睛直直看着上空，眼珠已经没有神采。

金陵被人剖开腹部，吴妈是被人从心脏捅入，奶妈的乳房被割掉……浓烟滚滚中，叶芙蓉已经摇摇欲坠，她想起罗怀苏和明夜，惊恐万分，连忙跑向书房。

路上，一个圆滚滚的东西绊得她几乎跌倒，她扶着一条方几站起来，才发现面前那圆的东西有一头白发，有一双怒目圆睁的眼睛……她扶着方几软了下去。

书房里被翻得一团乱，书被扔得满地都是，在白色黄色的书里，有一个没有头的身体，他的怀里紧紧抱着明夜，明夜胸前两个血洞，那无头的身体后面也有两个血洞……

火龙卷着尾巴扑来，一团热气把她逼得连连后退，她摔倒在客厅里，身边躺着没有瞑目的金陵，她的几缕白发散到脸颊，微微颤抖着，好似在哀哀哭泣。

一个奇怪的声音响在她耳边，她一抬头，成城瞪大了眼睛，身体不住地颤抖，口中发出受伤的幼兽般的低号。他往后退了一步，又退了一步，再退了一步，眼看就要站到烧得火星簌簌扑落的房檐下。

叶芙蓉红了眼睛，大喝一声："成城，过来！"她遥遥朝他伸出双手，"孩子，过来，不要怕，他们都是你的亲人！"

成城号啕大哭，飞扑到她怀里，火光中映在她的眼中，仿佛有种奇特的光芒，剧痛难当，但她并没有被打垮，她缓缓站起："孩子，你不要哭，你要看仔细，把这些仇恨刻到血肉里，千万不能忘记！"

成城的哭声停了，他极力憋着，憋得身体不住颤抖，他用力点头："妈妈，我永远不会忘记！"

"禽兽！"从上海罗家公馆传出一声凄厉的嘶吼，许复和阿虎几个拦住要往外冲的罗方生，他拼命挣扎着，全身的血液好似要从眼中喷出来，大吼道，"别拉着我，我要去找他们！"

许复一拳砸到他脸上，喝道："你们别拉着他，让他自己去送死，反正死了这么多人，日本人也不在乎多浪费一颗子弹！"

罗方生慢慢蹲到了地上，捂着脸哀号起来，众人满脸凄然，不忍再看，纷纷把脸侧转。许复走到他身边蹲下，拍着他的肩膀，话语却被堵在喉咙里。

阿虎擦了擦眼睛，大声道："许大哥，弟兄们可不想被人当牲畜一样屠宰，我们要跟他们好好拼一场！杀一个不赔，杀两个咱还赚一个！你发句话，咱们要怎么跟他们斗！"

许复朝他点点头："没错，我留下来就是要跟他们周旋，我奉命暗中保护法院和银行等中央职员，日本人和汉奸不会放过他们！"

罗方生霍地站起来："许大哥，你说咱们要怎么进行吧……"他的话音未落，门口传来一声轰然巨响，整栋房子好似摇摇欲坠，灰土从上面簌簌而落，罗方生咬牙切齿拔出枪："没胆的畜生，就会搞这种见不得人的名堂！"

许复一把拉住他，低声道："咱们快走，小罗，看来那些汉奸已经盯上你了，你暂时不要住这里，先搬到租界去！"

"咱们来个以其人之道还治其人之身！"罗方生冷笑道："恐吓暗杀可是我们的老本行，竟敢来到我碗里抢饭吃！"

"我不躲！我倒要看看谁的枪法好！"罗方生眼中燃起熊熊烈火。

罗方生说到做到，他没有搬出去，只是把仆人都遣送走了，只留下一对老夫妇常叔和常妈，儿子死在战场上，没地方去。

日军进入上海后，接管了设在公共租界里的国民党的新闻检查所，宣布所有的中国报纸都得接受检查。为了避免检查，许多中国报纸雇用了英、美公民为发行者，作为外国刊物向租界当局注册登记。例如，《申报》便成了美国的注册企业，表面上由美国律师奥尔曼发行，由此，"洋旗报"及其增刊便成了"孤岛"时期知识分子进行反抗的最重要的论坛。日本占领军无法通过新闻检查而操纵这些"洋旗报"，他们只得诉之于恐怖活动。

这些报纸的编辑和职工先后收到了恐吓信，有的邮件里面还装有断手，见大家仍不愿意停刊，恐怖活动进一步升级，这些报社开始遭到炮弹和冷枪的袭击，甚至有枪手冲到报社里疯狂扫射。

暗杀活动更是猖獗，报社的编辑们出门都提心吊胆，有的把遗书早早写好，只怕晚上不能回去。

即使如此，反抗永远不会停止，有的报纸宣称："我们是中国人，办的是中国报，一不投降、二不受辱……我们自然不受异族干涉，我们是中华子孙，服膺祖宗明训，我们的报和我们的人，义不受辱。"

罗方生坐着一辆人力车慢慢走在街上，拉车的是阿虎，他一身灰色棉衣，戴着一顶黑色大檐帽，把前面压得低低的。当两人接近日文《上海日报》报馆时，前面一声枪响，门口的两个日本兵连忙跑去察看。等他们一离开，罗方生迅速掏出一颗手榴弹，扔进报馆里，阿虎马上掉头，拉着他朝后面飞跑。

"轰"的一声，从报馆里传出一声巨响，两人闪到巷子里，一人正坐在车里等着，他接过他手里的西装，和阿虎两人换上，那人下来把车拉走，罗方生拍拍阿虎的肩膀："兄弟，好样的！"

阿虎呵呵直笑："罗爷，咱们今天这活儿做得不错，晚上咱再去杀他两个吧！"

"今天不行！"罗方生眉间成了个川字，"许复还要我们保护《申报》的朱先生，这些天风声紧，咱们得先歇歇手。如果他们被杀害了，上海百姓到哪里知道事情的真相，知道勇士们抗战的消息！"

1938年2月5日深夜，许复急急赶来，通知罗方生一个消息，"新任日本南京守备司令官天谷直次郎到任，上海红十字分会已派人跟他联系，想尽快组织人手赶到南京参加救援活动，我已经跟上海红十字分会的梅杰医生联系，希望他能带你进去，我跟他说你可以为他开车！"

罗方生紧紧抓住他的手："什么时候走？"

"明天一早！"许复深吸一口气，"小罗，你记住，遇到任何事情都不能激动！"

当车沿着公路慢慢向南京城进发，梅杰医生和同行的林娜医生还有马来西亚华人张医生一路悲叹，沿途的池塘、湖泊里还有许多血肉模糊的尸体浮在水面，因为天寒地冻，尸体没有腐化，向人们控诉一桩桩暴行。

进到南京城里，行人除了敌兵外，绝对看不到其他的人，许多穿着灰色棉衣的工人把尸体集中起来去掩埋，他们沉默如山，眼中全是和着血的泪。

这时，车子突然开不动了，罗方生下车一看，眼睛红得要喷出火来。梅杰医生三人也下来了，梅杰医生和林娜医生在胸前不停地画着十字，张医生把头一低，默默走到罗方生身边，与他一起把堆在路上的几具尸体抬走。所有尸体的脸都惊恐万状，眼球几乎凸出眼眶，有的是被剖腹，有的是被挖心，有的连肠子都掉在外面，拖得满地都是……

突然，林娜指着什么东西尖叫一声，大家顺着她的手指看去，只见有个全身赤裸的女人被吊在路边的树上。

林娜一个踉跄，几乎跌倒在地，口中不住地说："野兽，野兽……"

沿着太平路、夫子庙转中山路，沿途的房屋几乎全部被毁，不少地方还飘着袅袅余烟，到处都是荒凉，整个南京城成了人间地狱，让恶魔猖狂。

当看到鲜艳的红十字旗帜时，梅杰竟有些踌躇，他转头看了看林娜和张医生，两人坚决地迎住他的目光，梅杰回过头来，又在胸前画了个十字。

到了南京安全区国际委员会总部，梅杰连忙带两人下去报到，当罗方生帮他们把东西提下来，梅杰突然问道："小罗，听你朋友说你家也在南京，你是来这里寻找他们的？"

罗方生鼻子一酸，低头道："应该没剩下人了，我刚才经过的时候看了，我家那片已经全部成了废墟。"

梅杰叹了口气："小罗，我先跟你去看看吧！"

眼看着罗家越来越近，罗方生的视线模糊了，身体几乎趴到方向盘上，盯着渐渐刺入眼中的浓烟，渐渐扎到心底的黑黢黢的房梁棱柱，那一堆堆破碎的青瓦，那一树树枯黑的枝条。刚把车停到门口，他猛地冲下来，重重地朝这片废墟跪了下去。梅杰医生沉默地跟在他身后，看着面前这个悲伤的男子一步步朝前跪行，在黑灰的地上留下两条长长的血痕。当他终于这样走到家中，他突然凄厉地号叫起来。梅杰顿感不妙，连忙跑到他身边，立刻被眼前的一幕惊呆了，只见废墟中静静躺着许多具焦黑的尸体，全部都已认不出本来面目，如果不细心分辨，别人还会以为这是一些断树枯木，其中一具的头竟是后来拼上去的，梅杰沉默地在胸前画着十字，朝他们深深低下头。

"爸爸、妈妈、蓝兰、明夜……"罗方生一个个叫着，一声声好似利刃切在自己心里，他努力把所有人辨认出来，当他跪行到最后一具尸体时，他迟疑了几秒，然后飞快地爬起来，对梅杰道："还有几个人不在！"他飞快地朝后院跑去，越过几块仍冒着浓烟的房梁，越过堆满花盆碎片和泥土的小径，他好似一棵被黑夜摧毁的枯树，从绝望中又抽了一丝绿色的嫩芽。

后院也是一片死寂，他到处奔走，连一个微小的角落都不肯放过，梅杰紧紧跟着他，也同他一起翻着。

他们没有找到什么蛛丝马迹，刚燃起的希望一点点黯淡，罗方生颓然罢手。梅杰有些不忍，上前拍拍他肩膀："小罗，说不定他们在难民区，听说那边有三十多万人……"

"芙蓉，成城，你们在哪里？"拖着长长的哭腔，罗方生往花园跑去，刚到花园门口，长长的小径那端站着一个小小的孩子，他瘦得已经脱形，一双眼睛深深凹陷下去，眼中闪烁着点点水光。

"成城，"罗方生几乎不敢相信自己的眼睛，他遥遥便朝他伸出双臂，飞奔到他面前，把这小小的身子按进怀中。

成城号啕大哭："罗叔叔，你怎么现在才来，妈妈快不行了，七七也不行了……"

"什么？"罗方生捉住他的肩膀，"她们在哪里？"

成城指了指后面的假山，罗方生和梅杰跟着他绕进深幽的洞里，成城钻了进去，大声叫着："妈妈，快醒醒，罗叔叔来救我们了！"

一个几不可闻的声音从里面传出来："先把七七抱出去……"罗方生

身形太大，没办法从那小小的缝隙中钻进去，连忙把手伸进去，他碰到一个温热的身体，心头一恸，泪又落了下来。

七七很快被梅杰接走，她已经奄奄一息，只微微睁开眼睛看了看面前的人，便又昏睡了过去。

成城从里面扶起叶芙蓉的身体，把她推了出来，罗方生连忙把她抱起来。她的发丝散落在肩头，把白得几乎透明的脸映得更加恓惶，她努力睁开眼睛，辨认了一下面前的人，脸上出现如释负重的表情。她张了张嘴，罗方生附耳过去，听到她嘶哑的声音："照顾好孩子！"

成城哽咽着："妈妈没有奶喂七七，就每天咬开自己的手指头给她吃血，街上到处是日本兵，我们不敢出门，只有晚上出来找点东西吃。洞里又湿又冷，妈妈把我们抱在怀里暖着，结果自己的腿不能动了……"

罗方生把她抱得越来越紧，他看着面前抽泣的孩子，又看了看梅杰手中的七七，突然觉得心里一团空空荡荡有了东西填补，他怆然泪下，在心中说："以后，你们就是我的亲人！"

从罗家出来，成城扶着叶芙蓉坐在后面。她斜斜靠在窗口，把成城搂在怀中，默默地看着外面这副人间地狱的景象，成城握紧了拳头："妈妈，我们要报仇！"

叶芙蓉点点头。梅杰又开始画起十字，他怀中的七七轻声哭起来，梅杰轻轻拍着她，边微笑着亲亲她的小脸："马上就有吃的了！"

罗方生突然一个急刹车，梅杰抬头一看，前面站着几个荷枪实弹的日本兵，正端着枪拦在路中间，这时，他们把车团团围住，嬉笑着喊道："花姑娘"，一个日本兵把枪往肩上一背，狞笑着把叶芙蓉拖下来。

罗方生这一惊非同小可，暗暗拔出枪握在手中。梅杰朝他摆摆手，把孩子交到他手中，从容不迫地下了车。叶芙蓉早就知道这些人的恐怖，他们根本没有人性，如有反抗全部的人都会被杀死，一时竟不知该如何是好，犹豫间，一个日本兵把她拖进怀里，伸手就去撕她的衣服。

叶芙蓉慌乱不堪，下意识地躲避他的魔爪，她往后一退，脚却根本使不出力气，重重跌在地上。日本兵骂了句什么，朝她举起枪，叶芙蓉心头一冷，不敢把求救的目光投向罗方生，干脆闭上眼睛，静静等待。

预计的枪声没有响起来，梅杰挡在黑洞洞的枪口前，坚定地朝他们摇头，两人对峙一阵，日本兵才悻悻地把枪放下，梅杰把她抱回车上，几个日本兵叽里呱啦地嚷了一会儿，才不甘不愿地退到一旁，罗方生再也不敢耽搁，把油门一踩，绝尘而去。

三十多万人在一个狭小的地区里是什么景象，当大家走进难民区时，又一次被震撼了，所有的人带着自己随身的一点东西缩在地上，到处密密麻麻坐满了人，他们大多是老幼妇孺，整天孩子的哭闹声不绝于耳。这些红十字会的人员不但要防止日本兵进来抓女人，还要维持秩序，要提供这么多人的基本生活保障。这些勇敢的人，担负的是山一般的重担。

因为梅杰的关系，他们几人在新街口的一所私宅里找到一个小屋子落脚，没有床，梅杰找来一床棉絮铺在地上，他们四个人挨在一起睡着。在潮湿的洞里缩了这么多天，她终于可以把脚伸直了。

已经晚了，她受的风寒太重，从膝盖往下几乎失去知觉，罗方生慌了手脚，从张医生那里学来针灸推拿方法，一有空就为她治疗。他参加了掩埋队，先去把自己一家人合葬在罗家花园里，当那大大的坟冢在废墟中耸立起来，他跪倒在地，肩膀不住抖动，泪水追逐没入黑灰的尘土。

良久，他擦干眼泪，坚定地对亲人们说："等我们把鬼子赶出中国，我再来这里祭奠你们！"

晚上，罗方生端了粥过来给大家喝，梅杰医生见他这几天太辛苦，还偷偷塞了个面包给他，他舍不得吃，也带了回来给他们。

大家都高兴极了，这些天除了稀粥再也没吃过别的东西，芙蓉把面包往成城手里一塞，成城兴奋地一口咬下，他的嘴停在面包上，小小地咬了一口，又塞到叶芙蓉手里，摸摸肚子道："妈妈，我刚才吃得好饱，还是你吃吧！"

罗方生摸摸他的脑袋，把面包分成两半，塞到两人手里。叶芙蓉没有接,把七七往怀里紧了紧,笑嘻嘻地朝他摇头,罗方生把手里那一半面包又分成两半,自己塞了一半进嘴里,剩下的一半不由分说地往她嘴里塞。叶芙蓉就着他的手吃完,罗方生才有了丝笑容,轻声道:"你的腿好些了吗?"

成城早把面包三两口吞进腹中,挨到她身边坐下,愁眉苦脸地说:"妈妈的腿什么时候才能好啊,每天都没法动弹,要是鬼子来抓躲都没法躲。这两天听说外面又有许多姐姐被捉走了,我真怕妈妈也被他们捉走……"

"成城,别乱说!"叶芙蓉看着罗方生越来越紧的眉头,喝止住成城,边含笑道:"小罗,你放心,我在这里很安全,而且我的脚真的有点感觉了。"

罗方生有些惊喜,把她的腿横放在膝上按摩起来,边问道:"是什么感觉?"叶芙蓉皱了皱眉,犹豫道:"好像有股寒气从脚底钻上来……"

罗方生苦笑道:"看来我这个土大夫还是没什么用,咱们还是得去外面找医生来看。"

七七不知什么时候睡着了,叶芙蓉把她放到一旁,在脚上一路按下,叹气道:"我这点小事还是不要麻烦梅杰医生他们,他们这些天都太累了!"

成城开始打起盹,叶芙蓉也困了,一边抱着一个就准备睡觉。罗方生把棉衣解开,把她的脚包进怀中,叶芙蓉浑身一震,看着他说不出话来,罗方生朝她扯扯嘴角:"我用这个笨办法试试。"说着,他头一挨地就响起轻微的呼噜声,叶芙蓉不敢再动,看着身边大小三个,不由得泪落成雨。

有了东西吃,七七的脸又圆了,经常露出笑脸。也因为她容易被逗乐,大家都喜欢抱她,有两个正在奶孩子的妈妈还会把奶头塞到她嘴里让她吃个饱。在这恓惶的岁月里,已经没有张家李家,没有贫富之别,所有的人都成了一个整体,因为每家都有一个惨烈的故事,每家都是伤痕累累。

男人当成守军被拉出去时，不相识的女人哭喊着起来认人。女人被拉出去强奸完送回来时，旁边的人默默送来干净的衣服。她们互相在脸上抹烟灰，把头发弄得乱蓬蓬的，衣服尽量穿得宽宽大大，生怕让日本兵看到那玲珑的曲线。

3月，林娜医生操劳过度，得了重病，急需送到上海救治，罗方生带着一家人在她掩护下才逃出生天。

第三卷 满江红

第一章
一家人

深夜，上海罗家公馆的书房仍亮着灯，雕着四君子图的红木沙发上，罗方生、许复和叶芙蓉围坐着，正聊得兴致勃勃。

"老蒋如果早一点整肃军队，怎么会出现现在这种不可收拾的情况！"许复叹气道，"日军已经攻到滕县，他们全部是机械化部队，装甲车和重炮加上飞机，我们中国军队只有手榴弹和机枪，几乎是用血肉之躯去堵敌人的枪口，哪里会有胜算！"

罗方生把叶芙蓉腿上的毯子掖紧了些，回头笑道："许大哥，咱们就是用血肉之躯也要把敌人给堵回去。五十九军的张自忠将军那几仗打得多漂亮，临沂那一仗日本人可没捞着便宜去，他们也丢了三千多人！"

许复一拍大腿："没错，张将军为人真是光明磊落，打中原大战的时候他差点栽到那庞炳勋手里，没想到他尽释前嫌，以国难为重，我们当初还以为他是汉奸，真是错怪他了。"

叶芙蓉一直笑眯眯地听着，这时突然挪了挪身子，脸上现出尴尬之色，罗方生察觉到她的动静，俯身在她耳边道："是不是想去解手？"叶芙蓉连忙点头，罗方生把毯子掀到一边，冲许复道："你先坐坐。"便抱起她往后面走去。

181

等两人出来，许复皱眉道："芙蓉的腿还是没有好转吗？我认识一个老中医，不过现在不知道还在不在上海，这种病要中医慢慢调理才行，我明天就去找找看。"

"但愿有用，"罗方生叹道，"我请了不少医生来治，西医中医都有，可到现在还是没见什么成效，这样下去真不是个办法。"

叶芙蓉眼睛红了："这些天真是麻烦大家了，要这样拖累你们下去我还不如死在南京痛快……"

她的嘴被一只温暖的大手掩住了，罗方生把毯子盖好，微笑道："你说的什么傻话！你能活着带两个孩子出来，我们真是高兴还来不及，算起来我也只有你们了，哪里能说是拖累！"

许复含笑道："就是，你好不容易熬到今天，难道这点小病小痛熬不过去，你不要急，这种病急不来的。小罗要是对你不好你告诉我，我会好好收拾他！"

话音刚落，他的胸膛受了罗方生一拳。叶芙蓉脸色绯红，轻声道："他哪里会对我不好！"

罗方生心头好似被带着蜜的针扎了进去，甜一下便是钻心的疼，他摸摸脑袋："时候不早了，我去打些热水给你烫脚，烫完脚好睡觉。"说着，他头也不回地朝厨房走去。

看着他的背影，许复脸色突然变得萧索，轻声道："芙蓉，这样的乱世，能活着真的不容易，你可千万不能再有刚才那样的想法了。小罗也是满腹苦楚，可我从来没见他掉过一次泪，每次有任务他都抢在前头，现在日本特务和汉奸盯他盯得很紧，你帮我劝劝他，咱们要留着实力跟他们慢慢纠缠，可不能把老本全拼光了！"见叶芙蓉沉默不语，他微微一笑，"说实话，我还真想你们能凑一家子，这样他照顾你们也方便些，"他突然低下头去，"可我就是不敢跟你开这个口做媒，怕让你又伤心一次……"

"你要让谁伤心？"罗方生捧着热水笑吟吟地出来，"芙蓉，你别理他，这个人最爱唠唠叨叨，我经常被他念得烦死了！"

"你敢嫌我烦，你还真没良心！昨天要不是我挡住你，你看到那大井就要冲上去，枉费你长了这么大的眼睛，竟没看出来周围的人都是日本特务扮的，岂不是白白送了你这条小命！"

罗方生"嘿嘿"笑了两声，蹲下把热水放到叶芙蓉面前，往上挪了挪毯子，又试了试水温，脱了鞋子就把她的脚放到水中，问道："水烫不烫？"叶芙蓉把黑绒旗袍拽了拽，苦笑着摇头。许复霍地站起来："我真受不了你们这样恩恩爱爱，我还是回去睡觉了，小罗，你别老拿我的话不当回事，这些天你小心着点！"说完，也不等他们回答，他头也不回地往外走，当外面的冷风吹到脸上，他忽然觉得脸上凉丝丝的，一抹，不知什么时候那里已经湿了。

"这个许复，每次说走就走，送都不让送。"罗方生笑嘻嘻地为她把脚擦干，刚才这一忙活，他的一缕发丝落到额前，让瘦削的脸更显出几分憔悴。叶芙蓉心中酸酸涨涨，不由自主地把手伸了过去。他感到一种热度悄然朝他袭来，猛然抬头，正好看到面前那只温玉般的手，那五指如雨后的笋尖，嫩白纤细，指甲上泛着荧荧的光。两人怔了怔，她好似被当场抓到的贼，慌忙把手缩了回去，深深低头，不敢看他的眼睛，心慌意乱地道："你头发乱了！"

罗方生眼中亮了几分，伸手把她抱起来："要去孩子那边睡吗？"

叶芙蓉点点头："他们晚上醒来看不到人会怕，特别是成城，晚上经常做噩梦被吓醒，我得陪着他们。"

"他们总要长大的，"罗方生叹道，"你得让他们适应。成城也要念书了，你不能老这样宠着他们，你保护不了一辈子的。"

"我知道，我一直在教他。对了，上海有没有学堂？咱们送孩子到学堂念书吧，我只怕把孩子给耽误了。"

"也好，我明天去问问，顺便再给你找医生回来看看，要不先去给你找个轮椅吧，你活动起来也方便。"

两人说着已经到了房间门口，在昏暗的灯光下，成城和七七睡得正香，成城的手搂着七七，好似在护着什么宝贝。两人相视而笑，罗方生把她放到床上，背过身去听她窸窸窣窣把衣服换了。自己拉开旁边的柜子，从里面拿出两床厚厚的棉絮放到地上，边轻声道："晚上要起夜千万别憋着，你把我当丫头使唤就行。"

叶芙蓉轻轻啐了他一口："把被子拿上来，别睡地上，太凉！"

罗方生呵呵直笑："还好我家的床够大……"

"别废话，吵醒了孩子你自己慢慢哄去！"

成城动了动，迷迷糊糊叫了声"妈妈。"叶芙蓉连忙轻轻拍着他，"妈妈在这里。"把身体靠到他身后，成城感觉到她的温度，微笑着又睡着了。这时，罗方生睡到她身边，轻声道："这些天只有跟你们在一起才会觉得稍微安心，听到南京陷落的那阵，我好像要疯了一般，每天脑子里有许多声音在跟我说话，爸爸、妈妈、蓝兰、明夜还有你和成城，你们每个人都不停地在我脑子里转，每个人都在骂我，那些天真像无主的孤魂一般。我一直在想，拼死算了，多杀他几个鬼子，就当为大家报仇，反正我这辈子算完了。可当我从废墟里把你们找出来，我突然又觉得自己的心有了着落。至少我还可以照顾你们，把七七和成城养大，让他们知道他们父亲的事迹。戴铁面是英雄，程行云是英雄，他们的孩子会为他们感到骄傲。"

他的被子里突然伸进一只手，他下意识握住，把那柔软紧紧攥在手中。叶芙蓉轻叹道："别说了，睡吧。你出去办事要小心，要是你也没了咱们就真的没指望了！"

他翻身过去，灯火中她的眼睛泛着点点光亮，好似夜色中冰凉的湖，那水色又一层层漾开，把他卷入这哀伤的纹理里，让他的心痛过之后有奇迹般的宁静。看着她缓缓闭上眼睛，他把她的手放开塞进她被子里，又为她把被子掖好，探头瞧了瞧身边三张熟睡的脸，他心上一松，眼皮终于撑不住了。

几天后，上海罗家公馆，叶芙蓉正泪流满面地读报给大家听："滕县三天三夜的大血战，悲壮空前，台儿庄战役的序幕，正悄悄拉开。像王铭章一样，许多勇士抱着以血肉之躯报国的决心，投入保卫家园的战斗……"

她读完，常妈和常叔交换一个悲伤的眼神。常妈叹道："老头子，咱柱子也没给咱中国人丢脸，'一·二八事变'那年他也是死在战场上，咱们送他回家的时候，家乡那些老人家都来给他磕头呢！"

常叔有些木讷，闻言擦了擦红红的眼睛。成城正静静地坐在叶芙蓉旁边听着。七七躺在沙发上，这个调皮的小家伙刚喝了碗米粥，眼睛眯着眯着就睡着了。叶芙蓉摸摸他的头："把七七送到床上去睡吧，妈妈来教你认这些字。"

常妈连忙站起来："来，我去！"叶芙蓉拉住她的手："你带我去书房找些纸笔。"常妈回头对常叔道："你快去前面瞧瞧，那两个大兄弟今天被少爷调派去做事，咱们可不能让家里有什么闪失。"

叶芙蓉含笑道："你们不用担心，咱们大风大浪都过来了，哪里会怕这些人吓唬人的伎俩……"她的话音未落，两个黑衣蒙面人从外面冲进来，客厅中的几人还来不及反应，他们一人扔了一个冒烟的黑东西进来，掉头便跑了出去。

这两个黑东西一个滚到叶芙蓉脚边，一个滚到常叔脚下，几人顿时吓呆了，叶芙蓉醒悟过来，大喝道："常妈，你带孩子快跑！"

常妈二话不说，把七七抄进怀里，拉着呆住了的成城就跑。成城好似在梦中惊醒，奋力挣开她的手，回头去拖叶芙蓉，叶芙蓉猝不及防，一下子被拖到地上，常叔连忙过来帮忙。她甩开他们的手，大吼道："你们都给我走！"

那嗞嗞声好像无边的黑暗，一点点逼到眼前，让人在孤单中恐惧而悲伤。成城被推了一个趔趄，仍固执地伸出手来拖她，他的脸憋得通红，眼中闪着倔强的光芒。她咬了咬牙，撑起身体，把他扑倒在地，紧紧护在自己胸膛下，常叔呆了呆，猛地扑到燃烧着的手榴弹上。

两声巨响后，罗家公馆楼顶上开始簌簌往下落灰尘，这灰尘渐渐汇成一片灰色的雨，夹杂着鲜血的味道，雨中，常叔的灰布棉衣一片片飘落，漫天的红色棉絮里，片片血肉慢慢落下，散落在满地的狼藉里。

这时，许复和罗方生正在开往罗家公馆的汽车里，他们身后坐着一个白发苍苍的老人，许复笑道："徐老，你说有把握我们就放心了，芙蓉好不容易带着两个孩子从南京逃出来，实在不应该再受这种苦！"

徐老长叹道："你不用再说什么，就冲着你们这些杀敌报国的英雄，就是把命丢在这里我也要跑这一趟的。可惜我老了，没办法跟你们一起上战场，只能把这把老骨头藏好了不让日本人拉去做事，没想到还是被你们找着了！"

罗方生冲许复竖起大拇指，许复得意地朝他笑笑。车已行至罗家公馆的街口，人们纷纷涌入，朝一个地方奔去，罗方生寸步难行，只好在路边停车，拉住一个路人问道："你们这是急着去做什么？"

那人一甩衣袖："罗家公馆被炸了，大家正往外面扒人，听说有个人被炸得血肉横飞……"

他还想再说下去，面前的青年男子脸色骤变，头也不回朝罗家奔去。又一个男子拉住他，他有些不耐烦了，重复了一遍刚才的话，这个男子竟也狂奔而去，后面一个白发老者连连叹息，紧紧跟住众人的脚步。

罗家公馆已塌了一半，前面的小楼几根房梁横七竖八地架在满是灰土的家具上，有的斜斜地躺在地上，那血淋淋的碎片散落一地，在灰白的尘土中如钢针刺入人的眼睛。人们正一点点把房梁搬开，再挪走箱子柜子。后面赶来的男人纷纷加入，大家都沉默不语，姑娘媳妇们远远地掉着泪。

在一片嘤嘤的哭泣声中，罗方生奋力扒开人群，疯狂地在废墟中翻找。在门口，他找到一截血淋淋的手臂，低吼一声，把手臂用双手恭敬地放到一旁，大门、前厅、破碎的花盆、立柜、衣架……他脑中一片茫然，汗和着泪一次次冲刷着脸庞，他的背湿了，胸膛湿了，手湿了，汗黏在身上有不真实的感觉，他这是在哪里？他这是在做什么？这废墟难道是他的家？可他明明昨天晚上还和她一起坐在这里欢笑，她的手真软，他的伤痕被她轻轻抚着，竟真的不那么疼了。他手上仍有她的余香，可现在这手在哪里？难道就是刚才那只，不，不可能，那只手满是老茧和皱纹，应该不是她的手。孩子呢，他们昨晚还在他身边笑闹，早上起来时成城硬塞到他和她中间，一手拉着一个，举起她的手，叫道："妈妈。"当他举起他的手时，他犹豫着轻轻唤道："爸爸……"

他的孩子，他的家人，他最后的希望，怎么会成为一堆废墟！

孩子一声尖厉的啼哭惊醒了人们，"孩子还活着，快，快搬开东西……"一直在观望的人也投入进来，大家根本没有在意房子正摇摇欲坠，人们排起两道长龙，把东西一点点递出来。有人翻到一点血肉骨头或者带血的棉絮，他们没有恐慌尖叫，都颤抖着放到那半截手臂旁边。房子里的杂物很快被清理干净，几根巨大的房梁构成一个奇怪的图形，把孩子断断续续的哭声包裹其中。大家纷纷停手，面面相觑，房梁下有许多家具，这稍有不小心就能把孩子压死，救人不成反倒害人性命。罗方生急得眼都红了，大吼道："快啊，底下还有活人！"说着，他不顾一切地搂住一根房梁往外拖，许复满头汗水，连忙上前帮忙。

徐老挡在他们面前："别慌，我仔细看看！"接着，他朝声音发出的地方看了看，挥手道："来几个人把柜子先稳住，再来几人把这根房梁扶稳，小罗，你们把最上面这根抬走。"

大家连忙动手，抬走了最上面一根，徐老又要人扶住房梁，把柜子慢慢挪开，柜子倒在坍了一半的墙边，与墙壁构成一个小小的角落，常妈抱着七七正瑟瑟发抖。罗方生连忙把七七接过来，常妈眼中一片通红，她茫然地到处看着，突然指着沙发那边，嘴巴张了张，就是说不出半个字。

许复两步抢上前去，辨出沙发在何处，激动地指给徐老看。那边的房梁和地上散落着许多玻璃碎片，那光灿灿的罗马玻璃圆形吊灯成了一片可怖的幽灵，好似要吞没人间的欢乐。徐老蹙紧眉头，要人一点点把东西挪动开来。沙发上弹痕累累，翻倒在一旁，茶几断成几截，丑陋的断面伸出长长的木刺，像准备噬咬什么东西的兽。罗方生心里紧了又紧，好似痛到缩成小小的一团，连呼吸都无法顺畅。当最后一根房梁搬开，他把七七递给一人，在瓦砾中拼命翻找起来。

　　他的手被玻璃碎片割破了，几个手指全是鲜血淋淋。众人连忙帮忙清理瓦砾，把茶几先拾掇开。当沙发慢慢被挪开，有人厉声大叫："在这里！"

　　罗方生脑中一热，猛然抬头，叶芙蓉紧紧把成城护在身下，两人静静俯卧在地，他眼前突然一片模糊，踌躇着俯到他们身边，他把她的身体一翻，两个人一起翻了过来，成城贴着她的胸膛，双手死死抓住她的衣襟，她的脸苍白如纸，全无昨夜那温暖的颜色。

　　他好似做了一个长长的梦，梦中所有人都离他而去，他孤单地在黑夜中行走，咆哮也好，号叫也好，痛哭也好，没有人回应，没有人知道……他怔怔地看着，还没等他动手，许复狠狠拍上他的肩膀："快救人啊，他们还有气！"

　　这声大吼震醒了他，许复有点气急败坏，把成城从他怀里抢出来。徐老搭了搭脉，脸色顿缓，连忙要他们掐两人的人中。成城"嗯"了一声，眼睛睁开就叫妈妈。罗方生见叶芙蓉没有反应，心里一急，手上的力道加大了。叶芙蓉嘴张了张，终于醒过来，她稍稍愣神，突然到处打量，在他怀中轻声哭泣："常叔，是常叔救了我们……"

　　罗方生呜咽着："我知道，我对不起你们！"

　　晚上，法租界的红顶小楼里，忙碌了一天的罗方生回来了，他眼下的阴影又重了几分，发丝散乱在鬓旁，更显出脸的瘦削，如雕琢过的暗色岩石。叶芙蓉拥着成城正絮絮地安慰着常妈，常妈神情恍惚，目光直直盯着面前的茶杯，好似要把这杯子盯出个洞来。

　　罗方生径直走到常妈面前，扑通跪倒，哽咽道："常妈，您知道我现在是父母双亡，您要是不嫌弃就把我当您儿子，我来给您养老送终！"

　　常妈悚然一惊，连忙起身去扶，喃喃道："少爷，这怎么使得，这怎么使得……"

　　叶芙蓉撑住成城，也跪了下来："妈妈，我父母也早就过世了，您要是不嫌我拖累您，就让我叫您一声妈妈吧！"

成城靠在叶芙蓉身边，恭敬地给常妈磕了三个响头："奶奶，我的爸爸妈妈都给日本鬼子打死了，我现在有了新的爸爸妈妈，您就当我的新奶奶吧！"

常妈不住地抹着泪："天老爷，这是造的什么孽呀，可怜的孩子们……"她再也说不下去了，先去把叶芙蓉搀起来，"快起来，你的腿还没好，别又冻着了。小少爷……不，孙子，你快把你妈妈扶起来。"她走到罗方生面前，罗方生磕了个头，凄然叫道："妈妈……"常妈连忙把他扶起来："少爷，你这是要折我寿哟，你要我说什么才好……"

"什么都不用说，以后就等着享儿孙的福吧！"徐老不知什么时候站到楼梯口，他眼中泛着泪光，笑吟吟地走到几人身边，"小罗，我刚才给芙蓉瞧了瞧病，她这是严重的痹证，并不是没有办法可治，我答应你，不治好她的腿我决不回乡下！"他看着罗方生和叶芙蓉，"我们等下商量一下具体处方，我再为她诊下脉，确保万无一失。"

"成城，你去陪奶奶。"叶芙蓉朝成城使了个眼色，成城会意，拉着常妈的手道："奶奶，我今晚要跟你睡！"

常妈嗫嚅半晌，泪水又涌了出来，罗方生轻声道："妈妈，早点休息吧，我来陪芙蓉看病。"常妈匆匆点头，拉着成城转头就走。罗方生把叶芙蓉抱起，跟着徐老上楼，叶芙蓉察觉他的脚步有些跟跄，不由得搂紧了他的脖子，忧心忡忡地看着他憔悴的脸，罗方生宛然道："怎么啦，我脸上长了朵花？"

叶芙蓉轻轻捶了他一记，静静靠在他胸膛，罗方生神情黯然，把她悄悄抱紧了。看着两人，徐老叹道："要不明天再开始吧，今天出了这么多事情，你们怕都累坏了！"

罗方生斩钉截铁地说："不，你把方子开给我，我明天一早就去抓药，她的腿早一点好，就早一天不用受这种苦！"

徐老慨然应道："就冲你们这片心，我要是再慢腾腾的真是对不住你们了，你跟我来，咱们好好商量！"

"当归、红花、乳香、没药、鸡血藤、乌梢蛇……"徐老一个个名字念出来，边记在纸上，标出用量，把纸交到罗方生手里说，"这些是用来熏洗的，你配个三四十服回来都没关系，她即使好了也要常常保养着，才能以后不再复发。"

他又写了张处方给他："这些是吃的，你先配六服，我看效果如何再重新开处方。"他把毛笔搁到砚上，"我每天会为她针灸一次。听说你以前也为她治过，你用的方法没错，以后如果有空要坚持下去，她这些天千万不能摸冷水或者淋雨，而且以后也要注意。"

罗方生脸色凝重，点头道："徐老，您放心，我会照顾好她的。我把您的方子留着，等以后有什么问题也随时能对付。"

徐老呵呵笑道："还是你上心。好了，你明天早点去抓药回来，我们马上开始治疗，你们先回去休息吧！"

因为叶芙蓉脚不方便，他们的房间安排在楼下，两人刚下楼，罗方生一个趔趄，叶芙蓉连忙抱紧他，罗方生尴尬地笑笑："不好意思，吓到你了吧！"叶芙蓉轻轻摸摸他的额头，皱了皱眉："你今天吃饭了吗？"

罗方生恍然大悟："我怎么把这事给忘了，都忙昏头了！"叶芙蓉苦笑道："你把我送到厨房去，我给你弄点吃的。"厨房里还未开火，只有许复送来的一些吃剩的饭菜，叶芙蓉要他把自己放下来，靠到灶台把袖子一捋就准备洗锅热菜，罗方生连忙拦住："徐老刚说你不能摸冷水，还是我来吧！"说着，他一手稳住她，一手胡乱搅和两下就把锅洗了，叶芙蓉靠着他咻咻直笑，他突然犯愁了，"怎么把煤烧起来？"

叶芙蓉戳戳他胸膛，让他把自己扶着自己蹲下去燃煤球，罗方生大手一捞，"算了，冷的就冷的，没想到吃个饭这么麻烦！"说着，他也不理她的阻止，胡乱扒拉了两口下肚，打来水把脸一抹，见她眼神复杂地看着自己，心头一酸，猛地把她抱在怀中，哽咽道："今天真的吓死我了……"他突然觉得有些失态，连忙把眼睛一擦，把她抱起来就走。

回到房间，七七两只小手正不安分地伸在小被子外。趁着叶芙蓉换衣服，罗方生把七七被子盖好了，又在她额头轻轻亲了一记。他听到压抑的哭声，一抬头，叶芙蓉目不转睛看着他，眼中泪光闪动。他连忙俯身过去，轻声道："别怕，我再也不会让这种事发生了。这次是我的错，我太大意了，不该把所有人都调去保护报人，那些特务现在活动很猖獗，我以为他们要对那些报人不利，没想到中了他们的计。我应该早一点让你们搬到这里来，这里有这么多安南人看着，比罗家公馆要安全许多，求求你，你别哭了……"

他慌了手脚，伸手想把她的泪拭去，结果那泪珠好似滂沱的雨，从茫茫的夜色中沉沉而下，永远没有尽头，却又每一滴都如霹雳惊在弦上。世上原来真的有断肠的箭，有烧心的酒，他抹着抹着，突然绝望起来，如果没有一点希望，绝望也不会如此让人痛苦难当。

他没了主意，一点点放开了她，他不知道如何压抑胸膛的剧痛，只想找个地方好好号叫两声，当他终于起身，她悚然一惊，猛地拉住他的手，怯怯道："不要走……"

"不要走……"当他犹豫着，不知道是冲到外面去抚平那痛楚还是留下来继续压抑，她凄楚的声音又响起，手上力气大了些，她固执地抓着他的拇指，好像抓着根救命的稻草。他默默转头，她的脸已成了春雨后的梨花，倔强地在枝头挺立着，那眼中的火光渐渐点燃，渐渐明亮，渐渐让他看到了明天的霞光。

"我不走，"他脱了大衣挂到衣架上，回来在她身边躺下，叮嘱道，"晚上起夜记得叫我！"他撑起身体去看了看七七，见小家伙睡得正熟，小手又伸出被子来，他微笑着去把被子掖好。当他的手经过她的身体时，她突然伸出双手，牢牢捉在手心，把那温暖的大手慢慢地，慢慢地，挨到自己脸庞。

他不敢置信地看着她，在满脸泪痕中，她唇边那抹羞涩让他胸膛几乎冒出火来。他俯身下去，在她手上烙上一个吻。她有些不安，身体微微动了一下，便轻轻闭上眼睛，她只觉得有什么温热的东西覆到自己唇上。

　　她茫然地抬头，才发现不知什么时候他已泪流满面，她踌躇着把唇一点点挨近他。他低唤一声，捧着她的脸，深深地吻了下去。

第二章

特务英子

台儿庄之战,是中国抗战以来的第一次胜利,是两万将士用血肉之躯在这里立起一座不朽的丰碑,激励所有的中国血性男儿,生命之重,有如巍巍山陵。

听到胜利的消息,举国沸腾,上海街头,报童们兴奋地扬着手中的报纸,大声喊着:"台儿庄胜利了!血战台儿庄!"不一会儿,报纸便卖到脱销,工人们加班加点,继续加印,要把这好消息送给每个忧心忡忡的中国人。

法租界一个红顶小楼里,成城扬着手里的报纸到处跑,他跑到刚请来的陈妈和刘妈面前,指着报纸上的大字叫着:"我们胜利了,我们胜利了!"两个老妈子笑得嘴都合不拢,陈妈把手中的肉馅剁得飞快,刘妈不住地搓着手,喃喃道:"不容易啊!"

徐老额头的汗正大颗大颗往下掉,他不停地揉动叶芙蓉腿上的银针,问着:"这里有感觉吗?"叶芙蓉点点头:"你刚才说的血海和犊鼻那里有一点酸酸涨涨,不过没有膈俞那么厉害,下面阳陵泉、足三里那些地方还不行。"

徐老面有喜色:"有起色,这样下去你不用一个月就能走路了。等小罗回来我再加几味药，用些补气血的药给你打好底子。"

叶芙蓉微微一笑，突然抓紧了扶手："徐老，我……能不能再生一个？"

徐老眉头一皱："生是可以生，可大人孩子都会很危险。说实话，你的身体折腾得太差了，你是不是月子没坐好，落下一身的病。"

叶芙蓉呆了呆，轻声道："那时候我丈夫牺牲在卢沟桥……"

徐老身体一震，眼底浮现一层雾气，他连忙俯身起针，一颗老泪悄然掉落，消失无形。这时，成城叫嚷着进来了："妈妈，徐爷爷，我们在台儿庄打胜仗了！"说着，他扑到叶芙蓉身边，一个字一个字指给她看，徐老把针起完，笑呵呵地道："我敢打赌，今天罗家有酒喝了！"

他果真没猜错，晚上罗方生和许复早早地回来了，真提回几瓶酒，见大家都笑嘻嘻的，两人交换一个眼神，罗方生笑道："消息传得真快，你们足不出户的人都知道了。"

成城扑到他身上："爸爸，今天所有同学都很高兴，我们老师让我们早些回来，把这个好消息告诉自己的家人朋友。我还买了份报纸回来。今天报纸真好卖，印出来就没了，每个报童都被围得水泄不通，我是好不容易从报童那抢来的。"他兴奋不已，"爸爸，血战台儿庄，中国军队大获全胜！"

罗方生把酒递给他，摸摸他的头，问道："你妈妈呢，怎么没见她？"

成城一指房间："妈妈在泡脚看报纸。"

徐老笑吟吟地从房间出来："芙蓉的脚有起色，现在膝部已经有感觉了，这样下去不出一个月她就能走路。"他看着他们手中的酒，哈哈大笑，"我算准今天有酒喝，从去年淞沪抗战日本鬼子占领上海开始我就已经戒酒了，咱们今天要好好庆祝一番，我要醉他一场！"

许复笑道："我们就是来陪您喝酒的，不把您灌趴下我还不走了呢！"

常妈端着菜过来："快去叫芙蓉吃饭，今天做了她爱吃的饺子，你让她尝尝地不地道。"

罗方生连忙答应，推开门，见叶芙蓉拿着报纸在发呆。她双眼通红，目光明明落到面前的报纸上，却总让人觉得看的是不知名的地方。罗方生轻轻走到她身边，当他的手落到她肩膀时，她才幡然醒悟，强笑道："你什么时候进来的，怎么偷偷来吓我！"

罗方生把她揽入怀中，在她脸上亲了亲，她的脸凉得让他的心隐隐作疼。他俯身把她的脚捞上来，拿起毛巾擦干，凑近闻了闻："真香，你身上的中药味真好闻！"

叶芙蓉哧哧笑起来："我都成药罐子了，被这药味烦得要命，你还说好闻。"她伸出双手，声音有些羞赧，"来，抱我吃饭去，妈妈说今天给我做了饺子。我教了陈妈她们许多次，看看这次做得怎么样。"

罗方生把水端开，把她从轮椅上抱起来，叶芙蓉揽着他的脖子，在他耳边轻声道："方生，我想……给你生个孩子，让你们罗家有后。我拖着两个孩子跟了你，总觉得对不起你，对不起你们罗家……"

"说什么傻话，"罗方生在她唇上亲了一口，"他们也是我的孩子，以后也一样叫我爸爸，跟亲不亲生有什么关系！"他哽咽起来，"我还记得你生七七那次，他们说得没错，女人生孩子真的是去过鬼门关，我可不想再这样担惊受怕一回。"

"别这样想，我有你们真的很满足了！"罗方生认真地看着她的眼睛。叶芙蓉也不言语，朝他耸耸鼻子，微笑着把头埋到他胸前。

晚饭还没开始，罗方生把徐老拉到楼上："徐老，我有件事情想拜托你！能不能在芙蓉的药里加些避孕的药？"

徐老惊讶万分："你疯了，芙蓉一直想调理好身体给你生一个孩子！"

"我没疯，"罗方生叹道，"我只是不想失去她！"

徐老目瞪口呆地看着他，良久，他长叹一声："我明白，我真是服了你们！"他写下一张处方交给他，"明天拿这个去抓药。"

罗方生怔怔接过来："徐老，求您不要让芙蓉知道！"见到徐老点头，他头也不回地大步走出门外。徐老看着他的背影，不由得老泪纵横："这两个孩子……"

罗家热闹非凡，七七哇啦哇啦笑个不停，成城吃饱了，捞了个倒酒的差使，端着瓶子满场跑。连常妈和叶芙蓉都小酌了两杯。常妈不胜酒力，早早地回去睡了。叶芙蓉喝得脸色如玫瑰花汁艳丽无比，把罗方生的视线牢牢抓住，半天都挪不开来。徐老喝得满脸通红，罗方生和许复也都有些醺醺然，见徐老说话都有些不顺，两人面面相觑，连忙把他扶起来，徐老兴致正浓："咱们继续喝，'醉卧沙场君莫笑，古来征战几人回'，那些打鬼子的都是英雄好汉，有了他们，咱中国可不会亡国，迟早有一天会把鬼子收拾光……"

两人苦笑连连，劝说着把他送上楼去，他一直还在喃喃念着，边大声呼喊："有心杀贼，无奈已暮年，英雄们，你们要杀个痛快……"

从楼上下来，叶芙蓉正扶着桌子摇晃，罗方生一个箭步冲到她身边，把她轻轻抱起来，叶芙蓉猛地惊醒，迷迷糊糊地抓住他衣襟，罗方生冲许复笑道："我送她回去睡，你今天也别走了，去睡客房吧，明天咱们一起出门。"

把叶芙蓉送到床上，罗方生拍拍她的脸："你比以前重多了，脸色也好看许多。你不知道你那阵子真的跟鬼差不多，眼睛大大的，颧骨高高突出来，全身瘦骨嶙峋，碰一下都硌人。"他打来热水给她擦好脸和身子，顺手把她的簪子拔了，把她塞进被子里去，"冷不冷，要不要热水袋来焐焐？"

叶芙蓉满头乌发散在白色缎面枕头上，衬得脸上好似泛出红色荧光。她探出头来："不是还有你吗，你快些！"

"妈妈，我要跟你们睡，奶奶喝醉了，把床霸占光了！"成城揉着眼睛推门进来，两人满身的火被人当场浇熄，罗方生连忙下来拿了床被子铺好，把成城提到床上，闷声道："快睡，明天还要去上学！"

成城委屈地撇撇嘴："我要和你们睡一床被子。"

罗方生又好气又好笑："轻点，你妈妈睡着了，你要吵醒她我可把你扔出去！"

"奇怪，我刚才明明听到妈妈的声音，"成城嘟哝着，乖乖地钻到自己被子里，"爸爸，你怎么变这么凶，眼睛都红了。"

成城倒下便呼呼睡着了。罗方生没了脾气，上床把她抱紧了，叶芙蓉在他胸前闷笑不已。罗方生狠狠亲在她唇上，"再笑我可不管这小家伙了！"叶芙蓉迎住他的唇，两人唇舌纠缠着，分享着她嘴中的苦涩，和他口里的酒香，这苦涩慢慢退去，隐隐地透出丝丝甜意来，和着迷人的酒香，让两人渐渐沉醉。

上海法租界的林荫道上，一大一小正在沿着树荫慢慢走。

"妈妈，您走不动就扶着我。"叶芙蓉刚想歇口气，成城连忙箍住她的腰，仰头笑着，"妈妈，您脚刚好，不要这么辛苦。"

叶芙蓉摸摸他的头，这小家伙长得真快，她初见他时还能抱在怀里扔上抛下，这么几年他就长到她肩膀了。他跟戴铁面长得真像，那倔强的神气简直一模一样。想起往事，她心头有微微的酸疼，轻笑道："我这不是想多多练习吗！我这些天长胖了，你爸爸抱得很辛苦。"

"才怪！"成城撇撇嘴，"我看他每天都欢喜得很，竟然把我赶出你们房间，你来给我辅导功课他也要来捣乱。"

看着他脸上愤愤的表情，叶芙蓉笑出声来："你别跟你爸爸计较，他在外面做事很辛苦，要是他发火你就到我这儿来，别接他的茬。"

"妈妈，上次是我错了，我不该去跟大哥哥们发传单，爸爸骂得没错。我要向我死去的爸爸还有程叔叔学习，真刀真枪地跟鬼子打！"

他明亮的眼睛认真而坚定，叶芙蓉松了口气，把他的手臂抓紧了，慢慢朝前走去。这时，一辆绿色吉普车在他们身边缓缓停下，一个穿着粉红洋装的女子走下来，她穿着一双白色高跟鞋，鞋上扣带处还有小朵蝴蝶花，她一头长发烫成时下流行的大波浪，细长的眼睛里隐隐闪着狡黠的光，嫣红的嘴边笑窝浅浅，看起来特别讨人喜欢。

她径直走到他们面前，满脸灿烂笑容："请问你是不是走路不方便，要不要我送送你们？"

叶芙蓉连忙摇头："真是多谢你的好意，我们家就住在这里，我是出来锻炼的。"

"太好了，我也住在这附近！"女子高兴极了，"我们做个朋友吧。我家就在前面，你要不要到我家喝杯咖啡？"

"不用了，我们马上要回去吃饭！"成城连忙回答，"我妈妈累了。"

"我叫田英，"女子仍不肯放弃，"因为我在上海没什么朋友，平时很寂寞。你们有空到我家来串串门，我非常欢迎！"

看着她满脸热情和眼中的隐隐落寞，叶芙蓉心软了，指着旁边那红顶小楼道："那就是我家，你如果不嫌弃，欢迎你到我家去玩。"女子拍掌大笑："太好了，我家就在你家前面两栋。我正好回去也无聊，现在就想去看看，先认个门，咱们以后经常走动走动。"

她不由分说地搀住她的手："你走路不方便，我来扶着你吧！"叶芙蓉心中一暖，朝她微笑道："那真是麻烦你了。"成城眉头皱了皱，紧紧跟着两人往前走，叶芙蓉拉住他："你快去叫陈妈加两个菜，说今天家里有客人。"成城不情不愿地朝家里跑，边回头叮嘱："妈妈，你走路小心些。"

回到家，田英立刻用满脸笑容征服了全家人。她帮常妈捶背，为陈妈梳髻，把小七七逗得笑个不停。成城拿出数学作业来问妈妈，叶芙蓉正在发怵，她笑眯眯地接过去，不用一分钟就解决了。成城对她极为服气，看她的眼神也和气多了。

罗方生今天回得早了些，顺便买了些泡脚的药回来。当他拎着药走到家门口，听到一阵欢笑声，他呆了呆，只觉得那温暖的气息从门里朝外发散出来，让他全身都无比舒畅。他推开门，呵呵笑着："今天大家怎么这么高兴，又有什么好消息吗？"

陈妈连忙把他手里的药接过去，边往厨房走边说："今天太太带回来一个客人，她们正在书房里辅导成城作业呢。"

罗方生有些纳闷，刚走到书房门口，就听见三人的一阵大笑。他猛地推开门，六双眼睛齐齐望着他，其中的一双，让他的心沉到了谷底。

"英子？"一念起这个名字，他的心不由自主地抖了一下，"你怎么会在这里？"

"不欢迎吗？好歹我们也认识那么久了，我作为朋友来看看你们也是应该的！"田英似笑非笑地看着他。

从罗方生凝重的表情和两人对话里，成城和叶芙蓉听出了些端倪。成城脸色骤变，悄悄走到叶芙蓉身边，握住她冰凉的手，叶芙蓉讪笑道："原来你们认识，那你们先谈谈，我带孩子先把作业做完。"说着，她拽着成城的手就要往外走。罗方生连忙拦住她，把她一把揽进怀中，在她耳边低声道："她就是许复说的那个女人！"

叶芙蓉悚然一惊，抬头看他的眼睛。他把成城拉到身边："你照顾妈妈，我跟这个女人谈一谈。"

当门在他身后关上，罗方生冷冷地道："说，你到底想干什么？"

田英慢慢走到他面前，满脸委屈，泪水盈盈："我就是想来看看你过得好不好，你不要翻脸就不认人好不好？我们在一起的时候难道不快乐……"说着，她越靠越近，竟朝他的胸膛靠去。

罗方生连忙退了一步，她稳住身形，泪水一颗颗滚落："你真的这么狠心，连抱我一下都不肯？"她擦擦泪水，"那个残废的女人有什么好，值得你这样对她？"

罗方生厌恶地看了她一眼，把门打开："给我滚出去，你让我觉得恶心！"

"罗方生啊罗方生，你果然一点都没变，"她哈哈大笑，冲他丢了个媚眼，"我还真是喜欢。要不是组织调我走，我还真想留下来跟你继续纠缠下去。"

罗方生大吼一声："我再说一遍，你滚不滚！"

田英的笑声戛然而止："罗方生，我来只问你一句话，你要不要跟我们合作？"

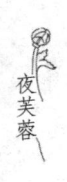

"做梦!"

"我也知道我在做梦,"田英冷笑着走到他面前,"可如果这个梦关系到你娇滴滴的夫人和那不知从哪里冒出来的儿子和女儿呢?"

"你们想干什么?"罗方生额头青筋直跳。

"我们不想干什么,因为我是你的故人,组织上才派我来跟你好好沟通,你手里有这么大的势力,全部去帮那些只会乱说话的文人真是可惜了些。我们什么都不用你做,你按兵不动就行了,其余的事情交给我们解决……"

"你不用跟我说这么多,你们在南京杀了我全家,这个仇我一辈子都记得,你别想指望我能听你们的!"罗方生眼睛红了,"你给我滚,如果还出现在我家,我下手可不会客气!"

"谅你不敢!"田英轻蔑地看着他,"我要是在这里有事,我们更有理由收拾你们。你那娇滴滴的女人只怕熬不过监牢里一晚。"她大笑着,"你还是考虑清楚,我们的耐心有限!"

当田英冷笑着离开,叶芙蓉和成城闪进书房,见罗方生满脸肃然,叶芙蓉慢慢拉住他手臂:"方生,真对不起,我没想到……"罗方生把她揽入怀里,轻轻抚着她的头发,柔声道:"你别担心,这件事跟你没有关系。这些天你们暂时不要出门,我派几个兄弟过来,再跟巡捕房再说一声,让他们注意一下我家的动静。"

"爸爸,你会不会听他们的话?"成城抬起头,担忧地看着他。

"傻孩子,当然不会!"他正色道,"如果他们抓了你们来威胁我,你们一定要撑住,一定要等我设法营救。"

"不,不要救!"叶芙蓉仿佛看到当年戴铁面夫妻那惨烈的一幕,她不由自主地抓紧他的大衣,"不要救,不要因为我们坏了你的事!"

成城满脸泪光:"对,爸爸,别被他们威胁,我们不怕死!"

罗方生摸摸他的头,在心中暗暗叹息,你们不怕我怕。他强笑道:"我明天去给你请几天假,要不请老师上门来教你,这些天你好好陪陪妈妈，那个女人再来你拿扫帚把她赶出去。"

当夜色渐渐深沉，罗方生仍无睡意，他不敢乱动，怕吵醒怀中的人儿。这时，一直假寐的叶芙蓉听到他的轻叹，不由得抓紧了他的手。罗方生连忙把她揽紧了些，轻轻拍着她的背。叶芙蓉再也忍不住了，伸手搂住他脖子："方生，你做好你自己的事，不要担心我们，我们不会有事的。"

罗方生不知如何回答，叶芙蓉轻笑道："奇怪，我肚子怎么还没动静，看来你还得努力才行！"

"这个支那猪，竟敢不买我的账！"田英气呼呼地在房间里走来走去，"我一定要给点颜色给他看看！"

"你现在千万不能轻举妄动。青龙帮在上海的势力根深蒂固，要消灭他们不是一天两天的事。我们最好是把这种力量利用起来，用中国人对付中国人是一劳永逸的方法。这些支那人最了解自己同胞的心理，我们用武力征服的同时一定要进行心理战，你看东北、华北现在不是治理得很好吗，南京政府我们也正在筹备。有了这些人，我们不愁以后这些愚蠢的支那人不乖乖臣服。"

一个西装短发，满脸阴骛的年轻男子轻轻敲击着长长的书桌。他的手指白皙修长，敲动时有着奇异的美感，书桌上几页白纸随着他的动作轻轻颤动着。男子细长的眼睛眯成了一条线，从那里挤出一线光芒，如冰凉的利刃，割到哪里便是血肉模糊。田英一见他这个神态，不由得浑身一个激灵，暗忖：这个怪物又想到什么好玩的东西，看来那个人又要倒霉了。她心里一慌，脸上挂起一层微笑："组长，我先回去休息了，有空去我家坐坐。"

男子面无表情地瞥了她一眼："我把你安排到那里是让你接近他们，取得他们的信任，以后可以随时利用，不是让你去找男人叙旧。你竟然这么快就把事情搞砸了！"

田英冷汗直流："组长，组织不是让我去说服罗方生吗？"

"说服？"男子冷笑起来，"他是可以说服的吗，你拿你的蠢脑袋想一想，当年他是如何把你赶走的，你还当他会念在旧情听你的话？"他眼中的黑色更浓，"还是，你这么急不可待地见他，只是想爬上他的床？"

"刚川正史！"田英大吼一声，"你不要以为你职位比我高就可以为所欲为，我在上海的时候你还在那见鬼的学校里念书。我工作上有问题你随时可以提出，我生活上的事请你不要指手画脚！"

一阵惊天动地的笑声响起，田英悚然一惊，又看到那豹子般的眼神，她再也受不住这种压迫感，挺直了胸膛，把高跟鞋踩得咚咚响，径直走出门外。

"如果以后再用这种口气对我说话，我绝对不会饶你！"她的身后传来一个冷冷的声音。她的脚一软，这高跟鞋真麻烦，这样就扭到脚了。

"阿虎，你们都练了这么久，该歇会儿了！"叶芙蓉把绞好的毛巾递到阿虎手里，阿虎笑吟吟地接过来，"没想到成城小小年纪学起武功来这么快，我那点皮毛都快给他挖光了。对了，少爷以前有没有教教他？"

"怎么没有，成城很小方生就教他打拳，我还以为两个人闹着玩，有次把小家伙打得在地上爬不起来，可把我急坏了……"

"妈妈那次还要跟爸爸拼命呢！"成城扶住她的身体，"我被她吓到了，硬撑着爬了起来，她这才放过爸爸。"

叶芙蓉把他揽在怀里，用毛巾去擦他额头上的汗，成城朝她咧嘴一笑。

一阵急促的门铃声响起，叶芙蓉朝两人摆摆手："你们继续练，我到前面去看看。"成城挡在她前面："妈妈，还是我去吧！"

等成城跑得没影了，阿虎轻叹道："这可真是个懂事的孩子，脾气跟当年的戴铁面一样倔强。"见叶芙蓉低头不语，他忙岔开话题，"夫人，我送你回去休息一下，你站这么久腿只怕吃不消。"

"你们也真是，不用老是为我操心，我现在全都好了，"叶芙蓉抚过藕色缎面旗袍上的褶痕，笑嘻嘻地往外走，"待会儿我做两个北方小菜，也让你们尝尝我们家乡的口味。"

楼下客厅里，成城喜滋滋地围着一个男子转来转去，男子用极其优雅的姿势端起茶杯，他的十指白皙纤长，每个指节都惊人的漂亮，那指甲上的粉红光亮在白瓷的茶杯边有着动人心魄的美感。

门口的兄弟阿扬看到她从楼上下来，飞快地过来护住她，小声道："夫人，成城的老师请来了，叫陈刚。"

成城和那男子也起身，成城大叫一声"妈妈"便跑过来，拉着她的手走到男子面前："没想到陈老师亲自来教我，我真是太高兴了！"

叶芙蓉迎上他的目光，立刻被深深吸引了进去。他的眼睛如深深的潭，那潭平静无波，潭水却有刺骨的凉。她从来没有见过这么美丽的眼睛，却也没有见过这样冰冷的眼神。她浑身哆嗦了一下，暗骂自己一句，微笑道："真不好意思，因为家里这几天出了些事情，只好麻烦陈老师亲自登门。陈老师如果有什么需要尽管吩咐，我一定要他们照办。"

她眼中的波动全被他收到眼中，他直直盯着她如花的笑靥，嘴角悄然弯起："罗夫人，教育孩子本来就是我们分内事，成城是我最优秀的学生，我当然希望他能坚持学习。"

这时，七七摇晃着走过来，一只手放到嘴里呵呵直笑，常妈弯腰在后面护着她，笑眯眯地说着："七七会走路了，七七真行呀……"

叶芙蓉蹲下来遥遥朝她伸出双手："七七到妈妈这来，快，这边……"

七七见到妈妈，把手从嘴里拿了出来，挥舞着双手向她跑来，结果半路没走稳，摔得趴倒在地，"哇"的一声就哭起来。叶芙蓉急了，站起来就想跑去扶，偏偏脚这时不大听使唤了，挪开一步就软倒下来，成城和陈刚连忙把她扶起来，成城满脸苍白："妈妈，你怎么样？"

叶芙蓉苦笑道："我这时跟你妹妹一样，走路都走不稳就想跑，当然会跌倒啦。你帮我看看七七有没有事？"

常妈把七七抱过来，七七跌得头上青了一块，脸上仍挂着泪珠，笑嘻嘻地伸手要她抱。叶芙蓉放了心，把七七接过来在她脸上亲了一下，"七七真勇敢！"她捉起她的小手对着陈刚和成城摆了摆，"跟陈老师和哥哥再见，我们去花园玩，不耽误他们上课。"常妈连忙把孩子接过来，一手搀着她往后面走。陈刚目送她们离开，突然问成城："你妈妈的脚好像不太方便？"

成城愤然道："还不是被日本鬼子害的！我们在南京的时候妈妈带我和七七躲在假山山洞里，她每天把我们抱在怀里暖着，一个多月后腿就没法动了。后来是爸爸找了个老中医帮她治好的，现在走路还是不太方便。"

陈刚突然有些失神，良久，他摸摸成城的头："我们开始上课吧！"

罗方生回来的时候，一家大小正欢快地闹腾着，阿虎和阿扬正四仰八叉地躺在沙发上摸肚子，常妈和刘妈带着七七学走路，陈妈在给大家倒茶，成城坐在妈妈身边，两人笑吟吟地听一个男子讲故事。

听到他的声音，阿虎哀号起来："大哥啊，你还是换个人来吧，再这样吃下去我怀疑我早晚得变头猪。"

罗方生敲了他一记："你不会少吃点吗？我什么时候饿过你了！"

阿扬笑起来："我们也没办法，夫人的菜做得太好吃了。"

大家都笑起来，罗方生径直走到陈刚面前，朝他伸出右手："你是陈老师吧，这些天成城就要麻烦你了。"

陈刚连忙站起来，和他的手握住轻轻摇晃一下，笑道："罗先生实在太客气了，这是我分内事。何况我孤身一人在上海，也很喜欢和你们这样一大家子在一起。"

两人松了手，罗方生一挑眉："请问陈老师从什么地方来？"

陈刚黯然道："我老家在东北。"

大家"哦"了一声，都沉默下来，叶芙蓉强笑着打圆场，"成城，你不是说老师教过很多歌吗，你唱给大家听听。"

成城也不怯场，他清了清嗓子："我的家，在东北松花江上，那里有我的爹娘……"

"芙蓉，听说你今天摔倒了？"把客人送走，罗方生端着泡脚的木盆进来，叶芙蓉已把旗袍脱了，换上松松的一件棉布长裤。"怎么还要泡，我不是已经好了吗？"等他把盆放下，叶芙蓉撒娇般攀着他的手臂。

"你呀，"罗方生戳了戳她的额头，把她打横抱起放到椅子上，顺便在她唇上窃个香，"孩子有妈妈照顾，家里还有两个老妈子，你每天忙个什么劲嘛！"

"我可不想当个废人，"叶芙蓉神情有些萧索，"我本来就不是被伺候的命，好不容易脚好了，真想多替大家多做些事。"

说话间，罗方生已把她的鞋子脱下，她连忙缩了缩："不要闹，我自己来。"

"你怎么知道我要闹你，"罗方生笑眯眯地握住她的脚，指头在她脚板心轻轻挠着，叶芙蓉哈哈大笑，拼命挣扎："放开，痒啊……"

等她泡完脚，已经被他折腾得瘫软了，罗方生刚要去揽她，她以为他又要闹，嬉笑着缩成一团，罗方生干脆抱起她放到床上，她靠在他怀中，轻声道："不知道为什么，我总觉得这样的平静生活太不真实，好像……老天随时会收走一样。"

"傻话，有我在，谁敢收走！"罗方生五指成梳，贴着她的头皮一下下梳着，那电流好似从发根里冒出来，传导到她的全身，让她快乐地战栗，他在她耳边突然说道，"这些天你们千万要小心，许复说日本特务有行动，他们的组长刚川正史是个厉害角色，他组织的行动还从来没有失败过！"

"知道了。"她眼神有些迷离，有句话在喉咙里翻滚，最后终于被埋进心底。

第三章

猎杀行动

转眼就6月了,上海法租界里,东方刚有一线镶着金边的霞光,风仍有微微的凉意,把树叶吹得轻轻摇头。

在一片静谧中,那声音好似交叠着的叹息。

叶芙蓉睁开眼,发现身边的某个位置空了,她眯起眼睛,顺着那道光线的方向望去,罗方生裸着上身站在窗口。他的背脊挺直而坚强,那肌肉的轮廓清晰可见,她慢慢挪下床,赤着脚轻轻走过去,从后面抱住他的腰,柔声道:"别再难过了,他们也是没有办法……"

"没有办法?"罗方生没有回头,眼睛红红地瞪着窗外一朵鲜艳的玫瑰,"没有办法就要把花园口炸了,让几千万人在洪水里挣扎。三个省四十四个县啊,全淹了,老百姓连跑都没地方跑,只有死路一条。这些人到底有没有良知!"

"陈老师说咱们弱国弱军,没有办法跟日军抵抗,只好出此下策……"

"陈老师,陈老师,你天天嘴里挂的都是陈老师,他除了会骗你们两个还会做什么!"罗方生愤愤地说道。

叶芙蓉心里一恸,慢慢地松了手。罗方生猛然醒悟,悔得几乎咬掉自己的舌头。他按着她的双手,转身把她拥进怀中,她长长的发丝缠绕着他的手臂，让他那里有些凉，又有些痒，连心都凉凉地如在冰水中沁着，还有一种难耐的酸麻。他五指成梳，轻轻为她梳理着，声音温柔下来："刚才我是烧糊涂了，你可千万别生我气！"

叶芙蓉微笑道："我怎么会生你气，我欢喜你还来不及呢！"

"真的？"罗方生好似刚讨到糖的孩子，嘴角都快咧到了耳边，"这可是你第一次对我说这种话。"他揽紧了她，可当他看到她光裸的脚面，突然恼了，把她抱起丢到床上，"你怎么鞋都不穿就下地走，你瞧瞧冻成什么样？"

看他手忙脚乱地为她暖着，叶芙蓉只觉得幸福得连心都在疼，她挪到他怀中，轻轻抚着他健壮的胸膛："许复昨天来说了什么？我怎么觉得你们很严肃的样子。"

罗方生身体一僵，强笑道："男人的事你不要问，你帮不上什么忙，还要害你白担心。你放心，我们不会有事的。"

叶芙蓉在心中长叹一声，直直看进他墨黑的眼底："方生，凡事小心！"

"猎杀行动开始！"长长的会议桌边坐了五个人，中间一男子用修长的手指在桌面上敲击着，"田英负责指挥对付各个报馆，菊田带队去治治法院和银行的那帮人，至于太郎，你去收拾那些共产党，他们是最危险的敌人。"

"明白！"大家齐声道。那男子眼中露出豹子般的目光，那是已经发现猎物的豹子，正在暗处窥视着伺机而动。他唇边有一抹淡淡的微笑："你们等我的命令，罗方生一撒人你们马上就行动！"

傍晚，太阳刚沉到地平线下，罗家温暖的灯光就亮了起来，洒满了客厅的每个角落。

"我的妈妈是最漂亮的妈妈！"成城搂住叶芙蓉的腰，得意扬扬地看着陈老师，"妈妈要去学校的话同学们肯定都会羡慕我！"

"小坏蛋！"叶芙蓉赧然地点点他的鼻子，抬头微笑道，"陈老师，我可从没见过这种大场面,到时还请提点一下。"她眉头忽然有些紧,"我也很想去,就怕他爸爸不让。"

成城满满的笑容垮了下来,把头靠到她的肩膀上,叶芙蓉有些不忍,抚着他的脸柔声道:"我知道你这么久没出门,肯定很想同学们,我跟你爸爸好好说说,他会答应的。"

陈老师轻笑道:"我也会帮忙说说,学校一年才举办一次这样的活动,成城这么久没去,大家都很想他。"

这时,一直在旁边听着的阿虎拍拍胸膛:"老大就是疑心重,有我们在怕什么?"成城高兴得扑上去搂住他脖子:"这么多人说情,爸爸肯定会答应的。我可以去学校玩啰!"

"不行,这些天你们都乖乖在家给我待着,哪儿都不能去!"一听叶芙蓉的话,罗方生火了。

"待着待着,我们都关了几个月了。孩子多可怜啊,他每天跟我念叨学校里的事,念得我心里直发酸。"叶芙蓉扭头不理他。

罗方生伸手想把她揽过来,被她狠狠打了一下。他缩回手,苦笑道:"我知道你们也很憋屈,可我这不是为你们好嘛!"他的声音哽咽了,"我一想起以前的事就心惊肉跳,再也没办法承受一次那样的痛苦了。"

她猛地扑进他怀里,默默地亲吻着他的脸,他只觉得有人用刀子在他心里在一下下割着,恨不得把心挖出来找出那凶器。他紧扣着她的后颈,热烈地回应她,让这烈火熔化他的痛。

良久,当两人喘息着停下来,他轻吻着她的眼睛:"你们想去就去吧,让阿彪他们两个跟着,他们跟了我多年,做事还能让人放心。"

"真是,早答应不就行了,还非要让我用美人计。"叶芙蓉笑吟吟地嘟哝一声。

罗方生笑起来:"你不用计我都拿你没办法,何况是用美人计。"他把她抱紧,"七七快一岁了,咱们是不是该庆祝一下?"

怀中的身子突然有些颤抖,他连忙抱紧了她,听她轻叹道:"这日子过得真慢,总觉得这一年好像过了一辈子。"

在长长的黑夜里,两人都沉默了。

"妈妈你看,那就是我们的学校,漂亮吧?"成城兴奋不已,一路不停地叽叽喳喳。

看到校庆联谊的大标语和人头攒动的场面,叶芙蓉不由得紧张起来。成城搀着她下了车,阿彪和阿扬紧紧跟在后面,都是满脸笑容。

刚进学校,众人只觉得眼前一亮,纷纷把目光投过来。叶芙蓉仍梳着个髻,只是耳上多了副晶莹夺目的珍珠耳环。她今天穿了件现时最流行样式的月白缎面旗袍,旗袍长到膝盖,开衩到大腿,走起路来那开衩处白晃晃地刺着人的眼睛,白色的平跟皮鞋,鞋面上没有任何装饰,把小腿衬得欺霜赛雪。在这片纯净的颜色里,那宝石般的眼睛光彩迫人,众目睽睽下,她脸上的粉红越发灿烂,羞赧地对大家微笑。成城骄傲地挺起胸膛,带着她走向自己教室。

陈老师正站在教室门口和一男一女说着什么,见他们四人走来,连忙迎了上来,脸上是从未见过的热烈笑容:"罗夫人,活动马上就开始了,我先带你去教室看看,让成城见见他的同学。"

两人正说话间,成城已飞快地跑进教室,教室里轰动起来。叶芙蓉慢慢走到门口,见几个男孩子正抬着成城往上抛,大家围着他拍手欢笑,她不想影响他们的快乐,默默往后一退,才发现后面不知什么时候站了一个人。她悚然一惊,几乎跌倒在地,感觉腰被牢牢托住,有人在她耳边轻声道:"罗夫人,小心!"

这时,从学校外飞快地跑进来一个人,阿虎眼明脚快,拦到他面前:"阿飞,你到这里来做什么?"

那叫阿飞的男子一手抓住他:"虎哥,老大出事了,你们快找人去帮忙!"

阿虎和阿扬脸色突变,厉声道:"出了什么事,他现在在哪里?"

阿飞哭了出来,"他今天被几个枪手堵在巷子里,他和几个兄弟眼看要撑不住了,虎哥,我手里没家伙,只好来找你们帮忙,虎哥,你快去吧,去晚了就来不及了!"

阿虎和阿扬交换一个眼色,阿虎连忙跑到叶芙蓉面前:"夫人,罗爷出事了,我和阿扬先去看看,你在这里不要走,等我们来接!"他朝陈老师一拱手:"陈老师,夫人和少爷先拜托你了,你陪他们一会儿,等我们回来接人!"

仿佛有个声音在叶芙蓉脑子里轰然作响,身子软了软,几乎站不住了,陈老师连忙扶住她,对阿虎肃然道:"你放心,他们在学校里不会有事的!"

阿虎三人飞奔而去,看着他们的背影,叶芙蓉悄然拭去腮边的泪:"陈老师,你先不要告诉成城。还有,你能不能找个地方让我坐一下,我有些站不住了!"

陈老师喊住路过的一个工人模样的老年男子:"老许,你送这位太太去医务室休息一下。"他回头柔声道:"罗太太,我先去把孩子们安顿一下,等下开始的时候再去找你。"

叶芙蓉突然有些心慌,刚想说不去,这时一男一女向他们走来。男子高声叫道:"陈老师,这位夫人是谁的母亲?"

陈刚微笑着:"这是成城的母亲,她有些不舒服,我让她先去休息。我带你们到教室去看看吧!"说着,他朝叶芙蓉摆摆手,带着两人朝教室走去。

老许默默地在前面带路,把叶芙蓉带到旁边的一栋小楼里,老许把她让到一张藤椅上,倒了杯水放到她面前,叶芙蓉谢过他,端起杯子喝了一口,老许闷声道:"你先休息一会儿,我还有很多事情,等下陈老师就来找你了。"说着,他把门掩上出去了。

叶芙蓉四处打量一会儿,这个房间实在很简陋,除了两张藤椅一张书桌和一张白色病床就没有什么了,靠墙的白色病床边有一条垂地的布帘。

她想起罗方生，忧心不已，不住地为他祈祷，不到几分钟，她的意识渐渐模糊，竟缩在藤椅里睡着了。

"妈妈，你醒醒，妈妈，你醒醒啊……"这是谁在哭，又是为什么哭，难道罗方生出事了！叶芙蓉惊恐地睁开眼睛，"成城，你爸爸呢？"

成城扑到她的怀里："妈妈，我错了，我对不起你……"

叶芙蓉愣住了，摸摸他软软的头发："傻孩子，你哪里错了……"

"怎么这么能睡，真是只支那猪！"一个女子的声音响起，门砰的一声被推得撞到墙上，整个房间都是沉重的回声。叶芙蓉看了看周围的环境，顿时如被雷击，原来这竟已不是原来那小小的医务室，而是一个连窗户都没有的屋子，屋子的墙壁上都用铁皮钉上，而门也是同样厚重的铁门，头顶上高高地亮着盏昏黄的灯，地上铺着块木板，上面丢着条破旧的棉絮，角落里放着一个缺把的马桶，那上面的灰黑色证明它已历经许多年。

叶芙蓉定定看着成城的眼睛，他眼中全是悔恨和绝望，一阵恐惧包围了她，她紧紧把他抱在怀里，轻声安慰："别怕，我们会没事的！"

"还认识我吗？"女子见两人竟视她为无物，愤愤地蹲到他们面前，轮流在两人的眼中搜寻，"姓罗的怎么会看上你这个残废，是不是你手段不同些！"说着，她拿起手中的木棍去戳她的腿。

"我妈不是残废！"成城猛地把她推开，"你滚开！"

田英被他推倒在地，她恼羞成怒，抄起木棍劈头朝他们打去。成城连忙挡在前面，飞起一脚踢中她的手。她一声惊叫，三个男子进来了，三两下就把成城按倒在地。叶芙蓉扑到他们身边去抢人，被一个男人一巴掌甩到旁边。田英冲上来踹了成城两脚，喝道："把他给我押去刑讯室，把这个女人也带上！"

成城被绑到中间的木柱上，他不停挣扎，被打得满脸是血，田英端起一盆水朝他泼去。叶芙蓉双手也被绑起来扔到一旁。田英冷笑两声，拿起木棍打向她的腿，叶芙蓉惨叫一声，顿时缩成一团，痛得浑身颤抖。

"你有种跟我打，不要欺负我妈妈！"成城破口大骂，嘴角鲜血直流。

田英抄起木棍朝他肩膀砸去，恶狠狠道："我当然不会放过你，当年要不是你爸爸罗方生还不会离开我！父债子还的道理你懂不懂？"成城咬紧了牙，疼得满头冷汗都没叫一声。

"果真跟你爸爸的臭脾气有点像，我倒要看看你那几两骨头经不经得住我的棍子！"说着，田英一棍捅向他的腹部，成城冷哼了一声，全身痉挛般缩到一起。

"不要打了，孩子还这么小！"叶芙蓉不知什么时候起来了，跟跄着扑到他身上，"田英，孩子经不住啊，你要出气就打我吧，我才是罗方生的女人。"

"妈妈，你走开，别理这个疯女人！"成城吐出一口鲜血。

"我自然有办法整治你！"田英哈哈大笑，把她揪到面前，把她的簪子拔出来。当她的长发散落，田英把她的头发一抓，倒拖着来到一个大水缸边，抓着她的头往水里摁，叶芙蓉被呛得咳都来不及，她又把她摁了进去。

她开始还挣扎几下，这样弄了几次，渐渐没了声音。田英把她的头抓出来，狠狠拍醒她，竟把她扔到水缸里，又抓着她头发把头抓出水面，拍拍手道："你慢慢泡，看以后会不会真的残废！"

成城凄声叫喊着，叶芙蓉慢慢睁开眼睛，循着声音的方向看着他，她的视线渐渐蒙眬。这时，一个男子急匆匆跑入，"田小姐，组长叫你！"田英心里一慌，连忙跑出门外。

等她一走，几个男子连忙把叶芙蓉捞了出来，她脸色惨白，已经了无生气，长长的头发一缕缕贴在身上脸上。成城惊恐地看着她，拼命挣扎，绳索一条条勒进肉里，顿时鲜血淋淋。

几个男子沉默着把她放到一个房间的床上，又沉默着离开了。房间里有个炉子，上面的水壶正咝咝冒着热气。她的身体渐渐暖起来，她不由自主地把脸朝向那热气的方向，她只觉得寒气从脚底直往上冲，渗入她的全身，她好似被冻成了冰，僵硬得自己已经指挥不动。

"不能这样死了，我还没见到方生！"在她陷入黑暗时，她咬破嘴唇，让血腥把自己唤醒，她尝试着挪动自己的身体，翻身过去，靠着双手的支撑一点点坐起。她的全身都在滴水，很快就把床浸湿了，旗袍和发丝紧紧贴着身体，在黑与白的搭配中，有种痛彻心扉的凄怆。

脚刚得点力，一阵剧痛从小腿传来，她呻吟一声，额头又渗出冷汗，这一痛反倒让她脑中清明许多，她四处张望，寻找脱身的办法。

这时，刚川正史的办公室里，田英被骂得抬不起头来，那男子脸色铁青："如果他们两个出了事情，那罗方生能善罢甘休吗？我们现在是要让他和我们合作，不是逼他和我们作对。他即使袖手旁观也算是跟我们合作懂不懂！"

旁边的太郎打圆场："组长，如果他不答应我们撤人呢，而且以后他要是还跟他们合作呢？"

刚川正史冷笑着："我知道他们两个对他的影响，他一定会答应的。至于以后，你说他背叛过他们，那些人还会指望他吗？"他指着田英，"人在我们手里，你尽快去谈，一边放人一边撤人，等他们的人一走我们就动手，以免夜长梦多。"

"是！"田英转身准备走，后面幽幽传来一个声音，"再动他们一根手指头，你准备自裁！"

好似凭空响起一声炸雷，田英打了一个哆嗦，脚步顿了顿，答道："明白！"

叶芙蓉慢慢扶着床下来，正想挪到火炉那边把绳索烧断，门突然开了，她悚然一惊，重重朝地上跌去。

还没看清楚那人的脸，她被人半路捞起来，又拖回了床上，那人牢牢按住她的后颈，她拼命挣扎起来，一脚踢向身边那人，那人捉起她的脚，竟循着那湿淋淋的皮肤往上摸去，她醒悟过来，想把身体蜷曲起来闪避他的触摸，那人竟把她的旗袍从下撕开，重重压到她身上。那一瞬，她泪如泉涌。

身后沉闷的喘息声中，水壶中的水仍然在咝咝冒着热气，透过那热气，她仿佛看到罗方生的脸，程行云的脸，很多人的脸。

她闭上眼睛，只盼着一切赶快结束，她的意识渐渐模糊，心中有个念头闪过。

不要醒，永远也不要醒……

"芙蓉，你醒醒，不要睡了，你回家了，现在安全了……"罗方生俯在她耳边轻轻呼唤，泪水潸然而下，一颗颗滴在她苍白的脸上，她的嘴边全是青肿的瘀痕，眼角仍丝丝往外渗着鲜血，他拿起已鲜红的绢布，轻柔地一点点拭去，那血好似源自他的心里，收缩一次便是无边的疼。

这时，从外面传来惊天动地的嘶吼："罗方生那个王八蛋在哪里，你给我出来！"

随着一阵急促的脚步声，许复把门踹开了，罗方生连忙迎上前去："许大哥，你赶快躲起来……"

"罗方生，你做的好事！"许复拔出枪指住他的头，"你竟然背着我把所有派出的人都撤走。你知不知道这后果，几个报馆全被枪手冲进去扫射，报人被打死三个，打伤无数，朱主编在路上被人暗杀，法院被人扔了炸弹，院长被人暗杀，中央银行被人扔进四颗手榴弹……"他越说越气，大吼道，"你知不知道多少人因为你死了？知不知道我们这次遭到多大的损失？"他一脚踢在他的肋下，罗方生摇晃一下，又稳住身形，从头到尾一声不吭，眼中好似平静无波，深深的哀伤却在眼底的墨色中乍现。

"你给我说，你为什么背叛我们！"许复呜咽起来，"我的同志对我说你把人撤走，我不相信，没想到下一秒钟他就被日本人抓走，现在到处在搜捕我们的人，你到底做了什么？"

罗方生轻声道："你开枪吧，这次是我的错，我愿意拿命来抵。"

许复瞪得眼珠几乎掉落："罗方生，你不要以为你摆出那副可怜相我就会放过你，你给我说清楚，到底是为什么！"他突然把枪抬了抬，"我也不用问了，你不就是看日本人现在得势，想换个老板继续做你的上海黑帮老大？你这个畜生，我成全你！"

"许大哥……"一个微弱的声音从床上传来，叶芙蓉撑着身子起来。许复大吃一惊："芙蓉，你怎么会搞成这个样子？"

"许大哥，你要杀就杀我，是我拖累了大家，不是方生的错！"她的声音柔弱而坚强，眼中点点的光芒让人心惊，她长发披散着，苍白的脸成了暗夜中的一片小小云朵，那空荡荡的白色绸布长褂竟绽开着朵朵鲜红，她慢慢爬起来，踉跄着挡在罗方生面前，把他的枪口指住自己的头，"许大哥，这枪应该朝我这里打！"

罗方生把她拥到怀中，黯然道："你好不容易才回来，难道要我做的事情都白费吗？"

许复心中凛凛生出尖利的箭，枪口慢慢垂落。叶芙蓉心头一松，眼前的东西全成了黑色，眼看着她的身体下坠，罗方生慌忙扶住，她的长发随着头垂下，颈后一块大大的咬痕，那凹陷处还有丝丝血色，许复悚然一惊，扒开她的头发，不敢置信地看着罗方生："这……是那些浑蛋干的？"

罗方生没有回答，把她紧紧的衣服正了正："许大哥，你还是快离开上海吧，现在风声很紧，你的工作一时也没法展开。我尽快为你安排，现在国民政府已经搬到重庆，他们一定会很高兴你回去。你如果想去延安我也有办法，不过你现在身份还是国民政府的特派员，还是先回去复职吧！"

"你要我拿什么复职？"许复恨恨道，"现在所有事情一败涂地，我怎么有脸回去？我还不如在这里跟他们拼死算了！"

叶芙蓉扶着罗方生的胸膛，幽幽叹道："许大哥，我求你一件事，你……能不能把我们带到重庆去，我想去找冯夫人，我在这里只会给你们添麻烦……"说话间，她竟软软跪了下去。

罗方生满脸震撼，连忙去拉她起来，她拗着不肯起来，泪已在脸上流成白色的帘幕，她凄然道："方生，我从南京回来就成了你的负担。你忙了一天回来还要给我治腿，等腿好了更是要每天担心我们的安危。现在又因为我们害了你们许多人。我真的太自私了，只想着自己高兴，从没为你们着想，你们做的是大事情，我不能再拖累你们了！"

许复急了，想去扶她起来，却被她避了过去，他眼一红，柔声道："这怎么能怪你呢，那些日本特务这么凶残狡猾，我们一时大意才让他们得手，再说你现在这个样子，怎么能受得了这舟车劳顿之苦？"

见罗方生愕然看着，许复冷喝一声："你还愣着干什么，难道你真的要赶她走吗？你这个没良心的东西！"竟一拳砸到他面门，罗方生只觉得鼻子一痛，两管鲜血立刻汩汩流出。

"方生，"叶芙蓉扑到他身上，"许大哥，你不要打他，他没有赶我，是我自己想走！"罗方生轻轻把她抱到床上："你让他狠狠打我一顿，我心里不痛快！"

"不痛快！"许复勃然大怒，"死了那么多人，我的心里就痛快了吗？"说着，他追了上来，一拳又砸向他，罗方生不闪不避，硬生生地受了。当他第三拳袭来，叶芙蓉撑起身子扑向他的拳头，两人惊呼一声，同时把她下坠的身子接住。她一人拉住一只手，声音凄楚，"许大哥，你带我走吧，我没有办法面对他和他的兄弟……"

许复看着罗方生满眼的红色水雾，一股寒气从心里传遍全身。罗方生定定看着她，满腹话语在胸膛膨胀，似要炸裂般的疼，他抬头看进许复的眼中："许大哥，我把她和孩子拜托给你，请你把她们送到重庆，行吗？"

他的最后那句有种郑重的意味，是下定了决心的郑重。许复对上他的眼睛，想起他亲自出马去炸报馆时是这种郑重，他独自去执行暗杀任务时也是这种郑重，他去南京找人的时候同样是这种郑重……

他不敢再想下去，他一只手被一只柔软冰凉的手抓住，另外一只，握在滚烫坚硬的手中，他默默地低下头去，硬着心肠从喉咙里挤出一个声音："好！"

"妈妈，我不想走！"三人同时回头，才发现成城不知何时已经站到门口。他的脸上也是一片青紫，手腕上层层包扎起来，那白纱布上的红色让许复心头又是一恸。

"妈妈，我以后天天练枪练拳，我一定可以保护你！"成城扑到她身边，眼中全是火光，"妈妈，我不要走，我要留在这里找他们报仇！"

"如果不是你游说你妈妈去学校，能出这种事吗？"罗方生厉声道，"我在上海也是有头有脸的人物，我的女人被人光溜溜地送回来，你让我的脸往哪儿搁？你们都给我走，走得远远的，再也不要回来！"

叶芙蓉怔怔地看着他几乎歪曲的脸，心中好似被什么刺入，铺天盖地地疼。原来如此，原来如此，哪里会有什么感天动地的爱情，两个人相互需要而已。他需要一个热烈的笑脸，需要一个香软的身子，拥抱着，亲吻着，便不会寂寞，便会暂时忘记痛。

那脉脉温情，只是一个游戏，他痛苦且寂寞，希望能换取她的心，得到她真心的陪伴，他重新得到了家的温暖，她也是，这个游戏，本来很公平。

却只不过是一场游戏。

她的心一点点沉入冰凉的潭，她缓缓闭上眼睛，再也听不到成城气愤的控诉，再也看不到他们复杂的表情。

真不该醒。

"陈老师，你怎么来了，快请进来坐！"七七哭闹得厉害，常妈抱着她正走来走去哄着，突然见到门口的人影。

阿虎和阿扬正垂头丧气地坐在客厅，听到声音，同时腾地站起来，把门口那人拖了进来，大吼道："你还有脸到这里来！"

陈老师低头不语，阿虎作势要打。成城刚从妈妈房间出来，大叫一声："陈老师！"哭着扑进他的怀里。

"对不起，"陈老师哽咽着，"我没想到那个许叔是坏人，害得你跟你妈妈受苦了，我是来跟你们赔礼道歉的。"

成城泪汪汪地抬起头来，陈老师抚着他脸上的瘀痕，轻声道："还疼不疼？"成城连忙摇头，陈老师犹豫着问道："你妈妈……要不要紧？"

闻言，成城号啕大哭起来，罗方生冷冷的声音响起："人还没死，你这样哭法算什么意思？"

成城浑身一震，抽抽答答地停住了。看见罗方生和许复从房间出来，陈老师连忙拉着成城迎上前去，"罗先生，这次我真的很对不起你们。要不是我通知你们这个消息，夫人和成城就不会去学校，他们也不会被日本人抓走。罗先生，能不能让我为你们做些事情作为补偿？"

罗方生回头看了看许复，许复的眉头已打结了，他皱眉道："事情跟你无关，你不要往心里去。对了，成城，你们明天就要走了，顺便跟老师告别，让老师交代一下你的功课。"

陈老师的眉毛挑了挑："怎么要走呢，现在到处兵荒马乱，还是上海安全些。"

成城仍在抽泣："我也不想走，可妈妈她……"他回头看了看罗方生的脸色，黯然道，"陈老师，我以后再回来看您。"

陈老师叹息着摸摸他的头："要不要我去帮忙劝劝？"成城的眼中亮光乍现，罗方生冷冷道："不用了，她自己已经决定了，我们还是尊重她的意思。成城，你把你自己的事情打理好！"

从罗家出来，叶芙蓉就是这样病恹恹的，罗方生不知在忙些什么，竟然一早就不见踪影，只有叶芙蓉知道，晚上他就睡在自己身边，竟只稍稍碰了碰她的手，那郁郁的叹息缠绕她整夜。

她自嘲地扯起嘴角，人心，是多么难理解的东西。

他只问了一句："那个男人长什么样子？"

她无言以对。然后便是长久的沉默。

一个瞬间，便是天堂与地狱。

"芙蓉，你要想好，这一走可能就永远看不到小罗了。"许复看着窗外倒退的房屋和招牌，轻声说道

"你的意思是……难道……"叶芙蓉陡然抓紧了手中的丝帕，目不转

睛地盯着他的脸，想从那里得到一个自己已经明了的答案。

"后面有辆车跟着，"阿虎突然紧张起来，"一出租界就在我们后面了！"

他们一共出来两辆车，阿扬载着常妈和孩子走在前面，叶芙蓉回头一看，果然见一辆黑色轿车正不紧不慢地跟着，许复一抬头，穿过这条街就是码头，要是这个时候他们发难，他们就是插上翅膀也难飞了。

叶芙蓉死死盯着逼近的车，她背上的伤痕越来越痛，似乎在提醒着她什么事情，她脑子里响起喘息声，咝咝的水气声，还有身体交叠时发出的声音。她暗暗咬住下唇，把许复一推："许大哥，麻烦你坐到前面那辆车去。"

她的声音很微弱，好似将赴黄泉的病人。许复注视着她的眼睛，平静的眼睛，有墨汁染过般的颜色，低头道："你放心！"阿虎手上一抖，连忙按响喇叭，阿扬停车让许复上来，飞快地把车开走了。后面的车想跟，阿虎慢慢地挡在前面，快到街口，她竟让车停下，从车里探出头买了一枝粉粉的荷花，后面的车见了赶紧跟着停下。等她买完荷花，车又行了两步，她这回看中了一个小姑娘摊上的瓜子，竟扶着车子下来了。街上的人纷纷回头，见到一个青绸旗袍的苍白女子下了车，女子嘴角的浅笑在瘀青中妖异地绽放。她似乎不良于行，脚步有些趔趄，甚至在走近那小姑娘时几乎跌倒。一个高大的汉子连忙从车上下来，几步奔到她身边把她搀起，她回头冲那汉子嫣然一笑，还高高兴兴地把瓜子扬了扬。汉子露出不知是哭还是笑的表情，把她慢慢地搀了回去。

后面跟着的车子远远看着，里面的几人焦躁不安，一人道："菊田，这女人到底想不想走，我怎么觉得她是在拖延时间呢？"

菊田冷笑一声："他们中国人向来看重贞节，这个女人被组长光溜溜地送回去，那罗方生脸皮肯定挂不住。他又看重这个女人，丢又舍不得，所以一定是先送走堵别人之口，等过一阵子再接回来。你们不要急，我们在码头已经有人接应，只等我们一到就动手，把这些人，特别是那个来历不明的许复扣住。组长可不会轻易放过这么好用的人质,有他们在手,罗方生再有本事也只是纸老虎!"

"组长确实厉害,"那人笑吟吟道,"连这么漂亮的女人都搞到了,要是我就留在身边好好享受,真舍不得送回去。"

菊田横了他一眼:"组长的心思是我们能猜到的吗?他以后自有安排!"

"天,那女人不走了!"一人叫道,"她怎么转去看那画报了!"

"别急,再等等!"菊田皱起眉头。

当叶芙蓉再次上车,阿虎掏出怀表:"船现在要开了!"

叶芙蓉看着后面的车子,微微一笑:"咱们回头吧!"

"不好,我们被骗了,那个女人不想走,快去码头!"菊田气急败坏,"先别管这个女人!"

看着那车子呼啸而去,阿虎哼了一声:"他们早就走了,罗爷早把码头上的闲人清理干净,现在去只怕晚啰!"

冷冷清清的罗府,罗方生正捧着拥着一件满是血迹的白色长裙发呆,这是她早上换下的衣服,上面还有她幽幽的香味。他把衣服捂在胸膛,想压住那切割般的痛楚,他把头埋进那衣中,拼命想在心里留下她的味道,他如此专注,甚至连面前站了一个青色的身影都没有发觉。

叶芙蓉缓缓地走到他面前,不知什么时候,他头顶竟生出几根白发,看来这些天真是操碎了心,她的嘴角扯出一丝微笑:"方生,你真忍心丢下我吗?"

罗方生猛地抬起头,呆愣半响,突然把她紧紧抱在怀中,他这样用力,连手指的骨节都隐隐发白,叶芙蓉潸然落泪:"你把我从南京救回来,我就认定了你。你打也好骂也好,这辈子我都是你的人,我决计不会离开你,你也不能抛弃我!"

罗方生想去为她拭泪,她却把脸搁在他手心,坚定地看着他的眼睛:"我们以后就是一条命,再也没法子分开!"

阿扬笑呵呵地回来，见阿虎在门口呆呆地站着，猛地拍拍他肩膀："虎哥，你没事发什么愣啊！"

他的嘴被一只大手堵住，阿虎指指客厅里相拥的两人，阿扬缩缩脖子，连忙闪到一边，扯住阿虎压低了声音道："我来给你讲讲今天那事情，那几个人赶到码头，船已经开到中间了，那些人的脸色真是好笑啊……"

第四章

后羿楼

　　一双修长的手交叉在一个白衣男子胸前，那手指如青葱般细长，每个指甲都修剪得光滑整齐。突然，他优雅地松开，用食指朝后面几个大汉勾了勾，唇边露出一抹冰冷的微笑："弄醒！"

　　大汉泼了一桶冷水到一个满身鲜血的女子身上，那女子渐渐睁开眼睛，血水从短发发梢流到身上，滴到地上，把一摊鲜红淡开了，她的白衣黑裙已完全看不到本来面目，一条条一缕缕贴在身上，把身上的血痕衬得更加刺眼。大汉搧了一个巴掌："你说不说！"

　　女子呸了一声，从嘴里吐出一口血水，她狠狠地瞪着大汉，把头拼命仰起来。

　　白衣男子蹙着眉头，冷笑道："骨头确实挺硬，连女人都这么难对付！我给你最后一个机会，你们的负责人是谁？"

　　女子用眼角瞥了瞥他，从鼻子里给出回答。

　　男子似笑非笑地又勾了勾手指，轻喝一声："动手！"接着，他似乎极满意自己的那根手指的样子，低头轻轻抚摸着，眼中的光越来越冷。两个大汉迅速把女子身上剩余的布料除去，把那血痕累累的身体丢进旁边一个水缸，另外一个大汉拿出一个大桶，把桶里黑黝黝正在蠕动的东西全部倒了下去，女子绑起来的身子在水缸中拼命扭动起来，听到她凄厉的尖叫，男子的笑意更浓，他低头把白衬衣上的一点污色弹了弹，然后慢慢起身，慢慢朝门口走去。

"我说！"女子哭喊着，"以前是许复，现在是杨守一……"

男子回过头来，眼中闪过一道凌厉的光芒，喃喃念着："许复，警察局那个许复？"

女子身体仍在不停扭动，脸上五官几乎挪了位置，她不住点头："是，就是他，杨守一就是那个大导演……"

"砰"的一声，门被重重踢开，看着那兀自摇晃着的铁门，一个大汉大叫："组长，这个女人怎么办？"

"给我剁碎了喂狗！"从外面传来一个咬牙切齿的声音。

叶芙蓉擦好一把黑色的袖珍手枪，抬起枪口瞄了瞄对面，她慢慢扣动扳机，对面柜子上的苹果应声而碎。罗方生拍掌从她身后走出，笑道："没想到你进步这么快，我开始还真怕你伤到自己了呢！"

"瞧你说的，我哪有那么不中用！"叶芙蓉朝他撇撇嘴，"我小时候还用弹弓打过鸟，这枪跟弹弓差不了多少，只要瞄准了打就成。"

罗方生哈哈大笑，把她揽进怀中，当两人目光纠缠，他眼中的伤感清晰可见："芙蓉，真是委屈你，你为了我把两个孩子撇下，每天还要提心吊胆地过日子……"

叶芙蓉轻轻掩上他的嘴："你为我做的错事，我怎么能让你一个人去补救？孩子有妈妈和许大哥照顾没事的。我不放心的只有你。我想都不敢想，如果你也没了，我要怎么活。"她哽咽起来，"我知道我很没用，只会妨碍你拖累你……"她的话被他用唇堵住，他的吻如微风拂柳，温柔而甜蜜，让她不由得忘记所有忧烦。

傍晚时分，太阳刚刚下山，地面还热气逼人，叶芙蓉泡完脚，脸上已微微沁出汗意，罗方生找出件粉色薄绸长褂给她换上，看到她背上隐约的痕迹，他心头一紧，差点把衣服抓出个洞来。

见他一脸不快，她问道："杨先生还是不理你吗？"

"许复临走交代我要跟他联系，可因为上次的事他对我恨之入骨，每次见我都冷冰冰的，连一句话都不肯多说，我都不知道要怎么办才好。"罗方生沮丧地摇着头，擦了擦她脸上的汗，蹲下去按摩起她的脚来，叶芙蓉含笑道："别费那个工夫，我已经不痛了，你没看到我每天到处走。"

"就是怕你累着，"罗方生没有停手，"上次你又痛了这么久，可千万不能再有什么事了。"

"知道了，我能坐着绝对不站着成不成！"叶芙蓉想到什么，突然眼睛一亮，"明天我去试试，杨夫人我以前见过，应该说得上话的。"

"也好，我让阿虎送你去，这阵子你帮忙把那些死伤者的亲属疏散安置，可让我省了不少心。说真的，我一看到那种哭哭啼啼的场面就难受……"这时，陈妈敲门道："老爷，陈老师来了。"他嘟哝一声："他又来做什么？"叶芙蓉笑起来："瞧你，成城走了他还是第一次上门呢，上次的事不能怪他，你别老凶神恶煞的样子。"

罗方生皱眉道："我就是不喜欢他，特别是他看你的时候那笑微微的样子，我一见就讨厌！"

"真是的，"叶芙蓉大笑起来，"原来你存的是这种糊涂心思！"她伸出双手抱着他亲了一下，"那你去见见他吧，我先歇了，说话别说太久，你明天还要布置任务呢。"

客厅里，陈老师端着杯茶正徐徐送到唇边，罗方生笑道："陈老师许久没来，怎么觉得瘦了许多，如果有什么难事还请随时开口，我罗方生能办到的一定帮忙！"

陈老师连忙起身："罗先生太客气了，我这次来只是放心不下成城的学业，他只有母亲在身边督促，罗夫人又从不忍责骂，我怕他孩子心性，有些怠懒了。"

"那倒不会,他只敢在他妈妈面前闹点小孩子脾气,在我和许大哥面前可不敢,况且这次他妈妈没去,他这回可闹腾不起来。"

"咦,上次不是说罗夫人一起去吗?她是因为身体不好才留下吧,也是,她的腿也不太方便,这么远的路实在难为她。"陈老师低头道,"都是可恨的日本人害的,我也是有家不能回,还不知道我父母有没有遭难。"

看着他手上的泪水,罗方生有些恻然,他拍拍他的肩膀,"陈老师,你别难过,咱们总有一天会把鬼子赶出去的!"

陈老师悄悄把泪擦干:"罗先生,我能不能跟那个许大哥联系?"看着罗方生狐疑的神色,他轻笑道:"是这样,我怕成城荒废了学业,想写信督促他,并寄些书给他看。"

"真是让陈老师费心了,你不用这么麻烦,许大哥已经把他送到学校,如果有信的话你写好交给我吧,我正好把其他东西一起寄去。"罗方生有些感动,脸色也舒缓许多。

陈老师眼中闪过一种奇怪的亮光:"罗先生,既然如此,我马上回去写信,明天就可以交给你。说真的,我教了这么久的书,像成城这样聪明的孩子真是头次见,稍加培养一定能成大器。"

听到成城被夸奖,罗方生满脸笑容,见陈老师急着回去,便叫阿虎开车送他。看着罗方生笑呵呵地回来,叶芙蓉展颜道:"你今天这是怎么啦,陈老师告诉你什么好消息?"

"好消息倒是没有,"罗方生趴到她胸口,"陈老师还真不错,他对成城挺上心的,要写信去督促孩子学习。你明天正好寄些衣服过去,重庆那边就要冷了,我怕他们带的衣服不够。"

叶芙蓉把他额前的头发拂了拂,他一把捉住那暖玉般的手,吻了又吻,她悄然一笑,缩到他怀中,很快进入梦乡。

一栋两层的灰色小楼里,门口几棵枝繁叶茂的大樟树把小楼团团包围,风悄然而过,吹起二楼珍珠白的窗帘,那白色从雕花窗户里探出头来,好似窥视者的衣角。

叶芙蓉坐在同样珍珠白的沙发上,身上是一件长至膝盖的白底蓝花的薄绸旗袍,旁边坐着一个烫着发的中年端庄女子,也是一身藕色绸布旗袍,女子絮絮地跟她聊了些闲话,问了她的身体情况和孩子们的事情,旁边的杨守一拿着张报纸翻来覆去地看,就是不抬头,也不说话。

"罗夫人,我家老杨就是那臭脾气,你别往心里去。许复跟我们说了,罗先生也是不得已,毕竟你和孩子是他的亲人,要是换成我也会选择这样做……"

"哼!"杨守一从鼻子里做出回答,他把报纸一扔,满脸愤然,刚想冲到叶芙蓉面前痛骂一顿,想起刚才她小心翼翼走路的样子,从沙发上霍地站起的身子又慢慢坐了下去,这回手却不知该去抓报纸继续装好还是去端茶,伸在半空里顿住了。

"杨先生,请相信方生,他这次真的很痛悔。你如果要怪就怪我,如果不是为了我们母子,他绝对不会跟那些人妥协。"叶芙蓉眼中闪着泪花,"杨先生,你一定知道我们这些天做的事情,我们真的希望能补救……"

杨夫人轻轻拍拍她的手:"你别着急,我们都听说了,我也正在劝他,小许临走的时候一直交代要我们有事只管去找你们。现在外面风声很紧,秘密潜伏下来的好几个同志都被抓了,甚至包括与他们直接接头的女同志,他们到今天音讯全无,只怕是遭了毒手,我劝老杨先到外面去避一避,他死都不肯听我的,说相信他们不会变节。"

杨守一看了她们一眼,叹息道:"我也知道现在很危险,可是如果连我都走了,整个在上海的组织就散了,下面的同志没办法开展工作,我们能坚持一天就多给他们一天的信心,我已经跟上级汇报,要他们把暴露的同志和其家属全部撤离,以避免不必要的损失。"他的目光沉沉地落进叶芙蓉眼中:"罗夫人,我想拜托你一件事,你能不能先把我的夫人送走?"

杨夫人愣住了:"老杨,你这是……"

杨守一抬手打断她的话:"你听我的安排,行吗!"

叶芙蓉坐直了身体,郑重地回答:"我一定办到,杨夫人请收拾一下东西，我马上派人送你走！"

杨夫人眼中泪光闪闪，沉默地站起身，回到房间收拾了一个小箱子出来。这时，守在外面的阿虎急匆匆跑进来，低声道："外面有动静，有三四个人鬼鬼祟祟在外面绕，头不时朝这边张望。"

"这可怎么办，他们怎么这么快就找来了！"杨夫人急了，"老杨，咱们快走吧！"

"这是在租界里，他们不敢乱动，"杨守一眉头已成了川字，"你们几个快走，他们要的人是我，不会为难你们的！"

叶芙蓉的脸色有些苍白，眼中爆出一点火花，"一起走！"她斩钉截铁地说，"咱们不能在这里等死，我们出去再摆脱他们！"

阿虎扶着叶芙蓉飞快地上了车，几个男子飞快地扑过来，叶芙蓉拔出枪朝最前面的男子射去，当他们纷纷闪避时，阿虎一踩油门，呼啸而去。

后面几人醒悟过来，开着车子追了上来。"我们去哪里？"阿虎额头冒出颗颗汗珠。

叶芙蓉把枪紧紧握在手里："去天津的船现在开了没？"

"就快了！"阿虎眉头展开了，"我开快些应该来得及！"

她回头道："等下恐怕要委屈你们一下，我们这时候有货船要去天津，如果赶得上就送你们坐这艘船走，上面有很多我们的兄弟。如果赶不上，"她皱了皱眉，"我再想办法送你们走！"

杨守一和杨夫人交换一个眼色，杨守一沉声道："罗夫人，你们可千万不要跟日本人正面冲突，只有保存实力以后才有希望，不能给日本人消灭你们的机会！"

"谢谢，我们明白！"叶芙蓉微笑着回答，"事情有时候可由不得我们！"

眼见后面的车子越跟越紧，几人都紧张起来，这时，迎面驶来一辆黑色轿车，阿虎大叫道："是大哥！"把油门一踩到底，那辆轿车越开越快，和他们险险擦身而过，就横堵在路中，后面追逐的轿车猛踩刹车，差点撞上黑色轿车，里面的人惊魂未定，跑出来指着他们大骂。

"阿飞，你这么快就不认识我了吗？"四人从车里下来，前面一人冷笑着看着他们中的一个。

"罗爷，原来是您！"那瘦小男子下意识地往回缩了缩。

罗方生瞥到前面的车子已经不见踪影，挥手道："记得就好，我就怕你忘了我们还有账没算，你现在该吃的吃好，该喝的喝好，不要到那天来后悔！"

阿扬回到驾驶室，罗方生和两人慢慢走了回去，罗方生眼神复杂地看着他们离去的方向，又回头瞧了瞧那几人，闷哼一声，就要扶着车门上车。

"大哥小心！"阿扬的声音还没落，罗方生身体晃了晃，连忙缩进车里，阿扬举起枪，朝正亡命奔逃的阿飞射去，其他三人被突如其来的状况搞糊涂了，连忙躲到一旁，阿飞身体顿了顿，又朝前面跑去，罗方生松开鲜血淋淋的肩膀，举起枪瞄准了他的头。

阿飞应声倒地，脑袋上出来一个血窟窿。阿扬脸色铁青，闷声道："大哥，你撑会儿！"罗方生捂住伤口："我没事，快去码头看看！"

叶芙蓉一到码头就带着两人上了船，交代了船上的弟兄好好照顾，并要杨守一他们到了目的地赶快报个平安。杨守一欲言又止，把叶芙蓉拉到一旁悄声道："我这次没来得及通知我的同志，请你去转告一声，要他们潜伏待命，不要轻举妄动。你到东方杂志找一个叫吴浩然的编辑，他会把消息传递出去。这次真的谢谢你们！"

当汽笛声响起，一辆黑色轿车稳稳地停在码头，叶芙蓉惊喜交加，朝他们扬扬手，罗方生探出头来朝她遥遥微笑，她突然觉得一阵寒意逼来，飞快地朝轿车走去，心中一慌，脚下跟着软了，罗方生急了，朝她拼命摆手，那手在车外突然停住不动，软软地垂了下去。

"陈老师，你怎么来了？"叶芙蓉听到阿虎的声音，慢慢从房间里走出来。

陈老师高兴地扬着手里的东西:"我昨晚把信写好了,赶快拿过来给你们寄。"看着她一脸苍白,那白底蓝花的旗袍上点点暗红,他愣住了,"怎么了,你受伤了吗?"

　　叶芙蓉摇摇头,陈老师大惊道:"是罗先生?他伤到哪里,伤得重不重?你快带我去看看他!"

　　叶芙蓉眼泪扑簌而落,默默地把他带到房间,罗方生静静躺在床上,肩膀上的绷带已染得通红。

　　"他刚睡着,刚在医院醒了会儿,闹着一定要回来。"叶芙蓉一天的担忧终于找到地方宣泄,捂着脸轻轻哭起来。陈老师仔细察看一阵,叹息着拍拍她肩膀,"他的伤没什么大碍,休养一阵就行了,你不要急,你自己身体也要顾好。"

　　叶芙蓉抬起头来,感激地朝他挤出个笑脸:"成城不知几辈子修来的福分,遇到这么个好老师。陈老师,我们真的很感激你为他做的一切。"见罗方生轻轻动了动,两人连忙俯到他身边。罗方生又沉沉睡去,叶芙蓉回头朝外面指了指,"陈老师,我们先出去说话吧!"

　　两人轻手轻脚地走出来,叶芙蓉把他带到书房,叫陈妈泡了茶过来,她拿起几张信纸双手送到他面前,赧然道:"陈老师,你帮忙看看,这是我写给孩子的,我平时几乎没写过东西,你瞧瞧这样写行不行?"

　　陈老师走近一步,她身上的幽香混着些微的血腥冲进鼻中,他笑容更深了,把信纸接过来,埋头一张张翻看起来,叶芙蓉心急如焚:"陈老师,你能不能带回去看看,我担心……"

　　"不好意思,我今天真是打搅了,"陈老师连忙把信纸收好,"我带回去瞧瞧,修改好了再拿回来给你抄正吧。你先去照顾罗先生,我明天再来看他。"

　　"真是谢谢你!"叶芙蓉连忙退去为他开门,退得急了,脚下有些踉跄,陈老师一个箭步跨上来,扶着她摇晃的身子,轻声道:"慢着点,别把自己又伤了。"

229

她回头看了他一眼，只觉得他的眼神咄咄逼人，甚至透着三分危险。她被自己的想法吓了一跳，一个恍惚，几乎撞到门上，陈老师连忙护紧她，笑得眉梢眼角一片春风，她想逃的感觉愈加强烈，强笑道："今天真对不住，没法子多陪陪你，等明天方生醒了咱们一起再聊吧！"

等阿虎把陈老师送走，叶芙蓉长舒了口气。回到房间一看，罗方生额头身上全是汗水，底下的被褥都润了大片。她连忙绞了毛巾来给他擦汗，他迷糊间握住她的手，紧紧放在自己胸膛，口中喃喃道："芙蓉，不要离开我……"

她呆呆地看着他苍白的容颜，不禁泪如雨下。

"罗方生！"刚川正史的拳头重重砸在桌上，声音似乎从牙缝中挤出，"你好样的，竟然在我眼皮底下跟共产党勾结，我看你是活得不耐烦了！"

他面前的菊田和太郎面面相觑，菊田低头道："组长，我们探听过了，青龙帮里阿虎和阿扬的势力最大，除了罗方生，那些人几乎都听他们两个的。阿虎平时都跟在罗方生旁边，他性格犟得很，比较不好对付。阿扬没事爱喝酒找女人，应该从他身上下手。"

太郎向前走了一步："组长，你的意思是要把罗方生铲除，培植另外的势力吗？"

"没错，"刚川正史揉着发红的关节，两点墨色中如藏着千年寒冰，"有共产党在后面鼓噪，罗方生更难对付，要想把他的势力顺利掌握到我们手里，我们还得想别的办法，我们的队伍在共产党领导的新四军和八路军手里吃了不少亏，不能再让他们在上海有立足之地。"

菊田点头道："组长，我还有一个情况要报告，据潜伏在青龙帮的兄弟说，罗方生上次为了救他的夫人，让大家努力了许久的事情全盘皆输。青龙帮里很多人都很不满，说他为了一个女人不顾这么多人的性命，实在不配做老大。我已经要人暗中煽风点火，让这种不满的影响扩大。"

"你做得很好！"刚川正史颔首道，"现在你派人去接近那个叫阿扬的家伙，尽快把他扶起来。还有，太郎，你负责监视罗方生和他夫人的动静,他们的一举一动都要跟我报告!"

"为什么不要田英参与?"菊田一问出来,立刻知道自己犯了个错误,心里不由得一抖,连忙低头不语。

"哼!女人只会坏事!"刚川正史抿着嘴唇,把笑意隐没在眉梢眼角,"你们赶紧行动,时机成熟立刻动手,我可不想罗方生看见明年的太阳!"

"方生,你好些了吗?"叶芙蓉端了碗中药来,坐在他身边柔声道。

"如果我说我好了是不是就不用吃这个苦东西?"罗方生皱着眉头看着那碗黑色的液体,恨不得夺路逃窜。

"你说呢?"叶芙蓉没有回答,笑眯眯地看着他的眼睛,边舀起一勺吹冷了送到他唇边。

"算了,这样喝太苦,还是我自己来吧!"罗方生接过碗去,闭上眼睛仰头喝光,顺手把她拉进怀里吻住。他亲了一阵,才恋恋不舍地把她放开,看着她眼中戏谑的光芒,他脸上一热,"你不是说杨守一要你去找吴浩然吗,怎么现在还不去?"

"不跟我抢着去啦?"叶芙蓉笑起来。

"还是你去吧,上次他们那里死了不少人,他肯定不会见我。这次事情这么紧,我还是不要浪费你们的时间了。你路上要小心,如果有人跟踪千万不能直接去找人,不能让他暴露。"

"知道,你放心吧,我又不是第一次干这事。"她轻轻摸摸他的下巴,"等我回来给你刮胡子,扎得人生疼!"

"夫人,后面有辆黑色车子!"阿虎有些恼怒,"天天这样跟,他们不嫌累吗?"

"今天的事情很重要,不能让他们跟住,"叶芙蓉淡淡笑了笑,目光投向飞速而过的店铺招牌,脑子里飞快转动起来。

"到东方杂志要经过春晖路、德福路、太平路……"阿虎迅速调动记忆,"要甩开他们比较难……"

"阿虎,德福路有我们的人,你让我在裁缝店下来,那家店老板的女

231

儿我认识，我让她换上我的衣服上车跟你走，你带着她四处转一圈，等天快黑的时候再送她回来。"

"夫人，那你……"

"你不用管我，我自己会回去！"叶芙蓉斩钉截铁地说。

德福路上绿树成荫，太阳很毒，人们这会儿都不愿出来，小贩们三三两两聚在树荫下聊天。叶芙蓉今天穿了件月白缎面旗袍，缎面上压着大朵的富贵牡丹花样，阳光下，那缎面流淌着炫目的光彩。她拿出顶宽檐白色帽子戴上，阿虎紧跟在她身后，两人笑语盈盈地走进裁缝店。后面黑色的车子也停了下来，开车的男子垂涎三尺地看着那白色身影："菊田，你说那女人的腰怎么能这么细呢，好像一掐就能断似的。"

菊田嘿嘿一笑："这女人要落在组长手上真是可惜，我怀疑没几天就被折腾死了。"

"那是，"开车的男子眼中一冷，"他的手段还真狠！"

说话间，那白色身影又低头走出来，阿虎用身体挡在她侧面，把她送到车上，再为她关好门，他自己绕到前面，飞快地开车离开了。

当两辆车从德福路上消失，裁缝店里又走出一个穿着蓝格子旗袍的女子，她一双布鞋，梳着两个长辫子，用一本厚书搭在额前，她召唤来一辆人力车，飞快地朝前面跑去。

"老周，你带我进东方杂志社，我要去找个人。"叶芙蓉在东方杂志社对面截住装成烟贩负责保护杂志社的老周，"你把人指给我就马上出来，一有动静立刻发信号！"

老周四周察看一眼，大声道："好，我马上送去！"说着，迈开大步便朝杂志社走，叶芙蓉连忙跟上。杂志社里的人都认识他，瞥了他一眼便都低头做事。老周径直走到一个小小的房间，敲门道："吴先生，你要的烟我送来了。"

叶芙蓉从他面前拿了一把烟，把门打开便走了进去。门一关，一个戴着眼镜的年轻男子迅速冲到她面前，拽着她的手轻声道："你是什么人，找我做什么？"

叶芙蓉手腕被他攥疼了，连忙道："是杨守一叫我来的！"

"杨守一！"他的脸青了，镜片后的眼中焦躁不安，"他现在在哪里？"

"他已经暴露，我们把他送走了！"叶芙蓉皱着眉头，"你要这样拽着我说话吗？"

"对不起，"吴浩然这才反应过来，赧然道，"已经许久没人跟我联系，我都快急疯了！"

"是这样，杨先生临走的时候要我告诉你一声，他说你知道用什么方法通知其他的同志，让大家先不要轻举妄动，潜伏下来等上级的通知。"

"明白！"吴浩然点点头，突然低喝一声，"你是什么人？"

"我是罗方生的太太……"

"什么？你们还有脸来找我，你给我出去！"吴浩然的脸涨得通红。

"我的话已经带到，请你赶快通知下去。"叶芙蓉悄悄退了一步，认真地看着他的眼睛，"我们一直在进行补救，你和你的同志如果以后有什么困难尽管来找我们，我们一定会帮忙！"

她飞快地转身离开，关门的时候大声笑道："谢谢吴老师！"她走出杂志社，朝老周匆匆递了个眼色，一辆人力车迅速停到她面前，她低头用书遮住脸，悄然离去。

"不对，他怎么老在这几条街上绕来绕去？"菊田暗骂一声，"别跟了，我们上当了，快回去叫人！"

"什么，人跟丢了？"刚川正史冷冷地看着菊田，"我不是说过让你这两天盯紧点吗？那杨守一跑得仓促，肯定有许多事情没来得及交代，最后跟他接触的人就是这个女人！"他手上青筋高高鼓起，"你们这些蠢东西，跟个女人都能跟丢！"

菊田不敢抬头，听那冰冷的声音又起："到法租界有三条路，菊田堵在东边那条路上，太郎去西边守着，我去南边，我们一定要赶在她回家之前把她截住！"

到了太平路，叶芙蓉换坐上一辆墨绿雪佛兰，催促着司机飞快地朝法租界驶去，当法租界南大门上高高的挂钟出现，她顿时松了口气，脑中紧绷的弦松懈下来。

前面突然出现什么骚动，她悚然一惊，把手放进手提包里。车流被堵住了，前面车辆上的人们纷纷下来看出了什么事。上海这个冒险家的乐园，到处充斥着暴力和争斗，人们已习以为常，木然地等待未知的命运，不知道哪天自己就成为街边血淋淋的尸体。

她没有下车，司机下去看了看，苦笑道："前面有几个小瘪三打架，现在这世道可真是……"

这时，她瞥见几个大汉从前面迅速走过来，一见有女客的车子就把人拉出来看看，她浑身冷汗淋漓，紧张得几乎握不住手枪了，她深吸了一口气，对司机道："反正现在车子还动不了，我先去那个书店瞧瞧。"

她扶着车门下来，背对着那帮人，慢慢朝书店走去，一个熟悉的面孔迎面而来，她惊喜万分，不顾一切地提腿便跑，那人遥遥伸出双臂，在她栽倒的时候把她拥进怀中，轻柔道："别急，你不要又伤到自己了！"

"快，快带我离开这里！"叶芙蓉颤抖着靠在他怀中，坚强的面具已经完全崩溃，因为她在几个大汉里发现了两张熟悉的面孔，那让人恐惧的记忆排山倒海而来，又如从她心底长出的支支利箭，穿透了胸膛。

陈刚微笑地看着怀中的女人，女人还是惊恐的时候最美丽，那瞪得圆圆的眼睛起了一层朦胧的雾气，哀求的、柔弱的、凄凉的话语从红唇中流出，软绵绵地挠在人的心上，真比伏天的冰水，冬天的热酒还要舒服。

女人的泪水，真是催情的毒药，女人雪白肌肤上的点点血痕，才是天下最让人疯狂的美丽。

只有面对自己那美丽柔弱的中国母亲时，他才会有这样的冲动。他的日本父亲告诉她，那下贱的支那女人不配做他的母亲，所以，他从小就被带到日本学习，大学毕业后又被父亲送到哈尔滨培训。

他培训结束那天，父亲亲手把一个女子送到他床上，他满面笑容的样子他现在还记得："来，送个女人奖励你！"

那女子有着让人如沐春风的容颜，让他振奋不已，他飞快地把她按到床上，她意识到他的意图，那温柔的眼睛因为惊恐而愈加美丽。

他的语气，好像在说今天天气真不错。

当他终于释放出来，父亲抚掌大笑："孩子，好样的，这些贱种民族本来就不用当你的亲人，甚至你承认与她有血缘关系对你都是一种侮辱！"

那一夜，他认识一个道理，自己的血统是高贵的，对这些人根本不用心软，因为他们的生命本就同蝼蚁没有分别。

这些可笑的，缠着小脚的中国女人，这些可憎的，猥琐的中国男人，统统该死！

这么多中国人里，只有罗方生和她是不同的，他们一个丰神俊朗，一个娇柔美丽，偏偏又恩爱得让人妒忌，他们目光交流时那种火辣辣的爱意，让周围的人不由得跟着燥热起来。

更加让人忍不住想去破坏。

这些愚蠢的支那人爱脸面，把女人的贞操当成祠堂供奉的牌位，他偏要去打碎这一切。当他把她送回去，想象着罗方生满脸怒火的样子，他竟然在梦里都笑出声来。

他算错了，他们仍然那么恩爱，竟然连一丝嫌隙都没有，他妒忌得快发狂了。

他要毁了他，要占有她，让她天天在他身下哭泣。

"罗夫人，我们老板想请你做客！"陈刚扶着叶芙蓉刚走到书店门口，两人大汉挡在他们面前。陈刚喝道："你们是什么人，敢对罗夫人无礼！"他边说边挡在叶芙蓉前面。

"别啰唆，一起带走！"一个大汉叫道，顺手把他拖了过来，另一个连忙把叶芙蓉抓在怀中，往路边的一辆黑色轿车推去。

"别动！"不知什么时候，叶芙蓉的枪对住了那人的胸口，她慢慢往后退去，"把人放了，动一下我就打死你！"

大街上的人发现这边的动静，纷纷四散逃避，一会儿就走了个精光。

两人面面相觑，那人放了陈刚，陈刚似乎吓得不轻，脸色苍白地朝她跑去，一个大汉刚想摸出枪，叶芙蓉一发子弹打到他面前，喝道："都给我把手举起来！"

两人连忙把手举过头顶，陈刚已经跑到她身边，喘息着道："罗夫人真厉害，我们快离开这里！"

"把枪放下！"一声厉喝在他们身后响起，田英带着两人端着枪一步步逼近，"不准回头，把手举起来！"

当那冰凉的枪口抵住自己的太阳穴，叶芙蓉心中转过好几个念头，陈刚立刻被人拉到一边绑了起来，她苦笑着对他说："真对不起，连累你了！"她没有放下枪，抬起枪口指住自己的太阳穴，冷冷地道："你们要的人是我，跟这个人没关系，你们把他放了，要不然不用你们威胁，我可以用自己的枪解决问题！"

众人目瞪口呆地看着她，田英哼了一声，要人把陈刚放了，叶芙蓉深深看他一眼，斥道："快走！"

田英瞟了陈刚一眼，陈刚轻轻点头，拔腿就跑，田英为免夜长梦多，急着拉她离开，叶芙蓉闪身避开她的手，冷笑着："不许碰我！你们想动我，哼，我未必会让你们如愿！"她双眼紧紧闭上，慢慢扣动扳机。

陈刚跑没几步，听到后面传来一声沉闷的枪响，他心头一颤，茫然地回头，看到满天金灿灿的光线织成一个铺天盖地的网，网的正中央，一个穿着格子旗袍的娇小身影软软地倒了下去。

陈刚，应该叫刚川正史，一下子坐到地上。

阳光太刺眼，他的眼睛在涩涩地疼。他的目光迎着那些金色丝线的方向而上，想从蓝的天空找一朵白云，缓解这让人恐惧的酸涩。

母亲，永远成了一个模糊的影子，会温柔地抱着他，会唱好听的歌，会用柔软的唇蹭他的脸，会大笑着把他举过头顶……

她喃喃地说："我的儿啊，娘想死你了……"

支那的女人，不是个个都卑微可鄙，怎么会有这么烈性，这么有情有义的女人？

他是不是弄错了？

周围怎么这么多声音，尖厉的口哨声，纷乱的脚步声，还有人们的呼喊声，一片混乱中，有个男子在凄然呼唤："芙蓉，芙蓉……"

他的眼睛已经再也忍受不住那日光的煎熬，痛得连睫毛都挤成一线，颤动的黑翼上，挂着点点露珠，如霜风中哀伤的蝶。

"陈老师，跟我们回去吧！"阿虎把呆若木鸡的男子拉了起来，"芙蓉只是受伤了，没有生命危险，咱们老大的'神枪手'名号可不是瞎吹出来的……"

"陈老师，你回回神啊！真是读书人，这点事情就吓成这样，比女人还不如……"

"陈老师，你放心，这帮东西被老大赶跑了，要不是巡捕房和警察局里的人拉着，老大差点把那些东西全给崩了，那个日本女人吓得都傻了……"

"陈老师，夫人平时柔柔弱弱的，没想到性格这么刚烈，我们兄弟没有一个不佩服她的……"

"陈老师，你别傻愣着，大老爷们要有个大老爷们儿的样子，给我精神点！"陈刚的肩膀被他狠狠拍了一下。

所有人都知道，罗方生在生气。他把叶芙蓉的手死死攥在手中，连医生换药都不肯放，在他充满着怒火熊熊的目光中，医生战战兢兢地为她动了手术，把右手的子弹取了出来，等把她的手包扎好，医生才发现自己连内衣都汗湿了。

叶芙蓉很快醒来，张了张嘴想跟他说什么，他狠狠地瞪了她一眼，扣着她的腰把她抱起来，闷声道："回家！"

"陈老师，你有没有事？"叶芙蓉看到客厅里一个孤单的身影，在罗方生怀中挣了挣，扭头问道。

"怎么会没事,他今天都吓傻了!"阿虎大笑起来,走到他身边随便坐下,"你们看他的脸现在还是白的呢!"

叶芙蓉也跟着笑起来,罗方生的怒火已到了顶点,他死死抓住她的手,大吼道:"你还笑得出来!你知不知道,要是我晚来一步你就送了命,要是我枪法差一点就能要你的命!你到底在想什么?我要把你送走,是你自己回来赖着我,信誓旦旦要跟我同生共死。你用枪指着自己头的时候有没有想到我,你怎么这么狠心……"

阿虎见势不妙,把陈老师一拉,又踹了闲闲在门口看热闹的阿扬一脚,把两人拖了出去。

叶芙蓉看着他的嘴一张一合,那字字句句如炸雷,把她脑中炸成一片断壁颓垣,在这惨不忍睹的废墟里,一棵嫩绿一点点探出身体,又迅速蔓延开去,把劫后重生的喜悦布满她的心房。

她二话不说,抱住他的脖子,用唇堵上他的怒吼,他的喉间翻滚着奇怪的声音,似乎源自海底的呼啸,又仿佛草原月夜中狼的嚎叫,他把她飞快地放在床上,扣着她的后颈,恶狠狠地吻了下去,良久,他忽然失去了兴致,仰面躺到她身边,喃喃道:"你说过跟我一条命的,你怎么可以骗我……"

他的泪水流成两道溪流,在她心上叮咚而过,她俯身吻着他的眼睛,不停地说对不起。他突然把她推开,起身离去。她愣了愣,追着他出来,他已经闪身进了书房,把门反锁上了,她刚想敲门,听到里面闷闷的一声:"你让我安静一下!"

她颓然坐到地上。

罗方生在黑暗里点上一支烟,听凭那烟雾把自己包围,他肩膀的伤口在隐隐作痛,一直痛到心里,今天那一幕一遍遍在脑海中回放,他甚至不敢想,如果她真的扣动扳机,他会变得如何疯狂。

终究还是错了!不应该把她留下来,不应该让柔弱的她故作坚强,跟着他在枪林弹雨中生活,不应该让她学枪,无数个不应该,归根结底,只是不该这样爱她。

不爱,就不会为她的一颦一笑所牵动,不会每次她出去都担心她的安危,不会看到她用枪指着自己时想与她同归于尽。

所有的事都成了一团解不开的乱麻,他东奔西突,却在每一处都看到她微笑的面容,她含泪的面容,她已侵入他的血脉,连他的每一次呼吸都有她的味道,那淡淡的幽香,隐隐的中药味。

这辈子,要如何放开。

他长长叹息,心中百转千折,如滔天浪涌。他眉头一皱,突然想到她刚才在敲门,霍地从椅子上站起,三步并作两步奔到门口,他把门一拉,地上一个满面泪容的苍白女子抬起头,朝他伸出双臂:"方生,对不起,你别生我气……"

那一瞬,百炼钢顿成绕指柔。

10月,沉痛的消息接踵而来。先是日军突袭广州成功,广州很快陷落,而后守卫了四个多月的武汉三镇也落入敌手,中国两大城市上空飘起了太阳旗。当那日本国歌《君之代》在上海处处响起,人们的心头好似压上了铅块,沉坠得隐隐发疼。

刚川正史的计划正顺利进行,菊田手下一个钟表商人钱易出面约见了阿扬,经过几次试探,钱易才找出菊田,允诺了帮主之位和众多利益,阿扬终于点头,愿意与他们合作。从此他们的行动出奇的顺利,根据阿扬的情报,他们破坏了罗方生的几次行动,据帮里的眼线报告,罗方生现在是焦头烂额,困兽般动弹不得。

上次遇险后,叶芙蓉真的被罗方生的怒气吓到,在家乖乖地待了几个月。陈刚经常会送些书过来,由此,她打开了另一扇朝着阳光的窗户。

她最喜欢的作家是鲁迅,他的作品犀利如刀剑,有沉重的责任感,又充满了激情,能唤醒麻木的中国人。

"愿中国青年……能做事的做事,能发声的发声。有一分热,发一分光，就像萤火一般，也可以在黑暗里发一点光，不必等候炬火。此后如竟没有炬火：我便是唯一的光。倘若有了炬火，出了太阳，我们自然心悦诚服的消失，不但毫无不平，而且还要随喜赞美这炬火或太阳；因为他照了人类，连我都在内。"她捧着《热风》慢慢念着，连陈老师已经走到她身后都没有发觉。

因为陈老师经常来，大家都没把他当客人了，他在罗府能进出自如。陈老师把手搭在她椅子上，俯身看着她手中的书，轻笑道："怎么，鲁迅先生的作品你看得都差不多了吧，要不要我找些别的东西给你看？"

她犹自沉浸在那兴奋中，回头露出一个灿烂笑容，眼中光芒明丽逼人："我觉得他说得真好，真是句句都说到我们心坎上，有时候还会砸得很痛，可是痛过之后才知道，原来我们本来就应该这样做才对。"

"瞧你，看本书就激动成这样，"陈老师靠着椅子随手翻了翻书，"把这给成城也寄些去吧，让他也学习学习。"

他的气息喷到她脸上，让她有莫名的不安，在椅子上如坐针毡，她悄然挪了挪，笑道："我已经寄了些给他，许大哥来信让我不要寄了，他都会找给他看。"

"那就好，"陈老师竟仍没有要离开的意思，指着刚才那段话对她说，"我也喜欢这段，每次读起来都觉得心潮澎湃，满是豪情。"

他的动作从后面看去，好似在轻轻拥抱着她，她飞快地站起来，低头道："我……先去给你泡茶！"说话间，她人已到了书房门口，把门一拉，逃也似的出去了。

她如果现在转身，会发现他脸上转瞬即逝的狰狞笑容。

"方生，我给你说件事，"叶芙蓉枕上他的肩膀，"我总觉得和陈老师在一起怪怪的。"

"哼！"罗方生冷笑一声，"笨女人，你现在才发现吗？他看你的时候眼珠子都要掉下来了，要不是看你跟他聊得这么高兴，我真想把他给扔出去！"

"坏蛋！"她在他肋下掐了一把，"我们可没谈过别的，他介绍了许多书给我看，还指点我书中说的道理，最近我觉得收获特别多！"

"我知道，要不然我早就把他做了，还等他来觊觎我女人？"罗方生五指插入她的长发，笑得邪恶。

"你敢！他即使有那份心思总不至于判个死罪吧？"叶芙蓉狠狠瞪着他，猛地扑到他身上，"你听着，要是我知道你把他弄伤了我可饶不了你！"

"恶婆娘，这么快就爬到我头上来了，以后我怎么治得了你？"罗方生蹭着她的鼻子道，"你是不是觉得我现在还不够麻烦，想再在我伤口捅一刀！"

叶芙蓉听出了些凄然的味道，把他紧紧抱住，轻笑道："我以后少跟他接触便是，你说得这么严重做什么！怎么，现在很不顺利吗？"

罗方生把头埋进她的颈窝："这几个月所有的行动都失败了，生意频频出事，好像暗中有一股强大的势力在跟我作对，而且青龙帮内部也应该出了内奸！"

叶芙蓉悚然一惊："那可怎么办？"

"我要先稳住自己的势力，把内奸找出来，再去跟他们算账。时局太不利，广州和武汉一丢，这些日本人的气势更加嚣张，现在满街都是日本歌曲，气得我快疯了！"

叶芙蓉轻轻摩挲着他的脸，这些天他又憔悴许多，眼角出现了细细的纹路，她叹息道："你在外面小心些，不要太拿他们当回事，我看了毛泽东的《论持久战》，他说我们中国是一个很大的国家，地大物博人多兵多，能够支持长久的战争。而且得道多助，失道寡助，我们中国一定不会亡的。"

"只不过这个过程比较艰难，"罗方生笑起来，"没想到你懂的东西还真多，看来我没白吃这几两醋！"他重重吻下来，"我就是怕你在家闲得发慌，才让陈老师一直与你来往，你也能从他那里学到些东西，只不过苦了我这颗心了，每天怕得要死，生怕你被他糊弄去了……"

"你给我闭嘴！"叶芙蓉恶狠狠地回吻着，"你竟然对我还没有信心，真该拿醋淹死你！"

"天，我何其有幸，成为第一个被醋淹死的男人……"他的话被她封在漫长的激情里，昏暗的灯光下，两人好似合而为一。

一盏暗黄的灯把房间家具的影子拉得面目狰狞，柜子和箱子在墙上扭曲成一只只张着大嘴的兽。书桌上，几本书静静散成一团，全部都打开着，书页里的黑字一行行如惊叹号，书旁是几张薄薄的信纸，上面写得密密麻麻。

在光与影的交汇里，床上厮缠着两个人，男人的喘息和女人低低的呜咽让黑夜更显得漫长。

当男人闷哼一声咬在她的肩膀，女人缠上他的身体，被他带入万劫不复之地，男人飞快地抽离她的身体，连着床单把她一卷，喝道："滚！"

女人踉跄着离开，男人把自己冲洗干净，换上雪白的床单，把身体打开仰面躺了下去。突然，他一跃而起，从书案上拿起信纸，回头又躺到床上，他把信纸放在脸上，好似盖着白布的尸体。

信纸上，淡淡的中药香味扑鼻而来。

他的嘴角，露出一丝意味深长的笑容。事情越来越有趣了，那个女人竟然会用枪指着自己，为了不再次受辱连命都不要。而且，她竟然还会先惦记他的安危。

实在有趣。自己果然没有看错，只有这样的中国人才够格陪他玩上两招。他更加沉迷于逗弄她的快乐里，看着她因为自己的靠近不安，看着她因为自己有意无意的碰触惊诧莫名，他的心情因为她的存在而渐渐好起来。

他知道，这是个危险的信号，母亲死的时候，他怔怔不已，悔恨难当，甚至忍不住想号啕痛哭，父亲狠狠甩了他一巴掌，警告他不能为这些低贱的支那女人左右心神，父亲咬牙切齿地吼道："你是优秀的大和民族子孙，对这些贱种民族不能有一丝一毫的软弱！"

在她指着自己头让他快走的那刻，他知道自己心软了，在听到枪声的那刻，他知道自己心痛了。

这些都是从未有过的感觉，而且是不应该有的感觉，他要占有她，毁掉她，让这些能左右他心神的支那女人统统消失。

即使，想起她心就会柔柔地疼。

"罗夫人，天气这么冷，你的脚有没有事？"陈老师笑吟吟地来到书房，"你的信我昨晚改好了，你再瞧一遍。"

"真是麻烦你，外面风雪这么大还惦记着这事，你快烤烤火，别冻出病来。"叶芙蓉连忙起身，把他让到火炉边，"你先坐会儿，我去弄些姜汤来。"

看着她慌不择路地离开，陈老师笑意更深了，他把信拿出来放到桌上，恋恋不舍地闻了一下，这味道真让他睡了个好觉呢。

"方生，你今天怎么这么早就回来了？"叶芙蓉的声音响起来，陈老师不自觉地皱起眉头，连忙走了出来。

叶芙蓉为他拍了拍衣上的雪，把大衣脱下挂好，罗方生把手套一脱，就把她抓到怀中握住她的手，发现她的手仍是温热的，这才展颜道："这才对，你可千万别再冻着了，前几天你一不注意脚就犯毛病，再来几次可就麻烦了！"

"知道，"叶芙蓉赧然道，"别闹，家里有客人！"

"害什么羞，都老夫老妻了！"罗方生忍不住要逗逗她，在她脸颊亲了口。

"罗先生，我们好些天没见了。"陈老师走出书房，见到的就是这一幕，叶芙蓉悄悄用手肘怼了他一下，脸色绯红地离开，连声道："我去给你们泡茶。"

243

罗方生哈哈大笑,"陈老师,实在不好意思,近来手里的事情不是很顺,每天早出晚归,实在不是有意怠慢。"

"我自然明白,我没有其他意思,只是想感谢罗先生这么久以来的照顾。"陈老师淡笑道。

"不敢当,陈老师教了我夫人很多东西,我应该感谢你才对,等下我要她们准备点酒菜,陈老师如果不嫌弃就在我家用过晚饭再走,要不晚上干脆歇在我家,咱们畅谈一番如何?"

"那就恭敬不如从命了!"

酒过三巡,罗方生忍不住提起目前的困境,船只码头货运不畅,一批批的东西囤积下来,手下的弟兄越来越不服从调派,一闲下来,弟兄们身上的各种毛病都出来了,偷鸡摸狗的有,赌钱打架更是小事……听他絮絮说完,陈老师慨然道:"罗先生,你对我如此推心置腹,我要再袖手旁观实在说不过去,如果有用得到我的地方,我陈刚一定尽力帮忙!"

"我就知道我没看错人,"罗方生激动万分,拍着他的肩膀道:"陈老师是读书人,对目前的形势看得比我们清楚,我就想问一下,这国民党一再溃退,蠢到焚毁长沙全城,用'焦土抗战'来阻挡日军前进,他们到底还能撑多久,我们青龙帮现在到底要怎么办?"

一直沉默着坐在一旁的叶芙蓉一听这话,猛然抬头,目瞪口呆地看着罗方生,罗方生朝她摆摆手,"你先去休息,我跟陈老师再聊会儿。"叶芙蓉张了张嘴,仍是什么都没说就离开了。

看着她的背影,陈老师皱眉道:"按照现在这个局势,国民党军队真的抵抗不了多久,只是没想到共产党的土枪土炮也起到很大作用,日军在东北华北吃了他们不少亏。我想中国地域辽阔,近期内不会亡国,但远景难测,如果没有意外,中国还是逃不了变成日本大东亚共荣圈的一部分。"

陈老师一拳砸到桌子上:"可悲可叹,弱国弱兵,保不住了我中华大好河山!"

罗方生连声悲叹:"依你这样说,我们青龙帮真的要有所变通,要不然很快就会全盘皆输，在上海没有立锥之地了。"

"难道你们想投靠日本人？"陈老师愤然道，"罗先生，我敬你是一条血性汉子，一直把你当成自己的偶像，没想到你到了国难当头的时候也只顾自己的利益……"

"什么只顾自己的利益，人不为己天诛地灭懂不懂？"罗方生拍案而起，喝道，"我还轮不到你来教训，你孤家寡人一个，我还有老婆孩子要照顾，我的弟兄也都是拖家带口，你怎么懂得男人这心思！"

"道不同不相为谋！"陈老师拂袖而去，临出门时，回头冷笑道，"那就恭祝你们幸福安康！"

房间里没有开灯，罗方生摸到床上，把叶芙蓉揽进怀里，叶芙蓉拼命挣扎起来，他把她按住，柔声道："别这样，我也是为了你。"

他的唇落下时，吻到的全是冰凉的液体，他耐心地一点点吻干，她压抑的哭声如洪水冲垮堤坝，他把她搂进怀里，不停轻言细语地说道："芙蓉，相信我……"

"组长，我们什么时候行动？"田英挂着迷人的微笑凑近他，撇开那阴沉的性子，他实在是个很帅的男人。

"收起你那套！"刚川正史横了她一眼，让她从背脊上冒出凉意来，她急急后退，强笑道："我那套确实不行，组长见笑了！"

菊田和太郎咻咻笑起来，田英瞪了他们一眼，气哼哼地站正。

刚川正史收回目光，修长的手指在桌面上有节奏地敲击着："罗方生开始和上头进行接触，上头要我们停止一切破坏活动，表现出与他们合作的诚意，你们把人先撤回来，让他们过几天安生日子，造成平静的假象，等他们内讧一起就立刻按照原计划行动！"

田英愣住了："组长，你不是说罗方生已经有意和我们合作了吗？怎么还要对他下手呢？"

刚川正史冷笑一声："一条咬过了你多次的狗，你还能相信他的诚意

245

吗？再说他们一直和许复有联系，他的两个孩子都在许复手上，他能真正跟我们合作吗？他就不怕许复对他的孩子下手，他的女人被我们动过，他能咽得下这口气吗？我们难道还要养虎为患，等他哪天精神起来收拾我们？"

田英赔笑道："那个女人也一起解决吗？"此话一出，田英后悔得几乎咬下自己的舌头，眼睁睁看着他脸上积起阴云，他一个闪身便走到她身边，贴着她的耳朵轻声道："你动她试试看！"

"陈老师，有人找。"陈刚把手里的课本一放，连忙跟着传达室老曹来到学校会客室，门口两个剽悍的汉子交换一个眼神，把他让了进去。

会客室里很冷，因为许久没用，空气中还有股浓浓的灰尘味道，一个穿着白色貂皮大衣的女子正站在窗户旁，看着纷纷扬扬的雪花发呆。"罗夫人，"陈老师连忙挡住窗外进来的冷风，皱眉道，"你怎么来了，有什么事吗？"

叶芙蓉似乎有些局促，双手绞在一起："陈老师，我知道方生上次得罪了你，我真的很对不起，我想……求你件事，他不知道是被什么迷惑了，一定要跟日本人合作，我不知道要怎么劝他，我一开口他就说是为我好，我实在没办法了。你……能不能再去帮忙说说，你懂的道理多，他应该能听两句的……"

"你不用操心，他已经无可救药了！"陈老师眼中怒火熊熊，"算我瞎了眼，遇到这样一个没骨气的家伙！"

叶芙蓉急得泪光闪闪，"陈老师，你就再试试看吧，我都不敢告诉许大哥，他要知道还不知会气成什么样呢。阿虎和阿扬天天都见不到人影，我只有求你帮忙了。"

"这么冷的天，你出来就为这事？"陈老师看着她冻得红通通的脸，柔声道，"你先回去，我等下就去找他，只怕他已经做了决定，我人微言轻，他未必肯听。"

"总得试试，"她眼中的光芒冷了下来，"他现在真的变了。"

冬天的上海黑得很早,陈妈和刘妈早早就躲进了温暖的被窝,叶芙蓉忧心忡忡地等着罗方生回来,风雪在窗外呼啸着,人如在动荡的海洋,心里空落落的,总是找不到安心的地方。

房间里炭火烧得很旺,她今天出去吹了点风,浑身上下就酸疼不已。换上一件棉袍,懒懒地坐到藤椅里,拿了今天的报纸来看,报纸上天天都是坏消息,汪精卫从重庆叛逃了,看来是要成为日本人的新傀儡。她长叹着,如果没有这些汉奸卖国贼,该多好!

如果连罗方生都投靠了日本人,她真的不敢想,以后要如何跟他过下去。

全身的力气好似被一丝丝抽离,她把自己缩成一团,迷迷糊糊间,门突然开了,一股冷风涌了进来,罗方生的黑色大衣上落了一层白色。她惊醒过来,连忙起身相迎。罗方生两步就奔到她面前,把她塞回椅子里,叹息道:"这么冷的天,你出去做什么呢?是不是身子又酸痛得紧?"

她点点头,凝神看着他的眼睛,他撇开脸,转身把衣服脱了,突然神情肃然道:"以后不要出门,不要再去找那个陈老师,你身体又不好,给我乖乖待在家里就行了,我的事你不要插手!"

他的话像锥子戳进她的心里,从那伤口汩汩冒出滚烫的血,让她浑身都热起来,她霍地站起来,怒视着他的背脊:"你难道真的要去做汉奸?你难道忘了你的一家是怎么死的……"

他猛地回头,沉默着把她揽进怀里,她拼命挣扎,一边捶打着他的胸膛,哭喊道:"你到底在想什么,我怎么看不懂你!"

他把她拦腰抱起,轻轻放到床上,为她盖好被子,转身离开。

看着他的背影,她只觉得已经落入一个冰凉的洞穴,再也无力回天。

风雪仍在肆虐,她轻轻叹了一声,把头埋进枕头,默默流泪。不知过了多久,门又开了,罗方生端了盆药水进来,把火盆拨旺了些,把她从被子里捉了出来。她眼睛闭得紧紧地,不愿理他,他胡乱在她脸上擦了一把,轻轻把她衣服解了,绞了毛巾用力擦拭,在每个关节处特别用心,她雪白的皮肤泛出红色来，连带着苍白的脸上也染上层嫣红，她乌黑的长发缠绕在颈间手臂，好似遗留人间的沉睡仙子，她似乎感到他炽热的目光，渐渐有了些羞意，慢慢把身体蜷曲起来，他闷声道："别动，快好了。"

她悄悄睁开眼睛，他正擦到她的膝盖，他加大了力气，皱着眉一边按摩着一边擦拭，他的几缕发垂落在额前，从什么时候开始，他变得这样憔悴了。她猛地扑到他怀中，哽咽无语，让她痛彻心扉。

他疲累至极，很快就睡着了，她缩进他的怀抱，耳朵贴上他胸膛。那一刻，她只想这样听着他的心跳，重复的，单调的一声声，直到天荒地老。

风声一阵比一阵紧，刮得漫天雪花乱舞，连天上的微光都辨不分明，白昼如同黑夜一般。

"陈妈，你出去瞧瞧方生回来没有，"叶芙蓉坐立不安，"这几天怎么都回得这么晚，天气又不好，别出什么事才好。"

陈妈出去转了一圈，朝手上哈着气回来了："太太，先生没这么快吧，他昨天半夜才回来呢，外面冷，您先回房歇着，等下冻坏了先生又得责怪我们了。"

"你们把火搬来，顺便把书房桌子上那本打开的书拿给我，刘妈，你给我泡壶龙井，我在这再等会儿，你们就先去睡吧。"

冬天人一遇暖就犯困，新调派来的两个打手早就缩到沙发上打起呼噜，上次她要他们早些回房休息，结果罗方生回来没看到人，气得把他们从被窝里踹了出来，两个都是十八九岁年纪，还是睡不饱的时候，她于是要他们抱着被子睡到客厅来，一有动静就能发现，罗方生这才点头。

端起热茶焐了会手，她坐进藤椅，把脚盖好，她一受寒，累的就是罗方生，前几天她出去找陈老师回来，他一连给她擦了好几天身体，直到她赌咒发誓说身上不痛了才停。

他实在太累了，她不能再成为他的负担。

她拿起看了多遍的《呐喊》慢慢翻起来，不知为什么一直心神恍惚，没办法看进一个字。她心中的焦躁越来越盛，丢下书起身，盖脚的小棉被掉落在地，她连忙捡起来，见有个孩子睡得不踏实，手从被子里露出来，她摇了摇头，掖好被子。她慢慢走到窗口，只见外面一片苍茫，光秃秃的树好似倔强的汉子，挥舞着枯枝直直地冲向天空，她心头一凛，竟忘记收回目光。

这时，客厅冲进来一个血淋淋的人，他扑倒在地，大哭道："夫人，不好了，大哥出事了！"

众人纷纷惊起，叶芙蓉跄跄着扑到他面前，声音颤抖着："你说什么，他出了什么事？"

久未露面的阿扬跪在她面前，低头道："夫人，今天青龙帮起了内讧，大哥被人打了黑枪，他……掉进水里，估计已经活不成了……"

叶芙蓉眼前一黑，慢慢软倒在他面前，阿扬连忙接住，对目瞪口呆的陈妈和刘妈道："你们把太太照顾好，我回去再找找……"

叶芙蓉睁开眼睛，死死抓住他的手，低喝道："我自己去，我不相信他会撇下我！"说着，她奋力站起来，回房间把枪塞进衣袖，披了件大衣，推开门就走了出去，阿扬欲言又止，和他们两个连忙跟上。

码头上寒风刺骨，水面结了一层薄冰，红色的印迹在已经污秽不堪的白雪上触目惊心，三人把她围到中间，为她挡去风雪，阿扬指着一处仍是鲜红的地方道："大哥和虎哥当时在这里，有几个人躲在那堆货后面放冷枪，大哥和虎哥被打中了，我来的时候刚好看到他们掉到水里。我立刻派人去捞，可人已经不见了，现在天寒地冻的，要找也不容易。夫人，你先回去吧，我有消息马上通知你！"

叶芙蓉双手覆上那冰冷的颜色，泪珠追逐着滚落，她咬破嘴唇，让自己的头脑清醒，那血和泪没入那暗红中，如溪流投入大海的怀抱，转眼消失无形，她猛地抬起头，眼中燃起一簇火焰："活要见人死要见尸，你们马上动手，我就在这里等！"

"你们是亲眼看见罗方生死了吗？"刚川正史冷眼看着面前笑逐颜开的

两人。

"没错，"菊田慌忙点头，"我亲眼看见他们中枪掉到水里，听说到现在罗夫人还守在码头捞呢！"

"饭桶，也就是说你们还不能确定他已经死了！"刚川正史喝道，"这个罗方生是什么人物，怎么可能这么容易就被打死！"

菊田哭笑不得："组长，我们明明看到他中枪落水，这么冷的天，他没被打死也被淹死冻死啦……"

"放屁，他的尸体呢？人死了尸体不会浮上来吗！你们马上找船到水面上搜索，不能放过一点蛛丝马迹！"

菊田悻悻地出去了，太郎赔笑道："组长，有个小问题，阿扬要同我们高层直接对话，还说他现在是帮主，只派些小喽喽是不给他面子！"

"这么快就要摆架子了，学得真快嘛！"刚川正史冷笑一声，"既然他已经掌握青龙帮实权，我出面和他接触也在情理之中，你要钱易告诉他一声，等找到罗方生的尸体，我设宴为他庆祝。"

"要是找不到呢？"太郎皱眉道，"如果惹火了他，他会不会继续同我们作对？"

"你不用担心，他不是罗方生，不可能有什么作为的，我自有办法让他俯首帖耳。"他话锋一转，"你们刚才说罗夫人还在码头？"

太郎眼中有微微的笑意："正是，我们离开的时候她正一动不动站在风雪里，倒真有点我见犹怜的味道呢。"

"带我去看看！"

太郎蓦然抬头，见到他眼中的凌厉光芒，像……饥饿的猛兽。

叶芙蓉怔怔看着前方，几盏白色的灯光投射在水面上，那薄冰上一片凄怆，近处的冰都被捅破了，水面浮现一层袅袅雾气，和灯光牵缠着，把粼粼波光笼上清冷的黄与白。她脑子里一片空白，仍不肯相信罗方生就葬身于此，找来的渔民一个个颤抖着爬上来，冻得连话都说不出来了，只一个劲地摇头，每一次，都让她的心沉得更深。

刚川正史远远看着她僵硬的背影，皱了皱眉，对太郎道："你让阿扬把那个女人弄回去，她这样站下去不死也是剩半条命。"

太郎找个人来，俯耳对他说了两句，那人飞快地跑到阿扬身边，当他把话转告完，阿扬迅速朝后面瞟了一眼，健步如飞走到叶芙蓉身旁。

寒冷一点点侵袭着她的身体，她的知觉渐渐消失，全身木然，面前只剩一片粼粼光芒，惨淡景象，她明白自己已经没办法挪动脚步，所以，当那温暖的声音传来时，她忍不住泪流满面。

"罗夫人，你自己要保重！"阿扬不着痕迹地伸手揽在她腰际，"跟我回去吧！"

她擦了擦泪，固执地摇头，又紧盯住水面上的动静。阿扬四周看了一眼，低头轻声道："夫人，要是你有什么事大哥回来肯定饶不了我，你就装作什么都不知道，先跟我回去，以后大哥会给你交代！"

叶芙蓉又是惊喜又是愤怒，咬着下唇哭起来，阿扬低声道："夫人，得罪了！"说着，把她拉着就走，叶芙蓉双脚哪里迈得动，一头向前栽去，阿扬眼明手快，连忙把她抱起送到车里，对司机道："快把她送回去！"

看着汽车的尾灯，阿扬在心中长叹一声："大哥，这你可别怪我！"

"组长，罗方生和阿虎的尸体还是没找到？"菊田肩头披着一层白色，耷拉着脑袋走进来，他的眼中布满血丝，灰黑的脸上憔悴不堪。

"蠢货，难道他能飞天遁地不成！"刚川正史把目光从窗外飘扬的雪花收回，狠狠地瞪了他一眼，又转头看向窗外，摩挲着微温的手指道："罗方生可不是个简单人物，只怕他又是在跟我们玩什么花样。你们这些天警醒些，不要掉以轻心！"

菊田悄悄撇撇嘴，他在风雪里挨冻受饿，徒劳无功不说，回来还要挨骂，心中便有些愤愤，嘟哝道："组长未免太小心了些，罗方生这次即使不死也无法对我们造成威胁，青龙帮已易主，他单枪匹马地能弄出什么名堂！"

"你懂什么？"刚川正史不想同他多说，摆手道，"你先去休息一下，再派些人到岸边的渔民家里打听打听，两个大活人不可能就这么失踪了，咱们不能放过一点线索！"

菊田唯唯诺诺应下离去，太郎和田英相携而来，田英满脸愤然："没想到又遇到一头犟驴子，他以为自己是谁，不就是罗方生手下的一条狗！"

太郎赔笑道："组长，你刚交代我和田英去阿扬那里与他接触，谁知他一见田英，二话不说就把她赶了出来，还要我转告你，他决不跟罗方生不要的女人共事，还说罗方生的尸体捞不着就算了，要我们认清形势，青龙帮现在他说了算，不要为了一具冷冰冰的尸体伤了和气。"

刚川正史哈哈大笑："果然强将手下无弱兵，看来我还小瞧了这个阿扬，你去跟他说，我晚上请他到清风酒楼小酌。田英去准备一下，到时候我不想看到太多人。"

"陈老师，你快去劝劝太太吧，她今天什么都没吃。"陈妈把一身黑大衣的陈老师让进来，为他拂去身上的雪，把大衣和帽子挂到衣架上，擦着泪道，"先生出了事，太太只怕受不住这个打击，也真是，连我都不相信，多精神的人，怎么说没就没了呢……"

陈老师和沙发上的两个男子点头打个招呼，大步朝房间走去，在房门停了下来，听到里面刘妈的声音："太太，您别这样，先生在天有灵也不会安心的……"陈老师把门一推，里面的两人同时转头看着他，叶芙蓉虚弱地叫了声："陈老师……"泪水便再也停不住了。

陈老师慢慢踱到床边，把刘妈手里的粥接了过去，刘妈忙退到一旁，陈老师冷冷地瞥了她一眼，刘妈如同被利刀割到，差点惊叫出声。今天的陈老师怎么看起来凶神恶煞的样子，是不是自己的眼睛花了？

他的声音很温柔："罗夫人，人死不能复生，现在重要的是你自己的身体。成城和七七以后还要靠你，你可不能让自己垮下去。"说着，他一手扶起她的身体，她长长的头发拂过他的手，让人有微微凉意，又如无数只虫蚁，经过的地方全是难耐的酥痒，一直到心里。

"陈老师，还是我自己来吧！"遇到他的碰触，叶芙蓉浑身有些不自在，忙把碗接过去三两口喝完，把碗交到刘妈手里。刘妈转身出去了，他微笑着松了手："你脚好些了吗？"

叶芙蓉心里怦怦直跳，点头道："好多了，她们昨天给我泡了药水，手脚恢复了知觉，可惜走路还是不太方便。"

"没有大碍就好，我想请你去清风酒楼和我见一个人，行吗？"

"什么时候，见谁？"她有些惊讶。

"晚上，等你到了就知道了，我是来接你的。"

陈老师一脸笃定，让她莫名愤怒："陈老师，你这样就不对了，我的丈夫刚死，我不想抛头露面！"

"罗夫人，你误会了，这个人应该跟罗先生的死有关。我是想帮你，难道你不想为罗先生报仇吗？"

叶芙蓉思索片刻，点头道："陈老师，麻烦你回避一下，我起来换件衣裳就走。"

不知什么时候雪停了，太阳从西边厚厚的云层中挣出最后一线光明，把这个白色世界照得五彩缤纷，街上的人本来就少，清风酒楼就更是门可罗雀，只楼上的几间厢房开了，楼下冷冷清清，连跑堂的影子都没有。

叶芙蓉全身裹得严严实实，在陈老师搀扶下慢慢走进厢房，厢房里早就坐了两个人在喝酒，正对面的一个男子慢慢抬头，两人同时失声叫出对方的名字。

"夫人！"

"阿扬！"

"阿扬，你怎么会在这里？"叶芙蓉定下心神，回头看着一脸诡笑的陈老师："是你约他的吗？"

阿扬有些慌乱："夫人，这里不是女人来的地方，你还是回去吧！"他想起身把她送走，太郎一把拉住他，笑道："有酒没女人实在扫兴，早就听说罗夫人非常漂亮，今天就让她陪我们喝一杯吧！"

叶芙蓉和阿扬同时色变，她这才注意到这个西装革履的男子，蹙眉道:"你又是什么人?"

太郎哈哈大笑,过来想把她拉着坐下,她一把甩开他,喝道:"你到底是什么人?"

太郎没理她,瞟了陈老师一眼,笑眯眯地对阿扬道:"你要见的人来了,你还愣着做什么?"

阿扬狐疑地看着面前的三个人,一声不吭地坐下,叶芙蓉脑海中迅速闪过许多画面,大冬天竟把里衣都汗湿了。正愣神间,陈老师一手揽在她腰上,轻笑道:"先坐下休息,爱吃什么我叫人做。"

阿扬拍案而起:"你们到底搞什么名堂,叫个女人来陪我喝酒,还是我刚死去那大哥的女人。你们要是这么不爽快,我们干脆一拍两散!"

陈老师闲闲地看了他一眼,坐到叶芙蓉身边:"阿扬,你不是一直要见我吗?怎么见到了还是这么大脾气!"

"你就是组长?"阿扬醒悟过来,目瞪口呆地指着他,"原来是你在策划指挥?"

"怎么,不相信吗?"陈老师,也就是刚川正史举起杯,"为我们合作成功干杯!"

"阿扬,这是怎么回事?"叶芙蓉声音颤抖着,手悄悄伸进袖子里。刚川正史斜眼看到,一把捉出那只手,把她的手腕一紧,枪掉了下来,他笑眯眯地把枪转了转,又状似无意地指指她脑门,"女人还是不要碰这种东西,这个交给我保管吧!"

叶芙蓉迅速站了起来,拼命想挣脱他的手,阿扬拉住她另外一只手,对刚川正史道:"你这样有点过分吧,我要是顾不了她周全,帮里的兄弟会责骂我的!"

刚川正史冷笑道:"你连龙头老大都敢动,还会在乎他的女人?我带她来就是想告诉你,以后她就交给我了!"

阿扬瞠目结舌,指着他气得说不出话来,太郎把阿扬按下来,挤眉弄眼地笑着:"你放心,她早就是组长的女人了,组长不会为难她,咱们还是继续喝酒！"

叶芙蓉悚然一惊，当心中的怀疑被证实，那恐怖的气息好似把她团团包裹，连呼吸都难以继续，她绝望地看了阿扬一眼，他避开她的目光，慢慢松了手，她趁着这机会，抓起桌上的酒壶便朝刚川正史砸去，刚川正史目光炯炯地盯着她的举动，一掌砍向她的手臂，她吃痛不过，酒壶碎了一地，酒溅得到处都是。

这时，从外面冲进来几个大汉，刚川正史朝他们摆摆手："都给我出去！"等他们退出去，阿扬冷笑着："搞了半天，原来今天这是鸿门宴，你们只是要我瞧瞧怎么驯服女人，根本没什么诚意。咱们这酒真的喝不下去了！"

"别闹了，乖一点。"刚川正史的声音让她毛骨悚然，她的双手被制，泪水大颗大颗落下，却死咬着唇不发一言，眼中几欲喷出火来。

刚川正史抬头看着阿扬，微笑道："那还不至于，请少安毋躁，我马上就叫人拿酒来！"

很快，一个穿着灰布棉袄的男子端了壶酒进来，叶芙蓉奋力挣扎，一口咬在刚川正史手上，他眉头一皱，一手掐在她后颈，还没等她松口，他的头上就长出一个血淋淋的洞口。

他的血喷溅在她脸上，一个熟悉的声音响在她耳边："芙蓉，快跟我走！"

她惊喜交加，把刚川正史的手甩开，又把他踹倒在地。太郎同样倒在桌下，阿扬的枪口正在冒烟。阿虎飞快地跑进来，低声道："外面的人全部解决了，我们快走！"

那年的冬天，不知道是什么原因，清风酒楼发生一场大火，烧得只剩一个黑漆漆的空壳，罗方生买下这块地方，又重新盖了个酒楼，叫作后羿楼。

第五章

计中计

"我的天啊……"叶芙蓉惨叫起来,"重庆……空袭……"

罗方生从书房冲出来,狠狠瞪了陈妈一眼,陈妈喃喃地道:"我刚刚把报纸藏起来,不知道太太怎么找着的。"罗方生一手抢过报纸,把她揽进怀里:"别担心,孩子们不会有事的,许复会照顾他们周全。"

"不,我要去找他们,我对不起他们。方生,我不该丢下他们!"她几乎哭了出来。

"你别着急,我马上派人去重庆接他们回来,别哭,他们不会有事的。"罗方生轻言细语,好似在安慰着自己。

报纸上的大标题写着触目惊心的几个字:"五月三日、四日,日军对重庆展开大规模轰炸"。

又一次赤裸裸的屠杀!

成城一辈子都不会忘记那天的情景,经过了南京那次,他以为自己已经不会害怕,可当面对满街的尸体,他又一次被恐惧包围。

快下班时,尖厉的警报声在重庆上空响起。常妈慌了神,一手拖着他,一手抱着小七七就往桌子底下钻。许复飞快地冲了回来,把他们从桌子底下拉出来,抱过七七就往他工作的警备司令部专用防空洞跑。随着轰隆的爆炸声，大地好似喝醉了酒，不停地摇晃，满街都是刺鼻的硫黄味。七七吓得哇哇大哭，许复把她的头塞到怀里。常妈是缠了小脚后放的，跑了一会儿就有些跑不动了，成城几乎是推着她在跑。

炮弹好似长了眼睛，全都扑向那些拥挤的商业区，人们完全失去理智，潮水般向城外跑去，城门口堆着成山的尸体，大多是被后面的同胞践踏而死。

炮弹声后，重庆成了一片火海，火焰夹杂着烟雾，忽悠着直冲云霄，火龙四处翻滚作乱，渐渐拔高了身体，似乎连远处的群山都吞没了。

没有被炸死的人们又一次经过浩劫，消防设施太落后，对这个燃烧的城市来说只是杯水车薪，重庆市区建筑以竹木结构为主，一烧起来就火势凶猛，有的人陷在火墙后面，根本无法逃脱，有的人活活被烟呛死，无数人在火海里痛苦地翻滚，在诅咒中咽下最后一口气。

把孩子们交给常妈，许复又跑了出去，成城跟着他跑了出来，许复眼睛血红："给我回去待着！"

成城倔强地挺着胸膛："我要去帮忙！"

许复掉头就跑，碰到一队人抬着担架走来，许复连忙把成城的眼睛捂住，成城拼命挣开了，见担架上的人肚子破了，满身是血，肠子全都流了出来。他握紧了拳头，对许复说："许叔叔，你放心，我不怕！"

他们参加了紧急救护队，一边躲避着火苗，一边搜寻受伤的人。许复找了条毛巾蘸上水捂到自己和成城的口鼻上，到烧得噼啪作响的房屋里、到街道上的瓦砾堆里找幸存者。大家都拧着眉，沉默着一趟趟来回奔走。

两天的空袭后，人们在废墟瓦砾上默默流泪，这原来的家园弥漫着刺鼻的硫黄味，哪里还找得到家的气息？人们陆续疏散迁徙离开重庆，接下来的日子，是许复一生中最辛苦的时候，天气溽热，堆积如山的尸体无法久放，国民政府组织大批人手去埋人。许复负责带一批人从废墟瓦砾里清理出尸体，他和同事们不知道清理了多少具尸体出来。大家开始看到烧焦的人形还会撇过脸去，过了两天，大家已经完全麻木了，连看到一家大小活活被屋顶压住又被火焖熟的情景都只呆了一会儿，仍是继续埋头做事。

一堆堆尸体被掩埋，一车车瓦砾被清走，一双双眼睛被愤怒点燃，之后，国旗又高高飘扬在这个被摧毁近一半的城市。

滔滔江水，载着沉重的心事，浮浮沉沉而去。

当阿虎带着一个兄弟千辛万苦找到许复，他们简直不敢相信自己的眼睛。面前的这个哪里是那挺拔俊朗，经常一脸阳光的男子，他瘦得已经脱形，满脸黑灰，只有两只眼睛仍熠熠有光。他的军装上全是已经变黑的血迹，手上更是条条裂痕，有的还渗着鲜血。

许复激动莫名，把他的手紧紧握住，哽咽道："还好孩子们没事，要不然……"阿虎看着他那憔悴的面容，几乎痛哭出声。许复飞快地把他们带到一个防空洞里，里面一片狼藉，大家失去了庇护所，大都在这里吃睡，常妈好像病了，靠在一边睡着，成城正喂七七吃饭，小家伙余悸未消，缩在他怀里不肯好好吃。

阿虎鼻子一阵发酸，把两个孩子拥在怀里，七七哇哇大哭起来，成城抱住他的脖子，抽抽答答道："阿虎叔叔，我好想你们。"

常妈微微睁开眼睛，自从轰炸过后，她没有一天能好吃好睡，这些天已经心力交瘁，还好成城很懂事，把照顾妹妹的任务一手揽了。她慢慢坐起来，把两个孩子抱住，断断续续地对阿虎道："孩子……就交给你们了，他们都好好的，我对得起我的儿子媳妇……你们好好带他们回去，就说……我谢谢他们……我欠他们的情，下辈子再还……"

她慢慢闭上眼睛，头耷拉下来。

成城看到她惨白的脸色，惊得目瞪口呆，突然爆发出一声哭喊，"奶奶……"七七拉着她的衣服，惊天动地哭叫起来。

四个月后的一个深夜，上海法租界的罗家公馆里，叶芙蓉披衣而起，罗方生迷迷糊糊地拉住她："到哪儿去？"

她轻轻把他的手拉住，悄声道："我去看看孩子们，你睡你的。"

他猛地把她拉回来，嘟哝道："别看了，他们真的回来了，不会再离开我们。你不用每天晚上这样瞧几遍！"

她还想挣扎，刚动了一下，他有些恼了，把她拉上床，圈到双臂间："哪里都不准去，陪我睡觉！"

她哧哧笑起来，他把头埋进她发间，有些悻悻然："笑什么，你都陪他们睡了这么久，我好不容易才把你弄回来。你每晚这样去瞧几次，还让不让我过安生日子？"

"瞧你，我不去就是，你生哪门子气嘛！"她飞快地在他唇上啄了一下，"我知道许久没管你，你嘴上不说，心里肯定把我念死了。对了，你现在在忙些什么，怎么每天都看你风风火火的。"

"唔，在谈些正经生意，上次虽然没有证据，失踪了好几个人，他们还是对我们有所怀疑，我们花了很大力气才把事情压下来，也伤了些元气，不能再有大动作，只好偃旗息鼓地做生意，赚多点钱给你花。"

"呸，我能花多少，"她狠狠啐了一口，轻声道："日本人三月份打下南昌，虽然在随枣吃了败仗，可现在扑到长沙去，只怕国民政府军难以招架，形势越来越不利，你做事要隐蔽些，不能被他们捉到把柄。"

"遵命！娘子大人！"他用唇贴到她额上，良久才幽幽道，"你在家把孩子带好，外面的事有我烦就行了。"

"小人的富强，蠢蠢欲动，为害四方！"罗方生冷冷地看着趾高气扬、一脸傲慢的田英，"中国积弱已久，日本是比我们富强，可那只是小人的富强，总有一天会众叛亲离，祸及子孙，你不要高兴太早！"

田英脸色骤变："姓罗的，你别在这里颐指气使，你还不是要找日本人做靠山！你那些事情我都一清二楚，刚川和太郎他们肯定是被你害了，刚川动了你的女人，依你的脾气肯定不会放过他！"

"是么，你有证据？既然你这么清楚我的脾气，那你知道我对威胁我的人一贯不讲情面，你难道还要证实一下？"罗方生靠着椅背，把脚架到书桌上，斜眼看着面前气得发抖的女子。

"罗方生！"田英一拍桌子，指着他骂道："我是上头派来协助你做事的，不是给你羞辱的，你不要欺人太甚！"

"收起你的手，你再指着我信不信我把它砍下来！"罗方生冷笑道，"你们上头是高估了你还是低估了我，怎么这么没眼光。"

田英不怒反笑："罗方生，你那张狂的毛病还是没改。既然我们也算熟人，我干脆给你交个底，上头早就对你心存芥蒂，只是收买你们青龙帮比消灭你们要划算得多。既然你肯低头，上头肯定要做个顺水人情，把前面的事情忽略不计。"她的脸色突然阴狠，"你做的一桩桩我们都登记在秘密档案里，你最好这些天老实跟我合作，如果被我发现有什么小动作，你一定会后悔认识我！"

两人正僵持间，阿虎闪了进来："大哥，找我有事吗？"

罗方生指着气势汹汹的女子："阿虎，田小姐是协助我们采购药品的，你把采购单给她看看，等她拿回去研究一下再给我们答复。"

见罗方生一脸不快，阿虎满腹的话都问不出口，连忙把田英请了出去，田英哼了一声，头也不回地走了。罗方生揉了揉太阳穴，起身看着窗外熙熙攘攘的人群，一会儿，阿虎和阿扬嬉笑着回来，罗方生听到他们的声音，沉声道："拿走了吗？"

"拿走了。"阿虎走到他身边，"大哥，你是不是疯了，我们真的要跟日本人合作吗？"

罗方生缓缓回头，肃然道："我没有办法，许复一直催我弄些药品给敌后方的游击队送去，能搞来多少算多少，他们的物资匮乏简直无法想象。可药品都控制在日本人手里，我想以现在手中的两个药店为幌子，从他们手里捣腾出一批来。再者我们上次的事情并非已经风平浪静，我也要跟他们拉上关系证明自己的清白。"

"明白了，你上次找的那些字画古玩都是去拉关系的，"阿虎蹙眉道，"真是便宜了那帮王八蛋！"

罗方生长叹一声："这些算不了什么，要想跟他们在上海滩斗久一点，一定不能意气用事。你们交代下去，以后做事收敛些，不要去冲撞日本人。"

阿扬苦着脸："大哥，你明明知道大家都恨死了日本人，不是让大家为难嘛！"

罗方生低头想了想："你就说……来日方长，大家沉住气，要保存实力！"

"明白！"两人同时应道，转身就走。"还有，"罗方生突然喊道："不要让芙蓉知道！"

叶芙蓉靠在车窗，寒风萧瑟中，大街上的人愈加少了，人们都缩成一团，低着头匆匆而过。几个乞丐用报纸棉絮把自己包裹起来，缩在街角瑟瑟发抖。七七和成城都长大了，她今天去给两个孩子做了冬衣，顺便把成城从学校接了回来。

经过最热闹的长庆街时，看着外面的招牌，成城几乎把脸贴到玻璃上："妈妈，我想吃西餐！"

"为什么？"叶芙蓉摸摸他的头，"家里早做好饭了。"

"因为……我们在昆仑关打了胜仗，报纸上都说了，昆仑关大捷！"成城兴高采烈地说："十月份的时候在长沙打了胜仗，爸爸就带我去吃了牛排！"

"那要是天天打胜仗，我们就要天天庆祝！"叶芙蓉笑起来，"小馋猫！"

"妈妈，"成城扑到她怀里，"行不行？"

叶芙蓉点点他的鼻子，对开车的小迟道："你在这里停一下，咱们一起去吃个牛排再回去吧！"

成城欢呼起来。

小迟是个沉稳的年轻人，才十九岁，是罗方生刚派来开车的，对她很是恭敬。他把车一停，先跑下来把车门开了。成城长得很快，现在已经到

261

她耳朵了，只是很瘦，手长脚长，长得和戴铁面一模一样。

走到西餐厅，留声机里正放着一首英文歌曲，曲调却是缓慢悠长，有让人沉静的魅力。三人找了张角落的桌子坐下，成城为妈妈扯开椅子，又为她把餐巾摆好。小迟嘿嘿直笑："夫人可真幸福，有这么听话的儿子！"

成城朝他耸耸鼻子，"我才幸福呢，有这么好的妈妈！"

三人点的牛排很快就上来了，因为大家都看不得那血淋淋的样子，都让他们做的是七成熟。成城抢过妈妈的刀叉，细心切好，才把盘子推回给她，叶芙蓉感慨万分，只觉心中柔柔地疼。

正吃得开心，一男一女挽着手走进来。女子烫着大波浪，一身白色呢大衣，靠在男子身上咻咻地笑。男子开口叽里呱啦说起日语，拉着她走到窗边坐下，两人笑语盈盈，把满餐厅的目光都吸引过去。

叶芙蓉见到那女子的灿烂笑容，悚然一惊，下意识挡住成城的视线，催促道："快吃，七七还等你回去陪她玩，刚才她就一直要跟，我差点没法出门。"

成城笑起来，不小心被水呛到，猛地咳了起来。叶芙蓉脸色煞白，连忙拍着他的背。听到这边的动静，那女子转头看向他们，阴沉地笑了笑，和那男子说了句什么，两人同时起身走向他们。成城已经认出那女子，霍地站起来，挡在妈妈面前，小迟见势不妙，手悄然伸到腰间。

"罗夫人，你们这是做什么，不要紧张嘛，我来介绍一下，这位是仓田君，是罗先生的朋友。"田英笑眯眯地指着身边的男子。

"朋友？"叶芙蓉缓缓起身，冷冷道，"田小姐，我不知道你在说什么。"

仓田哈哈大笑："罗夫人，没关系，一回生二回熟。罗先生应该没有告诉你，我们现在正合伙做生意，合作非常愉快。罗先生十分慷慨，我们很感谢他的礼物，以后我会专程上门拜访，还请罗夫人不要嫌弃。"

成城只觉得妈妈的手把他的手臂抓得越来越紧，那细长的手指根根如铁箍，几乎勒进他的肉里，他不敢呼痛，牢牢扶住她颤抖的身体，轻声道:"妈妈,我们回家吧!"

小迟抢先一步,帮叶芙蓉挪开椅子,和成城一边一个把她搀了出来,见他们奇怪的反应,仓田有些纳闷,用日语问了句什么,田英冷笑道:"罗夫人算是半个残废,她能走路就已经是奇迹了!"

成城回头大吼一声:"我妈妈不是残废!"叶芙蓉好似大病了一场,抓紧他的手臂,颓然摇头,泪水扑簌而下。

"妈妈,爸爸也是不得已,你别生爸爸的气好不好!"回来的路上,成城不住地劝着她,却丝毫得不到回应。叶芙蓉痴痴地凝视着窗外,泪水早已干了,眼底不知何时凝集了浓浓的悲伤,如同,哀莫大于心死的那年七月。

罗方生深夜才回到家,他把大衣一脱,陈妈打着哈欠接了过去:"罗先生,你去瞧瞧,太太好像不太对劲,一回来就进房间了。"他径直朝房间走去,里面亮着灯,灯光从轻掩着的门缝中流泻出来,顿时让他满心温暖。"非要等我回来才睡。"他叹了口气,刚把门推开,发现叶芙蓉穿得齐齐整整坐在藤椅上,双眉紧锁地把玩着那把黑色袖珍手枪。听到他的脚步声,她猛地抬起头来,立刻把枪放到袖中,眼中的白与黑全成了凄怆的颜色,还隐隐透着些决绝的意味。

"怎么啦,什么事不开心?"罗方生蹲到她面前,柔声道,"我不是说过不要等我吗,我实在太忙,回来没个定时的,你要是累了就先去睡,天冷了,你别又冻着!"

她静静看着他的容颜,伸手抚摸着他眼角细微的皱纹,他看着似乎有些不同的眼神,不由得一阵慌乱,连忙握住她的手,嬉笑道:"快去睡觉。"说着,他站起身来,想把她抱上床去。

"方生,"她拂开他的手,"你照顾我这么久,觉不觉得累?"

"你怎么会这样说,因为有了你我的生活才变得有意义,我让你担惊受怕,觉得累的应该是你啊!"他深深看着她的眼睛,"我们是一条命,难道你忘了吗？"

"对，我们是一条命！"她慢慢点头，"方生，我今天见到田英了！"

"什么！"罗方生惊呼，"她跟你说了什么？"

"她把该说的都说了，但我不相信你会这样做，所以想亲耳听你说！"一颗泪珠挂在她长长的睫毛上，随着那扑闪掉落，更多晶莹的泪珠涌出来，如断线的珍珠脱落，在她手上，在她脚上消失无形。罗方生心如刀绞，单膝跪到她脚边，哽咽道："芙蓉，别哭，我就是怕你生气，也怕你担心，许复让我弄些药品给游击队，我实在想不出别的办法，药品全部被日本人控制，于是我假装和他们合作，用我手里两个药店的名义去跟他们采购，田英是他们派来监视我的……"他把她的手死死抓住，似乎一放手她就会永别。

"方生，你真的忘了，我们一起经过这么多事情，你难道还想把我撇清吗？"她长长叹息，俯身把他的头揽进怀里，"我们是一条命，你生我生，你死我死，如果你真的做汉奸，我也会解决你之后陪你去，你明白吗？"

罗方生双手环到她腰间，她窄小的腰身一如从前，只是，他从这娇柔的身躯感觉到更多坚强，他深深吸取着她的芬芳，轻柔道："我的命在你手上，我怎么敢乱来？"

她捧住他的脸，那坚硬的颧骨在她手下竟有惊心动魄的感觉，他眼中有着让人沉沦的光芒，这样英武的男子，是她的夫，是她可以交付生命的对象，她心头一恸，好似从那里涌出滚烫的血，流遍她全身，她找到他的唇，重重烙上印记。

被鲜血染红的池塘、湖泊刚把痛苦的颜色埋进胸膛，风的呜咽声声凄紧，沉郁顿挫间，从那里长出油油碧荷，把粉红的花朵一层层绽开，让晶莹的泪珠曝于人前。

时光永是流逝，人间依然没有太平，上海的夏天，因为一些消息而更加让人难以忍受。

7月7日，抗战三周年的纪念日，也是七七的三岁生日。这一天，也是大家心上的一道时时会渗出鲜血的伤痕。

为了避免影响全国抗战士气，国民政府没有把张自忠牺牲的消息即时发布，直到七月七日，才见诸各大报端。

民众被这个噩耗惊呆了，举国哀恸。罗府，又是一片痛哭声。

晚上，罗方生脸色疲倦地回来，看到叶芙蓉正带着孩子坐在客厅，她和成城脸上的泪痕仍未干。他默默加入他们，把嬉笑着扑过来的七七放在膝上，孩子被他的沉重感染，收敛了笑容，他肃然道："七七，我来给你讲个英雄的故事。有位英雄，他在冰天雪地里与日本鬼子周旋了七年多，最后只身抗敌那五天，他渴了，抓一把雪吃，饿了，吞一口树皮或棉絮，和敌人拼尽最后一颗子弹。当残忍的敌人将其割头剖腹，发现他的胃里尽是枯草、树皮和棉絮，竟没有一粒粮食！"

"没饭吃也能打鬼子吗？"七七歪着脑袋，"我肚子饿的时候就没力气。"

罗方生摸着她软软的短发，沉声道："当然能，他的意志是用钢铁铸成的，肉体可以消灭，但精神永生！"

七七被他激昂的语气吓到，怯生生地把头缩进他怀里，叶芙蓉看着身边眉头深锁的成城，声音温柔却坚定，"孩子，记住他的名字，永远不能忘！"

成城握紧了拳头："妈妈，我知道，他叫杨靖宇！"他凝视着她的眼睛，"还有张自忠，在牺牲前还呼喊着'杀敌报国'的英雄！"

"杨靖宇！张自忠！"七七稚嫩的声音突然变得大声，"爸爸，我知道，他们跟我那个爸爸一样也是英雄！"

罗方生迅速瞥了叶芙蓉一眼，见她的眼神又迷茫起来，苦笑着把七七放下来，叮嘱道："快去睡觉，明天让妈妈带你去看荷花。"

七七顿时雀跃起来，抱着他的脖子在他脸上亲了口，叶芙蓉连忙起身，把她牵到房间，为她盖好毯子才出来。发现罗方生和成城两个头凑到一起不知道在嘀咕什么，她玩心顿起，轻手轻脚走到身后，听罗方生低声道："明天我们一起出门，我和你妈妈引开监视的人，你扮成烟贩去和吴先生接应，一定要把消息送到！"

"做什么？"叶芙蓉有些慌乱，把头插到两人中间，"孩子还小……"

成城拍着胸膛大声道："妈妈，我不小了！"

罗方生把她拉到身边揽进怀里："许复已经快急疯了，一直在催促我，我筹备得差不多，可他们盯得太紧，我一直找不到机会把消息传出去。咱们迟早要给孩子机会锻炼，他目标小，他们应该不会注意。"他转头对成城道："我教你的都记住了吗？"

成城眼中闪着两簇火苗："记住了！"

天气有些闷热，房间的空气中流淌着微微的中药香，罗方生拨弄着叶芙蓉散在枕上的长发，听她低叹道："重庆又遭空袭，不知道许复怎么样了，他怎么这么久都没跟我们联系。"

"他实在太忙，这次空袭又死了不少人。"罗方生抚着她有些冰凉的脸颊，她的脸苍白得几乎没有血色，身体总是要比常人凉，夏天还好，冬天简直连门都没法出。他在心中长长叹息，把她揽过来，用自己滚烫的身体温暖她。

"放手，瞧你热成这样！"叶芙蓉推开他起身，从外面端了盆水进来，"躺着别动，我给你擦擦，等下好睡觉。"说着便绞了毛巾擦到他额头，"我自己来！"罗方生要去抢，被她避了过去，她噘起嘴道："一直都是你照顾我，我难得为你做点小事情你都不成全我，不准再动！"

罗方生把手放下，水很凉，她的动作很轻柔，慢慢平息了他身体里的燥热，他把手脚摊开："真舒服，凉快多了！"

两人交换了一个吻，她正色道："明天还是我去吧，我见过吴先生，和他接触比较容易。"

"你放心，我都安排好了，"罗方生笑道，"我已经带成城去认路认人，他把消息一递出去，我的人就能把他安全带回来。你明天还要演一场好戏给田英他们看，你要万分小心，千万不要露出破绽。"

"那你明天做什么？"叶芙蓉突然紧张起来。

"我要去敷衍那些日本人，也不轻松。他们似乎对药店的销售情况有怀疑，虽然没查出什么蛛丝马迹，可毕竟我们走的量太大，一笔出了问题我们就全盘皆输。"

他的声音突然轻柔："芙蓉，如果我连累你，你会不会怪我？"

他的嘴被柔软的唇轻轻堵上。

第二天，在叶芙蓉焦虑的目光中，小迟早早把成城接走，罗方生把叶芙蓉和七七送到总部，仓田和田英已在等着他们，罗方生和阿扬很快离开，要阿虎带着他们到上海附近的一个小城看荷花。

"江南可采莲，莲叶何田田。鱼戏莲叶东，鱼戏莲叶西，鱼戏莲叶南，鱼戏莲叶北。"仓田一路上不停卖弄，要不就做鬼脸把七七逗得咯咯直笑，倒也冲淡了车里尴尬的气氛，连一直冷着脸开车的阿虎都嘴角微微翘起，神色舒缓许多。

小城离上海有两个小时车程，因为罗方生早有交代，一进牌坊，就有穿着青色长袍的老者恭敬相迎，大家下了车，信步走进青石板铺成的小路上，七七煞是好奇，一蹦一跳玩得不亦乐乎。田英似乎对这些建筑很感兴趣，在老者身边不时问着，老者一改见面时的拘谨，兴致勃勃地为她介绍，经过第一座桥时，他指着桥上"长寿"两个大字说："这座桥建于乾隆年间，当年乾隆爷下江南的时候，在这里碰到一个卖豆花的老翁，乾隆爷有点饿，就跟老翁要了一碗，吃了才发现没带银两。老翁也挺好说话，就说：'看你仪表不凡的样子，应该是个人物，豆花钱我不要了，你就给这座桥取个名字吧！'乾隆爷正中下怀，老翁找了纸笔来，乾隆爷随口问了句：'您老高寿啊？'老翁笑了笑：'九十了！'乾隆爷大吃一惊，随手就写下'长寿桥'三个大字，老翁挺满意，就这样把桥的名字定了。"

过了桥，大家循着一条绿柳飘扬的小河往左走，河岸边都住了人家，房屋都是白墙黑瓦，建得颇齐整，大家在河边搭起一个个小小的码头，飘荡着许多乌篷船。河面很窄，流水不急不缓，水底绿油油的水草一眼可见。河上不时漂来几艘乌篷船，撑船的大娘大姐们穿着蓝花布衣，哎呀呀地唱着小曲，把大家听得如醉如痴。

叶芙蓉觉得耳熟，跟着那旋律哼了起来："春季到了鱼满舱，大姑娘窗下绣鸳鸯……"这才想起这是电影插曲《四季歌》，又是一阵兴奋。七七也摇头晃脑唱起来，那稚嫩的童音让所有人脸上都露出了灿烂的笑容。

暖风带着浓香扑面而来，走过这片井然的屋舍，大家眼前豁然开朗，只见池塘一望无际，与天边的朵朵白云相接，亭亭莲叶和粉红花朵偎依着，随风悠然舞蹈，满池碧水泛起粼粼波光，阳光下，莲叶上的水珠仿佛闪耀着夺目光彩。

"接天莲叶无穷碧，映日荷花别样红。"仓田又开始卖弄，眯着眼睛长叹道："我今天才知道这句诗的含义，真是太美了！"

叶芙蓉从未见过这样的美景，一时惊得目瞪口呆，半天回不过神来，七七拍着小手在大家身边绕来绕去，阿虎把她抱起，把叶芙蓉扶到乌篷船上，等大家坐稳，用一块帕子包着头的嫂子把船篙一撑，载着众人朝中间漫溯。

船在莲叶中穿梭，大家的身边到处是亭亭的荷叶和荷花，七七惊叫连连："妈妈，那里有一朵！叔叔，你手边上有一朵！"叶芙蓉深深呼吸，让整个肺里甚至身体里充满那馥郁的香气，伸出双手抚过一片片荷叶，一朵朵荷花，或者调皮地把荷叶上的珍珠震落，在这个短暂的片刻，大家似乎都忘了时间与空间，陶醉在异乡异地。

田英眼神复杂地瞥了身边的叶芙蓉一眼，轻声道："你真的很幸福！"

叶芙蓉"嗯"了一声，把目光落到前面的花蕾。

"其实，我也可以跟你一样幸福，"田英坐近了些，怅然道，"罗方生是个好男人，我很早就知道了，可惜我身不由己。"

叶芙蓉心里怦怦直跳，看着她不知该如何接口。仓田突然大声吟道："燎沉香，消溽暑，鸟雀呼晴，侵晓窥檐语。叶上初阳干宿雨，水面清圆，

——风荷举。故乡遥,何日去?家住吴门,久作长安旅。五月渔郎相忆否?小楫轻舟,梦入芙蓉浦。"

"故乡遥,何日去?"叶芙蓉低声重复一句,眼前仿佛出现一条滔滔的甘蓝河,河水在阳光下闪着金光,她双手紧紧握着船舷,看着水面叶与花朵的倒影,不由得痴了。

"我们能做朋友该多好!"仓田声音中全是惆怅,"中国地域辽阔,物产丰美,我们汉唐时就常来常往,一直关系密切,怎么今天会变成这样!"

阿虎"哼"了一声,别过头去。

"仓田,你说得太多了!"田英冷冷地说,目光投向远处的一个小小莲蓬。

"我爸爸叫程行云,他是一个大英雄!"七七大声宣布。

阿虎连忙去捂她的嘴巴,并把她抱进怀里。仓田呆愣了半晌,回头眼神复杂地看着叶芙蓉:"罗夫人,请问……"

田英冷笑一声:"原来传言没错,罗夫人,你还真是很幸福!"最后三个字,她简直是咬牙切齿说出来的。

叶芙蓉抬起头,眼中闪着露珠般晶莹的光:"是的,我很幸福,因为我嫁的男人是个真正的英雄。在国难当头的时候,他没有做缩头乌龟,而是一直在最前线与敌人拼杀,最后战死疆场。他死了,不止我和七七会记住他,全中国的血性男儿都会记得他。中国是有汪精卫,可中国更多的是我丈夫那样的人,更多的是杨靖宇、张自忠那样的人,所以,中国一定不会亡!"

阿虎的眼睛亮了,七七的眼睛亮了,连船头的大嫂也回头凝视着她白得几乎透明的脸,从那燃烧的眼睛里,读出了让人热血沸腾的东西。

仓田抚掌慨然道:"罗夫人,谢谢你今天这番话,我相信,只要有这样的信念,我们做朋友的日子很快就会来临。虽然我无法违抗命令,可我总还是期待我深深喜欢的中华民族能早些痊愈。"

阿虎朝他伸出手:"仓田先生,冲你这句话,回去我也要请你喝上两杯！"

仓田紧握住他的手，"但是，私交归私交，不要指望我会帮你们什么！"

七七笑闹了一天，回来的路上就在她怀里睡着了，叶芙蓉把孩子送上床，打了水给她擦了擦手和脸。成城掩饰不住兴奋，跟前跟后看着妈妈忙完，连忙把妈妈拉到沙发上坐下，嘴巴机关枪一般："妈妈，我完成任务了，我和吴先生接上头了，他还要我跟你问好呢！"

叶芙蓉身心俱疲，恨不得立刻就躺下，看着他雀跃的样子，又不忍打击他，微笑道："真的吗，快来跟妈妈说说，今天你是怎么做的。"

成城手舞足蹈起来，"我在杂志社那条路上走来走去卖烟，别人问起我就说是老周的远房亲戚，来替他一天。中午的时候吴先生真的出来买烟，我赶紧把事情告诉他。他看着我，眼睛瞪得老大，低头在我烟摊上翻来拣去，要我谢谢你们，还要我跟爸爸妈妈问好！"

叶芙蓉脑海中浮现一双圆睁怒目的眼睛，心下不由得轻松起来，成城又信心满满地说开了："妈妈，以后我要做大将军，带兵打鬼子，把他们赶出中国！"

"好，有志气！"门口传来一个响亮的声音，罗方生一身青绸对襟短衫出现在门口，成城飞快地扑上前，给他敬了个军礼，"报告长官，顺利完成任务！"罗方生哈哈大笑，摸摸他的头，"我早就听说了，好样的！"两人一左一右坐到叶芙蓉旁边，陈妈倒了杯茶送来，罗方生一招手："我今天什么都没吃，你热些饭菜送来。"他转头看着叶芙蓉："陪我吃点吧，咱们好久没一块吃饭了。"

叶芙蓉含笑斜了他一眼："现在才知道，每天都要半夜才见到人！"话一出口，她又怕他多心，拉住他道，"瞧你一头汗，快去洗个澡，等下咱们一起吃饭，我今天也没吃什么。"

罗方生洗完澡出来，叶芙蓉也去洗澡换衣裳，出来时陈妈和刘妈已把饭菜弄好，成城也嚷嚷肚子饿，三人边吃边聊，叶芙蓉细细把今天的事情说给他听，就是把田英的话瞒了。

罗方生点点头，对成城道："吴先生说什么时候给我们答复？"

"三天后。"成城脸上的稚气中透着肃然。

"事情是不是很麻烦？"看着罗方生突然变得阴郁的脸色，叶芙蓉有些慌张。

罗方生长叹一声："日本人在各个关口都查得很严，连我们的码头都几乎被他们控制，这三箱药要运出去比登天还难。我开始想过要分散，但更需要大批人力物力，而且一时半会儿也找不到这么多真正信得过的人，许复让我保存实力，我不能把所有人都砸到里面去！"他突然醒悟过来，强笑道，"我跟你说这个做什么，害你白为我担心一场，你也别想那么多，船到桥头自然直，等吴浩然把交货地点告诉我，我自然会想到办法。许复的意思是让我把药交到吴浩然手里，由他想办法运出去，可现在这个局势，他一个报人也没办法飞天遁地啊！"

成城手舞足蹈起来："对啊，要是我有孙悟空那种本事，一个筋斗十万八千里，往天上一飞就什么事都解决了，那该多好啊！"

两人都笑起来，罗方生戏谑道："照你这样说，那咱们也不用派兵打鬼子，买些黄豆撒到地上就行了。或者在他们来的时候吹口气，在海上掀起滔天大浪，把他们都淹死就行了。"

叶芙蓉大笑起来："你跟着起什么哄，吃饱了给我睡觉去！"

罗方生愁眉苦脸："成城，你看你妈多凶，像不像那专横跋扈的王母娘娘？"

"竟敢说我专横跋扈！"叶芙蓉笑眯眯地站起来，"我就给你点颜色瞧瞧！"说着，她已经走到罗方生身边，提着他的耳朵就往房间走，成城拊掌大笑："王母娘娘发威啰！"叶芙蓉回头瞪了他一眼："不准吵，给我回去睡觉，明天还要上学！"成城把脖子一缩，大笑着看着罗方生乐呵呵地被拎走，罗方成的手已悄然圈到叶芙蓉的腰上。

门一关，罗方生把她紧紧拥在怀中，叶芙蓉把手松了，轻轻揉了揉，轻笑道:"有没有弄疼你?"

罗方生嘿嘿直笑:"你刚才那个扮相真漂亮,柳眉倒竖,杏眼圆睁,好一员女将!"叶芙蓉捶了他两拳,打了水来洗脸,罗方生接过毛巾,弯一腰,用拉长的昆腔念道,"娘子,为夫可有幸效劳?"

叶芙蓉被他逗得又是一阵大笑,罗方生一个漂亮的动作,伸手把她扶到怀里,一手为她擦脸,擦完直摇头:"还是不太干净,我得自己来。"说完,他温热的唇已然落下,在她额头、眼睛、鼻子、脸颊一路吻过,最后停留在她唇上。

灯很快熄灭,房间里的温度陡然上升,有份热烈的爱在奔涌。

三天后,成城带回来吴先生的消息,他万分为难地告诉罗方生,他接到上级的命令,上级要他和罗方生配合,尽快把药品运到华北抗日根据地,可他实在想不出办法把三箱东西送出去,上海的同志都潜伏下来,许多难以取得联系,联系上的两个同志也是一筹莫展,他希望罗方生能想出办法,并说一定听从他的调度。

听到吴先生的消息,罗方生还是有些失望,他把家人屏退,自己关在书房抽烟,把所有可能都重新梳理一遍,仍然找不到可行的办法。他烦闷至极,一拳捶到桌上,急得眼都红了。

当他垂头丧气地出来,发现叶芙蓉正站在门外,她的眼神熠熠发光,"方生,我有办法!"

"什么办法?"罗方生有种不好的预感。

叶芙蓉犹自沉浸在兴奋中:"方生,你看这样好不好,我本来就是北方人,可以借着回乡的机会把东西带过去,你动用你的关系把关卡疏通好,让我们能顺利走过。再说,我带着七七正好去甘蓝看看他爸爸……"

罗方生只觉得心被什么狠狠剜了一下,声音不由得高了起来:"不准!"

叶芙蓉一见他的神色,暗暗后悔,怎么就没想到这事仍是他的心结。她放缓了语气:"方生,你别误会,我真的是想帮你。"她心中百转千回，轻声道，"咱们装作吵架，我愤然离开，即使我被抓住你也有借口脱责……"

"你当我是什么人？"罗方生脸色阴沉，拂袖而去。

第二天下午，青龙帮总部门口，一个身着月白压花缎面旗袍的女子慢慢从车上下来，把手里的白色坤包抓紧了些，深深呼吸后，朝里面径直走去。小迟把车停好，连忙跟了上来，看门的汉子刚准备拦，被小迟喝了回去，"这是夫人？"汉子把脖子一缩，自言自语道，"这太阳打西边出来不成，夫人可从没来过这里！"

小迟引着她走到二楼，听到里面笑谈正欢，叶芙蓉挡住小迟："你在外面等我！"小迟犹豫几秒，眼睁睁看着她走了进去。

正中间的黑色真皮沙发上，三个人正围坐着喝茶，仓田面对门口坐着，看到她进来，顿时目瞪口呆，慢慢站了起来："罗夫人，你怎么来了？"

另外两人也缓缓看向她，其中一人留着仁丹胡子，戴一副黑框眼镜，看起来颇有几分阴狠的模样。叶芙蓉心头一颤，定了定神，微笑着点头打个招呼，径直走到罗方生面前："方生，我再问你一次，你到底让不让我去？"

罗方生冷冷道："你来做什么，有事回去再说，我有客人！"仓田笑道："没关系，我们也没什么重要的事情，让罗夫人一起坐下喝茶吧！"

叶芙蓉泫然欲泣，低喝道："你到底让不让？"

罗方生勃然大怒："你第一次进我的地方就是为了跟我说这个？那个姓程的都死了三年了，你到现在还惦记着他。他到底有什么好，到现在你都不安心？你搞清楚，你现在是我的女人，只能听我的！"

叶芙蓉飞快地从包里掏出一把黑色袖珍手枪，指着罗方生的头，眼中泪光褪尽，目光凌厉如刀："罗方生，我本来就是他的妻子，是没有办法才跟的你，你不要把事情做绝，弄得鱼死网破！"

仓田和那人瞠目结舌，两人同时拔出枪来，说时迟那时快，罗方生飞快地出手,把她手腕扳了过来,枪应声落地,仓田飞起一脚把它踢飞,惊魂未定,强笑道:"罗夫人,罗先生对你好是有目共睹,你就不要再伤他的心了,大家有话好好说!"

罗方生愤然道:"有什么好说的,我也不怕被你们笑,这女人跟了我这么久,到现在还惦记以前那个男人。从跟你们看荷花那天起就吵着要回去。前两天被我骂得不吭气,我还以为她没了那心思,没想到今天连枪都拿出来了。"

仓田瞥了一直阴沉着脸的男子一眼,心里暗暗后悔,如果不是自己提起这个话题,她也不会这样闹腾,司令官是个心狠手辣的人,向来杀人不眨眼,不要让他生气才好。

叶芙蓉捂着脸嘤嘤哭泣,罗方生把她双手扣住,大喝道:"来人,把夫人给我送回去,你们好好看着,没我的话不准出来!"

叶芙蓉拼命挣扎,咬牙切齿道:"罗方生,你管得住我的脚,管不住我的心,你这次不让我回去,我就一辈子跟你吵,让你不得安宁!"

罗方生双手一松,把她推倒在地,仓田连忙去扶,罗方生大喝道:"好,我让你去,你去了别后悔!"转头对仓田和那男子说,"咱们喝酒去,看看你们介绍给我的那日本艺伎有什么本事!"

仓田刚想去劝,那男子脸色顿缓,哈哈大笑,用蹩脚的中国话道:"罗先生早就应该想通了,何苦把大好光阴浪费到一个女人身上。罗先生,今天让我好好招待你,咱们不醉不归!"

罗方生苦笑着,看都没看地上的人一眼,和他携手离开。

叶芙蓉早已泪流满面。

小迟慌慌张张地冲了进来,见叶芙蓉没事,这才放了心,他慢慢走上前来,喏喏着道:"夫人,大哥让我先送你回去。他留下一句话,你现在如果后悔,就要我等下去接他回来,否则……你今天晚上自己睡,不用等他!"

叶芙蓉踉跄一步,几乎栽倒在地,仓田叹道:"夫人,你这是何苦呢!"

她猛地抬起头来,冷笑道:"仓田先生,麻烦你给我带个话,你让他尽兴地玩,晚上不用回来了!"

说完,她掉头离去,仓田看着她的背影,叹惋不已。

夜半时分,玉兰路上仍是灯火通明,这里聚集了许多日本艺伎,在各个涂抹着浮世绘和平假名灯笼的门口和人们调笑,其中一个门口站着两个日本浪人,警惕地看着周围的动静,对周围的浪笑声充耳不闻。

经过一个小院落,仓田把鞋子脱了,轻手轻脚走进灯光昏暗的房间。房间榻榻米上,司令官和罗方生盘腿而坐,边喝酒边看涂得满脸惨白的艺伎持扇漫舞,罗方生一杯又一杯地灌着,喝得眼睛通红。

仓田悄然走近,司令官把眉毛一竖,仓田附耳对他说了句话,司令官点了点头:"你去跟他说吧!"仓田盘腿坐到罗方生身边,低头道:"罗夫人要我给你带句话,她要你玩个尽兴,晚上不用回去了!"

"啪"的一声,罗方生手里的杯子被捏得粉碎,从指缝中渗出鲜红的液体,仓田有些不忍,转过脸看着司令官,他脸上似笑非笑:"罗先生,这里的女人随便你挑,我房间都为你准备好了,只要你看得上带进去就是!"

罗方生霍地站起来,随手抓了个女人,旁边倒酒的女子连忙起身,把他引到后面的房间,

听到房间里传出的喘息和呻吟,司令官终于露出微笑,叫人拿杯子斟酒,仓田低头谢过,司令官闲闲道:"仓田君,今天那个女人有没有留的必要?"

仓田冷汗直冒,低头道:"司令,依我之见,那个女人对罗方生影响力不小,必要时可以拿来一用。"

司令官眯起眼睛:"我也这样认为。中国人有句话说得好,'红颜祸水',如果一个男人在温柔乡里待久了,他的斗志也必然被耗损。那个女人可以拿来牵制罗方生,让他安心跟我们合作。"他举起酒杯,仓田诚惶

诚恐地和他干了一杯,他嘿嘿一笑,"仓田君,罗夫人既然想去,你去护送她一程如何?"

仓田惊诧莫名,听他又哼了一声道:"发现她有不轨举动,立即除掉!"

罗方生在玉兰路这间宅子里待了两天,醒来就喝酒,喝完就和女人嬉闹,第三天上午,小迟急匆匆地赶来了,在袒胸露乳的女人堆里找到了他,他喝得已有些迷糊,正抓着酒杯往口里灌,小迟把他一拉:"大哥,夫人马上要走了!"

罗方生哈哈大笑:"走就让她走,她以为天底下就她一个女人吗?"

小迟急了:"她真的要走了,十二点的火车!"

罗方生霍地站起来:"浑蛋,谁准她走的,快跟我去截住她!"说着拔腿就往外奔去,小迟一路疾驶,很快就到了火车站。车一停,罗方生沉着脸对小迟说:"你快去接阿虎过来!"

在熙熙攘攘的候车室里,叶芙蓉一身藕色薄绸旗袍,如人间亭亭的荷,仓田在旁边正絮絮说着什么,成城拉着她的手臂苦苦哀求,眼睛都红了。陈妈牵着七七在栅栏前站着,七七好奇地四处张望,看着提着藤箱的人们来来往往。

罗方生气喘吁吁地跑进候车室,成城拉着他哭了起来:"爸爸,你老不回家,妈妈生气了。"

罗方生冷冷地看着她:"你真的要走?"叶芙蓉别过脸去不理他。罗方生指着旁边堆的三个箱子,"这是什么?"

叶芙蓉冷笑一声:"你别以为这是我带的金银珠宝,我只不过带了几件自己和孩子的衣裳,还有送给乡亲们的一些特产,你们罗家的东西我不稀罕!"

罗方生举起手来作势要打,仓田连忙拉住他:"罗先生,你干脆让夫人了了这个心愿,以后她又不是不回来!"罗方生缓缓放下手,颓然道:"芙蓉,我错了行吗,你别闹了,跟我回家,我以后再也不会了。"叶芙蓉絮絮跟成城交代事情，竟把他晾到一边。

七七回过头来，大叫一声"爸爸"，扑到他的怀里，罗方生把她抱起来，叶芙蓉把手伸过去："七七，到妈妈这里来。"罗方生把七七递给她，她的手刚挨到七七的身体，就被两只温暖的大手紧紧捂住，罗方生的眼中隐隐含着泪光，固执地把那两只冰凉的手按在掌心。叶芙蓉头一低，让两颗泪落下，声音不带一丝温度："你爱怎么样怎么样，我再也不想管你，你把成城照顾好，说不定我不会回来了！"

罗方生眼一瞪，把七七抢到怀里。仓田赔笑道："罗先生，司令官怕夫人有危险，要我护送夫人，你放心，我一定会把她带回来！"这时，阿虎急匆匆地冲进来："大哥，你找我什么事？"罗方生指着叶芙蓉，咬牙切齿道："你们把她给我完完整整地弄回来！"

远处，一个戴着圆框眼镜的俊朗男子正埋头看报纸，这方的对话一字不漏地落入他耳中，镜片突然有些模糊，他摘下眼镜，在上面哈了口气，把镜片擦了擦，再也不敢抬头。

他耳边又响起罗方生那天的话："吴先生，我是实在没有办法，夫人自己要去，等她把东西送到，你们一定要保证她的安全。"那个男子眼神迷茫，仿佛一瞬间满脸沧桑，喃喃道："没她，我真不知道该怎么办……"

当汽笛声长长拉响，乘客们簇拥着往栅栏口挤去，大家互相推搡着，骂声四起，孩子被挤得哇哇大哭。叶芙蓉看着混乱的局面，不由得手心全是汗水，罗方生低声跟小迟说了句什么，小迟飞快地出去，把火车站站长请了过来，事情变得容易，站长开了旁边一个小门，把他们放了进去。

他们的票是软席，在车的最前端，罗方生朝阿虎使了个眼色，阿虎和小迟把箱子一提，迅速朝前面走去。叶芙蓉心里一急，也加快了步伐，成城拽着妈妈的衣角，恨不得把她拉回家。

斜里冲出两个日本兵，把白晃晃的刺刀架在他们面前："什么人！检查！"站长上前点头哈腰，两人竟置之不理。罗方生心惊肉跳，几乎不敢看那刺刀上的光芒，暗暗把手按到腰间。阿虎和小迟也放下箱子，阿虎拧紧眉头，暗暗盯着罗方生的举动，只等他一声令下就要动手。

叶芙蓉停了脚步，瞥到仓田就在后面，把怀里的七七狠狠一揪，七七惊天动地地哭了起来，叶芙蓉焦急地看着仓田："能不能快些让我们上去休息，昨天折腾了一晚上，孩子都累坏了！"

仓田提着一个小皮箱，匆匆上前一步，用日语吼道："浑蛋，给我让开，这是司令官的朋友！"

两人面面相觑，后面一个军官走过来，对仓田敬个礼，众人只见两人笑眯眯地嘀咕了一阵，那两个日本兵把刺刀放下，继续到前面巡逻。大家松了口气，罗方生把手放了下来，看见叶芙蓉正瞪着他，朝她苦笑一下，叶芙蓉把头一低，轻言细语地哄着七七，七七抽抽搭搭地哭着，把手遥遥伸向罗方生，想到他怀里撒娇诉苦。仓田笑道："你们先上去休息，我和松井君说说话。"

大家如蒙大赦，罗方生把七七接了过去，叶芙蓉头也不回地走了，阿虎很快把箱子放好，小迟立刻下来接七七，陈妈把手上的藤箱打开，找了件披肩给叶芙蓉，把被子叠好让她躺下，轻声道："太太，你别往心里去，先生还是在乎你的，你先休息一下，吃饭时我再叫你。"

"怎么回事？"罗方生跟了过来，陈妈走出来哽咽道："先生，太太已经两天没合眼了，每晚都在客厅里呆坐着，先生，你别怪她，她心里也不好受啊！"

罗方生一步跨了进去，陈妈连忙退开，叶芙蓉转头过去背对他，看着她纤细的背影，罗方生竟似要考试的孩童，对着夫子的戒尺抖如筛糠。他鼓足勇气，走过去把手搭在她腰间，她稍稍移了移身体，仍是没逃出那温热的触感。罗方生大着胆子沿她的背脊抚了上去，她的身体微微颤抖，却仍然固执地不理他，他的心如被烧红的烙铁贴上，那灼热的疼从胸膛一丝丝发散，他俯身贴到她背上，在她脸上果然摸到满手冰凉的液体。

"芙蓉，别哭，我罗方生今生今世再也不会对不起你！"她猛然回头，扑进他胸膛，双手拼命捶打，她死死咬住下唇，不想让那哭声泄露，罗方生看着这迷离泪眼，仿佛又回到那个大雨天，透过雨雾水烟，他对她说出了心里的话，她的眼中迷烟顿起，红尘滚滚而来，将他吞没，此生万劫难复。

　　"火车快开了，你们快下去吧！"仓田的声音在不远处响起，两人迅速分开，罗方生吼道："你不要老给我摆脸色看，我对你已经仁至义尽。当初是你要我不要回去的，我回去你跟我闹，我不回去你跟我闹，你到底要怎么样才罢休？"

　　仓田闻声而至："罗先生，你就别责骂夫人了，她这回可是出远门，你们好生告个别，再回来都不知什么时候了！"

　　"我走了，他不就更快活了？"叶芙蓉抽泣着，"仓田先生，你也知道，我以前的丈夫可不是这个德行，早知道他这个样子，我还不如一辈子守在他坟前！"

　　"你信不信我一枪崩了你！"罗方生横眉怒目，朝她逼了过去，仓田插到两人中间，把罗方生直往外推："火车要开了，你们快下去吧，你把夫人放心交给我，我一定好好把她带回来！"

　　罗方生深深看了她一眼，转身离开。

第六章

甘蓝魂

汽笛长鸣，火车缓缓开动，叶芙蓉躺在逼仄的空间里，听到车轮和铁轨撞击发出震耳欲聋的声音，不知道是不是因为要离开他，满心惶恐，她不敢再想，随着那沉沉的撞击声昏沉睡去。

路上有无数人在躲避战祸，四处奔逃，大家带着一点值钱的细软，扶老携幼，每个人都仓皇不安。更多的是流浪的孤儿孤老，他们带着捡来的破碗和御寒衣裳，走到哪里都是家，吃到东西时，他们便坐在地上晒晒太阳，唱着家乡的小调，把来往的行人唱得心酸难耐。

有了仓田和阿虎，他们的旅途顺利许多，他们一路辗转北上，半个多月后才坐火车到了甘蓝邻近的通了铁路的小站凤台，仓田已经报请甘蓝的驻军长官佐藤来接，刚下火车，佐藤派的车已经等着。

叶芙蓉一路心绪不宁，胃口也差，人很快熬病了，整天都是昏昏沉沉的，被陈妈搀着下了车。听到周围熟悉的口音，她反倒清醒了些，不停地四处张望，想从一草一木中找出过去的痕迹。佐藤派来了两辆车，阿虎一人提着三个箱子和叶芙蓉坐到后面那辆，当尘土飞扬起来，叶芙蓉透过那片尘雾，似乎看到一个挺拔的男子在对自己微笑。

短短几年时间，仿佛就把一世过完了。

阿虎忧心忡忡地看着她的脸色，叶芙蓉发觉了，回了他一个苍白的微笑："我没事，只是在想过去的事情。"

阿虎蹙眉道："夫人，你要在这里待多久，不要让大哥等急了。"

"我知道，"叶芙蓉看着窗外闪过的白杨，"到时候你去和仓田商量一下，我的亲人都没了，我看看就可以走。"

阿虎松了口气，心中盘算开了，吴浩然这趟和他们一起过来，他先去跟组织接头，然后会派人到甘蓝跟他们接头，把药品偷偷带走，他会尽快陪夫人把想去的地方都走遍，等东西一送走，马上就带夫人回上海，看她这病恹恹的样子，只怕会夜长梦多，到时候罗方生找他要人就麻烦了。

万里晴空，情人崖的赭色就如钢针刺入叶芙蓉的眼睛。而当金光灿灿的甘蓝河出现，她捂着嘴，泪水奔涌成河。

那一刻，一幕幕画面走马灯般在她脑海出现，她感慨万分，她差点葬身于此，又因此得到了程行云的眷顾，当她心如死灰跳入时，她怎么也不会想到命运会在此扭转。

车子穿过长长的青石板路，穿过一条长长的挂着白灯笼的街，在一个红漆大门口停了下来，叶芙蓉看着门口两个大字，简直不敢相信自己的眼睛，她扶着车门下来，七七蹦跳着拉着她的手："妈妈，你还不舒服吗，我扶你！"仓田笑吟吟地看着她们母女，突然觉得有些不对，往前急奔两步，叶芙蓉已经软倒在地上。

叶芙蓉慢慢醒来，纱帐上的红璎珞灼痛了她的眼睛，她从床上撑起身子，看到七七正琢磨着窗户上的聪明伶俐，她轻轻叫了声："七七，阿虎叔叔呢？"

七七爬到床上，抱着她的脖子呜呜哭了起来："妈妈，我好害怕，我以为你不会醒来了……"

叶芙蓉自责不已，这一路精神都不好，七七老在身边绕来绕去，就怕她出什么事情，她小小的心里就知道了恐惧。她把七七搂在怀里，这时，一个老妈子走了进来,她拼命揉了揉眼睛,试探着叫了声:"少奶奶,是你吗?"

叶芙蓉只觉得心里某处地方疼痛难当,一抬头,老妈子竟是当年在这个院里伺候自己的。她遥遥伸出手去:"钱妈,我回来了……"

她抹着泪跪了下来:"少奶奶,我给您磕头了!"叶芙蓉慌忙起来,眼前又是一黑,把七七一推,轻声道:"快去把奶奶扶起来!"

七七奶声奶气地说:"奶奶,妈妈让我扶您起来,可我还小,扶不起来,您能不能自己起来。还有,您能不能不要哭了,你哭妈妈也哭,妈妈等下又不醒来了!"

钱妈破涕为笑,起来拉着七七的手:"好孩子,真乖,你爸爸呢?"

七七扬起下巴:"妈妈说我爸爸在甘蓝,他睡觉了,再也不会醒。我还有一个爸爸在上海,他生气了,不回家!"

叶芙蓉心里又酸又疼,被她逗得笑了起来:"瞧你都在说些什么,明天我带你看爸爸去。"

钱妈惊喜交加:"这就是程司令的女儿?我要把这个好消息告诉所有人,让大家都来瞧瞧她。程司令的女儿这么听话,太好了……"说着,她又抹起泪来,坐到床边絮絮说起当年的事情。程行云灵柩运回来那天,金继祖也死了,金家大院立刻被佐藤占了去。二太太和三太太早就带了些钱财逃走,小蓝被污辱后也逃出金家。现在只剩下几个老妈子,家里的男人孩子都死光了,没地方去,只好不死不活地在金家待着。佐藤似乎很喜欢这里,时常会过来看看,她们前些天接到他的命令,家里会有上海的客人要来,她想起当年叶芙蓉也去了上海,想打听一下她的情况,没想到竟碰上她本人。

阿虎和陈妈两人走进屋子,阿虎笑道:"怎么这就聊上了,回到家乡到底不一样,夫人你可别乐不思蜀啊!"

叶芙蓉笑起来:"知道,你就怕跟方生没法交代!"阿虎摸着头笑起来。钱妈一拍手:"少奶奶,我给你做饺子去,以前你最喜欢吃我做的饺子。你等着,我叫他们一起帮忙!"

陈妈撸起袖子:"你来教教我吧,我做的饺子总差点味道,夫人都不爱吃。我正好跟你们好好学学,回去天天包给她吃!"七七拍手蹦跳着:"我也要学,我也喜欢吃饺子!"

三人欢天喜地地出去了,叶芙蓉赧然道:"阿虎,真对不起,给你们添麻烦了!你把东西藏好没有?"

阿虎笑起来:"那可是要命的东西,我当然会藏好!夫人,吃完饭你想去什么地方,我陪你去瞧瞧。吴先生说今明两天就有人跟我们接头,如果有人见面就跟我们唱那首叫《司令歌》的甘蓝调,把东西交给他就行了。"他顿了顿,"我学了学,你听听。"他凑到床边,轻声唱起来:

司令哎,你大声吼,满地的妖魔会颤抖
司令哎,你大声吼,甘蓝的男人都跟你走
司令哎,你大声吼,青山白水他不敢愁
司令哎,你慢些走,黄泉路上伴儿够
司令哎,你慢些走,兄弟不会把眉皱
司令哎,你慢些走,咱们的血不白流

他唱着唱着,声音唏嘘起来,一抬头,叶芙蓉咬着自己手掌,早已泪流满面。

仓田和佐藤慢慢走到院里,七七满脸面粉跑了出来,扑到他身上,把仓田的青色西服弄得一塌糊涂,仓田把她抱起,擦去她鼻尖的一点白色,笑道:"你们在忙什么?"

七七把手指上的白色点到他鼻子上,骄傲地说:"我们在包饺子,我差点就会包了!"

"为什么叫差点?"佐藤顿觉好笑。

七七把鼻子一皱:"因为她们光赶我走,老是说别闹别闹,所以我差

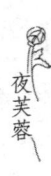

点就学会了!"

两人哈哈大笑,佐藤问道:"这就是那个晕倒的女人的孩子,真是可爱!她应该跟我女儿一样大了,这个年纪的孩子最会缠人,真头疼!"

仓田把她放下来,叶芙蓉听到声音,和阿虎两人走了出来,佐藤眼睛一亮,用日语低声道:"真漂亮!中国人说的病西施就是这个样子吧!"

仓田笑眯眯地看了他一眼,把七七抱了过去,叶芙蓉佯怒道:"七七,你别老黏着仓田叔叔。你把他衣服弄成这样,妈妈可要生气了!"七七把头缩在仓田怀里,一双大眼睛骨碌碌地望了出来,众人都笑起来。

叶芙蓉拿她无可奈何:"仓田先生,多谢你一路的照顾,待会儿跟我们一起吃饺子吧!"

佐藤跟了上来,含笑道:"罗夫人,听说你是甘蓝人,那今天你就来尽地主之谊吧!"

叶芙蓉从他眯缝的眼睛里看出些危险的信息,强笑道:"那好,我叫她们做多些。"说着,转身就朝小厨房走去。

"妈妈,我也要去!"七七扬起小手,仓田把她放了下来,看着两人的背影,仓田对阿虎说:"她看起来精神还不错,今天怎么一下子就晕过去了?"

阿虎不想多说,含糊道:"可能太激动了吧!"

佐藤眼光一动,用日语问道:"仓田君,这个女人是甘蓝哪家的?"

仓田犹豫一会儿:"佐藤君,我也不知道,我只是奉司令的命令护送她。"

已是深夜,满天繁星闪烁,把夜照得白昼一般。叶芙蓉叫人把卧榻搬了出来,带着七七在院子里看星星。阿虎嫌屋子里热,心里又有事惦记,也披衣走到外面乘凉,静静坐在檐下听叶芙蓉讲故事。

七七在妈妈的怀里睡着了,阿虎接过来把她送了回去,出来时,看到叶芙蓉紧抱着手臂立在星光下,神情无比凄凉,他低声道:"夫人,去睡吧,晚上凉!"叶芙蓉没有回头:"我再待一会儿。"

阿虎不说话了，仍旧坐到屋檐下，仰望满天星辰。

金家大院后山来了一个身形瘦削的女子，她脑后盘着髻，一身蓝花衣裳，她四处察看一下，把一些草拨开，露出一个小洞，她一猫腰钻了进去。

走了一阵，她喵了一声，听到外面有回应，连忙从一个水缸钻了出来。钱妈指了指一间院子，她连忙伏低身体，沿着墙根走去，刚走进门，就听到院子里一个温柔的女子声音，她抑制不住自己的激动，哑着嗓子慢慢唱起来。

"司令哎，你大声吼，满地的妖魔会颤抖……"她才刚唱一句，阿虎已经奔到她面前，压低了声音，激动万分地说："你总算来了！"

叶芙蓉从他身后看去，看到一张熟悉的面孔，她的声音开始颤抖："小蓝……"

小蓝绕开阿虎，扑到她身上，抱着她又哭又笑，阿虎把两人一拉："进屋去说！"钱妈对他点点头，守在门口。

"原来你就是游击队！"叶芙蓉拉着她左看右看，小蓝抽出系着红绸带的驳壳枪，自豪地说："我用这个打了很多鬼子，他们把我叫作鬼见愁呢！"她嘿嘿笑起来，补充一句，"就是鬼子见我就发愁！"

阿虎有些沉不住气："你一个女人，怎么把那三箱东西运走？"

小蓝瞥他一眼，"你可别小看女人，男人都上前线去了，后方游击队多的是女人。连大妈们都行动起来了，你东西放在哪里，我现在就弄走。"

阿虎连忙把三个箱子提了出来，半信半疑道："要不要帮忙？"

小蓝摇摇头，让阿虎把箱子提到厨房，把米缸盖子揭开，叶芙蓉也跟了进去，小蓝跳进去拿了三个大篮子上来，把箱子上层的衣物拿开，药品则用篮子装了慢慢放进去，阿虎和叶芙蓉看得目瞪口呆，小蓝得意地笑着，"这叫地道战，我们靠这个破坏鬼子的扫荡，下一步就准备用这个对付甘蓝这帮乌龟王八蛋！"

等药品全部放下去，她朝他们摆摆手："谢谢你们，你们先休息吧，我以后再跟你们联系。"

天空万里无云，白色的阳光中，情人崖显得分外庄严肃穆，那高大的身影托着蓝天，仿佛忠诚的卫士，默默守护着松树林与那条银练般的甘蓝河。风经过那片葱茏的绿色，隐隐带来一阵呜咽之声，甘蓝河不语，滔滔而去，摇动一路的芦苇，如歌如伤。

叶芙蓉站在一座高高的坟前，那上面写着几个大字，"甘蓝之子程行云之墓"，墓旁是一座更大的坟墓，立着一块无字的碑，碑是由整块的灰白花岗岩做成，碑的上端稍尖，如冲天的剑，直刺云霄。

七七给爸爸磕完头，扑到墓碑前用手指一次次划过碑上那些字深深的凹痕，口中不停地说："爸爸，我和妈妈来看你了。我很乖，我不哭，妈妈不乖，妈妈一直哭。我们很想你……"

阿虎满脸肃然，默默走到墓前，也磕了三个头。钱妈把墓边刚长出的草细心地连根拔起，用手把土整理齐整，七七也学着她的样子，蹦跳着把拔出来的草扔得老远。

松树林似乎闪着夺目的光，叶芙蓉脑海里闪过一个又一个画面，他初见时的掠夺，他的羞辱，他的温柔，他永远难以松缓的眉头，她眯起眼睛，仿佛看到隔着一片飞扬的旗袍，他站在阳光里，全身披着炫目锦衣，她双膝一软，跪倒在地，喃喃道："行云，我带女儿来看你了，你不要为我们担心，方生把我们照顾得很好。"她的声音渐渐大了，"你要是在天有灵，就保佑他们早点把鬼子赶出去，让大家都过上太平日子！"

她膝行到墓碑前，抚摸着那几个大字，声音如泣如诉，"行云，我好想你……"

当年两个女子把程行云送回家乡的事情叶芙蓉也辗转听闻，她向钱妈打听那两个女子，想去感谢她们，钱妈摇头叹息，"人早就没了，她们参加了游击队，去年她们一队八个人被鬼子包围到山上，她们没吃没喝坚持了五天，打到弹药全没了，搬石头往下砸，最后连石头都没了，鬼子冲上去，她们就全跳下山崖死了，后来乡亲们去捡尸体，只找着了六个人，全摔得面目全非，还有两个怕是被狼叼走了"。钱妈呜咽起来，"她们的尸体还是我整理的，到现在我一闭上眼还是她们血淋淋的样子。后来乡亲们也把她们偷偷埋到这个坟里了。"

指着旁边无字的碑，钱妈的泪水汹涌："这些都是我们甘蓝的好孩子，赵黑熊带着守军跟鬼子拼到最后一刻，那些天我们都不敢喝这甘蓝河的水，打起仗来河水都是红的，连芦苇开的花都泛着红色，那都是他们的鲜血……"钱妈说不下去了，捂着脸低声抽泣，叶芙蓉拉着七七走到墓前，七七眨巴着大眼睛，认真地跟着叶芙蓉磕了三个头，阿虎也跪了下去，看着那巨大的无字碑，久久说不出话来。

眼看太阳越来越毒，阿虎轻声道："夫人，我们回去吧。"钱妈啜嚅起来："少奶奶，前面就是金家的墓地，你要不要去看看？"

叶芙蓉想了又想，轻轻点头。钱妈慨叹道："金继祖做了汉奸，大家恨之入骨，他一死，管家正准备发丧，日本人就来了，把他们都赶了出去，他最后连个收尸的都没有，被人扔到乱葬岗去了。乡亲们的眼睛都雪亮的，那些汉奸现在风光，迟早有一天要遭报应！"

虽然早有心理准备，到了那块荒草丛生的平地，叶芙蓉还是吓了一跳，只有看到草丛里那些灰白的墓碑，她才分辨出这里原来是墓地，她刚想拨开草丛往前走，阿虎把她拉住："别动，小心有蛇！"钱妈点头道："还是不要去了，这里蛇多，前些天有人上山打柴还被咬了。咱们还是先走吧！"

大家刚刚下山，经过甘蓝桥时，几辆载满士兵的军车迎面而来，扬起漫天尘土，大家连忙闪避，看着车子扬长而去，钱妈愤愤道："你们不要嚣张，还不就是几只秋后的蚂蚱！"

七七眨巴着眼睛："他们去做什么？为什么叫秋后的蚂蚱？"

钱妈咬牙切齿道："他们是下乡去扫荡，其实就是抢劫杀人，到处闹得鸡犬不宁，乡亲们恨死了这帮东西！"

阿虎把七七抱起来，微笑道："就是说这些坏人很快要被消灭，咱们不会老受他们欺负！"

叶芙蓉忧心忡忡，把钱妈拉到一旁低声道："你们千万要小心，别去硬碰硬！"

钱妈含笑点头："少奶奶，你自己也要小心，你们还是赶快回去，只怕近期小蓝他们就会动手，大家都等不及了！"

叶芙蓉满怀心事，不知如何回答，刚走进城，不知谁叫了一声，满街白灯笼下的门都开了，大人孩子纷纷走出来，叶芙蓉愣住了，钱妈微笑道："别慌，大家想看看你们。"阿虎把七七放下来，凑到她耳边轻声道："到妈妈那去，拉着妈妈的手。"叶芙蓉疾走两步，把七七的小手紧紧拉住，哽咽道："记得，你是程行云的女儿，大家想看看你，把头抬高，胸脯挺起来！"

七七小小的心里充满疑惑，仍是按照妈妈的话挺胸抬头，四处张望着，好奇地打量满脸凝重的人们。一个孩子跑上来，把一双虎头鞋塞到七七手里，嘿嘿一笑，又跑开了，一个小女孩跑上来，把绣着红色花朵的布帕塞到她手里，更多的孩子跑上来，把各种各样的礼物送到她手里，很快，每个人手里都拿满了东西，七七更是乐不可支，抓着用布剪成的小花猫不肯放手。

在沉重的目光中，叶芙蓉的脚如同灌了铅块，每一步都迈得艰难，看着七七灿烂的笑容，她恨不得给乡亲们重重磕上几个响头，因为，是他们成就了程行云的名字，也是他们的执着，让程行云的牺牲变得更有意义。

英雄不死，是因为有这些平凡却同样高尚的灵魂。

短短的一条街，他们走了几个小时，大家都全身是汗。阿虎的绸衫紧紧贴到身上，一步一停地跟在叶芙蓉身后，他从没有这样的体验，心灵好似被暴雨冲洗。从这些干净的目光里，他终于知道，自己这些年的坚持有着怎样的意义。

总不过是一抔黄土，区别就在，或者荒草丛生，最后终于被湮没，或者墓前香烛鲜花不断，在人民心中得以永生。

他握紧了拳头，设想自己就是那些不屈的英雄，目光渐渐深邃，渐渐明亮。

仓田从甘蓝驻军总部回来，刚下车，金家大院的士兵给他敬了个礼，他随口问了句："罗夫人他们回来了吗？"看到士兵点头，他沉吟半晌，慢慢走进朱漆大门，他瞥到大门颜色已经发黑，和门槛碰撞处漆有些剥落，觉得有些可惜，按传统年年都要髹过新漆，佐藤真是糟蹋了这好房子。

他沿着青灰的墙和甬道，朝后面信步走去。他抬头看了看，今天天真蓝，头顶连一丝云都没有，一只青色的鸟儿掠过，扑腾两下翅膀就不见踪迹，墙边挂的红灯笼已经在雨打风吹中褪尽原来的颜色，只有从下面的缝隙间看出隐藏的粉，那粉也是淡淡的，仿佛残落的胭脂，这个大院，毕竟颓败了。

走到他们院子门口，七七的笑声如寒夜中一杯热水，顿时让他浑身温暖，他刚推开门，七七手里抓着一个布做的小猫跌撞着向他跑来，额上全是汗水，两颊红扑扑的，煞是可爱，快跑到他面前，她踢到台阶，收势不及，身子往前扑倒，仓田连忙把她接到怀里，蹲下来拿手帕给她擦擦汗，七七炫耀地把小猫送到他眼前："仓田叔叔，我今天得了好多礼物，都好漂亮！"

叶芙蓉连忙跟了上来："七七，别老缠着仓田叔叔，妈妈给你洗澡去，瞧你这一身汗！"

仓田把她抱起来："没关系，让她再玩会儿吧。你们今天去拜祭过程行云了吗？"

叶芙蓉点点头，仓田肃然道："今天佐藤告诉我，罗先生一直在催，要我们赶快把你护送回去，我想征求你的意见，你还想在这里待多久？"

"夫人，咱们还是走吧！"阿虎迎上前来，"你该办的都办好了，在这待着大哥不放心！"

把药交给小蓝后，叶芙蓉沉甸甸的心事放下一大半，见仓田目光炯炯地看着自己，心里"咯噔"一声，冷笑道："有什么不放心的，我难道还能跟个死人跑了？我才回来几天！要回去你们自己回去，我可不想走！"

阿虎和仓田面面相觑，眼睁睁地看着叶芙蓉拂袖而去，仓田苦笑道："没想到罗夫人表面温柔，脾气这么犟，你得好好劝劝才行！"

阿虎把手一摊："别指望我，我现在里外不是人，要去你去，你就用佐藤和司令官来压她，千万别在她面前提大哥，她现在还在气头上。"

仓田笑起来："罗先生这回可是弄巧成拙，以后只怕没什么好日子过，女人吃起醋来真是可怕，我算是见识到了。"

阿虎嘿嘿笑着："所以，记住这个教训，以后玩玩就好，别太上心，让女人骑到你头上去！"

"这个话应该我对你说才对吧！"仓田大笑起来。

第二天天刚蒙蒙亮，一阵尖厉的哨声把甘蓝城几乎整个掀翻。叶芙蓉揉着眼睛刚走出房间，迎面碰到也一头雾水的阿虎。这时，钱妈跟跟跄跄地跑了进来，拉着她的手低低哭泣："少奶奶，小蓝……她被鬼子捉了……"

叶芙蓉大惊失色："她现在在哪里，他们把她怎么样了？"

钱妈直摇头，泪水滴在她手上："只怕没救了，他们昨晚拷打了一夜，想逼问出游击队的下落，现在佐藤要当着乡亲们的面让她认罪，正把所有人都往驻军总部赶。"

叶芙蓉二话不说，径直往外面冲去，钱妈颠着小脚追着喊："少奶奶，你不能去……"

阿虎三步并作两步拦在她面前，叶芙蓉急了："让开，让我去看看！"阿虎还未出声，后面传来一个声音："你想去哪里看看？"

仓田脸色有些憔悴，狐疑地看着几人："罗夫人，我正想跟你说，我刚从佐藤君那里回来。他昨晚抓到一个共产党，今天要给甘蓝这些人一点教训，用你们中国话就是杀鸡儆猴。要我知会你们一声，你们今天不要离开金家大院，以免不必要的麻烦！"

阿虎把叶芙蓉往身后一挡，蹙眉道："我们听到外面很吵，正想出去看看热闹，既然这样，我们今天就待在这里，好好研究一下这百年古宅。"

叶芙蓉愣住了，钱妈低着头把她拉回来，哨声又响起来，叶芙蓉停住脚步，茫然地看着灰色的天空，怔怔落下泪来。

驻军总部的大操场里，人们被端着刺刀的士兵一批批驱赶到这里，操场前面的斜坡上，一个浑身血迹的女子呈大字形被绑在木桩上，跪在一堆尖利的碎石中，她五指已被砸得稀烂，手上只剩一团模糊血肉，身上那蓝布衣裳全没了原来的颜色，碎成条条缕缕，底下血痕清晰可见，被拽掉的几团头发和其他湿湿地黏在一起，长长短短间，仍有滴滴鲜血流下，把这片土地染得鲜红。

仓田在远处默默地看着她，昨晚的刑讯他也在场，抓到她的小队长说，昨天下去扫荡的时候，游击队刚从村里撤出，她一个人拦截住他们的追击。她实在很聪明，利用村前废弃的房屋做掩蔽，四处放枪，她的枪法又很好，一有人伸出头来就击毙，让他们以为人数众多，一时不敢靠前。耗到最后，小队长才发现不对，命人包围了房子，她此刻已弹尽，他们这才把她抓住。

小队长当场一审，她只有一句话："我就是游击队！"

他们冲到村里，游击队已经逃之夭夭，小队长只好把她抓回来交差。佐藤大怒，当即审讯，问她是不是共产党，她微笑着点头，"我就是共产党！"问她游击队在哪儿，她仍微笑点头，"我就是游击队！"问她的名字，她更是笑开了，"我就是鬼见愁，鬼子见我就发愁！"

仓田从来没见过一个女人甚至是中国人能在刺刀面前谈笑自若，甚至是口气轻蔑，佐藤用尽各种办法，想撬开她的嘴，她却永远只有那几句话："我就是鬼见愁！我就是共产党！我就是游击队！"

而且，面不改色。

仓田不明白那瘦小的身体里到底有什么样的力量，可以让她在一个个指头被敲碎，让她双脚几乎被打断，让她面对蘸着盐水的鞭子时微笑。

他甚至怀疑，她到底是不是人，是不是总大呼小叫的女人！

仓田突然想起一个道听途说的故事，当年罗夫人在南京陷落的时候，用自己的鲜血哺育了七七，卫护着两个孩子从那炼狱般的地方逃出生天。那又是怎样的力量，可以让这么柔弱的女人如此坚强。

他弄不懂这样貌似柔弱，骨子里无比坚强的女子。中国，中国人，真是一个谜，像中国文字里那些隐晦的意义，没有深深的文化沉淀，所有锦绣文章对他来说只是繁复的符号堆积。

他目光扫过操场上的人们，所有人眼中都是露骨的仇恨，连同怀抱里的孩子，这仇恨根本没有遮掩，他有些恐惧，这样的仇恨，恐怕不是几代人可以消泯的。他无力地看向灰蒙蒙的天空，原本友好的两个民族，为什么会弄成这样，谁让那些武夫举起屠刀，屠杀本来兄弟般的人们，谁让那些淳朴的青年抛妻弃子，来到这陌生的国度，发出禽兽般的吼叫。

他深深叹息，他们有一天会后悔，自己曾经到过这块土地，曾经举起自己的刺刀，一辈子受良心的责备。而这块土地上的人民，也会世代记得，他们的邻居，曾经深深伤害过自己。

他突然觉得一切都很荒谬，嘴角轻扬起一抹自嘲的微笑，心里的血，慢慢地冷下去。

人们不敢抬头，大人把孩子的眼睛捂住，他们刚有动作，士兵们的刺刀已经到了面前。"放开手！不准动！看上面！"呼喝声中，佐藤慢慢踱了出来，在木桩前站定，冷冷道："给你最后一个机会，游击队在哪里，这里还有谁是共产党，你指出一个我就免你一死！"

小蓝啐了一口，把一颗带血的牙齿吐到他身上，她奋力睁开被血模糊的眼睛，大声叫道："我就是鬼见愁，我就是共产党，我就是游击队，你们要动手就快些，不要啰唆！"她鼓足一口气，大喊道，"乡亲们，别怕他们，我们一定会胜利，我们中国人是杀不完的！"

"住口!"佐藤拔出长长的军刀,对准了她的胸膛,对人们喊道,"你们看着,这就是当游击队的下场!"话音刚落,在一片压抑的呜咽声中,他的刀落了下去。

　　小蓝仍然微笑着,用最后的力气呼喊:"别怕,我们一定会胜利……"军刀在她胸膛开了个洞,血喷溅而出,佐藤脸上身上到处都是,他暗骂一声,把军刀划了下来。

　　呜咽声渐渐大了,最后变成一片号啕。仓田一步步走了出来,沿着甘蓝河向金家大院走去。太阳出来了,把那方的天空染得一片绯红,甘蓝河笼罩在一层薄雾中,阳光下,水面隐隐闪着红光,那红色如同刚才那喷溅的热血。真美,他发出由衷的感叹,在无边无际的垂杨芦苇间慢慢向前走去。

　　不知走了多久,仓田走到金家大院,士兵给他敬了个礼,笑嘻嘻地道:"那个游击队被吊到桥上了,听说肠子……"

　　他听不下去了,匆匆朝后面走去,刚走到他们院子门口,就听到叶芙蓉撕心裂肺的哭喊:"小蓝,小蓝……"他愣住了,顿时停了脚步。青灰的墙张牙舞爪扑来,重重地压在他心上,他一抬头,屋顶上站着一只狰狞的兽,仿佛守护这片土地的天神,他心神恍惚地来到前院,看着水缸里层层绽放的粉荷,心如被针扎油泼,没有一处完整。

　　不知什么时候,阿虎来到他身后:"仓田先生,我已经劝动夫人了,我们马上就可以出发。"

　　仓田恍若未闻,仍呆呆地看着那水中亭亭的影,阿虎又说了一声,仓田没有回头,轻声道:"我知道了,我这就去安排,明天我们就走!"

　　仓田朝外面走去,临出门时挥手道:"我去跟佐藤说一声,明天要他们送一趟。你们先去收拾吧,明天一早就走!"

　　走到门口,他把士兵叫住:"你去跟我把那个钱妈叫出来,我有事找她!"

　　钱妈很快出来了,仓田看着她红肿的双眼,心里有了计较,含笑道:

"你能不能陪我去程行云墓前拜祭一下，我一直很敬重他。"

钱妈狐疑地打量着他，还是点了头，打听到松树林离这里还有很远，仓田叫士兵开来一辆车送自己去，钱妈忐忑不安地坐上车，两人一直沉默着，经过甘蓝桥时，钱妈看着桥上那高高吊起的人，紧紧捂着脸，不敢哭出声来。

到了情人崖下面，仓田带着钱妈下了车，钱妈引着他进了松树林。经过一条被踩得发白的小路，一大一小两个墓碑出现在仓田面前。天空朗朗，四面都是高耸的松树，棵棵挺拔，如朝天的戟。仓田走到写着程行云名字的墓碑前，深深鞠了三个躬，才发现两个坟上打理得齐整干净，一根杂草都无，香烛残迹比比皆是。

走到那块无字的碑前，他有些纳闷，回头看向钱妈，她凄然一笑，咬着牙道："这里面是我们所有的好孩子，不用刻名字我们也会记得！"

眼前的老妇人似乎变了，她眼中的畏缩全然消失，那一刻，仓田有种错觉，在无字碑的衬托下，这普通的中国老妇身上有种特别的威严。他沉默着走到碑前鞠躬，钱妈回头眺望着甘蓝桥，牙齿几乎咬碎，心中盘算着如何把人弄下来埋进这坟里。

仓田看着她的神情，突然道："罗夫人送了什么东西来？"

钱妈浑身一震，惊慌地看着他，仓田冷笑着："你最好告诉我，我不会为难你！"

钱妈一低头，把慌乱的情绪掩藏好，微笑道："长官，我不知道你在说什么，少奶奶难得回来，是给我们带了些小东西，"她话题一转，"长官，你们一起来的，你难道不知道吗？"

仓田"哼"了一声，转身就走，钱妈连忙跟上，仓田上了车，便对司机道："去甘蓝总部！"钱妈在后面一听，眼中全是绝望，当甘蓝桥上那高高飘动的人影一点点靠近，她把车门一开，跳了下去，车子仍在行进，她一下没站稳，跌在桥边，司机猛踩刹车，大喝一声，"你要干什么！"仓田跳下车便来追，钱妈回头冷笑一声，纵身跳入滔滔的甘蓝河。

"不要!"仓田呆若木鸡,上游刚下过暴雨,水陡然上涨,而且水流很急,桥下激起千层浪花,浪花中,已然不见她的身影。司机茫然地跑到他身后,气急败坏道:"那老太婆疯了?"

仓田没有回答,眼神迷茫地看向桥头吊着的那人,她肚子大开,长长的一条肠子在空中飘荡,他胃里翻腾起来,强忍着把视线挪向她的脸,悚然一惊,差点跌倒在地,因为,在小蓝惨白的脸上,那双眼仍怒视着前方,嘴角,一抹微笑,若有若无。

他心头一阵抽紧,扶着桥栏蹲了下去。

今夜,甘蓝无人入睡。

叶芙蓉始终不肯相信,刚刚还跟自己说话的钱妈会投河,但是,她晚上真的没有回来,她永远也听不到那声亲切的"少奶奶"了。

不懂事的七七仍闹着要吃饺子,说钱奶奶包的饺子最好吃,仓田也没有出现,只派人送来了这个消息,他们刚想出去找人,士兵有礼地把他们挡住,说是为了他们的安全,长官下令谁都不准出门。

他们无计可施,惴惴不安地等到了天明。清晨,汽车在外面按响喇叭,仓田急匆匆地进来,催促着大家出发。叶芙蓉抱着仍熟睡的七七先走了出来,陈妈提个藤箱跟上,阿虎轻轻巧巧地拎着三只箱子走在后面。仓田突然明白过来,来的时候,阿虎可绝对没有这么轻松。

他们难道真的在自己眼皮底下送来了重要的东西?自己还傻乎乎为他们保驾护航,被利用。他心里有深深的愧疚,对国家,对天皇。

当箱子放到车上,阿虎刚想跟叶芙蓉坐在一起,仓田状似无意地说:"我跟罗夫人说说昨天的事,你先坐到前面去。"阿虎还在发愣,仓田已经坐到叶芙蓉身边,他无奈地朝叶芙蓉递个眼色,坐到了前面那辆车。车刚发动,叶芙蓉急着问道:"昨天到底是怎么回事,钱妈好好的怎么会投河?"

仓田笑眯眯地说:"七七那些小玩意儿是不是都在箱子里,我瞧瞧看。"不等叶芙蓉回答，他随手开了一个箱子，脸上的笑容凝滞了，箱子里面只有几件简单的衣裳，他不死心，又开了一个，这才找到七七的小东西，可仍是极轻，他没有再看下去的兴致，把箱子关上，轻声问道："箱子里的东西呢？"

叶芙蓉从他莫名其妙的举动已经明白了什么，横下一条心，微笑道："我不是说带些礼物回来送人吗，本来还想采购些甘蓝的特产回去，你们急着走，就没顾得上。"

仓田眼神冷峻："是送给小蓝吗？"

叶芙蓉转头看着窗外："小蓝是谁，我不认识！"

仓田长叹一声："你很快就会见到她了。"

车刚走出甘蓝城，叶芙蓉看着眼前出现的一个小黑点，再也挪不开视线。车慢慢靠近甘蓝桥，叶芙蓉惊恐地睁大眼睛，紧紧捂住嘴，不敢让那痛哭声爆发出来。仓田心中不忍，轻柔道："罗夫人，不用害怕，很快就过去了。"

前面的车里，七七突然醒了，看到桥头那人影，惊叫起来，阿虎吓了一跳，连忙把她抱在怀里，七七哭得惊天动地，陈妈双手合十，不住念着阿弥陀佛，阿虎往那脸上一看，被那微笑惊呆了，脑子里浮现出一张生机勃勃的笑脸，那女子自豪地在说："我就是鬼见愁，鬼子见我就发愁！"他顿时肝肠寸断，紧紧抱着七七，恨不得大声嘶吼。

路变得越发漫长，叶芙蓉早已停止哭泣，把自己缩成一团，靠着车门，呆呆地望着车窗上一点污迹。仓田不时把目光转向她，想从那苍白的脸上攫取什么秘密，有关中国女人的秘密，为什么小蓝会微笑着面对死亡，为什么钱妈会不顾一切投身甘蓝河，为什么她会千里迢迢不惧艰险地送他至今还没搞清楚的东西。

可是，他知道，那些东西对小蓝或者是游击队，肯定很重要。

这些柔弱的女人，到底脑子里在想什么？

他的思路渐渐清晰，他知道的中国女人里，还有无数这样的人，中国人说她们是巾帼英雄，实际上，如果没有压迫与刻骨的仇恨，她们只是最普通的妇人，和一个普通的男人结婚，生一大堆孩子，辛苦劳作，直到寂寂死去

连女人都行动起来的民族，是可怕的民族。

他再一次对这场莫名其妙的战争感到绝望，甚至厌恶自己作为她们的敌人站在这里，窗外的山影影绰绰，如同笼上一层烟雾，白杨仿佛哨兵，一直延伸到看不见的远方。这块土地上，百万日本青年迷失了道路，他们犯下的罪恶，穷极他们的一生，也难以救赎。

仓田一颗心完全沉入深渊，无回天之力。

上了火车，叶芙蓉见仓田神情平静，到底还是不放心，跟阿虎说了刚才的事，阿虎暗暗后悔，更加注意仓田的动静，可仓田好似忘记了这回事，对七七更上心了，见她哭闹不休，一刻不离地哄她，总算把她哄得展颜。

在车上熬了三天，叶芙蓉又病了，她一闭眼就是小蓝和钱妈的身影。加上担着这份心，更是辗转不安，她本来底子就差，在甘蓝没休息好，这次一病便来势汹汹。仓田学过医，在他尽心尽力照顾下，她才总算撑了下来。大家心急如焚，可火车太慢，条件实在落后，到了最后几天，叶芙蓉竟只能靠一点粥水维持。

眼看就要到上海，叶芙蓉惦记着罗方生，挣扎着吃些东西，精神好歹恢复了些，仓田趁阿虎带七七去玩，凑到她面前："罗夫人，明天就要到上海了，你能不能告诉我，那箱子里到底是什么？"

叶芙蓉凄然一笑："仓田先生，你为什么不相信我，那真的是些小礼物！"

仓田苦笑着："不要再骗我了，罗夫人！我还想问你，如果没有我，你这趟真的没可能回去，你难道不后悔？"

叶芙蓉轻轻摇头："仓田先生，我不知道你的话什么意思。"

仓田凝视着她深沉的眼睛，"罗夫人，我知道，你明白我在说什么！"

他眼中的光芒渐渐黯淡："这场战争，本来就是个错误。罗夫人，你放心，我不会伤害你！"

火车刚停在上海站，罗方生带着几个人冲了上来，叶芙蓉被他飞快地抱下来，飞快地上了车。几乎风驰电掣般，小迟一路疾驶，把叶芙蓉送进医院，叶芙蓉没有说话，静静听着他急促的心跳，微笑着合上双眼。

罗方生在房门口顿了顿，听到里面没有声音，便轻轻推门进去。壁灯昏黄，在墙上投下一个个模糊的影，白色纱帐里，叶芙蓉早蜷曲着身体沉沉睡去。

他轻轻走到床边，隔着纱帐，她的轮廓仿佛氤氲着淡淡的雾气，如一幅流传久远的泼墨山水，有着朦胧却惊人的美，那美丽，却只可慢慢品味不可惊破。恍然间，他有一种错觉，自己好似仍在梦里，每夜醒来，她都会消失不见。

她不知梦到了什么，眉头紧蹙，额头沁出微微的汗，他心里一阵抽疼，刚想去给她擦汗，她大叫一声"小蓝"，猛然惊醒过来，惊慌地对上他的眼睛，他暗暗叹息，轻轻说道："芙蓉，别怕，我在这里！"

他沉默良久，终于斟酌着开口，"芙蓉，仓田剖腹自杀了"。

叶芙蓉浑身一震，突然想起仓田的最后一句话。不由得握紧了他的手，悄悄吁了口气，哽咽道："方生，你想不想听一些关于甘蓝的故事……"